KNAUR

Von Sasha Wasley sind bereits folgende Titel bei Knaur erschienen:
Outback Dreams. So weit die Liebe reicht
Outback Kiss. Wohin das Herz sich sehnt

Über die Autorin:
Sasha Wasley wurde im australischen Perth geboren. Sie hat einen PhD in Kulturtheorie und liebt die Natur, Jane Austen und Wortspiele. Sie ist Möchtegern-Farmerin und hegt eine große Leidenschaft für Tiere und die Natur. Obwohl sie inzwischen in den Vierzigern ist, wünscht sie sich immer noch ein Pony.
Sashas Debüt, ein paranormaler Young-Adult-Roman, erschien 2014. Heute schreibt und lebt sie in den Perths Hills zusammen mit ihrem Partner und ihren beiden Töchtern, umgeben von Hunden, Katzen und Hühnern.
Sasha veröffentlicht außerdem Kriminal-, paranormale und Young-Adult-Romane unter dem Namen SD Wasley.

SASHA WASLEY

OUTBACK LOVE

Wo der Horizont beginnt

Roman

Aus dem australischen Englisch
von Veronika Dünninger

KNAUR

Die australische Originalausgabe erschien 2019
unter dem Titel »Love Song« bei Michael Joseph,
einem Imprint der Penguin Random House Australia Pty Ltd, Melbourne.

Besuchen Sie uns im Internet:
www.knaur.de

FSC
www.fsc.org
MIX
Papier aus verantwortungsvollen Quellen
FSC® C083411

First published by Penguin Random House Australia Pty Ltd, Australia
This edition published by arrangement
with Penguin Random House Australia Pty Ltd

Covergestaltung: ZERO Werbeagentur, München
Coverabbildung: Getty Images/Guido Mieth und PixxWerk, München
unter Verwendung von Motoren von shutterstock.com
Motiv im Innenteil von Shutterstock.com
Satz: Adobe InDesign im Verlag
Druck und Bindung: CPI books GmbH, Leck
ISBN 978-3-426-52362-9

2 4 5 3 1

Gewidmet den Menschen von Kimberley,
die mich zu den Geschichten der Outback-Sisters-Serie
inspiriert haben.

Kapitel 1

Beth lehnte sich keuchend gegen einen Zaunpfosten und blickte über die rote Erde der Koppel.

Der Lauf zum Paterson-Downs-Gatter und zurück war nur drei Kilometer lang, aber es war die beste Laufstrecke der Farm. Die geradeste, flachste, am wenigsten staubige Strecke. Keine Kuhfladen. Und selbst ein kurzer Lauf war immer noch besser als gar kein Lauf.

Sie wandte sich um und betrachtete das Haus. *Hoffnungslos veraltet.* Wie oft hatte sie ihrem Vater oder Willow sanft nahegelegt, es zu renovieren? Aber Barry schien ihr kaum zuzuhören, und Willow warf ihr jedes Mal diesen Blick zu, der besagte: »Bist du übergeschnappt?« Willow liebte das alte Farmhaus und schien blind dafür, wie unmodern es war. Aber es bräuchte nur ein bisschen Putz auf dem tiefbraunen Backstein – vielleicht ein dunkles Grau – und einen klassischen steinernen Portikus genau über diesem lächerlichen Türbogen …

Was hatte es für einen Sinn, sich Renovierungsmaßnahmen für das Paterson-Downs-Farmhaus vorzustellen? Selbst wenn es Beth gelang, ihren Vater zu überzeugen, würde Willow einfach ihr Veto gegen die Idee einlegen. Beths Blick fiel auf die mit Drachen verzierte Türglocke ihrer Mutter, die sanft in der morgendlichen Brise baumelte, und ihr wurde etwas weicher ums Herz. Es gab ein paar Dinge an der alten Farm, die selbst sie nicht ändern würde.

Willow kam aus dem Haus und überprüfte die Stiefel, die ihren festen Platz auf der Türschwelle hatten, auf Schlangen oder Kröten. Dann bemerkte sie Beth.

»Schönen Lauf gehabt?«

Beth nickte und kam auf sie zu. »Ein bisschen kurz, aber jetzt ist es sowieso schon zu heiß zum Laufen. Ich habe verschlafen.«

»Es ist erst acht«, erwiderte Willow. »Und es ist Sonntag. Ich denke, du darfst ruhig ein bisschen ausschlafen, nachdem du dich die ganze Woche mit den Kranken von Mount Clair herumgeschlagen hast. Für manche Leute ist es immer noch grausam früh.«

»Aber für dich ist es schon spät am Tag«, entgegnete Beth lächelnd. »Was hast du heute Morgen vor?«

»Tom und ich fahren rüber nach Quintilla. Die Ziegen sind eingetroffen!« Willows dunkle Augen glänzten.

»Oh, wie aufregend! Kommen irgendwelche davon nach Patersons?«

»Noch nicht. Die hier stammen aus biologischer Aufzucht, daher sind sie schon zertifiziert. Wir werden sie auf Quintilla lassen, bis Patersons vollständig zertifiziert ist, damit sie ihr Biosiegel nicht verlieren.«

Tom trat hinter Willow aus dem Haus. Wo sein Hut gesessen hatte, waren seine blonden Haare an den Kopf gedrückt. »Du warst joggen, Beth? Verrückte Frau.«

Beth wischte sich mit einem Arm über die Stirn. »Im Gegensatz zu euch beiden leiste ich keine harte, körperliche Arbeit, die mich fit hält. Ich muss etwas tun.«

Willow lachte. »Darum joggst du nicht.«

Beth sah sie verblüfft an. »Warum sollte ich es denn sonst tun?«

Willow zögerte kurz. »Ich weiß nicht. Ich dachte, für dich sei das Stressabbau.« Beth zog die Augenbrauen hoch. »Niemand muss jeden Morgen *und* Abend über eine Stunde joggen, um sich fit zu halten, oder?«

Wenn man es so ausdrückte, klang es tatsächlich fanatisch. Beths Wangen erwärmten sich. »Ja, ich nehme an, es ist eine gute Möglichkeit, um runterzukommen.«

Tom stieß Willow in die Seite. »Die Ziegen warten auf keinen Mann – und keine Frau.«

»Komme schon!« Willow trat auf Beth zu, um sie zu umarmen. »Nur falls du schon weg bist, wenn ich wiederkomme.«

»Ich bin ganz verschwitzt«, protestierte Beth.

»Ja, voll eklig – mach mir bloß keinen Schweiß auf mein Sweatshirt.« Willow grinste und eilte Tom hinterher.

Beth sah zu, wie die beiden in ein Farmfahrzeug kletterten und angeregt über ihr neues Vieh diskutierten. Willow war erst seit gut zwei Monaten schwanger und hatte bisher noch keinen nennenswerten Babybauch, aber bald würde sie es der Welt sagen müssen. Die ganze Aufmerksamkeit, die darauf folgen würde, würde Willow so unangenehm sein – und Tom würde sie genießen. Beth lächelte bei dem Gedanken, und ihr wurde warm ums Herz. Tom Forrest war der einzige Mann, den sie für ihre geliebte Schwester als gut genug erachtete – der einzige Mann, dem sie wirklich vertraute, dass er Willow richtig zu schätzen wusste. Und dass er ihr niemals wehtun würde.

Was Frees Freund, Finn, betraf – na ja, da war sich Beth noch nicht ganz sicher. Er schien Free, die jüngste der Paterson-Schwestern, so anzuhimmeln, wie sie es verdient hatte, und er gab ihr auf jeden Fall einen gewissen Halt. Zum ersten Mal in ihrem Erwachsenenleben schien Free glücklich damit, länger als ein paar Monate am Stück an einem Ort zu bleiben. Finn war jetzt seit fast einem Jahr in ihrem Leben, aber Beth würde ihr Urteil zurückbehalten, bis er noch ein paar mehr geblieben war. Beth dachte an Frees strahlendes, offenes Gesicht und ihr weiches goldblondes Haar, und sie wurde von einem solch heftigen Schwall von Liebe überwältigt, dass es ihr fast den Atem raubte. Wenn er Free wehtat, dann sollte Constable Finn Kelly sich besser vor Beths Zorn in Acht nehmen.

Sie winkte Tom und Willow zum Abschied und ging ins Haus, um etwas zu trinken. Barry saß vor dem Fernseher, den Ton leise gestellt, und grübelte stirnrunzelnd über seinem Pflanzkalender.

»Morgen, Schatz. Warst du draußen joggen? Ist verdammt heiß. Du wirst noch einen Hitzschlag kriegen, wenn du nicht aufpasst.«

»Es geht mir gut, Dad. Ich bin's gewohnt.«

»Hmm.« Er konzentrierte sich wieder auf seinen Kalender, während sie sich den Wasserkrug aus dem Kühlschrank holte. »Willst du ein Tässchen Tee, Bethie?«

»Noch nicht. Ich will erst duschen. Hast du schon gegessen? Lust auf ein warmes Frühstück?«

Barrys Miene hellte sich auf. »Mit Eiern und Speck?«

»Dad.« Sie musste nicht mehr sagen. Er hob eine Hand, als wollte er sich ergeben. »Pochierte Eier auf Toast«, sagte sie.

»Klingt wunderbar, Schatz. Sag's nicht deiner Schwester, aber du wirst immer die verdammt beste Köchin in Mount Clair sein.«

Beth konnte sich ein Lächeln nicht verkneifen. »Bei Mum in die Lehre gegangen – der Meisterköchin. Aber du findest doch nur, dass ich besser als Willow bin, weil ich mit Fleisch koche.«

Er kicherte. »Nein, du hast magische Hände. Geh duschen, und ich setze inzwischen Wasser auf.«

Beth genoss den langsamen Tagesbeginn auf der Farm. Sie plauderte und scherzte mit ihrem Vater und fand in der Waschküche etwas frische Wäsche, die sie zusammenlegte, da sie wusste, wie hart Willow und Tom arbeiteten. Wenn sie zu ihrem Kindheitszuhause zurückkehrte, fühlte sie sich jedes Mal ermahnt, in ihrem Leben einen Gang zurückzuschalten – oder es zumindest zu versuchen.

Auf der Fahrt zurück in die Stadt am Nachmittag dachte Beth über die nächsten paar Tage nach. Sie erschienen ihr schon jetzt wie der reinste Wahnsinn. Am Montag hatte sie bis sechs Uhr Termine in der Praxis, und sie musste immer noch Paul oder Carolyn fragen, ob sie irgendwelche ihrer späten Termine am Dienstagnachmittag übernehmen könnten, da die Madjinbarra-Interessenvertreter um fünf Uhr ein Sondermeeting einberufen hatten. Dann hatte sie um sieben einen Networking-Empfang. Sie hoffte, dass es dort etwas zu essen gab, denn bei dem Tempo würde sie von Glück reden können, wenn sie zwischendurch einen Happen einschieben konnte. Außerdem musste sie Termine für ihre eigenen Untersuchungen vereinbaren: eine Mammografie und ein Gebärmutterhalskrebs-Screening. Sie hatte nie ein anormales Ergebnis gehabt, aber bei ihrer familiären Vorbelastung war es besser, wachsam zu sein.

Ihre Gedanken kehrten zurück zu dem Meeting der Interessenvertreter. Sie war sich nicht sicher, warum das Meeting einberufen worden war – es war außerplanmäßig. Ihr erster Gedanke war: Finanzierung. Nach Beths Erfahrung ging es bei den meisten außerordentlichen Meetings um Finanzierungsprobleme. In dem Ministerium, das ihre Arbeit als fliegende Ärztin für Madjinbarra finanzierte, änderte sich ständig irgendetwas, und sie hatte gesehen, wie ganze Programme im Handumdrehen über den Haufen geworfen wurden. Beth hoffte, dass das nicht das Schicksal des Madjinbarra-Programms sein würde. Die Leute brauchten die ärztlichen Besuche, und Beth schätzte ihre regelmäßigen Touren dorthin, um die Mitglieder dieser entlegenen Outback-Gemeinde zu sehen. Die Arbeit sorgte dafür, dass sie einmal im Monat für ein paar Tage aus der Stadt kam, und sie stand mit vielen Leuten dort in Kontakt und leistete einen Beitrag zu ihrer Gesundheit. Ihre Gedanken blieben an Pearl hängen, dem großäugigen kleinen Mädchen, das an Zerebralparese litt, und seiner älteren Schwester, Jill. Diese beiden hatte Beth besonders in Herz geschlossen. Ihre liebevollen Gedanken trübten sich für einen Moment ein, während sie über Pearl nachgrübelte. *Wenn sie doch nur in Mount Clair leben würde.* Das Kind brauchte mehr Fürsorge, als es in der kleinen Stadt dort draußen bekommen konnte.

Sie würde die Angelegenheit mit Mary Wirra erörtern, wenn sie sie das nächste Mal sah. Als Vormund der Mädchen und eine der Gemeindeältesten würde Mary bestimmt Optionen für Pearls Wohlbefinden ausloten wollen.

Beth war bereits erschöpft, als sie am Dienstag zu dem Madjinbarra-Meeting im Ministerium für Gemeindeangelegenheiten fuhr. Sie war am Abend zuvor zum Krankenhaus gerufen worden, als dort wegen eines unerwarteten Ansturms in der Notaufnahme Ärzteknappheit herrschte. Sie war erst um zwei Uhr morgens ins Bett gekommen und um sechs wieder auf den Beinen gewesen, um sich für die Arbeit fertig zu machen.

Vielleicht werde ich den Networking-Empfang später sausen lassen … Aber eine Gelegenheit, ihr Geschäft auszubauen und Kontakte zu den treibenden und einflussreichen Kräften von Mount Clair zu pflegen, wollte sie sich nur ungern entgehen lassen. Beth seufzte, während sie das »Biest« in eine der schrägen Parklücken vor dem Ministerium lenkte. Irgendwo würde sie Abstriche machen müssen, und der Empfang der Handelskammer war das, worauf sie an diesem Tag noch am ehesten verzichten könnte. Sie war auch nicht joggen gewesen, wie sie sich schmerzlich erinnerte.

Das große Büro mit dem abgelaufenen Teppichboden war voller Leute, und Beth bekam einen kleinen Schock, als sie Mary Wirra und Harvey Early erkannte. Sie waren die ranghöchsten Mitglieder der Madjinbarra-Gemeinde, aber es kam nicht oft vor, dass sie nur für ein Meeting den weiten Weg hierher auf sich nahmen. Es musste etwas Ernstes sein. Mary entdeckte sie und winkte, daher gesellte sich Beth zu ihnen und küsste Mary zur Begrüßung auf die Wange.

»Hi, Mary, Harvey. Was gibt's?«

Mary verzog das Gesicht. »Einen Riesenärger gibt's, Doc. Gargantua will ein Bergbaucamp errichten.«

Beth verstand sofort. Der Bergbaukonzern Gargantua besaß eine Pacht nahe der kleinen Stadt. Die Madjinbarra-Gemeinde lebte seit Jahrzehnten unter der Bedrohung, dass Gargantua seine Rechte einfordern könnte.

»Oh, nein«, seufzte sie.

»Wir haben bereits Nein zu einem Arbeitercamp in Madji gesagt«, sagte Harvey zu ihr. »Aber sie geben keine Ruhe und sagen ständig, dass sie Geld und Arbeit in die Gemeinde bringen werden.«

»Und andere Dinge«, murmelte Mary.

»Ausgeschlossen, haben wir zu ihnen gesagt«, fuhr Harvey fort. »Und jetzt haben sie vor, das Arbeitercamp stattdessen bei der Mine zu errichten. Billy und ich sind neulich dort hinausgefahren, um zu sehen, wie weit es ist. Haben von Madji keine Stunde dorthin gebraucht.«

Beth schüttelte den Kopf. »Das ist zu nah.«

»Wir haben das Camp in Madjinbarra vor vierzig Jahren errichtet, um vom Stadtleben wegzukommen.« Marys Stimme bebte vor Emotion. »Wir wollen nicht, dass unsere jungen Leute in Alkohol und Ärger hineingezogen werden.«

Beth drückte Marys Hand. Sie wünschte, sie könnte irgendetwas sagen, um die Frau zu beschwichtigen. Sie fragte sich, warum sie selbst zu diesem Meeting einbestellt worden war – es war schließlich nicht so, dass Beth ein Wort dabei mitzureden hatte, was passierte. Sie sah sich um und entdeckte Lloyd Rendall, einen hiesigen Anwalt, und ein paar Anzugtypen, die von Gargantua sein mussten. Dann waren da noch Leute vom Ministerium, die sie kannte, und ein paar unbekannte Gesichter – insgesamt dreißig oder mehr Leute.

»Habt ihr irgendeine juristische Vertretung?«, fragte sie.

»Noch nicht«, antwortete Mary.

»Das ist erst der Anfang«, meinte Harvey. »Pass nur auf. Sie haben uns einbestellt, um uns zu zeigen, wie klein wir im Vergleich zu ihren ganzen Managern und Anwälten sind.«

Beths Stimmung sank noch tiefer. Da hatte er vermutlich recht.

»Aber wir haben ein paar gute Leute.« Mary versuchte, Harvey aufzumuntern. »Doc, wir können uns doch darauf verlassen, dass du uns unterstützt?«

»Natürlich.«

Mary strahlte sie an. »Und mein Neffe. Er ist berühmt. Er kommt heute Nachmittag auch. Er wird für uns eintreten.«

Lloyd bat alle um Aufmerksamkeit und lud sie ein, im großen Konferenzraum Platz zu nehmen, wo zu diesem Zweck Stühle aufgestellt waren. Er selbst, in einem gut geschnittenen Anzug, nahm seine Position vorn im Raum ein. Heute hatte er sich in Schale geworfen, um Eindruck zu machen. Im Allgemeinen trug Lloyd Khakihosen und kurzärmelige Button-down-Hemden, die sich über seinem leichten Bierbauch spannten. Gargantua musste einer seiner wertvollsten Mandanten sein, dachte Beth. Vermutlich hatte ihn die Gargantua-Rechtsabteilung als einheimisches Gesicht hierher abgeordnet.

Lloyd nickte ein-, zweimal mit seinem ergrauenden Haupt und dankte allen für ihr Kommen. »Ich bin für dieses Meeting heute Abend als neutrale Partei hier«, erklärte er. »Ich werde lediglich als Vermittler der Denkfabrik fungieren.«

Im Haifischbecken, wohl eher. Beth war vage bewusst, wie weitere Leute eintrafen und hinter ihr Platz nahmen, während Lloyd das Team von Gargantua und die Madjinbarra-Ältesten vorstellte. Diese Angelegenheit würde die Gemeinde eindeutig polarisieren.

»Wie Sie alle sicher wissen, sind wir heute hier, um über die Bergbaumine zu sprechen, die nahe der Outback-Gemeinde Madjinbarra in Betrieb gehen soll. Wenn die Mine vom Bergbauministerium genehmigt wird, werden die Gargantua-Angestellten ein Arbeitercamp benötigen, aber Vertreter der Madjinbarra-Gemeinde haben in dieser Hinsicht ein paar Bedenken. Gargantua vertritt den Standpunkt, dass sie dringend benötigte Verbesserungen nach Madjinbarra bringen können – Arbeitsplätze, Geschäfte,

Freizeiteinrichtungen und so weiter. Ich bin sicher, Sie alle wissen, dass das, was dort draußen in Madjinbarra derzeit vorhanden ist, weit unter dem Standard ist. Die wenigen Hundert Leute, die dort leben, haben natürlich elektrischen Strom und Wasser. Aber es ist Wasser, das aus einem Bohrloch gepumpt wird, und es gibt dort draußen kaum Telefon- oder Internetempfang – bestenfalls eine launische Satellitenverbindung. Es gibt eine kleine Kooperative, die hauptsächlich abgepackte Grundnahrungsmittel verkauft; eine heruntergekommene, unzureichend ausgestattete Schule und eine Ambulanzklinik, die einmal im Monat von einer fliegenden Ärztin besucht wird.« Lloyd hielt einen Moment inne und sah sich um. »Nicht das, was man eine blühende Metropole nennen würde.«

Beth machte ein finsteres Gesicht. Das war so unfair. Ja, der Ort war ein etwas raues Pflaster – wenn Beth dorthin kam, hatte sie jedes Mal das Gefühl, in einem anderen Land zu sein –, aber sie verstand genau, warum die Menschen ihn schätzten. Er war seit Generationen eine Oase der Ruhe für seine Bewohner. Die Kinder dort wurden von einem engagierten Team von Lehrkräften unterrichtet, darunter Einheimische, die speziell dafür ausgebildet worden waren. Einige der Kinder waren noch nie in einer Großstadt gewesen. Die Gemeinde nahm gelegentlich Außenseiter auf und resozialisierte sie – Leute mit Aborigine-Herkunft, die mit Problemen zu kämpfen hatten, die von einem anhaltenden kulturellen Trauma herrührten. Beth kehrte von ihren monatlichen Besuchen immer ganz quirlig und energiegeladen zurück; ihr Glaube an die Menschheit war dann jedes Mal wiederhergestellt.

»Der Zankapfel, soweit ich verstanden habe«, fuhr Lloyd fort, »ist der Ausschank – das Pub. Ein Arbeitercamp braucht ein Pub, sonst wird man sich schwertun, Arbeitskräfte zu gewinnen. Aber die Madjinbarra-Ältesten bringen vor, dass sie eine trockene – alkoholfreie – Gemeinde sind, und das seit ungefähr …« – er sah auf seine Unterlagen – »… fünfzehn Jahren. Und sie sind ein bisschen besorgt, dass ein Ausschank in der Nähe Probleme in der Stadt verursachen könnte. Nun, ich denke, es wäre an diesem Punkt von Vorteil, einige der Beteiligten anzuhören.«

Lloyd erteilte als Erstes einem der Gargantua-Manager das Wort. Der Typ redete von den reichen Bodenschätzen, die durch Vorarbeiten ausfindig gemacht worden waren, und den potenziellen steuerlichen Vorteilen für die Madjinbarra-Gemeinde. Er achtete darauf, allen in Erinnerung zu rufen, dass Gargantua kein Aborigine-Land verletzen würde – der Standort der geplanten Mine befand sich genau außerhalb des rechtmäßigen Aborigine-Gebiets, auf dem sich Madjinbarra befand. Er ließ all die richtigen Worte einfließen: »Gemeinde-Partnerschaft«, »Engagement«, »finanzielle Stärkung«. Beth seufzte innerlich auf. Es würde ein harter Kampf werden.

Harvey stand auf, um als Nächster zu sprechen, und er redete nicht um den heißen Brei herum. Er erklärte rundheraus, die Gemeinde sei nicht interessiert an Gargantuas steuerlichen Vorteilen und wolle so bleiben, wie sie sei. Beth spendete ihm innerlich Beifall, aber objektiv betrachtet, wusste sie, dass er nicht so überzeugend war wie der Gargantua-Typ – nicht für die Entscheidungsträger.

»Es gibt einige Bedenken hinsichtlich des Problems der Gesundheitsversorgung in der Gemeinde«, begann Lloyd, als er wieder das Wort ergriff. »Dr. Paterson, Sie statten der Gemeinde im Rahmen des Outback-Gesundheitsprogramms regelmäßig einen Besuch ab. Soweit ich weiß, sind Sie besorgt, dass einige Einwohner von Madjinbarra nicht die nötige Versorgung bekommen können, da sie so weit entfernt von medizinischen Einrichtungen sind, richtig?«

Beth lief es eiskalt über den Rücken. Auf einmal wusste sie, warum sie eingeladen worden war. Beim letzten Networking-Event der Handelskammer hatte sie mit Lloyd geplaudert. Er hatte sie nach ihrer Rolle bei der ärztlichen Versorgung der Gemeinde gefragt. Ohne zu ahnen, dass Gargantua nach Informationen angelte, hatte sie gesagt, es sei eine dankbare Aufgabe, aber eingeräumt, sie sei besorgt um ein Kind, das mehr Fürsorge benötigte, als es dort draußen in der Gemeinde bekommen konnte.

Beth sah, wie Harvey sie schockiert ansah, und sie stand auf und setzte eine neutrale Miene auf. »Das ist nicht richtig. Das Outback-Gesundheitsprogramm funktioniert extrem gut für die Madjinbarra-Gemeinde.«

Lloyd legte die Stirn in Falten. »Soweit ich weiß, gibt es dort draußen Mitglieder der Gemeinde, die eine spezialisiertere Versorgung benötigen, als ein Allgemeinarzt durch monatliche Besuche bieten kann. Ein Kind mit einer angeborenen Behinderung, richtig?«

»Nicht ganz, Mr. Rendall. Es gibt ein Kind mit Zerebralparese. Hin und wieder wird sie eine spezialisierte Versorgung benötigen. Aber ihre Familie kümmert sich hervorragend um sie, und sie hat alle Hilfsmittel, die sie in ihrer Entwicklungsphase braucht.«

»Und die anderen? Nach meiner Kenntnis gibt es ein paar ältere Erwachsene mit Diabetes, Herzkrankheiten, einen Krebspatienten in Genesung. Keiner von *denen* benötigt mehr als einen monatlichen Besuch durch einen fliegenden Allgemeinarzt, nicht einmal bei solch schwerwiegenden Erkrankungen?« Lloyd hielt ihrem Blick stand, mit ausdrucksloser Miene.

Idiot. Er hatte seine Hausaufgaben gemacht. *Neutrale Partei, dass ich nicht lache*. Er war ausschließlich für Gargantua hier.

»Es steht mir nicht zu, das zu beurteilen«, erwiderte sie, während sie ihn unverwandt ansah. »Die Arbeitsgruppe des Outback-Gesundheitsprogramms hat umfassende Untersuchungen angestellt und hält einen monatlichen Besuch durch einen Allgemeinarzt in der Gemeinde für angemessen, in Ergänzung zu dem medizinischen Fachpersonal in Madjinbarra natürlich – einer sehr kompetenten Krankenschwester und einer Aborigine-Gesundheitsbeauftragten.«

Hinter ihr wurde ein Geräusch laut – jemand anders stand auf. »Entschuldigen Sie, Lloyd«, hörte sie Marys Stimme. Beth setzte sich wieder, froh, aus der Schusslinie zu sein. »Mein Neffe ist eigens nach Mount Clair gekommen, um für unsere Gemeinde die Stimme zu erheben. Er ist in ganz Australien bekannt, und die Fernseh- und Radiosender sind sehr interessiert an dem, was er zu sagen hat. Er ist heute Abend hier und hat euch Gargantua-Typen ein paar Dinge zu sagen.«

Lloyds Blick huschte durch den Raum und landete irgendwo hinter ihr – vermutlich auf Marys Neffen. Beth bemerkte mit einer gewissen Befriedigung, wie ein Anflug von Unbehagen über Lloyds Gesicht huschte. Er warf sogar einen raschen Blick hinüber zu den Gargantua-Typen. *Das muss etwas Gutes bedeuten*. Beth wandte sich um, um sich diesen Neffen selbst anzusehen, während sie sich fragte, wer wichtig genug sein könnte, um Lloyd Rendalls Pokermiene zu erschüttern.

Oh, verdammt.

Charlie Campbell. Es war siebzehn Jahre her.

Natürlich, er war seit dieser Zeit oft nach Mount Clair zurückgekommen. Er hatte im Mounties Hotel gespielt und später, als seine Gesangskarriere richtig abhob, beim Viehtrieb-Festival. Er galt als einheimisches Talent, und Mount Clair war stolz auf ihn, obwohl die Stadt tatsächlich nur für dieses eine Highschooljahr sein Zuhause gewesen war.

Highschool.

Beth versuchte – vergeblich –, die Erinnerung auszublenden. Sie wusste, dass Charlie in einer Outback-Gemeinde gelebt hatte, bevor er nach Mount Clair gekommen war, aber sie hatte keine Ahnung gehabt, wo. Sie hatte mit Sicherheit nicht vermutet, dass es genau dieselbe Gemeinde war, in der sie jetzt drei Tage im Monat arbeitete. Niemand in der Gemeinde trug den Namen Campbell.

»Die Madjinbarra-Ältesten haben mich hierher eingeladen, um bei dieser Angelegenheit mitzureden«, begann Charlie, während er sich erhob und die Arme vor der Brust verschränkte.

Beth musterte sein ernstes, sonnengebräuntes Gesicht mit den verblüffend grünen Augen, seinen leicht ironischen Mund und die dichten langen Haare, die er sich regelmäßig mit einer ungeduldigen Handbewegung aus der Stirn strich. Selbst nach so vielen Jahren war er ihr noch immer zutiefst und beunruhigend vertraut.

Charlie betrachtete Lloyd unverwandt und voller Abscheu. Ein Blick zurück zu dem Anwalt verriet Beth, dass Lloyd eine bewusst ausdruckslose Miene aufgesetzt hatte. *Seltsam*. Kannten die beiden sich?

»Ich bin in Madjinbarra aufgewachsen, und ich werde es bis zu meinem letzten Atemzug verteidigen«, erklärte Charlie. »Ich denke, selbst ihr Großstadttypen wisst um die Probleme, vor denen die Aborigines stehen – Alkohol- und Drogenmissbrauch, Gesundheit, Bildung und Jobs. Falls diese Mine genehmigt wird – *falls* –, dann könnt ihr euren Ausschank irgendwo anders hinstellen, denn die Madjinbarra-Gemeinde hat sich für den richtigen Weg entschieden, und sie gedeiht. Das ist zu wichtig, um es zu ignorieren.«

Ein aufgeregtes Raunen ging durch den Raum, aber Beth war sich nicht sicher, ob es an seinen Worten lag oder an der Tatsache, dass Charlie Campbell hier war und sich für seine Heimatstadt starkmachte. Lloyd fand seine Fassung wieder und fuhr mit der Tagesordnung fort. Er dankte Charlie für seinen Beitrag und bat einen Bezirksvertreter aufs Podium, um darüber zu reden, was für Vorteile mehr Jobs für die Region bedeuten würden.

Beth bekam von dem restlichen Meeting kaum noch ein Wort mit, so aufgewühlt war sie davon, nach all dieser Zeit mit Charlie in ein und demselben Raum zu sein. Er war größer, als sie ihn in Erinnerung hatte, und sah kräftiger aus. Er hatte schon immer etwas an sich gehabt – wenn Charlie Campbell einen Raum betrat, richteten die Leute sich auf und nahmen ihn zur Kenntnis –, aber jetzt war seine Gegenwart unleugbar. Jahrelange Auftritte landauf, landab, während er in der alternativen Rockmusik-Szene allmählich immer berühmter wurde, hatten Charlie eine selbstbewusste Ausstrahlung verliehen. Selbst die aufgeplusterten Gargantua-Manager schrumpften vor ihm ein wenig zusammen.

Charlie ergriff nicht wieder das Wort – und Beth wurde nicht wieder nach ihrer Meinung gefragt. Lloyd schloss das Meeting um halb sieben, obwohl die Angelegenheit alles andere als geklärt war. Er ergänzte, Berichte würden erstellt und Meetings einberufen werden, bevor eine Entscheidung über das Arbeitercamp gefällt wurde. Beth ging der Gedanke durch den Kopf, dass Lloyds Worte etwas voreilig waren angesichts der Tatsache, dass das Bergbauministerium die Mine noch nicht einmal offiziell genehmigt hatte.

Sie stand auf und ging schnurstracks auf die Tür zu, um die Flucht zu ergreifen, aber Mary hielt sie am Arm fest. Charlie trat im selben Moment hinzu und stellte sich neben seine Tante, mit Harvey auf seiner anderen Seite. Beth wusste nicht, wohin sie sehen sollte.

»Augenblick, Doc. Harvey und ich sind für ein paar Abende in der Stadt, und Charlie wohnt auch vor Ort, während wir diesen Schwachsinn klären«, sagte Mary zu ihr. »Komm auf einen Happen mit uns ins Pub.«

»Das würde ich sehr gern, aber ich habe noch einen anderen Termin, zu dem ich gehen sollte«, stammelte Beth. »Und, ähm, ich bin ziemlich müde. Gestern Abend im Krankenhaus ist es spät geworden.« Sie holte einmal tief Luft und versuchte, sich zusammenzureißen.

Mary nickte mitfühlend. »Du arbeitest verdammt hart. Aber wir wollen uns diese Woche zusammensetzen und über unseren Schlachtplan reden. Meinst du, da könntest du dazustoßen?«

Nachdem Lloyd ihre harmlose Bemerkung darüber, dass die kleine Pearl besonderer Fürsorge bedurfte, so schamlos benutzt hatte, um sie vorzuführen, war Beth mehr als gewillt, ihr Engagement für die Gemeinde unter Beweis zu stellen. Sie nickte. »Bitte schick mir die Details. Ich würde sehr gern kommen.«

Mary schenkte ihr ein warmes Lächeln und ließ sie gehen.

Charlie Campbell sah nicht ein einziges Mal in ihre Richtung.

Kapitel 2

Sie hätte sofort nach Hause fahren sollen. Charlie zu sehen, hatte Beth völlig durcheinandergebracht. Aber sie ging trotzdem zum Empfang der Handelskammer in den Geschäftsräumen von Snowman Air Con, dem Unternehmen, das das Event in diesem Monat ausrichtete. Beth konnte es nicht leiden, wenn sich irgendjemand aus einer Verpflichtung, die er eingegangen war, herausredete, und sie weigerte sich, genau so jemand zu sein.

Pam Twomey, eine Frau Ende fünfzig mit hennaroten Haaren, begrüßte sie wie eine alte Freundin. Pam war zwar nicht die Präsidentin, aber sie war diejenige, die die Handelskammer von Mount Clair zusammenhielt. Sie kümmerte sich um die ganze Kommunikation, selbst um den wöchentlichen Newsletter, und organisierte ihre regelmäßigen Empfänge.

»Wie geht's dir, Liebes? Du meine Güte, wie hübsch du in diesem weißen Top aussiehst! Wie kriegst du es nur hin, Weiß zu tragen? Ich ziehe Sauce oder Kaffee jedes Mal magnetisch an, wenn ich versuche, eine helle Farbe zu tragen.« Pam zog ein Namensschild von ihrem Papierbogen und klebte es an Beths linke Brust, ohne mit der Wimper zu zucken. »Hast du Hunger? Ich habe Marcel's Deli mit unserem Catering beauftragt, zum halben Preis!« Ihr Gesicht glühte. »Sushi und Pasteten, die sie wegwerfen wollten, daher konnten sie sich schlecht weigern, uns einen anständigen Rabatt einzuräumen.«

»Gut gemacht.« Beth ließ sich ihre Enttäuschung nicht anmerken. Sie hatte nicht vor, irgendetwas zu essen, womit sie sich eine Lebensmittelvergiftung holen könnte. Offenbar würde sie sich für den Rest des Abends mit Karottensticks und Supermarkt-Hummus begnügen müssen.

Gary vom Water Tank Warehouse brachte ihr ein Glas Wein, und Beth gesellte sich zu einer kleinen Gruppe von Leuten, die sie von früheren Handelskammer-Empfängen kannte – Gary, Hermione von Cristo Geo Surveying und Gino von Safe-Tee-Quip. Am anderen Ende des Raums konnte sie den neuen, sehr jungen Radiologen sehen, der in Teilzeit in der Pathologieklinik und im Bildlabor des Krankenhauses arbeitete. Sie hatte schon seit Längerem vor, sich mit ihm bekannt zu machen, aber heute Abend war sie nicht in der Stimmung, mit neuen Leuten ins Gespräch zu kommen. Sie war noch immer zu aufgewühlt von dem Meeting der Interessenvertreter. Zu ihrem Ärger tauchte jetzt auch noch Lloyd Rendall auf und steuerte schnurstracks auf ihre Gruppe zu.

Er lächelte Beth an, als er zu ihnen stieß. »Wir müssen aufhören, uns auf diese Weise zu treffen.« Hermione sah ihn fragend an, daher erklärte er es. »Ich habe die entzückende Dr. Paterson eben erst bei einem anderen Meeting gesehen.«

»Tatsächlich?« Gary zog die Augenbrauen hoch. »Ein Meeting für zwei?«

Lloyd kicherte, aber Beth musste ihren Ekel hinunterschlucken.

»Ein Meeting der Interessenvertreter bezüglich Madjinbarra«, informierte sie Gary. »Gargantua will genau neben der Gemeinde ein Bergarbeitercamp errichten.«

Lloyd schlug auf einmal einen förmlichen Ton an. »In dieser Phase sollen wir eigentlich noch nicht darüber diskutieren.«

»Ach nein?« Beth gab sich ganz unschuldig. »Wir sind noch ganz am Anfang – in dieser Phase steht doch alles zur Diskussion, oder, Lloyd?«

»Ich nehm's an«, meinte er. »Ich würde nur nicht wollen, dass irgendwelche Fehlinformationen die Runde machen.«

»Allerdings.« Sie fing seinen Blick auf. »Du würdest doch nicht irgendeinen verallgemeinerten Kommentar abgeben wollen, der später gegen dich verwendet werden könnte, selbst im geschützten Rahmen eines geselligen Abends wie diesem.« Sie wandte den

Blick eben noch rechtzeitig ab, bevor er sich sicher sein konnte, dass sie gegen ihn stichelte. »Ich habe kürzlich deinen neuen Werbespot im Fernsehen gesehen, Gino. War das deine kleine Enkeltochter, die ich da im Hintergrund entdeckt habe?«

Gino holte begeistert zu der Geschichte seiner neuesten Werbeproduktion aus, in der, wie üblich, die meisten Mitglieder seiner Großfamilie auftraten. Er bedankte sich bei Beth überschwänglich dafür, dass sie seiner Tochter in den Tagen nach der Geburt eine Kasserolle vorbeigebracht hatte. Beth tat seine Dankbarkeit ab und erkundigte sich stattdessen nach dem Baby, dessen Entbindung sie begleitet hatte. Lloyd fand seine Fassung wieder und schaltete sich in die Unterhaltung ein, aber Beth konnte es nicht ertragen, sein glatt rasiertes Gesicht noch viel länger zu sehen, und entschuldigte sich, um sich zu Pams Gruppe zu gesellen.

Zum Glück schienen die anderen Geschäftsinhaber ebenso bestrebt wie sie, den Abend zügig über die Bühne zu bringen, damit sie alle nach Hause und ins Bett gehen konnten. Beth hörte sich geduldig die Begrüßungsansprache von Snowman Air Con an. Sie lächelte mechanisch während der Tombolaverlosung. Sie kaute Karottensticks mit Dip und zählte die Minuten, bis sie endlich gehen könnte. Schließlich brach jemand anders auf und gab Beth damit grünes Licht, sich ebenfalls zu verabschieden.

»Danke, Pam«, sagte sie, als sie an dem Begrüßungstisch vorbeikam, wo Pam dabei war, Hefte mit Tombolalosen, Textmarker und Etiketten in einer Blechdose zu verstauen. »Du hast tolle Arbeit geleistet, wie üblich. Ich werde in meinem Postfach nächste Woche nach dem Newsletter Ausschau halten.«

»Danke, Beth – und vergiss nicht, nächsten Monat bist du an der Reihe, den Empfang in deiner Praxis auszurichten«, rief Pam ihr in Erinnerung.

»Ich freue mich schon darauf. Ich glaube, ich werde den Innenhof öffnen müssen, sonst haben wir vielleicht gar nicht alle Platz!«

Schließlich konnte sie nach Hause fahren und über den höllischen Tag nachdenken, den sie eben hinter sich gebracht hatte. Obwohl sie völlig geschafft war, rollte Beth noch die Mülltonne an den Straßenrand und überprüfte das Feuchteniveau in der Topfpflanzensammlung auf ihrer Eingangsveranda, bevor sie ins Haus ging. Joggen kam nicht infrage. Es war dunkel, nach neun Uhr abends, und sie fühlte sich nicht sicher dabei, nachts zu joggen.

Obwohl sie für ihr Leben gern kochte, konnte sich Beth heute Abend nicht mehr dazu aufraffen – außerdem rumorte noch immer ein unbehagliches Gefühl in ihrer Magengegend. Sie wühlte in ihrem Tiefkühlfach nach einer Portion Kürbissuppe, die sie für solche Zeiten eingefroren hatte, und dankte sich selbst überschwänglich für ihr vorausschauendes Handeln, während sie sie in einen Topf warf. Beth wählte Rikkes Nummer, während sie den gefrorenen Klumpen über der Gasflamme rührte.

»Hallo, du.« Der weiche Akzent und das Lächeln in der Stimme ihrer besten Freundin waren ein wundervoller Trost.

»Hey, Rikke. Ich weiß, es ist ein bisschen spät für einen Anruf. Bist du schon im Bett?«

Rikke schnaubte spöttisch. »Ist das dein Ernst? *Downton Abbey* fängt um halb zehn an.«

Beth lachte. »Ein Hoch auf *Downton*. Wie läuft's auf der Arbeit?«

»Gut. Bis jetzt war die Woche ruhig. Ich warte auf den Ansturm der Herbstviren, dann werde ich wieder alle Hände voll zu tun haben. Und die Verletzungen in der Footballsaison. Und du?«

»Viel zu tun hier. Personalknappheit im Krankenhaus, und die Magen-Darm-Grippe verbreitet sich in den Schulen wie ein Lauffeuer, das hält mich auf Trab – neben anderen Dingen.«

Rikke lauschte einen Moment auf die eintretende Stille, und als sie wieder das Wort ergriff, war ihr Ton misstrauisch. »Du klingst gestresst. Was ist los?«

»O Gott, du weißt es einfach immer, wenn ich anrufe, um zu jammern, stimmt's?«

»Schscht. Jammer einfach drauflos.«

»Na ja, du kennst doch die Madjinbarra-Gemeinde, für die ich einmal im Monat arbeite?« Beth erzählte Rikke die ganze Geschichte von Gargantua und der Mine und dem Meeting der Interessenvertreter – und von Lloyd Rendalls mieser Nummer. »Und dann hat Mary ihren Neffen aufgerufen, etwas zu sagen …« Sie zögerte. War es zu demütigend, darüber zu reden, selbst vor Rikke?

»Ihr Neffe? Wer ist das denn?«

»Charlie Campbell.«

Eine Pause trat ein, und dann wurde ein Stöhnen laut. »*Nein! Der* Charlie Campbell? Der Sänger? Der Typ, der …«

Rikke war die einzige Person auf der Welt, die diese Geschichte kannte. Und Beth musste sie auch nicht erst bestätigen. Ihre Freundin war bereits dabei, eine Reihe von Flüchen vom Stapel zu lassen, sowohl auf Englisch als auch auf Dänisch.

»Wie kann er es wagen, sich wieder in Mount Clair blicken zu lassen – nach dem, was er dir angetan hat?«

»Ehrlich gesagt, ist er schon oft nach Mount Clair zurückgekommen«, antwortete Beth. »Ich habe es bis jetzt nur immer vermieden, ihm über den Weg zu laufen. Das ist ja auch nicht schwer, wenn sein Gesicht in allen Schaufenstern auf Plakaten hängt und mir sagt, wann und wo genau er auftritt. Aber ich habe nicht damit gerechnet, ihn bei einem Meeting mit Interessenvertretern der Gemeinde zu treffen.«

»Hast du mit ihm geredet?«

»Gott, nein.«

»Aber er hat dich erkannt?«

Beth dachte an die Art, wie Charlie es vermieden hatte, ihr genau ins Gesicht zu sehen. »Ich glaube schon.«

»Und meinst du, du wirst ihn wiedersehen?«, hakte Rikke nach.

Beth seufzte. »Das ist anzunehmen.« Ihr Puls flatterte seltsam bei dem Gedanken, eine Mischung aus Angst und Hoffnung. Sie ärgerte sich über sich selbst. »Seine Tante glaubt offenbar, dass er hier ist, um den Kampf der Gemeinde durchzufechten. Aber wer weiß?«

»Oh, nein, das ist so unangenehm«, stöhnte Rikke. »Warte, ich habe meinen Laptop hier. Ich will ihn nur rasch googeln.« Beth hörte ein bisschen Rascheln und Klicken. »Ich habe im Internet natürlich Zeug über ihn gesehen, und ich habe wegen eurer Geschichte darauf geachtet, aber ich habe es nie gründlich mitverfolgt. Da haben wir's. Fotos von der Tournee im letzten Jahr.« Eine Pause trat ein, die mehrere Momente anhielt. »Na ja, er hat auf jeden Fall ein Gesicht wie ein Herzensbrecher. Und – *wow* – den Körper eines Rockgottes.«

Beth lachte matt. »Oh-oh. Er war schon immer ein gut aussehender Typ. Die Mädchen in der Schule haben sich um ihn gerissen. Aber damals war er ziemlich still.« Sie erinnerte sich, wie Charlie bei dem Meeting der Interessenvertreter aufgestanden war, um zu sprechen. »So still scheint er jetzt nicht mehr zu sein.«

»Ich hätte auch nicht gedacht, dass er heutzutage schüchtern ist.« Rikke klickte noch immer auf ihrem Laptop herum. »Hmm, er ist richtig berühmt, oder? Allerdings hat er seit einer Weile nichts Neues mehr veröffentlicht. Hier sind viele Artikel, die über sein neues Album spekulieren. Augenblick, hier ist ein Interview von vor zwei Wochen.« Sie hielt einen Moment inne, während sie las. »Er sagt, dass er sich um ein paar familiäre Verpflichtungen kümmern muss, bevor er wieder ins Aufnahmestudio geht. Ich nehme an, jetzt wissen wir, was das heißt, oder?«

Durchs Telefon hörte Beth die ersten Takte eines Songs. Rikke musste ein Video von Charlie angeklickt haben, in dem er sang. Sie kannte den Song nicht – sie hatte es aktiv vermieden, Charlies Musik zu hören –, aber seine Stimme war prompt zu erkennen, und sie drehte ein Messer irgendwo tief in ihrem Herzen herum. Beth fluchte über sich selbst.

»Ihr wart doch im selben Wohnheim, oder?«, fragte Rikke.

»Nein, ich war im Durack House, der Mädchenunterkunft, und er im Grey, gleich nebenan. Er kam aus einer kleinen Gemeinde – Madjinbarra, wie ich jetzt weiß –, und die Schule dort bot keine Hochschulvorbereitungskurse an. Er hat in der Stadt im Wohnheim gelebt, um auf die Mount Clair High gehen zu können.«

»Ah«, sagte Rikke. »Er wollte studieren?«

»Ja. Er musste etwas Stoff nachholen, daher war er in der elften Klasse, als ich in der zwölften war.«

»War das nicht ungefähr zu der Zeit, als deine Mum gestorben ist?« Rikkes Stimme wurde etwas sanfter. »Eine verletzliche Phase.«

»Ja, Dr. Rikke«, antwortete Beth. »Hey, deine Psycho-Fachausbildung schlägt durch.«

Rikke stieß ihr typisches kehliges Kichern aus. »Entschuldige. Wie hast du ihn denn dann kennengelernt, wenn ihr in getrennten Wohnheimen wart?«

»Ich habe ihm nach der Schule Nachhilfe gegeben. Biologie, Mathe und Englisch.«

»Und du hast dich in ihn verliebt?«

»Ja. Ich dachte, es sei gegenseitig, aber …« Ihre Kehle schnürte sich zu, aber sie zwang sich zu einem Lachen. »Typisch Mann – hat gekriegt, was er wollte, und sich dann aus dem Staub gemacht.«

»Ihr hattet Sex?«

»Ja.«

»Erstes Mal?«

Beth wand sich. »Ja. Er war mein Erster.«

Rikke stieß einen langen Atemzug aus. »Hör zu, das ist mies. Aber, Beth, du solltest nicht ›typisch Mann‹ sagen. Nicht alle Männer sind so. Nicht alle wollen nur das eine.«

»Ach nein? Komisch, von meiner Warte sieht es auf jeden Fall so aus.«

»Du hattest einfach Pech«, beharrte Rikke. »Der Typ war, was, siebzehn, achtzehn? Er war unreif.«

»Und Sebastian? Er war achtunddreißig. War er auch unreif?«

»Nein, er war nur ein hinterlistiger, treuloser Dreckskerl. Aber was dir mit Sebastian passiert ist, hätte jeder passieren können. Er hat uns allen etwas vorgemacht, und ich habe keinen Zweifel, dass er in diesem Augenblick bei irgendeiner anderen armen Frau Süßholz raspelt, während seine Ehefrau mit den Kindern zu Hause sitzt. Du solltest wegen zwei Idioten nicht alle Männer auf den Mond schießen. Die meisten Frauen müssen ein halbes Dutzend Idioten durchmachen, bevor sie einen einzigen anständigen Typen finden.«

»Du überzeugst mich nicht unbedingt davon, dass es dort draußen jede Menge wundervoller Männer gibt«, lachte Beth.

Rikke fiel kichernd mit ein. »Na ja, ich bin nicht unbedingt der lebende Beweis für eine erfolgreiche Beziehung! Aber vielleicht wird die eine oder andere von uns doch noch einen netten Jungen finden.« Auf einmal stöhnte sie auf. »Oh, Scheiße, ich muss Schluss machen! *Downton* fängt an!«

Beth verabschiedete sich und setzte sich, um ihre Suppe zu essen. Sie verscheuchte die Gedanken an die Männer, die sie verarscht hatten, und starrte von ihrem Essplatz am Küchentisch ins Wohnzimmer. Das Innendesign dort hatte sie noch nicht ganz richtig hinbekommen. Es wirkte steril. Vielleicht sollte sie es mit einem Tapetenwandbild versuchen? Auf jeden Fall eine neue Beleuchtung. Sie hatte ein paar verblüffende und hübsche neue Trends gesehen, als sie das letzte Mal in Perth war. Irgendetwas wirklich Ungewöhnliches wäre schön – in einem Citycafé war ihr im November ein Kronleuchter aus flach gehämmerten silbernen Gabeln ins Auge gesprungen. Aber ihr ordentliches kleines Haus war wohl nicht ganz der richtige Ort für solch rustikale Schrullen. Ein modernes Understatement würde hier besser funktionieren.

Ihre Gedanken kehrten zurück zu dem Meeting an diesem Nachmittag. Charlie sah heutzutage anders aus. Natürlich tat er das – er war achtzehn Jahre alt gewesen, als sie ihn das letzte Mal in Fleisch und Blut gesehen hatte. Jetzt war er fünfunddreißig. Beth hatte es über die Jahre hinweg vermieden, sich Bilder von ihm allzu genau anzusehen, da sie ihr noch immer diesen alten, schmerzlichen Stich versetzten. Folglich hatte sie heute Abend, als sie ihn im Ministerium gesehen hatte, zum ersten Mal seit sehr langer Zeit einen richtigen Blick auf Charlie geworfen. Er sah älter aus, natürlich, aber nicht auf unvorteilhafte Weise. Sie hatte ihn – und sich selbst – als erwachsen angesehen, als sie beide achtzehn waren, aber jetzt, mit seiner kräftigen Gestalt und den Stoppeln an seinem Kiefer, war Charlie eindeutig ein Mann.

Sein Gesicht war glatt gewesen, als sie damals in der Schulbibliothek zusammen lernten. Sie hatten nach der Schule den Stoff gemeinsam wiederholt, erst zweimal die Woche und dann jeden Tag. Diese Zunahme der Häufigkeit hatte sich wie von selbst ergeben. Am Ende ihrer Nachhilfestunde hatte Charlie einfach gefragt: »Können wir das morgen wieder tun?«, und Beth hatte die Gelegenheit beim Schopf gepackt, mehr Zeit mit ihm zu verbringen. Sie freute sich den ganzen Schultag über auf ihre Sitzung in der Bibliothek, und jeden Abend, wenn sie im Bett lag, hing sie ihren Gedanken an ihn nach. Während ihrer Nachhilfestunden achtete sie sorgfältig darauf, den Stoff im Auge zu behalten, auch wenn Charlie sie hin und wieder zum Lachen brachte. Aber wenn sie zusammen von der Bibliothek zurück zu ihren Wohnheimen gingen, redeten sie. Sie stopften so viel wie möglich in den zehnminütigen Fußweg, schlenderten von Tag zu Tag langsamer und hingen auf der Brücke über den Herne River herum, bis sich die zehn Minuten irgendwann zu einer Stunde ausdehnten. Es war, als könnten sie über alles reden und es wäre interessant, von Familie über Schule und Universität zu Musik, Essen, Reisen, Träumen, Politik – einfach alles.

Am Tag ihres ersten Kusses kannten sie sich erst seit einem Monat. Beth hatte eine Liste mit Tierklassen laut vorgelesen und bei jeder Zeile innegehalten, damit Charlie den korrekten Stamm ergänzte. Auf einmal verblüffte er sie, indem er seine Lippen für einen Moment auf ihre Wange presste. Beth riss den Kopf hoch und starrte in diese meergrünen Augen, während ihr Herz davongaloppierte.

»Was tust du denn da?«, flüsterte sie, während sie sich umsah, um sich zu vergewissern, dass die Bibliothekslehrerin sie nicht beobachtete.

»Tut mir leid«, sagte er, aber er sah nicht so aus, als ob es ihm leidtäte. Er sah auf ihren Mund, und Beth zögerte, nicht sicher, was sie tun sollte. Von ihm abrücken und mit ihrer Nachhilfe weitermachen? Oder bleiben, wo sie war, mit rasendem Puls, und darauf warten, dass seine vollen Lippen sich mit ihren vereinten?

Beth sah blinzelnd in ihre Kürbissuppe. *Mein Gott*, dachte sie und ohrfeigte sich in Gedanken. Woher zum Teufel war *diese* Erinnerung denn gekommen? Sie entsann sich verblüffend genau an diesen Nachmittag, von der Stille der leeren Bibliothek bis hin zu dem zerkratzten Tisch, an dem sie nebeneinandersaßen. Seitdem hatte sie so angestrengt versucht, das alles zu vergraben, hatte ihre Gedanken jedes Mal scharf zur Ordnung gerufen, wenn sie zu dieser lächerlichen kleinen Jugendliebelei zurückzuschweifen drohten. Sie hatte nicht die Absicht, diese Erinnerungen *jetzt* wieder zuzulassen. Beth stand auf, nahm ihre Schale und setzte sich damit ins Wohnzimmer. Sie würde sich auf ihrem großen Sofa zusammenrollen und es Rikke gleichtun und ein bisschen fernsehen, um sich in eine andere Welt zu versetzen.

Alles, nur um für eine Weile nicht nachdenken zu müssen.

Kapitel 3

Beth riss den Kopf hoch. »Was tust du denn da?«

»Tut mir leid.«

Charlies Blick verharrte auf Beths Mund, und Wärme durchströmte sie. Sie setzte sich aufrecht hin, außer Reichweite für ihn.

»Du kannst doch nicht einfach irgendwelche Mädchen küssen«, flüsterte sie.

»Ich habe nur dich geküsst.«

»Warum?«

»Weil du so hübsch bist.«

»Na ja, es gibt jede Menge hübscher Mädchen in der Stadt, Charlie, warum küsst du dann nicht eine von ihnen? Ich soll mit dir Biologie üben.«

Seine Augen funkelten. »Ich will sie nicht küssen. Ich will dich küssen.«

Beths Puls flatterte, aber sie wandte ihren Blick wieder dem Biologiebuch zu. »Bauchfüßer.«

Er seufzte. »Weichtiere.«

»Wenigborster.«

»Gliederwürmer.«

»Sehr gut. Spinnentiere.« Sie warf einen verstohlenen Blick auf sein Gesicht, und seine meergrünen Augen waren noch immer auf sie geheftet.

»Gliederfüßer.« Er beugte sich näher zu ihr vor, streckte eine Hand aus und strich ihr ihre glatten Haare über die Schulter nach hinten. »Deine Haare haben genau die gleiche Farbe wie eine Haselnuss.«

Beth versuchte, das nächste Wort zu finden, um ihn abzufragen, aber die Buchstaben schienen sich auf der Seite zu winden.

»Und du hast eine Sommersprosse auf der Wange«, fuhr er fort. »Diese Stelle wollte ich seit dem Tag küssen, an dem ich dir zum ersten Mal begegnet bin. Deshalb habe ich es getan.«

»Charlie«, flüsterte sie wütend. »Miss Chomsky wird dich hören.«

Er sah durch den Raum zu der Bibliothekslehrerin. »Sie hat uns den Rücken zugewandt.« Er beugte sich wieder vor, und Beth fragte sich, ob ihr Herz überhaupt noch schneller schlagen könnte. Sie versuchte, ihren Atem zu verlangsamen. »Weißt du, welche andere Stelle ich küssen will?«

Hitze schoss ihr in die Wangen. Er sollte in diesem Moment besser nichts Abstoßendes sagen …

»Hier.« Er legte ihr einen Finger ganz sanft an den Hals, genau unter ihrem Ohrläppchen. »Das sieht so weich aus.«

Beth machte den Mund auf, um ihm zu sagen, dass sie weiterüben sollten, aber seine Augen ruhten auf ihren, und sie blickten so ernst, und insgeheim hatte sie sich diesen Moment jetzt schon seit Wochen ausgemalt, und seine Lippen sahen aus, als ob sie sich auf ihrer Haut wundervoll anfühlen würden …

Sie legte ihr Buch auf den Tisch und vergewisserte sich, dass Miss Chomsky noch immer in die andere Richtung sah. Dann steckte sich Beth das Haar hinters Ohr und reckte, schwer atmend, das Kinn ein klein wenig nach oben und zur Seite, damit Charlie diese Stelle unter ihrem Ohr küssen konnte.

Ihr Handywecker ging mit seinem üblichen Trällern los. Beth schlug blinzelnd die Augen auf und streckte einen Arm aus, um ihn auszuschalten. Sie zog die Hand zurück und berührte die Stelle unter ihrem Ohrläppchen. Der Traum war so echt gewesen – und eine so genaue Wiederholung jenes Tages in der Bibliothek. Großer Gott, sie fühlte sich noch immer warm und erregt davon.

Maßlos verärgert über ihr Unterbewusstsein, das sie in einen solchen Moment zurückversetzt hatte, schlug Beth ihre Bettdecke zurück und schlüpfte in ihre Joggingsachen. Sie band sich die Haare zu einem Pferdeschwanz und ging entschlossen zur Haustür hinaus. Sie hielt nur einen Moment inne, um ein paar Dehnübungen zu machen, und joggte los. Sie würde diesem dummen Traum einfach davonlaufen.

Sie war zwei Kilometer gelaufen, bis sie endlich in ihr Tempo fand. Während ihr Atem gleichmäßiger wurde und ihre Beine sich rhythmisch unter ihr bewegten, setzte Beths Logik wieder ein. Natürlich hatte Charlies Wiederauftauchen in ihrer Welt sie durcheinandergebracht. Sie hatte sich vor all den Jahren heftig in ihn verliebt und sich leidenschaftlich in die Beziehung gestürzt. Sein plötzlicher Weggang ohne auch nur ein Wort der Erklärung hatte so wehgetan, dass sie jede Nacht geweint hatte. Sie hatte versucht, jedes Geräusch mit ihrem Kissen zu ersticken, damit die anderen Mädchen im Durack-Wohnheim nichts davon mitbekamen. Oder noch schlimmer, Hen. Julie »Hen« Henderson, die strenge, aber tröstliche Aufseherin, hätte sie mit in die Küche genommen und ihr eine heiße Schokolade gemacht, wie sie es mit den heimwehkranken Achtklässlerinnen tat, wenn sie sie nachts beim Weinen ertappte.

Drei Wochen lang hatte Beth still und leise geschluchzt, hatte sich danach gesehnt, dass Charlie zurückkehrte, gewillt, ihm zu verzeihen, wenn er einfach nur wiederkam. Dann hatte sie ihren Mut zusammengenommen und den Schulleiter nach ihm gefragt. Mr. Ogilvie hatte ihr gesagt, sie hätten Charlie kontaktiert, er hätte aber erklärt, er wolle doch nicht auf die Universität gehen oder auch nur die Highschool abschließen. Er war nach Hause gefahren und würde sich seiner Musik widmen – und wenn das nicht gelang, einen Beruf erlernen.

»Ich weiß die ganze Arbeit, die du dir dieses Jahr mit Charlie gemacht hast, wirklich zu schätzen, Beth«, hatte Mr. Ogilvie gesagt. »Ich hoffe, du bist nicht allzu enttäuscht, dass er beschlossen hat, nicht dabeizubleiben. Vielleicht wird er seine Entscheidung eines Tages ja noch überdenken, aber es hat keinen Sinn, ihn zu drängen, wenn er nicht mit dem Herzen dabei ist.«

In diesem Moment hatte Beth entschieden, nach vorn zu blicken. Sie schob die Traurigkeit jedes Mal beiseite, wenn sie sie zu überwältigen drohte, und arbeitete so hart wie noch nie zuvor in ihrem Leben. Sie beendete die Schule als Jahrgangsbeste, hielt bei ihrer Schulabschlussfeier die Abschiedsrede und bekam problemlos ihre Zulassung zum Medizinstudium. Sie stand sogar als Hochleistungsstudentin in der Zeitung. Jeden Tag sagte sie sich, dass Charlie Campbell der Vergangenheit angehörte, dass jeder früher oder später eine unglückliche Liebesgeschichte durchmachte und dass sie froh sein sollte, dass ihre passiert war, als sie erst achtzehn war und ihr ganzes Leben noch vor sich hatte.

Auf der Universität lernte sie die rundliche, blonde Rikke kennen, eine ausländische Studentin, und sie wurden beste Freundinnen, während sie zusammen Medizin studierten. Nach ihrem Abschluss fand Rikke einen Job in Perth, und Beth flog nach Hause, um ihre Karriere als Allgemeinärztin in Angriff zu nehmen. Alles in allem war es für Beth nach der Sache mit Charlie ziemlich gut gelaufen.

Na ja – bis auf Sebastian.

Beth sah auf ihrem Handgelenkmonitor nach ihrem Tempo und der Uhrzeit. Nicht schlecht. Ihr Puls war ein bisschen erhöht, aber das lag vermutlich nur am Wetter. Um fünf vor halb sieben war es bereits klebrig schwül.

Sebastian. Er war genau das Gegenteil von Charlie – deswegen hatte sie gedacht, er würde eine gute Wahl sein. Sebastian hatte kurze blonde Haare und warme braune Augen, war in der Großstadt auf eine Privatschule gegangen und hatte Verbindungen. Er spielte nicht Gitarre und sang nicht. Er spielte Tennis. Beth hatte ihn während eines Studentenpraktikums im Kinderkrankenhaus kennengelernt, wo er als Kinderarzt arbeitete. Es war sein entzückender Umgang mit einem verängstigten brandverletzten Patienten während eines Verbandswechsels, der Beths Herz ursprünglich für Sebastian erwärmt hatte.

Er schien der ideale Mann zu sein. Über zehn Jahre älter als sie, war Sebastian schlau, aufmerksam und selbstbewusst. Er führte Beth, die damals noch das staunende, großäugige Mädchen vom Lande gewesen war, in teure Restaurants aus, ging mit ihr auf Konzerte und lud sie zu Urlauben an fantastischen Ferienorten ein. Insgeheim beeindruckt davon, wie kultiviert Sebastian war, hatte Beth entschieden, dass sie, wenn er sie fragen sollte, einwilligen würde, ihn zu heiraten. Er war perfekt.

Bis zu dem Tag, an dem sie eine SMS von einer Frau namens Shannon erhielt, die Beth bat, die Beziehung zu beenden. *Vielleicht wissen Sie gar nicht, dass er verheiratet ist. Bitte machen Sie Schluss, damit ich eine Chance habe, meine Ehe zu retten. Seb wird es nicht tun. Aber ich werde um diese Ehe kämpfen, meinen Kindern zuliebe.*

Die Worte hatten sich für immer in ihr Gedächtnis eingebrannt, und nachdem sie Sebastian entsetzt den Laufpass gegeben hatte, hatte Beth seitdem nicht mehr getan, als sich zwanglos zu verabreden oder auf Partys zu flirten.

Und Rikke fragte sich, warum Beth den Männern nicht vertraute.

Wow – sie war fast zu Hause. Beth konnte sich kaum erinnern, die Zehn-Kilometer-Rundstrecke durch die Stadt gejoggt zu sein. Sie lief wie von selbst, wurde ihr bewusst, in ihre Gedanken verloren. Aber das war genau das, was sie durchs Joggen zu vermeiden versuchte. Sie sollte in der Gegenwart sein, im Moment, konzentriert auf ihren Atem, ihre Beine, die morgendliche Luft in ihren Lungen.

Sie ließ sich ins Schritttempo zurückfallen, als sie sich ihrem Zuhause näherte, und machte zum Abkühlen ein paar Dehnübungen auf ihrer Veranda, während sie zusah, wie die Sonne über den Häuserdächern und Boabbäumen aufging. Heute war ein regulärer Mittwoch, vorausgesetzt, das Krankenhaus rief sie nicht an. Paul und Carolyn waren beide mittwochs in der Praxis, daher teilten sie sich die Arbeitslast, wenn ein unangemeldeter Patient oder ein Notfall hereinkam. Paul arbeitete die Termine normalerweise in einem übermenschlichen Tempo ab – seine Patienten waren die, die es lieber kurz und schmerzlos hatten –, daher nahm er im Allgemeinen ohnehin die meisten unangemeldeten Patienten dran. Beth könnte einen ganz normalen Tag in der Arbeit verbringen und pünktlich nach Hause kommen. Sie würde noch einmal joggen gehen – und diesmal daran denken, ein bisschen Achtsamkeit zu üben – und sich dann eine Gemüsepfanne mit Knoblauch und Ingwer machen.

Sie würde nicht über Charlie nachdenken – oder sonst irgendetwas, das alte Wunden wieder aufreißen könnte.

Die Magen-Darm-Grippewelle, die in Mount Clair grassierte, war offenbar abgeklungen. Nur ein einziges Kind mit Brechreiz kam an diesem Tag zu Beth in die Praxis. Sie wischte alles mit Desinfektionstüchern ab und sprühte den Raum ein, nachdem der kleine Patient gegangen war. Das Letzte, was sie brauchte, war ein Magenvirus.

Im Laufe des Tages schickte Mary ihr eine SMS: *Harvey und ich fahren morgen nach Hause. Können wir uns heute Abend treffen? Um sechs im Mounties?*

Beth dachte einen Moment über ihre Antwort nach. Das könnte bedeuten, *ihn* wiederzusehen. Aber sie hatte versprochen zu helfen – und die Madjinbarra-Gemeinde lag ihr aufrichtig am Herzen. Sie wollte nicht sehen, dass sie von Gargantua und dem verdammten Lloyd Rendall über den Tisch gezogen wurde. Sie sagte zu, und dann, bevor sie die Praxis verließ, nahm sie sich ein paar Minuten Zeit, um ihre Haare zurechtzumachen und etwas Lipgloss aufzutragen. Sie verachtete sich dafür, aber sie tat es trotzdem. *Selbstbewusstsein*, sagte sie sich. *Ich stelle sicher, dass ich gesellschaftsfähig aussehe, damit ich mich selbstbewusst fühle, falls ich ihm gegenübertreten muss.* Sie durfte Charlie nicht denken lassen, er hätte sie einsam und gebrochen zurückgelassen. Sie verabschiedete sich von ihren Kollegen und fuhr zum Pub.

Im Mounties holte sich Beth an der Bar ein Mineralwasser und machte sich dann auf die Suche nach Mary und Harvey. Sie fand sie am anderen Ende des Biergartens. Harvey sah stirnrunzelnd auf sein Handy und sagte irgendetwas zu Mary, woraufhin sie ihre Brille abnahm und sie ihm reichte. Er setzte sie auf und konzentrierte sich wieder auf sein Handy. Mary lehnte sich zurück und verschränkte die Hände über dem Bauch.

Kein Charlie.

Mary sah Beth und winkte. »Abend, Doc.« Sie zeigte auf einen Stuhl für Beth, während Harvey auf den Tasten seines altmodischen Handys herumtippte.

»Ich habe eine SMS von Charlie bekommen«, sagte Harvey und sah auf. »Er sagt, er kann im Moment noch nicht kommen. Er hat irgendetwas zu erledigen.«

Mary seufzte. »Wie ärgerlich. Ich werde ihm Beine machen, wenn er seinen Arsch nicht bald hierher bewegt.«

Beth, die genau wusste, warum Charlie nicht an dem Treffen teilnehmen wollte, war entschlossen, ohne ihn loszulegen. »Haben wir schon einen Angriffsplan?«

»Wir haben den Bergbauminister in unsere Gemeinde eingeladen«, sagte Mary.

Beth blinzelte. »Wow. Wirklich?«

»Das ist die beste Möglichkeit, um ihm zu zeigen, wie gut es dort draußen läuft«, warf Harvey ein.

»Der Minister für Aborigine-Angelegenheiten ist schon jetzt auf unserer Seite«, fuhr Mary fort. »Aber wir denken, dass wir bei dem Bergbautypen vielleicht die persönliche Note brauchen.«

»Wann habt ihr das denn eingefädelt?«, fragte Beth.

»Heute. Charlie hat es für uns getan. Es ist ein *strategisch geschickter* Schritt, schätzt er.«

Beth hatte keinen Zweifel, dass es ein strategisch geschickter Schritt war, aber sie war sich nicht sicher, dass es funktionieren würde. Trotzdem, wenn der Minister tatsächlich kommen sollte, könnte das ein außergewöhnlicher Coup für sie sein. Die Madjinbarra-Gemeinde in Aktion zu sehen, würde ihn mit Sicherheit – zuallermindest – zum Nachdenken bringen, ob er wirklich zulassen sollte, dass Gargantua ihnen Probleme machte.

»Ich habe an die Medien gedacht«, sagte Beth. »Vielleicht könnten wir mit der Zeitung und dem regionalen Radiosender über die Sache reden. Anfangen, das allgemeine Bewusstsein dafür zu schärfen, wie stark Madjinbarra ist – ein bisschen öffentlichen Druck auf Gargantua ausüben.«

Mary nickte entschieden. »Genau das denkt Charlie auch. Er hat Kontakte zu den Medien.«

Beth lehnte sich zurück und spielte mit ihrem Strohhalm. »Das klingt doch, als ob Charlie einen guten, soliden Plan hat. Ich bin mir nicht sicher, ob ihr mich überhaupt braucht. Vielleicht könnte ich behilflich sein, wenn ich gebraucht werde, mich aber ansonsten eher im Hintergrund halten.« Mary stand die Enttäuschung ins Gesicht geschrieben, und Beth beeilte sich, ihre Worte klarzustellen. »Ich wollte nicht sagen, dass ich nicht helfen will. Ich denke nur, dass Charlie alles im Griff hat und ihr meine Hilfe vielleicht gar nicht braucht.«

»Wir brauchen dich«, erklärte Mary mit Nachdruck. »Ich will, dass du den Minister begleitest, wenn er zusagt. *Eskortiere* ihn. Vielleicht will er ja hinfliegen, aber es wäre besser, wenn er auf dem Landweg kommt. Die Straße ist im Moment ziemlich gut, und sie erzählt irgendwie eine Geschichte, die Fahrt dort hinaus. Man kriegt nicht dasselbe Gefühl, wenn man mit dem Flugzeug kommt.«

»Man bekommt tatsächlich einen genaueren Eindruck der Entfernung vermittelt«, gab Beth ihr recht.

Mary warf Harvey einen triumphierenden Blick zu. »Ich hab's dir ja gesagt. Sie weiß, wie man die richtigen Worte findet.«

»Das habe ich nie bestritten«, erwiderte er sanft.

»Da ist Charlie.« Mary sprang auf und rief durch den Biergarten.

Charlie war auf dem Weg zum Ausgang gewesen, aber als er Mary sah, winkte er und änderte die Richtung. Dann sah er Beth an ihrem Tisch. Er blieb unvermittelt stehen.

Beth rang um Fassung. *Was ist los, Charlie Campbell? Hast du etwa Angst, du könntest von dem Mädchen, dem du den Laufpass gegeben hast, etwas zu hören kriegen?* Sie nahm ihr Glas Wasser, trank einen Schluck und gab sich ganz unbekümmert. Charlie kam weiter auf sie zu, aber mit langsameren Schritten. Ein paar der jüngeren Gäste des Pubs erkannten ihn offensichtlich, starrten ihn an und flüsterten, aber die meisten älteren Leute nahmen keine Notiz von ihm. Schließlich stand er an ihrem Tisch, und Beth hob den Blick zu seinem Gesicht.

Charlie blickte streng und seltsam ausdruckslos, als würde er irgendetwas verbergen. Fühlte er sich selbst unbehaglich? *Das solltest du auch*, dachte Beth, aber sie weigerte sich, den Blick abzuwenden.

»Hallo, Charlie.«

Er nickte, und ein Schatten huschte über sein Gesicht. »Beth.«

»Ihr kennt euch?«, fragte Mary verblüfft.

»Ein bisschen«, antwortete Beth.

»Aus der Schule«, ergänzte Charlie und schob eine Hand in seine Jeanstasche.

»Ach ja.« Mary lachte und setzte sich wieder. »Das ist ja nicht lange gut gegangen. Du warst, wie lange, sechs Monate auf der Highschool, bevor du solches Heimweh bekommen hast, dass wir kommen und dich abholen mussten.«

Er setzte sich nicht, fiel Beth auf. Offensichtlich konnte er nicht einmal den Gedanken ertragen, an einem Tisch mit ihr zu sitzen.

Er wusste genau, wie schlimm es war – die Art, wie er sie nach all diesen Lügen im Stich gelassen hatte. Charlies Blick huschte zu ihrem Gesicht, und für einen Moment sah sie Charlie Campbell, den Jungen, der in der Bibliothek neben ihr gesessen hatte und die weiche Haut unter ihrem Ohr küssen wollte. Ihre Hände verloren die Kontrolle, und sie legte sie in ihren Schoß und heftete den Blick auf den Tisch.

»Beth hat sich bereit erklärt, den Minister zu unserer Gemeinde zu fahren«, sagte Mary zu Charlie, und sie klang so erfreut, dass Beth es nicht übers Herz brachte, ihr in Erinnerung zu rufen, dass sie nichts dergleichen getan hatte.

»Ich kann ihn fahren, wenn es mit meinem Behandlungsbesuch zusammenfällt«, warf sie ein. »Aber ich kann meine Praxis nicht einfach stehen und liegen lassen, wenn mir danach ist, leider.«

Mary ließ sich nicht beirren. »Ich denke, da finden wir schon irgendeine Lösung. Wollen wir einen Happen essen? Charlie, übernimmst du das?«

»Ich übernehme das«, bestätigte er.

»Bestellst du uns ein Steaksandwich, ja? Du, Harvey?«

Harvey ergänzte seine Bestellung, und sie sahen Beth erwartungsvoll an. »Ich mache mir zu Hause etwas zu essen«, beeilte sie sich zu sagen.

»Unsinn. Charlie schwimmt in Geld.«

»Nein, wirklich, alles gut.«

Charlie zuckte die Schultern und ging zum Tresen, und Beth sah zu, wie er die Mahlzeiten bestellte und bezahlte. Sie musste den Kopf hoch erhoben halten und ihm zeigen, dass sie absolut nicht aufgewühlt von diesem Treffen war. *Sie* trug schließlich keine Schuld an dem, was er getan hatte. Auf einmal fragte sie sich, ob er je irgendjemandem von ihnen erzählt hatte. Oh, Gott, was, wenn er sich mit Leuten in Madjinbarra über sie lustig gemacht hatte? Was, wenn er herumerzählt hatte, wie er es mit Dr. Beth

Paterson »wild getrieben« hatte? Beth wurde flau im Magen, und sie wünschte, sie könnte irgendwie entkommen.

Ihr Handy summte mit einer neuen E-Mail, und Beth wühlte in ihrer Tasche danach, froh, eine Ausrede zu haben, um beschäftigt auszusehen. Oh, nein, sie war von Lloyd Rendall. Sie öffnete sie.

Hi, Beth, können wir uns treffen? Ich hatte gehofft, über die Madjinbarra-Angelegenheit reden zu können – nur ein informelles Gespräch. Würde mich freuen, wenn du dir eine Stunde Zeit nehmen könntest. Lloyd.

Sie schaltete ihr Display aus. Sie konnte sich später mit ihm befassen – außerdem hatte er sie an etwas erinnert, was sie unbedingt klarstellen wollte. Beth beugte sich vor, um die Aufmerksamkeit ihrer Begleiter zu erregen.

»Ich muss euch etwas sagen, Mary, Harvey. Was dieser Anwalt, Lloyd Rendall, gestern Abend behauptet hat – ich hätte gesagt, die medizinische Versorgung in Madji sei nicht gut genug –, das war eine verzerrte Version der Wahrheit.« Charlie kam wieder und setzte sich, und Beth redete weiter, als wäre sie absolut nicht verunsichert von seiner Anwesenheit. »Tatsächlich habe ich gesagt, ich wünschte, eines der Kinder dort hätte Zugang zu mehr Versorgung. Pearl natürlich. Lloyd hat es so hingestellt, als hätte ich die Gemeinde kritisiert.«

Charlie wandte sich in einem scharfen Ton direkt an sie. »Was ist denn mit Pearl?«

Mary fuhr ihm über den Mund. »Mach dir nicht ins Hemd, Charlie. Beth ist eine verdammt gute Ärztin für uns, und sie kann gut mit Pearl und Jill umgehen. Sie hat letztes Jahr sogar Tish eine nette Empfehlung geschrieben, um ihr dabei zu helfen, einen Job im Restaurant hier in der Stadt an Land zu ziehen.« Sie erklärte Beth Charlies Reaktion. »Charlie ist Pearls und Jills Onkel – sie sind die Kinder seiner Schwester. Er bezahlt Pearls sämtliche Hilfsmittel. Den Rollstuhl und das spezielle Töpfchen und dieses ganze Zeug.«

»Verstehe«, sagte Beth, aufs Neue verblüfft. Sie warf einen Blick auf Charlie. »Pearls Hilfsmittel sind ausgezeichnet. Und Jill kümmert sich wundervoll um ihre kleine Schwester, vor allem, wenn man bedenkt, dass sie selbst erst fünfzehn ist. Aber Pearl würde von einer regelmäßigen Physiotherapie profitieren und von einer qualifizierten pädagogischen Unterstützung, wenn sie ins Schulalter kommt, vor allem, um schreiben zu lernen und körperlich aktiv zu sein. Ein Beschäftigungstherapeut könnte auch einschätzen, was für Hilfsmittel sie benötigt, und eine regelmäßige Sprachtherapie würde ihr sehr guttun. Ich tue, was ich kann, und ich weiß, dass Mary sie ein paarmal nach Mount Clair gebracht hat, aber ihre Bedürfnisse sind größer …«

»Ich kann sie zur Behandlung nach Darwin oder Perth bringen, wenn es nötig ist«, unterbrach Charlie sie. »Aber sie sollte Madjinbarra ihr Zuhause nennen können. Dort leben ihre Schwester und ihre Familie.«

»Ich rede hier nicht von einer intermittierenden Behandlung«, erklärte Beth. »Ich sage, es wäre besser, wenn sie in einer Stadt leben würde – in einem Umfeld, in dem sie ständigen Zugang zu Spezialisten und Therapien hat.«

»Das habe ich ihm auch schon gesagt, Doc«, warf Mary bedrückt ein.

Beth sah zurück zu Charlie. »Du willst nicht, dass Pearl fernab der Gemeinde lebt, auch wenn sie zusätzliche Versorgung benötigt?«

Er vergrub eine Hand in der Hosentasche und starrte auf den Tisch. »Ich will, dass sie die richtige Versorgung bekommt. Aber fernab von ihrem Zuhause und ihren Leuten wird sie nicht glücklich sein. Das weiß ich aus eigener Erfahrung.«

Er hob den Blick nicht, und Beth war zum Schweigen gebracht.

Es war Harvey, der sich räusperte und das Wort ergriff. »Dass Pearl draußen in Madji nicht die Versorgung bekommt, die sie benötigt – das würde für die Regierung vielleicht nicht gut aussehen, Charlie. Und wenn irgendjemand die Ärztin hier fragt, na ja, dann kann man von ihr nicht erwarten, dass sie lügt und sagt, dass es Pearl gut geht. Wir wollen vor den Regierungstypen so gut dastehen, wie wir können, während wir gegen Gargantua kämpfen, und wenn wir ein Kleinkind haben, das spezielles Zeug braucht, das wir ihm nicht geben können, dann werden sie anfangen, uns schief anzusehen.«

»Pearl bleibt in Madjinbarra«, erklärte Charlie mit angespanntem Kiefer. »Ich kann die Spezialisten dorthin fliegen lassen, wenn sie sie braucht.«

Beth seufzte innerlich auf. Pearl brauchte eine konstantere Therapie. In Mount Clair gab es mit Sicherheit Pflegeeltern, die sie aufnehmen würden – das Mädchen war eine Freude. Und sie kam so gut mit ihrer Behinderung zurecht. Beth verstand, dass Jill Pearls Welt war – die Jugendliche hatte für ihre kleine Schwester fast eine Elternrolle übernommen, seit ihre Mutter abgehauen war –, aber Pearl könnte bei einer fürsorglichen Familie in Mount Clair dennoch aufblühen, selbst wenn sie nicht blutsverwandt waren. Und Harvey hatte völlig recht, was die Ansichten der Regierung zu einer solchen Angelegenheit betraf.

»Und was, wenn dir das Geld ausgeht, Charlie?«, wollte Mary wissen. »Im Moment bist du finanziell erfolgreich, aber die Musik ist ein schwankendes Geschäft. Was wird Pearl tun, wenn Onkel Charlie es sich auf einmal nicht mehr leisten kann, einmal im Monat die Physio kommen zu lassen?«

Beth wollte einwenden, sie hätte eher an einmal die *Woche* gedacht, aber sie wagte es nicht. Charlie hatte die Augenbrauen tief gefurcht. Sie setzten ihn zu sehr unter Druck, begriff sie.

»Pearl ist glücklich, gesund und gut versorgt«, warf Beth ein, um den Moment zu entschärfen. »Aber regelmäßiger Zugang zu einer Therapie ist sicher etwas, worüber es sich nachzudenken lohnt. Vielleicht könntest du einen Ortswechsel für sie wenigstens in Erwägung ziehen, bevor sie ins Kindergartenalter kommt.«

Charlie zwang sich zu einem Nicken. Er sah noch immer nicht in ihre Richtung. Mary schnitt vor Beth eine ironische Grimasse.

»Ihr fahrt morgen alle zurück nach Madjinbarra, oder?«, fragte Beth sie.

»Ja, aber Charlie bleibt in Mount Clair«, antwortete Mary. »Er wird mit ein paar hohen Tieren reden. Ehrlich gesagt, könnte er dabei ein bisschen Hilfe gebrauchen, Doc. Du kennst doch viele große Nummern in der Stadt, oder? Die Geschäftsinhaber und die Bezirksvertreter und das alles?«

»Das stimmt. Ich würde sehr gern helfen.« *Oh, Gott.* Warum hatte sie das bloß gesagt?

Aber Charlie erhob sich. »Ich werde keine Hilfe brauchen, danke. Ich muss einen Anruf tätigen«, ergänzte er, an seine Tante gewandt, und entfernte sich.

»Was ist dem denn heute über die Leber gelaufen?«, fragte Harvey verwirrt.

»Wenn ich das wüsste.« Mary warf Beth einen entschuldigenden Blick zu. »Tut mir leid. Der Stress muss ihm an die Nieren gehen. Er hasst die Vorstellung, dass Madjinbarra vor die Hunde gehen könnte. Normalerweise ist er nicht so unhöflich.« Sie murmelte irgendetwas davon, dass Charlie nicht zu alt war, um ein paar »hinter die Löffel zu kriegen«.

»Schon gut«, erwiderte Beth. »Ich wollte nur klarstellen, ich helfe gern, wenn ich irgendwie kann. Das wisst ihr doch, oder?«

Sie nickten beide. »Ich würde sowieso nichts darauf geben, was diese Schlange Rendall sagt«, versicherte Mary ihr.

»Gut.«

»Charlie hasst den Kerl bis aufs Blut, das ist alles«, ergänzte Harvey. »Und das ist kein Wunder.«

Beth wartete, aber Harvey war fertig. »Was meinst du damit?«, fragte sie.

»Es war Rendall, der versucht hat, uns Jill wegzunehmen, vor Jahren«, erklärte Mary. »Als er beim Jugendamt gearbeitet hat.«

»Was? Das habe ich gar nicht gewusst.«

Mary nickte. »Eine Lehrerin an unserer Schule hat den Behörden gesagt, man würde sich nicht richtig um Jill kümmern. Charlies Schwester, Justine, hat ihre Sache nicht allzu gut gemacht.«

Harvey machte ein warnendes Geräusch, und Mary zögerte.

»Sie war krank.«

Krank konnte in Marys Sprachgebrauch vieles bedeuten, aber oft hieß es drogenabhängig.

»Justine hatte Probleme damit, sich um Jill zu kümmern?«, fragte Beth vorsichtig.

Mary warf einen Blick auf Harvey, aber sie nickte bestätigend. »Das Jugendamt ist zu uns herausgekommen und hat gesagt, Jill müsste in eine Pflegeunterbringung«, erklärte sie. »Es gab ein weißes Paar, das für die Kirche gearbeitet hat – sie haben Jill bei sich aufgenommen. Charlie war unterwegs und hat Musik gemacht, als das alles passiert ist, daher hat er das meiste davon gar nicht mitbekommen, bis alles schon unter Dach und Fach war. Als er zurückkam, war er stocksauer und ist sofort zum Jugendamt gegangen. Er hat gesagt, er und ich, wir könnten uns um Jill kümmern, und sie sollte nicht bei Leuten leben, die nicht einmal ihre Familie sind. Aber das Paar, das Jill hatte, wollte sie behalten. Der Fallbetreuer – das war Rendall – hat sich auf ihre Seite geschlagen. Hat mit harten Bandagen gekämpft. Hat mit jedem bisschen Dreck nach Charlie geworfen, das er finden konnte, was nicht viel war, aber er hat allen möglichen Scheiß über das Promileben erfunden und wie schlecht es für Jill wäre. Hat irgendwelches Zeug über Charlie behauptet – er würde Drogen nehmen und Alkohol trinken und sich mit Schlägertypen und lockeren Frauen einlassen –, und er hat erklärt, wie glücklich und gut versorgt Jill dort sei, wo sie war. Das Jugendamt entschied zum Glück, dass Jill zu ihrer Familie gehörte, daher haben wir sie zurückbekommen. Charlie und ich sind jetzt ihre gesetzlichen Vormunde. Dann, vor drei Jahren, ist die verdammte Justine mit Pearl aufgetaucht und hat gesagt, sie könne sie auch nicht länger behalten.«

Harvey räusperte sich wieder, und Mary sah ihn finster an und fluchte auf ihn.

»Das hier ist die Ärztin«, sagte sie. »Wir können ihr vertrauen.«

Harvey zog seine dichten Augenbrauen hoch, aber er nippte in stillschweigender Zustimmung an seiner Limonade, und Mary fuhr fort: »Daher ist Pearl jetzt auch juristisch Charlies kleines Mädchen, aber seitdem ist er ständig besorgt, die Mädchen könnten uns weggenommen werden. Und er hasst die Luft, die dieser Idiot Rendall atmet.«

Die Geschichte hatte Beth einen ganz neuen Grund gegeben, Lloyd nicht zu mögen. Ihr war vage bewusst, dass er vor mindestens zehn Jahren als Fallbetreuer beim Jugendamt gearbeitet hatte – lange bevor er sein Jurastudium abgeschlossen hatte –, aber sie hatte nicht gewusst, dass er in einen Kampf um Charlies Nichten verwickelt gewesen war. Außerdem verspürte sie ein verwirrendes Gefühl von Mitleid mit Charlie – und Empörung bei dem Gedanken, dass Lloyd Charlie beschuldigt hatte, ein Lotterleben zu führen. Die Empörung war völlig unbegründet, denn Beth wusste nichts darüber, wie Charlie heutzutage lebte. Trotzdem fiel es ihr schwer, sich den Charlie, den sie in Erinnerung hatte, als unfähigen Erziehungsberechtigten vorzustellen.

Beth schüttelte sich innerlich. Charlie war noch immer nirgends zu sehen, und sie nutzte ihre Fluchtmöglichkeit, bevor er zurückkommen und sie wieder mit seiner Unfreundlichkeit überschütten konnte. Sie stand auf und schulterte ihre Tasche.

»Halt mich auf dem Laufenden, wie's weitergeht, wenn du kannst, Mary. Und ich werde hier vor Ort die Ohren offen halten. Hoffen wir, dass der Minister sich bereit erklärt, mich bei meiner nächsten Fahrt nach Madji in – was – zwei Wochen zu begleiten.«

»Wir werden Charlie sagen, dass er mit ihm reden soll«, meinte Harvey zuversichtlich.

Beth verabschiedete sich von den beiden und machte sich auf den Weg zum Parkplatz. Zu ihrem Entsetzen war Charlie draußen und telefonierte. Er lief auf dem Gehsteig auf und ab, eine Hand in der Hosentasche vergraben. Er bemerkte sie und verlor für einen Moment die Sprache, bevor er sich betont abwandte. Beth ging mit hoch erhobenem Kopf auf das »Biest« zu und schwang sich dankbar auf den Fahrersitz. Als sie vom Hotelparkplatz fuhr und noch einmal in seine Richtung sah, war Charlie verschwunden.

Kapitel 4

Beth ging neben dem Schulleiter über das mit rotem Sand bedeckte Pflaster des Schulhofs zu seinem Büro.

»Danke, Bethany, dass du dich bereit erklärt hast, Charlie zu helfen. Es ist nicht so, dass er in der Gemeinde, in der er aufgewachsen ist, keine Schulbildung erhalten hat, aber dort draußen liegt der Schwerpunkt auf einfachem Lesen, Schreiben und Rechnen. Die Lehrkräfte dort gehen schon jetzt über ihre Grenzen hinaus und versuchen, den Lehrplan für fast siebzig Kinder von fünf bis hinauf zu sechzehn Jahren zu unterrichten. Charlie ist ein hochintelligenter junger Mann, und er versteht den Stoff der elften Klasse ganz hervorragend, aber eine zusätzliche Unterstützung wäre natürlich sehr hilfreich.« Ogilvie sah sie von der Seite an. »Aber ich will nicht, dass es deine eigene schulische Arbeit beeinträchtigt.«

»Ich denke, das werde ich schon schaffen«, antwortete Beth. »Ich sehe es als Übungszeit an. Ich habe letztes Jahr Lyall McGovern Nachhilfe gegeben, daher weiß ich ungefähr, was zu tun ist.«

»Die gute Nachricht ist, dass du bei deiner Bewerbung um den Studienplatz deine Nachhilfe als gemeinnützige Arbeit anführen kannst. Weil du die Vergütung für deine Wohnheimunterbringung verwendest, anstatt das Geld zu nehmen, und aufgrund von Charlies Umständen.«

Das war ein Bonus. Ihr war gar nicht bewusst gewesen, dass diese Nachhilfegeschichte ihr auf diese Weise selbst helfen würde.

Mr. Ogilvie drückte die Tür zu seinem Büro auf. Drinnen wartete ein Junge auf einem der beiden Stühle vor dem Schreibtisch des Schulleiters. Seine braune Haut war glatt, und er hatte ziemlich lange dunkle Haare, die er aus der Stirn nach hinten gekämmt trug. Er hatte den

Blick auf seine Schuhe geheftet, und Beth sah im Profil lange Wimpern über kräftigen, gut aussehenden Zügen. Als sie neben ihm stehen blieb, hob Charlie den Kopf, und Beth sah blinzelnd in ein Paar kluge Augen von einem ebenso hellen Grün wie das Wasser an einem ruhigen Strand. Sie hatte ihn aus der Ferne in der Schule gesehen, erinnerte sie sich, aber nie aus der Nähe. Er wäre ihr mit Sicherheit aufgefallen. »Hi«, sagte sie mit einem raschen Lächeln.

Er erwiderte ihr Lächeln. Wow. Dieser Typ sah nicht nur gut aus – er hatte ein Lächeln, das den ganzen Raum erhellte. Alle noch verbliebenen Bedenken, ob sie den Nachhilfejob übernehmen sollte, waren prompt verflogen. Beth nahm neben ihm Platz.

»Charlie, das hier ist Bethany Paterson, die sich bereit erklärt hat, dir Nachhilfe zu geben«, sagte Mr. Ogilvie. »Ihr könnt die Bibliothek benutzen. Miss Chomsky ist jeden Nachmittag bis halb fünf dort, das heißt, ihr könnt eure Sitzungen dort gleich nach der Schule abhalten, an beliebigen Tagen, die euch beiden passen. Wir wollen, dass ihr mindestens zwei Sitzungen pro Woche abhaltet.«

Sie nickten, und Mr. Ogilvie wandte sich an Beth. »Hier sind die Englisch-, Biologie- und Mathematiklehrpläne für Charlies Kurse in diesem Semester. Sie sind in wöchentliche Abschnitte unterteilt. Du musst lediglich alle Hausaufgaben mit Charlie durcharbeiten und die Themen wiederholen und abfragen. Du hast das alles letztes Jahr gelernt, daher dürfte es ziemlich unkompliziert sein.«

»Kein Problem«, antwortete sie.

»Wenn es dir zu viel wird, zögere nicht, es mich wissen zu lassen. Wir können eine Pause arrangieren oder einen anderen Schüler bitten, zu übernehmen.«

»Danke«, sagte sie.

»Wann wollt ihr anfangen?«, fragte der Schulleiter.

Beth warf einen Blick auf Charlie, aber er sah sie nur an und wartete darauf, dass sie die Entscheidung traf. »Morgen?«, fragte sie und sah ihn mit hochgezogenen Augenbrauen an.

Er lächelte und nickte. Mr. Ogilvie erhob sich.

»Gut so. Charlie lernt schnell«, sagte er zu ihr und sah dann Charlie an. »Und Bethany ist eine herausragende Schülerin. Ich bin sicher, das hier wird ein sehr erfolgreiches Arrangement sein.« Er hielt einen Moment inne, und ein nachdenklicher Ausdruck huschte über sein Gesicht. »Vielleicht könnt ihr nach euren Nachhilfesitzungen zusammen zurück zu den Wohnheimen gehen. Wie ihr wisst, ist es an Wochentagen nach dem Unterricht nicht gestattet, durch die Stadt zu schlendern.«

Beth hatte das Gefühl, dass Mr. Ogilvie wollte, dass sie Charlie nach der Nachhilfe zurück zum Grey eskortierte – als glaubte er, Charlie könnte einen unerlaubten Ausflug zur Spielhalle unternehmen, wenn sie ihn nicht nach Hause brachte. Ich bin doch kein Babysitter, *dachte sie. Wenn Charlie Campbell durch Mount Clair schlendern wollte, dann war das seine Entscheidung.*

Aber sie hatte nichts dagegen, mit ihm zusammen nach Hause zu gehen, wenn es ihm recht war.

Sie verabschiedeten sich, und vor dem Verwaltungsgebäude zögerten sie. Charlie sah Beth an. »Gehst du jetzt gleich zurück zum Durack?«, fragte er, und das war das erste Mal, dass sie seine Stimme hörte. Sie war tief, aber sie hatte ein warmes, natürliches Timbre. Ihr Puls beschleunigte sich.

»Ja …«

»Wollen wir zusammen gehen?«

Beth nickte und zuckte halb mit den Schultern, um nicht allzu interessiert auszusehen. Sie schulterte ihren Rucksack, und Charlie tat es ihr gleich.

Sie gingen ein paar Minuten schweigend nebeneinanderher, aber Beth hielt es nicht lange aus. Sie kam sich albern vor, wie eine schüchterne Neunjährige, die neben einem neuen Freund herging und nicht wusste, was sie sagen sollte. Das war nicht sie – nicht normalerweise. Sie war im Debattierclub, Herrgott noch mal.

»Wie findest du die Mount Clair High?«, fragte sie, und dann wünschte sie prompt, sie hätte es nicht getan. Was für eine idiotische Frage.

Aber Charlie schenkte ihr wieder sein breites, warmes Lächeln. »Es ist okay. Ziemlich ernst, verglichen mit meiner alten Schule.«

»Was meinst du damit?«

»Na ja, ich war auf einer altersgemischten Schule, das heißt, es musste auf jedes Jahrgangsniveau eingegangen werden. Es gab immer viel Sport und Singen. Den Sport mochte ich, aber jede verdammte Woche mussten wir bei der Freitagmorgen-Versammlung ›Häschen in der Grube‹ singen. Die kleinen Kinder haben es geliebt.«

Beth lachte. »Ja, das kann mit der Zeit ganz schön nerven.«

»Ogilvie hat gesagt, du bist die, na ja, Topschülerin.« Charlie studierte sie, und Beths Wangen erwärmten sich. »Willst du auf die Uni gehen?«

»Ja. Ich will Ärztin werden.«

Er stieß einen leisen Pfiff aus. »Da ist es so ziemlich am schwersten, einen Studienplatz zu kriegen, oder?«

»Fast. Aber ich denke, ich schaffe das.«

»Wirst du reisen? Weggehen und in Europa oder Amerika oder so als Ärztin arbeiten? Oder in der Großstadt?«

Beth sah nach links und rechts, bevor sie auf die Straße trat, um sie zu überqueren. »Nein, ehrlich gesagt, würde ich gern hier in Mount Clair arbeiten. Die Bevölkerung hier wächst, und wir müssen immer so lange auf einen Arzttermin warten. Und die Situation wird sich nur noch verschlimmern, je mehr Leute sich in der Stadt niederlassen. Wenn jemand eine neue Arztpraxis eröffnet, könnte ich dort vielleicht einen Job kriegen, und wenn nicht, werde ich es vielleicht selbst tun. Ich hätte sehr gern meine eigene Praxis.«

»Das ist ja cool. Dort draußen, wo ich lebe, haben wir gar keinen Arzt. Wir haben eine Krankenschwester, aber wenn wir einen Arzt brauchen, müssen wir stundenlang fahren.«

»Und was ist, wenn es einen Notfall gibt?«, fragte Beth erstaunt.

»Fliegende Ärzte.«

»Oh, okay.« Sie dachte darüber nach. Es musste schwer für die Leute sein. Warum hatten sie keinen Arzt? Für ältere Leute oder Eltern von

Neugeborenen musste es beängstigend sein, dass die nächste ärztliche Hilfe so weit weg war.

Charlie brach in ihre Gedanken ein. »Warum willst du in Mount Clair bleiben?«

»Meine Familie hat hier eine Rinderfarm.«

»Welche denn?«

»Paterson Downs.«

»Ach ja. Die kenne ich.« Ein neckendes Funkeln zeigte sich in seinen Augen. »Das heißt, du bist eine Weideprinzessin?«

»Eine was?«

»Eines dieser reichen Kinder von den großen Farmen.«

Sie lachte wieder. »Wir sind nicht reich!«

»Reich ist relativ.«

Sie warf sich ihren Rucksack höher auf die Schulter. »Okay, na schön. Aber so reich sind wir nun auch wieder nicht. Und ich bin keine Prinzessin.«

»Prinzessin Beth von Paterson Downs«, überlegte er. »Ich finde, das klingt nach einem Song.«

»Hör auf«, sagte sie, aber sie konnte sich ein Kichern nicht verkneifen.

Völlig unerwartet begann Charlie, eine Melodie zu singen. »Sie kam aus dem Tal mit einer Krone aus Gold, Prinzessin Beth von Paterson Downs, so hold.«

Verblüfft und noch immer lächelnd starrte Beth ihn an. »Du hast eine richtig schöne Stimme.«

Charlie grinste. »Danke. Mein Dad war Countrysänger.«

»War? Und jetzt nicht mehr?«

Charlie zuckte mit einer Schulter. »Er ist gestorben, als ich noch ein Kind war.«

»Das tut mir so leid.« Beth schwieg einen Moment, dann platzte sie mit ihrer eigenen Geschichte heraus. »Meine Mum ist kürzlich gestorben.«

»Wie kürzlich?«

»April.«

»Scheiße.« Charlie blieb stehen und sah sie an, seine lebhaften Augen auf einmal voller Mitgefühl. »Meine Mum ist auch gestorben. Vor zwei Jahren. Lungenkrebs. Sie hat geraucht.«

Beth blieb ebenfalls stehen. »Meine Mum hatte Brustkrebs. Sie hat nicht geraucht. Hatte einfach nur Pech.«

Sie sahen sich schweigend an, aber ein Moment des Verständnisses verstrich zwischen ihnen. Zum ersten Mal seit einer ganzen Weile spürte Beth drohende Tränen. Sie ging weiter, den Blick auf den Fußweg geheftet.

»Meine Mum ist in der Gemeinde aufgewachsen, so wie ich«, erzählte er, während er mit ihr Schritt hielt. »Sie hat meinen Dad in Roeburke kennengelernt, wo sie im Pub gearbeitet hat. Er war auf Tournee und hat dort ein Konzert gegeben. Sie hatten eigentlich keine richtige Beziehung, aber nachdem ich geboren war, hat er uns ab und zu besucht. Ich kann mich nur ein bisschen an ihn erinnern.«

Beth war froh, dass er sie nicht nach ihrer Mutter fragte. »Hat er dir das Singen beigebracht?«

»Nein, ich habe schon immer gesungen. Ich singe schon seit Jahren.«

»Häschen in der Grube?«

Charlie lachte schallend auf. »Klugschwätzer.«

Sie sah auf seine Hände. »Spielst du ein Instrument?«

Er sah sie verblüfft an. »Ja. Gitarre. Woher wusstest du das?«

»Ich kann sehen, dass du Gitarre spielst.«

Charlie lächelte sie wieder an, und ihr Herz hüpfte. Beth versuchte, sich auf ihren Weg zu konzentrieren, aber auf einmal schnellte seine Hand vor, packte sie am Arm und riss sie eben noch rechtzeitig von der Straße zurück, als ein Wagen an ihnen vorbeischoss. Beth fand ihr Gleichgewicht wieder und stammelte einen Dank.

»All die Jahre auf einer Rinderfarm haben vermutlich dazu geführt, dass du nicht gut auf den Verkehr achtest«, sagte er, während er stirnrunzelnd zu ihr hinuntersah.

Sie wollte einwenden, dass sie tatsächlich extrem umsichtig und aufmerksam war, sowohl im Verkehr als auch im Allgemeinen, aber ihr

Gehirn brachte keinen vernünftigen Gedanken zustande, während sie in diese meergrünen Augen sah, im deutlichen Bewusstsein seiner Hand auf ihrem Arm. Irgendetwas völlig Neues passierte mit Beth in der heißen Juliluft an dieser Straßenecke. Als sie zu Charlie Campbells gut aussehendem, herausforderndem Gesicht hochsah, sah sie einen Mann, keinen Schuljungen, und mit einem Mal wusste Beth, dass sie ihn begehrte. Sie begehrte ihn mit jedem Nervenende in ihrem Körper. Sie konnte nicht sprechen. Sie konnte nicht einmal ihn sprechen hören.

Sie begehrte ihn einfach.

Charlie scheuchte sie über die Straße, und sie ging benommen zum Durack House.

»Wir sehen uns morgen.« Charlie winkte kurz, während er weiter zum Jungenwohnheim ging.

Und alles, was Beth tun konnte, war, ein verlegenes »Auf Wiedersehen« zu krächzen.

Herrgott noch mal.

Es war schon wieder passiert. Sie hatte von dem verdammten Charlie Campbell geträumt.

Es war nicht so wie ihre üblichen Träume, wo sie die Ereignisse des Tages verarbeitete und verwirrende, unsinnige Situationen durchlebte. Es waren klare, präzise Flashbacks – lebhafte Wiederholungen ihres lächerlichen kleinen Liebeskummers, als sie achtzehn war. Und Beth war nicht glücklich darüber.

Sie stemmte sich aus dem Bett und wusch sich das Gesicht am Badwaschbecken. Was für eine verrückte Nacht. Angefangen hatte sie mit ein paar Stunden Schlaflosigkeit und geendet mit diesem ungewollten, unbewussten Wiederaufguss ihrer ersten Begegnung mit Charlie.

Joggen, das war, was sie jetzt brauchte.

Sie schlüpfte in ihre Joggingsachen und band sich die Haare hoch. Charlie wohnte im Mounties, daher würde sie diesen Teil der Stadt meiden. Stattdessen würde sie außen um die Neubausiedlung laufen. Es war unwahrscheinlich, dass sie um sechs Uhr morgens Charlie über den Weg laufen würde, aber …

Was zum Teufel tue ich hier eigentlich? Eine Laufstrecke um die Stadt planen, um Charlie Campbell aus dem Weg zu gehen – dem Typen, der schonungslos brutal mit ihrem Herzen umgegangen war, als sie noch unschuldig und ahnungslos war? Diese Art Rücksichtnahme hatte er nicht verdient. Wenn überhaupt, hatte er eine anständige, kräftige Dosis von Beths Gesicht verdient, und zwar immer dann, wenn ihm am wenigsten danach war, es zu sehen, nur um ihm in Erinnerung zu rufen, dass es nicht cool war, Frauen so zu behandeln. Verdammt, sie würde ihre übliche Strecke laufen. Genau am Mounties vorbei.

Beth sah ihn nicht, nicht einmal, um die Nase in die Luft zu recken und Charlie zu zeigen, dass es sie nicht im Geringsten kümmerte, ob sie ihn sah oder nicht.

Lloyd Rendall schickte Beth im Laufe des Tages noch eine SMS, daher rief sie ihn nach der Arbeit widerstrebend an.

»Hey, Beth. Wie läuft's?«

»Gut, danke. Was kann ich für dich tun, Lloyd?«

»Na ja, ich habe das Gefühl, wir hatten einen etwas schlechten Start bei dieser Madjinbarra-Geschichte, und ich wollte gern darüber reden.«

Sie unterdrückte einen Seufzer. »Ich bin da die falsche Ansprechpartnerin, Lloyd. Ich habe keinen Einfluss auf ein mögliches Ergebnis. Ich weiß nur, dass die Gemeinde sich nicht kampflos geschlagen geben wird.«

»Ja – aber bedauerlicherweise stehen die Chancen nicht sehr gut, dass sie gewinnen werden. Aber ich will nicht, dass sie leiden. Du verstehst dich doch gut mit ihnen, oder? Mary Wirra und Charlie Campbell? Und dem alten Harvey – wie heißt er gleich wieder?«

»Harvey Early. Ich verstehe mich einigermaßen gut mit Mary und Harvey, aber Charlie kenne ich überhaupt nicht gut.«

»Na ja, ich bin mir nicht sicher, ob du es weißt, aber Gargantua hat den Madjinbarra-Ältesten die Chance angeboten, das Bergarbeitercamp mitten in der Stadt zu errichten, um neue Einrichtungen in ihre Gemeinde zu bringen.« Lloyd legte eine bedeutungsvolle Pause ein. »Und sie haben Nein gesagt.«

»Ja, das wusste ich bereits.«

»Ach ja?« Er klang überrascht. »Na ja, das heißt, dass Gargantua bei null anfangen und die ganze Infrastruktur für ein Arbeitercamp einrichten muss. Aber selbst das ist den Madjinbarra-Ältesten nicht gut genug. Sie glauben offenbar, dass es ein Problem für sie sein wird, ein Arbeitercamp auch nur in ihrer Nähe zu haben.«

»Lloyd, sie *glauben* es nicht nur – sie wissen es. Alle wissen es. Der Standort der Mine ist zu nah an Madjinbarra.«

Er schien es noch immer nicht zu kapieren. »Gargantua kann bei dem Standort nicht nachgeben«, sagte er. »Dieses Stück Land enthält die reichsten Vorkommen, daher werden sie ein Arbeitercamp brauchen.«

»Genau, und das Arbeitercamp wird einen Ausschank – ein Pub – haben, nur eine Autostunde von der Gemeinde entfernt.«

»Und sie glauben allen Ernstes, dass das ein Problem sein wird?«

Sie erklärte es in einfachen Worten, damit es dieser Schwachkopf verstand. »Lloyd, die Bewohner von Madjinbarra werden Arbeit bei der Mine suchen. Wenn sie bei der Mine arbeiten, werden sie Zugang zum Arbeiterpub haben. Und selbst wenn nicht, wird nicht weit von ihrem Zuhause Alkohol erhältlich sein. Die Madjinbarra-Gemeinde ist trocken – kein Alkohol. Wenn einige von ihnen anfangen zu trinken, werden sie die Probleme nach Hause bringen.«

»Es ist nicht gesagt, dass sie sich das Trinken angewöhnen werden«, meinte er.

»Gibt es irgendeinen Grund, weshalb Gargantua kein alkoholfreies Bergarbeitercamp haben kann?«, entgegnete Beth. »Aus Respekt vor Madjinbarra?«

Er schwieg einen Moment, dann kicherte er. »Das ist ein bisschen naiv für eine kluge Dame wie dich, Beth.«

Ihre Wut flackerte auf. »Die Gwini-Nation könnte einen Rechtsanspruch auf dieses Land erheben, weißt du? Wenn sie den Anspruch jetzt einreichen, wird es zu langwierigen Verzögerungen kommen, während das Gerichtsverfahren läuft.«

Lloyd ließ sich nicht beirren. »Na ja, sie haben schon mal versucht, einen Rechtsanspruch auf das betreffende Gebiet durchzusetzen, und das Gericht hat gegen sie entschieden. Es gab keinen Beweis dafür, dass es je in irgendeiner Weise ein bedeutsamer Ort für die Aborigines war. Daher bezweifle ich, dass ein Anspruch überhaupt angehört werden würde.«

Beths Mut sank. Wenn Lloyd die Wahrheit sagte, dann sah es für die Gemeinde nicht sehr Erfolg versprechend aus.

»Die Sache ist die«, fuhr er fort. »Ich hatte gehofft, den Ältesten eine Idee vorzuschlagen, aber wenn *ich* es tue, wird sie ihnen nicht gefallen. Sie haben nicht gern mit Anwälten zu tun. Ich habe mir gedacht, wenn sie von dir kommt, könnten sie vielleicht gewillt sein, sie in Betracht zu ziehen.«

»Was für eine Idee ist das?«

»Uns schwebt eine Lösung vor«, antwortete er. »Ich würde sie dir gern erläutern, aber es ist ein bisschen kompliziert. Können wir uns treffen? Ich dachte, ich könnte dich vielleicht zum Essen ins Sawmill einladen, damit wir uns richtig unterhalten können.«

»Kannst du mir nicht jetzt eine grobe Vorstellung geben?«

»Nein, das bedarf wirklich einer umfassenden Erklärung, Beth. Lass dir von mir ein Dinner spendieren.«

Sie stieß einen stillen Seufzer aus. »Ich habe diese Woche ein bisschen viel um die Ohren.«

»Hast du gar keinen Abend frei?«

Beth fühlte sich in Verlegenheit gebracht, aber sie war es Mary und Harvey schuldig, herauszufinden, was das für eine *Lösung* war. »Wie wär's, wenn ich zu dir ins Büro komme …«

»Lass dich doch von einem Kerl zum Dinner einladen«, sagte er in einem gönnerhaften Ton. »Ich verspreche dir, ich werde dich nicht mit Juristen-Kauderwelsch langweilen.«

Das war es nicht, was ihr Sorgen machte. Nachdem sie nun schon seit Jahren Lloyds ungewollte Aufmerksamkeit erduldete, wollte sie nicht, dass er dachte, sie hätten irgendeine Art Date.

»Dann treffen wir uns am Sonntagabend, wenn es dir recht ist«, schlug sie vor. »Ein Geschäftsessen. Ich bezahle.«

»Kommt nicht infrage.« Versuchte er jetzt etwa, galant zu sein? Beth verdrehte die Augen. »Meine Einladung, ohne irgendwelche Verpflichtungen«, fuhr Lloyd fort. »Sonntag, sieben Uhr, im Sawmill, zu einem netten Essen und gemütlichem Geplauder.«

Gemütliches Geplauder, dass ich nicht lache.

Ein Hämmern an ihrer Haustür ersparte Beth die Retourkutsche, die sie eben geben wollte.

»Okay. Bis dann, Lloyd. Ich muss Schluss machen – ich kriege Besuch.«

Sie legte auf, stürzte zur Tür und öffnete sie für Free. Ihre Schwester hatte die Arme voller grüner Zweige, und ein Lächeln breitete sich auf ihrem entzückenden Gesicht aus, als Beth die Fliegentür entriegelte.

»Sieh mal, was ich dir mitgebracht habe, Bethie! Der alte Mr. Craddick auf der anderen Straßenseite hat diese ganzen Ableger für mich geschnitten, damit ich einen hübschen Garten anlegen kann, so wie er. Aber ich weiß nicht, was ich mit ihnen tun soll, und ich habe es nicht übers Herz gebracht, es ihm zu sagen. Du kannst die Hälfte davon haben, wenn du mir zeigst, wie ich sie zum Wachsen bringen kann.«

Beth winkte Free ins Haus. »Wie bist du denn in diese Situation geraten?«

»Reg ist ständig draußen im Garten, und jedes Mal, wenn ich vor unserem Haus bin, verwickelt er mich in ein Gespräch. Er hat einen richtig hübschen Vorgarten, und das habe ich ein paarmal erwähnt, daher nehme ich an, er dachte, ich hätte auch gern so einen hübschen Vorgarten. Er hat mir diese ganzen Dinger hier gegeben, und ich habe Angst, dass sie mir absterben und er dann enttäuscht von mir ist.« Free warf ihren Armvoll Pflanzen auf Beths Anrichte.

»Du hättest einfach *Nein, danke* sagen können«, rief Beth ihr in Erinnerung.

Frees Augen weiteten sich mit diesem empörten Ausdruck, über den Beth jedes Mal am liebsten lachen wollte. »Das könnte ich ihm doch nicht antun! Er wäre so verletzt.«

Beth kannte Reg Craddick – er war einer ihrer Patienten –, und sie wusste, dass er von so etwas nicht verletzt sein würde. Aber sie wusste auch, dass sie Free niemals von dieser Tatsache überzeugen könnte, daher wandte sie ihre Aufmerksamkeit den Pflanzen zu.

»Oh, die hier sind ganz leicht. Du steckst sie einfach irgendwo in die Erde und gießt sie ein paar Wochen lang. Sie entwickeln ein neues Wurzelsystem, und dann kommen sie mehr oder weniger allein zurecht.«

»Muss ich sie nicht düngen oder pfropfen oder so?«

»Pfropfen!« Beth betrachtete Free belustigt. »Weißt du denn, wie man Pflanzen pfropft, Freya Paterson? Denn wenn du das tust, werde ich dich anheuern, um meinen Garten zu pflegen.«

Free kicherte verlegen. »Im Ernst, sie müssen nur gepflanzt und gegossen werden?«

»Versprochen.«

»Okay.« Free betrachtete ihr Grünzeug. »Ich werd's versuchen. Wenn sie anfangen abzusterben, kann Finn übernehmen. Er ist gut in allem, was Verantwortung erfordert.«

»*Du* bist auch in vielen Dingen gut.«

Beth ärgerte sich noch immer jedes Mal, wenn sie an die Auseinandersetzung zurückdachte, die sie im Jahr zuvor gehabt hatten. Wie hatte ihre Schwester nur glauben können, dass Beth sie für mehr oder weniger lebensunfähig hielt? Beth gab sich selbst die Schuld. Sie hätte in all den Jahren netter zu Free sein sollen – nicht so ein herrschsüchtiger Kontrollfreak. Sie betrachtete Free, deren glatte Stirn sich furchte, während sie die Pflanzen inspizierte, ohne auf die Spur blauer Farbe auf ihrem Arm und den Träger ihres Unterhemds, der von einer Schulter hing, zu achten. Free war ein Wirbelwind aus Talent und Leidenschaft, und jedes Mal, wenn Beth einen Moment innehielt, um über sie nachzudenken, schluchzte sie fast vor Liebe. Es war für sie noch immer wie ein Schlag in die Magengrube, dass sie eine ihrer Schwestern unbeabsichtigt verletzt hatte.

»Bleib zum Essen«, sagte Beth jetzt.

Free dachte darüber nach. »Okay. Danke. Finn arbeitet heute Abend, und ich hatte vor, für mich Pasta zu kochen, aber ich bin Pasta *so* leid. Was gibt's bei dir?«

»Worauf hast du denn Lust?«

Frees Miene hellte sich auf. »Curry?«

»Ich kann uns ein Tikka Masala machen.«

Free wurde ganz zappelig vor Freude. »*Lecker!* Ich werde dir helfen.«

So viel also zu ihrer abendlichen Joggingrunde, aber die Gesellschaft ihrer Schwester war Beth ohnehin lieber. Sie kochten und aßen zusammen, dann unterhielten sie sich auf dem Sofa, und als Free um neun Uhr eine SMS von Finn bekam, dass er auf dem Weg nach Hause war, bedauerte es Beth zu sehen, dass ihre Schwester aufsprang, um zu gehen.

»Ich will vor ihm zu Hause sein«, erklärte Free, während sie in aller Eile ihre Sachen einsammelte. »Ich habe ein Flussbett gemalt, das *genauso* aussieht wie Finns Augen! Ich bin schon ganz aufgeregt. Kann es kaum erwarten, es ihm zu zeigen.«

Sie brach überstürzt auf und vergaß die Unmengen von Ablegern, die sie auf der Anrichte hatte liegen lassen. Beth sah Free nach, wie sie davonfuhr, dann nahm sie die Pflanzen und stellte sie in einen Eimer mit Wasser. Sie könnte ein paar davon morgen nach der Arbeit bei Free vorbeibringen. Beth räumte ihre Küche auf, und dann ließ sie sich wieder aufs Sofa fallen und sah auf ihrem Handy nach, ob sie irgendwelche Nachrichten bekommen hatte. *Nichts*. Auf einmal fühlte sie sich einsam.

Zu ihrem Verdruss stellte Beth fest, dass ihre Gedanken wieder zu Charlie zurückschweiften. Es war dieselbe Art Einsamkeit, die sie vor all den Jahren im Durack verspürt hatte, als sie um ihre Mutter trauerte und ihren Vater und ihre Schwestern vermisste; als sie sich vor Heimweh verzehrte, aber zu ehrgeizig war, um es zuzugeben. Vielleicht war das der Grund, weshalb sie sich damals so heftig in Charlie verliebt hatte – weil er auch einsam war, nachdem er seine Eltern verloren und sein Zuhause verlassen hatte. Er verstand, wie es sich für Beth anfühlte. Jetzt, mit dem Vorteil des Alters, einer psychologischen Grundausbildung und Abstand von der ganzen Situation, ergab das alles Sinn. Sie hatte sich nach jemandem gesehnt, der es verstand. Charlie war dahergekommen, und er hatte es verstanden – oder so schien es zumindest.

Oder vielleicht war der Grund, dass es, als er über mich gesungen hat, in meine Seele eingedrungen ist, und als er mich berührt hat, meinen Körper entflammt hat …

Oh, Herrgott noch mal. Das war lächerlich. Sie brauchte jemanden, der sie ein bisschen zur Vernunft brachte. Beth schnappte sich ihr Telefon vom Couchtisch und rief Rikke an.

»Hallo, du.«

Beths Herz wurde von Erleichterung durchflutet, als sie den weichen dänischen Akzent hörte. »Hi, Rikke. Entschuldige. Ich rufe schon wieder spät an.«

»Was ist los? Du klingst aufgelöst.«

»Ich bin nicht aufgelöst. Nur ein bisschen durcheinander von diesem ganzen …« *Oh, Gott, ich klinge lächerlich.*

»Diesem ganzen was? Oh, warte, meinst du etwa Charlie Campbell?«

Beth gab den Versuch auf, etwas Würde vorzutäuschen. »Rikke, ich habe diese seltsamen Flashback-Träume, und ich brauche dein Psychologisieren, um mir zu helfen.«

»Was denn für seltsame Träume?«

»Diese superlebhaften Träume, in denen ich Momente mit Charlie noch einmal nacherlebe, bis ins kleinste Detail. Und ich will, dass sie aufhören.«

»Wenn du ›bis ins kleinste Detail‹ sagst, meinst du …«

»Ich meine, bis ins absolut kleinste Detail! Keine Ausschmückungen, keine psychedelischen Schnörkel oder willkürlichen Waschbär-Erscheinungen. Diese Träume sind, als würde ich mein eigenes Leben auf Video ansehen.«

Rikke stieß einen Pfiff aus. »Episodisches Träumen. Sehr selten.«

»Was zum *Teufel?* Episodisches Träumen – was bedeutet das denn?«

»Keine Ahnung. Es gibt Theorien, aber wer kann es schon mit Sicherheit sagen?« Rikke schwieg einen Moment. »Wenn du unbedingt etwas hören willst, würde ich sagen, es bedeutet, dass es ein paar Ereignisse in Bethany Patersons Leben gibt, die unterdrückt und verdrängt wurden. Und jetzt kommen sie zum Vorschein.«

Beth empörte sich. »Ich habe nie irgendetwas verdrängt. Ich erinnere mich sehr genau an das, was mit Charlie passiert ist.«

»Aber hast du deinen Frieden damit geschlossen?«

Beth schwieg.

»Beth? Bist du noch dran?«

»Ja. So habe ich es eigentlich noch nie gesehen. Ich habe nach vorn geblickt, indem ich aufgehört habe, ihm nachzutrauern, und Freunde hatte und glücklich war. Aber ich habe diese Sache nie mit ihm ausgefochten. Habe ihm nie gesagt, was für ein Dreckskerl er war, mir das anzutun.«

»Vielleicht ist das jetzt deine Gelegenheit«, überlegte Rikke.

»Ausgeschlossen. Ist dir klar, wie durchgeknallt ich aussehen würde, wenn ich auf einmal anfange, Charlie anzuschnauzen, weil er mich vor siebzehn Jahren sitzen gelassen hat?«

Rikke stieß ihr leises Kichern aus. »Du musst ihn ja nicht anschnauzen. Aber unter geeigneten Umständen könntest du das Thema vielleicht anschneiden. Ihn fragen, was bei ihm eigentlich los war.«

Beth erinnerte sich an Charlies harte Miene, als er sich am Abend zuvor auf dem Mounties-Parkplatz von ihr abgewandt hatte. »Ich bin mir nicht sicher, ob ich irgendwelche Antworten bekommen würde, selbst wenn ich den Mut aufbringen sollte, ihn zu fragen.«

»Ich frage mich, ob vielleicht mehr dahintersteckt, als du glaubst«, meinte Rikke.

Eine Sekunde lang fragte sich Beth, ob Charlie doch irgendeine Art Erklärung haben könnte. Dann seufzte sie. »Vermutlich war ich für ihn nur ein Abenteuer. Eine Eroberung.«

»Vermutlich.«

Rikkes Unverblümtheit tat weh, aber sie war ein guter Realitäts-Check. »Wie kann ich die Träume loswerden?«, fragte Beth.

Rikke lachte schallend auf. »Hörst du dir eigentlich je selbst zu? Das sind episodische Träume, keine hässliche Herpesinfektion! Sie werden aufhören, wenn dein Unterbewusstsein dir recht gibt, dass du jetzt nach vorn blickst, nehme ich an.«

»Rikke.« Beth fühlte sich hilflos. »Das ist so demütigend.«

»Die Träume?«

»Das alles. Dass er hier auftaucht und dieses Chaos in meinem Kopf anrichtet. Meine idiotischen Erinnerungen, Träume und Emotionen. Oh, Gott! Hol mich hier raus.«

»Wie wär's, wenn du dir eine kleine Auszeit nimmst, Süße? Komm nach Perth und bleib eine Weile bei mir. Wie weit im Voraus bist du in der Praxis ausgebucht? Wenn es nur eine Woche oder so ist, wie wär's, wenn du dir einen kleinen Kurzurlaub gönnst?«

»Vielleicht.« Beth war skeptisch. Sie war fast immer einen Monat im Voraus ausgebucht, weil einige ihrer regelmäßigen Patienten ihre Termine gern frühzeitig vereinbarten. Außerdem hatte sie in zwei Wochen den Besuch in Madjinbarra. »Aber genug von mir. Was gibt's bei dir Neues?«

»Absolut nichts. Mein Liebesleben beschränkt sich im Moment auf das, was ich bei dir miterlebe. Und der größte Kick in meinem Sozialleben ist, dass ich am Kinotag nächsten Dienstag in den neuen Dwayne-Johnson-Film gehe.«

Beth lachte und entspannte sich. »Du und The Rock! Diese Obsession werde ich nie verstehen!«

»Du bist ja nur eifersüchtig, weil ich jede Nacht süße Träume von Dwayne habe und du nur irgendeinen Idioten kriegst, der dich vor zwanzig Jahren verarscht hat.«

»Ich bin nicht eifersüchtig auf *Dwayne Johnson*, mein Gott, Rikke. Wenn überhaupt, bin ich erleichtert, dass er zu beschäftigt damit ist, dich in deinen Träumen zu besuchen, um die falsche Abzweigung in meine zu nehmen.«

»Er sollte besser nicht in deinen Träumen auftauchen.« Jetzt kicherte auch Rikke. »Du würdest überhaupt nicht mit ihm klarkommen.«

Das Gespräch endete ein paar Minuten später mit Beths Versprechen, in ihrem Terminkalender nachzusehen und über einen Besuch bei Rikke nachzudenken. Beth starrte ein paar Minuten auf ihre Wohnzimmerwand und grübelte über Tapetenmuster nach, dann ging sie duschen.

Sie musste zusehen, dass sie ins Bett kam, wenn sie die extralange Laufstrecke, die sie sich für den nächsten Morgen vorgenommen hatte, schaffen wollte.

Kapitel 5

Ein Uhr dreizehn am Morgen.

Beths Handy klingelte. Sie tastete danach und wischte über das Display, um den Anruf entgegenzunehmen, aber ihre Augen waren zu verschwommen, um den Namen des Anrufers zu lesen.

»Hallo?«, flüsterte sie.

»Hi, Dr. Paterson.« Es war Yolanda Clement, die Assistenzärztin des Krankenhauses. »Entschuldigen Sie, dass ich Sie geweckt habe. Könnten Sie herkommen?«

»Kein Problem«, brachte Beth zustande. »Irgendwas Bestimmtes?«

»Es hat einen Autounfall gegeben, und wir haben drei Traumapatienten hereinbekommen. Wir haben Mrs. Leaman, die gestern ihre Hüftoperation hatte, eine Mutter in den Wehen auf der Entbindungsstation und das übliche Kontingent an nächtlichen Notfällen und Zeitverschwendern.«

»Okay. Ich komme, so schnell ich kann.«

»Danke, Beth.« Yolandas im Allgemeinen knallharte Stimme wurde etwas sanfter. »Ich hoffe, Ihnen ist bewusst, wie sehr wir das zu schätzen wissen.«

Allein schon diese wenigen Worte der Dankbarkeit hoben Beths Stimmung. Ja, sie war müde, und ja, sie würde noch müder sein, wenn sie am Morgen mit der Arbeit anfing, aber wenigstens wusste das Team im Krankenhaus, dass sie auf sie zählen konnten. Es war ein gutes Gefühl, gebraucht zu werden – Vertrauen geschenkt zu bekommen.

Sie war bis vier Uhr dort. Um halb fünf fiel Beth ins Bett, ignorierte ihren Jogging-Alarm um halb sechs und schlief bis acht weiter. Dann musste sie sich aus dem Bett quälen, um sich anzuziehen und es rechtzeitig zu ihrem ersten Termin zu schaffen. Im Laufe des Vormittags fiel sie in ihrem Zeitplan dank Reg Craddick zurück, der beharrlich erklärte, er hätte das Ross-River-Virus, da er von einer Mücke gestochen worden sei und jetzt fürchterliche Halsschmerzen hätte. Er weigerte sich zu gehen, bis er Beth überzeugt hatte, eine Blutuntersuchung anzuordnen. Sie arbeitete über Mittag durch, um ihre Termine einigermaßen aufzuholen, und machte um Viertel vor sechs hungrig und gestresst Schluss.

Wenn es in dem Tempo weiterging, würde sich die Fahrt nach Madjinbarra wie der reinste Urlaub anfühlen.

Beth verabschiedete sich von Paul, der eben seinen letzten Patienten hereinbat, und von ihrer jungen Sprechstundenhilfe Dani, die bezahlte Überstunden zum Glück liebte. Erschöpfung überwältigte Beth, noch bevor sie ins Freie getreten war – gleich darauf ersetzt von einem plötzlichen Schock, als sie Charlie auf dem Parkplatz der Praxis stehen sah. Er trug eine Sonnenbrille und hatte, wie es seine Art war, eine Hand in der Hosentasche vergraben. Als er Beth sah, überquerte er den Parkplatz, um sich in die Nähe ihres Wagens zu stellen – nicht zu nah, aber nah genug, um anzudeuten, dass er etwas zu sagen hatte.

»Hallo, Charlie«, sagte sie, als klar wurde, dass er nicht das Wort ergreifen würde.

»Tante Mary wollte, dass ich dir etwas ausrichte.«

»Ja?«

»Wir haben eine Rückmeldung von Nigel Winston, dem Bergbauminister, bekommen. Er hat sich bereit erklärt, die Gemeinde zu besuchen. Er kann in zwei Wochen hier in der Stadt sein – genau dann, wenn dein nächster Besuch dort ansteht. Mein Wagen ist ein bisschen unbequem, und Tante Mary meint, du wärst eine gute Fürsprecherin für Madjinbarra. Würdest du Winston und eine seiner Mitarbeiterinnen hinfahren?«

»Natürlich.« Beth war leicht schockiert. »Das … Das ist ja toll, dass er sich die Gemeinde ansehen wird. Wie hast du es geschafft, ihn zu überzeugen?«

Charlie schien um Worte verlegen. Er zuckte mit einer Schulter. »Hab einfach gefragt.«

»Ich nehme an, jemanden mit deinem öffentlichen Ansehen kann er schlecht ignorieren.«

Wie aufs Stichwort fuhr ein Wagen an ihnen vorbei, und der Fahrer musste Charlie erkannt haben, denn er begann, wie wild zu hupen und zu winken. Charlie sah auf und winkte zurück, womit er dem Typen eindeutig den Tag verschönerte. Er fuhr weiter, mit einem breiten Grinsen und einem letzten langen Hupen.

Beth sah sprachlos zu. Als Charlie sich zu ihr umwandte, war seine Miene wieder ernst, und sie war aufs Neue verblüfft von seiner kühlen Art. Sie spürte eine leise Empörung in sich aufsteigen. Er benahm sich, als wäre sie es, die *ihm* unrecht getan hatte.

»War's das?«, fragte sie.

Seine Miene veränderte sich. Seine Augenbrauen furchten sich, und sein Mund wurde verkniffen. »Tante Mary wollte, dass ich dich frage, ob ich bei dir und dem Minister mitfahren kann. Ich würde gern die Möglichkeit ausnutzen, den Typen ungefähr fünf Stunden als unfreiwilligen Zuhörer zu haben.« Charlie hielt einen Moment inne, damit sie den Vorschlag verdauen konnte. »Hast du irgendein Problem damit?«, fragte er steif.

Diese Frechheit …

»Kein Problem.« Sie schlug einen eisigen Ton an. »Vier Leute passen bequem in meinen Wagen.«

Charlie nickte. »Was soll ich Winston sagen, wo und wann er auf dich warten soll?«

»Ich werde um fünf Uhr morgens losfahren, und ich werde dich und den Minister unterwegs einsammeln, wenn das allen recht ist. Wirst du noch immer im Mounties wohnen?«

»Ja.«

»Und der Minister im Mount Clair Resort?«

»Vermutlich.« Die Brise wehte Charlie das Haar in die Stirn, und er strich es wieder nach hinten. »Ich werde das rückbestätigen.«

Beth wurde bewusst, dass sie vermutlich ihre Telefonnummern austauschen sollten. Charlie hatte sein Handy aus seiner Hosentasche gefischt, und die unbehagliche Miene auf seinem Gesicht verriet ihr, dass er dasselbe gedacht hatte. Sie wühlte in ihrer Handtasche nach ihrem eigenen Handy. Ihre Wangen erwärmten sich mit jedem Moment, der verstrich, während sie danach suchte. Schließlich gab sie auf.

»Mein Handy ist irgendwo ganz unten vergraben«, sagte sie. »Ich gebe dir meine Nummer, und du kannst mir eine SMS schicken, damit ich deine habe.« Sie rasselte ihre Nummer herunter, und Charlie tippte sie in sein Handy ein. Er schrieb mit einem Daumen eine SMS und drückte auf »Senden«, und Beth hörte den Signalton ihres Handys in ihrer Handtasche. »Wenn du mir Bescheid geben könntest, wo ich den Minister abholen soll, sobald du es weißt, wäre das hilfreich.«

»Ja, ich halte dich auf dem Laufenden.« Charlie hob für einen Moment den Blick zu ihrem Gesicht. »Braucht Pearl irgendwas?«, fragte er. »Ich könnte es für sie besorgen, während ich in der Stadt bin.«

Beth dachte darüber nach. »Ich habe mich gefreut, dass der Gangtrainer geliefert wurde. Ich bin davon ausgegangen, dass es dafür eine staatliche Kostenübernahme gab, aber dann hat Mary mir erzählt, du hättest Pearls sämtliche Hilfsmittel organisiert. Woher wusstest du überhaupt, dass Pearl einen Gangtrainer braucht?«

»Tante Mary hat gesagt, du hättest es empfohlen.« Charlie vergrub wieder die Hand in der Hosentasche, und Beth erkannte es als ein Zeichen von Unbehagen. »Nicht alles in Madjinbarra braucht eine staatliche Kostenübernahme.«

Beth richtete sich auf. »Ich habe Mary vorgeschlagen, eine Kostenübernahme für dieses Hilfsmittel zu beantragen, deshalb bin ich davon ausgegangen, dass es aus irgendeinem Fördertopf kam. Bis letzten Montag hatte ich keine Ahnung, dass *du* Pearls Onkel bist.«

Er sagte nichts, und Beths Groll nahm zu. Wie konnte er es wagen, so zu tun, als hätte sie ihn – seine Gemeinde – in irgendeiner Weise verletzt? Sie hatte immer nur versucht, den Bewohnern von Madjinbarra zu helfen.

»Pearl interessiert sich in letzter Zeit fürs Zeichnen«, sagte sie in einem kühlen Ton. »Vielleicht könntest du ihr ein paar Zeichen- und Malbücher besorgen, am besten in der Mitte geheftet, damit die Seiten flach aufgeschlagen bleiben, da sie sich vermutlich schwertun würde, ein geleimtes Buch offen zu halten. Außerdem braucht sie ein paar große Textmarker oder Buntstifte, die leicht zu greifen sind. Nichts, was zu leicht bricht oder feinmotorische Fähigkeiten erfordert.«

Er nickte. »Danke.«

Charlie ging mit großen Schritten auf seinen Geländewagen zu, der am Straßenrand parkte. Beth stieg in ihr »Biest« und atmete langsam aus. Wie lange hatte er auf dem Parkplatz darauf gewartet, dass sie auftauchte? Warum war der Idiot nicht einfach in die Praxis gekommen und hatte eine Nachricht für sie hinterlassen? Es war lächerlich, was für einen Aufwand er betrieb, nur um ihr zu zeigen, dass er möglichst wenig mit ihr zu tun haben wollte.

Sie hatte ihn vor all den Jahren wirklich falsch eingeschätzt. Er war ihr hoffnungsvoll, warmherzig, musikalisch und geistig begabt erschienen. Sicher, er hatte der Welt bewiesen, dass er musikalisches Talent besaß, aber seine ganze Warmherzigkeit musste aufgesetzt gewesen sein. Heutzutage war seine Persönlichkeit kalt und hart. Oder vielleicht hob er sich dieses Verhalten auch eigens für sie auf. Mary und Harvey waren von seinem Benehmen im Mounties offenbar überrascht gewesen. Vielleicht war Charlie ebenso verlegen wie Beth wegen ihrer gemeinsamen Vergangenheit, und sein kühles Auftreten war nur der Versuch, es zu verschleiern.

Oder vielleicht sah er sie einfach nur als eine verflossene Eroberung, die er getrost vergessen konnte.

Sie stöhnte laut auf, während sie das »Biest« in den gemächlichen Abendverkehr auf der Hauptstraße von Mount Clair lenkte. Dass Charlie Campbell in der Stadt war, fügte ihrem inneren Gleichgewicht ernsthaften Schaden zu. Sie brauchte bald wieder einmal ein Wochenende auf Patersons, um zu ein bisschen geistiger Gesundheit zurückzufinden.

Ein paar Minuten später war sie zu Hause, sah nach ihren Topfpflanzen und machte sich dann zum Joggen fertig. Als sie ihr Handy an ihrem Armband befestigte, sah Beth die knappe SMS von vorhin. *Charlie Campbells Nummer*, hatte er geschrieben. Sie speicherte sie in ihrem Handy, während ein unbehagliches Gefühl sie beschlich.

Es fühlte sich seltsam an, seine Nummer zu haben.

»Du hast eine Eins!« Beth hob den Blick zu Charlies Gesicht. »Ach du heilige Scheiße! Bin ich froh, dass du nicht in der zwölften Klasse bist, sonst würde ich in diesem Moment an mir selbst zweifeln.«

Charlie grinste, aber gleich darauf zuckte er die Schultern. »Die Lehrerin hat gesagt, meine Grammatik und Zeichensetzung hätten sich ›phänomenal‹ verbessert. Ich schätze, ohne deine Überarbeitung hätte ich vielleicht nicht so gut abgeschnitten.«

Beth machte eine wegwerfende Handbewegung, während sie den schriftlichen Kommentar der Englischlehrerin las. »Dieses Zeug – Rechtschreibung und Zeichensetzung –, das ist nur zur Dekoration. Es fällt nur auf, wenn du es falsch machst. Aber hör dir das an. ›Charlie, dein Verständnis der Metaphern in Wilfred Owens Lyrik zeigt ein extrem hohes Niveau, und deine Ausdrucksweise beweist deinen gekonnten Umgang mit der Sprache. In deinem Aufsatz geht es nicht nur um Poesie – er ist selbst Poesie.‹« *Beth sah ihm in die Augen. »Sie hat recht, weißt du? Du schreibst wie ein Dichter.«*

»Kein Dichter«, sagte er mit einem leichten Stöhnen. »Verdammte Scheiße. Songwriter.«

Sie dachte an sein albernes kleines Liedchen über sie bei ihrem ersten Treffen vier Wochen zuvor. Sie hatte es auswendig gelernt und viel zu oft darüber nachgedacht, und sie erinnerte sich noch immer lebhaft an die Kraft seiner Stimme und diesen frechen, sexy Ausdruck in seinen Augen, als er es ihr vorgesungen hatte.

»Du könntest eines Tages eine große Nummer sein, weißt du, Charlie? Mit deinem Schreibtalent und deiner Stimme.« Sie neigte den Kopf und tat, als würde sie weiter seine Englischhausaufgabe durchsehen.

»Meinst du wirklich?« Sie hörte das Lachen in seiner Stimme. »Ich hoffe es. Ich will etwas Großes tun. Irgendwie würde ich gern Anwalt werden, aber ein anderer Teil von mir denkt, dass das so ziemlich der langweiligste Job auf dem Planeten wäre. Ich würde am liebsten den Teil auslassen, wo man die dicken fetten Gesetzesbücher studiert, und gleich zu dem Teil vorspringen, wo ich die kleinen Leute vor Gericht verteidige und das Spitzenteam von Anwälten der Gegenseite in der Luft zerreiße.«

Beth schüttelte den Kopf. »Du redest nicht wie jemand, der in einer winzigen Outback-Gemeinde aufgewachsen ist.«

»Und du redest nicht wie eine Weideprinzessin«, gab er zurück. »Du hast noch immer nichts von den Niederschlagsmengen oder der Größe des Grundstücks deines Vaters erwähnt.«

Sie lachte ein bisschen zu laut, und Miss Chomsky am Bibliothekstresen sah von ihrer Zeitschrift auf. Beth lächelte die Lehrerin entschuldigend an, und sie lächelte warmherzig zurück.

Charlie wartete, bis Miss Chomsky sich wieder ihrer Zeitschrift zugewandt hatte, dann warf er Beth einen zynischen Blick zu. »Du weißt wirklich, wie du die Lehrer um den Finger wickelst, habe ich recht?«

Beth zuckte die Schultern. »Sie vertrauen mir, weil ich mich nicht mit ihnen anlege. Ich sehe keinen Sinn darin. Aber das heißt natürlich, dass ich als Streberin abgestempelt bin.«

»Wirst du deswegen gemobbt?«, wollte er wissen.

»Eigentlich nicht. Früher schon.«

»Früher?«

»Früher, bevor alle älter und reifer wurden.« Sie schwieg einen Moment. »Und bevor meine Mutter gestorben ist.«

Sein Mund zuckte. »Und jetzt sind alle ein bisschen netter zu dir, was?«

Beth gab keine Antwort. Das musste sie nicht.

Charlie starrte auf seine langen Beine, die er unter dem Tisch ausgestreckt hatte, den sie sich teilten. »Auf meiner alten Schule war eine der Lehrerinnen ein absolutes Biest. Hat mich gehasst. Ohne Grund, hat mich einfach gehasst. Sie war nett zu den Mädchen, aber die meisten Jungen schien sie auf dem Kieker zu haben.« Er warf einen Blick auf Beth. »An dem Tag, an dem ich wieder zur Schule kam, nachdem meine Mum gestorben war, war sie wie ausgewechselt. Auf einmal konnte sie gar nicht genug für mich tun. Schulterklopfen, bessere Noten, Lächeln, Zusatzpunkte.«

Beth war wütend darüber, aber irgendwie konnte sie es auch verstehen. Leute konnten manchmal Arschlöcher sein, und es musste erst etwas Entsetzliches passieren, damit sie einem etwas freundlicher begegneten. Ihre Mitschülerin Cyndi Hanrahan war jahrelang grässlich zu ihr gewesen. Sie konnte die Beschimpfungen nicht vergessen. Arschkriecherin. Schleimerin. Arrogante, hochnäsige Zicke. *Dann, in der Woche nachdem Beths Mutter gestorben war, war Cyndi in der Schule aus heiterem Himmel auf sie zugekommen und hatte sie umarmt. Beth war so schockiert gewesen, dass sie sich gefragt hatte, ob Cyndi versuchte, ihr einen Kaugummi in die Haare zu kleben.*

»Vielleicht hatte deine Lehrerin ein schlechtes Gewissen, weil sie sich so benommen hat«, sagte sie zu Charlie.

Er legte den Kopf auf die Seite. »Vielleicht. Ich habe sie trotzdem dafür gehasst.«

Ein Teil von Beths sorgfältig unterdrücktem Groll gegen Cyndi schoss auf einmal hervor wie heißes Wasser aus einer defekten Rohrleitung.

»Ja. Das verstehe ich«, sagte sie.

Charlie beäugte sie verblüfft, dann kicherte er leise. »Ich dachte, du würdest mir sagen, es sei besser, ihr zu verzeihen, sich in sie hineinzufühlen, die Wut abfließen zu lassen, so wie der neue Regen jedes Jahr das Geröll aus dem Flussbett spült.«

Obwohl er nur herumflachste, war es, als würde jedes Wort, das er sagte, Beths Emotionen aufwallen lassen. Irgendwie konnte Charlie ihre Gefühle genau zum Ausdruck bringen. »Wo hast du gelernt, so zu reden?«

»Wie denn?«

»Wie ein Dichter.«

Er packte sie am Arm und sah ihr genau in die Augen – im Spaß, aber es sorgte trotzdem dafür, dass Beth der Atem stockte. »Nenn mich nicht Dichter«, drohte er ihr mit dem Anflug eines Lächelns auf den Lippen. »Songwriter, habe ich dir gesagt, Frau.«

»Okay – wo hast du gelernt, wie ein Songwriter zu reden?«, fragte sie, ihre Stimme ruhiger, als sie sich fühlte.

»Mein Dad hat mir etwas hinterlassen.« Charlie ließ ihren Arm los und lehnte sich zurück. »Und meine Mum hat sichergestellt, dass ich es bekommen habe. Einen Plattenspieler. Er muss ein Spitzenmodell gewesen sein, als er hergestellt wurde. Er funktioniert noch immer. Und ich habe die größte Plattensammlung aller Teenager in ganz Kimberley, darauf kannst du deinen Arsch verwetten. Hunderte. Ich kenne jede Platte, jeden Song, jede Zeile.«

Beth legte die Stirn in Falten. »Was hat das eine denn mit dem anderen zu tun?«

»Songwriter«, sagte er. »Ich wurde von ihnen erzogen.«

Als sie am Donnerstagmorgen aufwachte und wieder aus einem neuen Charlie-Campbell-Flashback zu sich kam, zementierte Beth ihren Entschluss, übers Wochenende nach Paterson Downs zu fahren. Sie war wie im Taumel – ihre Gedanken wirbelten wild durcheinander –, und sie brauchte einen Ort, um ihr inneres Gleichgewicht wiederzufinden. Sie überredete Free, mitzukommen, da Finn sowohl am Samstag als auch am Sonntag Dienst hatte. Frees einzige Bedingung war, dass sie am Sonntag spätestens um zwei Uhr nachmittags zurück war, damit sie ihren Künstlerkreis nicht versäumte.

Beth überstand die nächsten beiden Arbeitstage und holte Free am Freitagnachmittag bei ihrem Haus in der Marlu Street ab. Auf der Fahrt nach Patersons jammerte Free, wie sehr sie Finn vermissen würde, als würde Beth sie zu einem langen Urlaub entführen.

»Habt ihr in nächster Zeit irgendwelche Reisen geplant?«, unterbrach Beth sie, als sie es nicht länger aushielt.

Free stöhnte entzückt auf, als sie sich erinnerte. »Ja! Nach der Viehtriebssaison fliegen wir mit Devi und Si nach Kuala Lumpur. Das wird *fantastisch* werden. Wir werden mit dem Bus aus der Stadt fahren und in Devis Heimatdorf wohnen. Si ist noch nie außerhalb von Australien gewesen, kannst du das glauben?«

Beth dachte darüber nach. »Si ist noch jung, oder? Viele Leute reisen erst ins Ausland, wenn sie älter sind und anfangen, ihr eigenes Geld zu verdienen.«

»Aber Si ist zwanzig. Ich habe ihm geholfen, sich um seinen Reisepass zu kümmern. Er ist schon ganz aufgeregt.«

»Wie lange bleibt ihr?«, fragte Beth. »Oder ist der Rückflug offen?«

»Ausgeschlossen. Finn muss arbeiten, aber ich auch – meine Kunden und Schüler! Ich kann sie nicht einfach im Stich lassen. Aber wir fahren für zwei Wochen – das ist ein ganz anständiger Aufenthalt.«

Beth musste unwillkürlich lachen. »Ist das Free Paterson, mit der ich hier rede? Ich kann mich an Zeiten erinnern, als du für

Reisen von weniger als einem Monat morgens nicht einmal aus dem Bett gestiegen wärst.«

Free kicherte. »Ja, nicht wahr? Aber das war, bevor ich Finn kennengelernt habe – und bevor ich, du weißt schon, einen richtigen Job oder so hatte.«

»Du hast Wurzeln geschlagen.«

»Ja. Aber ich reise noch immer für mein Leben gern. Nächstes Jahr organisiere ich ein Künstler-Retreat in Italien. Eine schön lange Reise. Ich habe mir gedacht, ich könnte für vier oder fünf Wochen eine Villa in Pisa mieten, und Leute können den ganzen Monat über dazustoßen. Ich habe schon sechs Interessenten, und meine Freundin Flavia hat für mich ein perfektes Haus mit vier Schlafzimmern gefunden. Das heißt, ich kann dort jederzeit drei Leute zu Besuch haben – oder mehr, wenn sie bereit sind, sich ein Zimmer zu teilen. Meine Schülerin Tia – sie geht in die zwölfte Klasse – spart schon jetzt, damit sie mich in den Sommerferien besuchen kann.«

Beth dachte voller Sehnsucht an einen Sommeraufenthalt in Italien. Verdammt, sie brauchte Urlaub. »Und Finn?«

»Seine Eltern besuchen uns im Dezember hier, das heißt, nächstes Jahr ist für uns der ideale Zeitpunkt, um sie zu besuchen. Er wird mich am Ende des Retreats abholen, und dann fahren wir für ein paar Wochen nach Irland.«

»Wirst du ihn nicht vermissen, während du in Italien bist?«, neckte Beth sie.

Free überhörte den Sarkasmus in Beths Worten. »Doch! Aber ich werd's überleben. Ich dürfte so beschäftigt damit sein, Touren durch die Kunstmuseen und Tagesausflüge mit Freilichtmalerei durchzuführen, dass ich die Zeit gut überstehen werde. Und er muss sowieso hierbleiben, um sich um Maxie-Boy zu kümmern.« Free warf einen liebevollen Blick auf die Rückbank, wo der getigerte Kater in seinem Tragekörbchen schlief. »Jay hat gesagt, sie kann ihn für ein paar Wochen nehmen, während wir beide verreist sind, aber nicht die ganze Zeit, in der ich das Retreat leite, daher wird Max seinen Daddy brauchen.«

Max war der verwöhnteste Kater im ganzen Bundesstaat, dachte Beth. Selbst Barry, der Katzen im Allgemeinen hasste, hatte eine Schwäche für Max.

Willow und Tom würden heute Abend auf Quintilla übernachten, aber sie hatten versprochen, am Samstag zu einem Paterson-Familiendinner zu kommen. Barry, Beth und Free hatten die Möglichkeit, im Speisesaal der Farm zu essen, aber Beth hatte angeboten, für sie alle Steaks und gedünstetes Gemüse zu machen, damit sie einen ruhigen Abend unter sich verbringen könnten. Ihr war nicht nach Gesellschaft.

»Wann hast du deinen nächsten Einsatz draußen in der Madjaballi-Gemeinde?«, erkundigte sich Free beim Abendessen.

»Madjinbarra«, berichtigte Beth sie lächelnd. »In zehn Tagen. Ob ihr's glaubt oder nicht, ich werde den Bergbauminister chauffieren.«

Barrys Augenbrauen schossen hoch. »Was sagst du da, Schatz?«

Beth skizzierte ihnen kurz das Gargantua-Problem, und ihr Vater schüttelte beeindruckt den Kopf. »Ich bin verdammt überrascht, dass du ihn überreden konntest, da rauszufahren. Ein Höllentrip. Und die Hälfte davon auf unbefestigten Straßen, richtig?«

»Ja, aber das ›Biest‹ kommt damit gut klar. Ich war es allerdings nicht, die den Minister dazu überredet hat. Leute aus der Gemeinde haben die harten Verhandlungen geführt.«

»Jemand, der dort lebt?«, erkundigte sich Free.

»Früher.« Beth begriff zu spät, dass sie das Interesse der anderen geweckt hatte. »Noch etwas Sauce, Dad?«

»Nein, danke, Schatz. Fantastisches Essen.«

»Wer war es?«, wollte Free wissen.

Beth seufzte innerlich auf. »Charlie Campbell.«

»O mein Gott!« Frees Gabel fiel scheppernd auf ihren Teller. »Du arbeitest dabei mit *Charlie Campbell* zusammen? Ich habe schon gehört, dass er in der Stadt ist. Phoebe und ich hängen jeden Abend, an dem Finn arbeiten muss, im Mounties ab und versuchen, einen Blick auf ihn zu erhaschen. Ich *liebe* Charlie Campbell! Beth, was soll die Geheimnistuerei? Warum hast du mir nichts davon gesagt? Du weißt doch, dass ich verrückt nach seiner Musik bin. Ich gehe zu jedem seiner Konzerte, wenn er nach Mount Clair kommt, und ich warte seit über zwei Jahren auf sein neues Album!«

»Das habe ich nicht gewusst«, log Beth. »Wie auch immer, ich arbeite nicht mit ihm *zusammen*. Er ist zufällig an der Kampagne beteiligt, um die Gemeinde zu schützen. Ich habe ihn bei einem Meeting der Interessenvertreter gesehen, und ich nehme ihn und den Minister dorthin mit, das ist alles.«

»Ich schwärme für deine Arbeit in Madjabirri«, sagte Free. »Ich könnte mich dem Kampf anschließen.«

»Madjinbarra.« Beths Ton war scharf vor Anspannung, und Free zuckte leicht zusammen. Beth fühlte sich fürchterlich. »Entschuldige. Ich bin nur besorgt wegen dieser Gargantua-Geschichte. Ich will nicht, dass sie gewinnen.«

Free musterte sie auf diese quälend aufrichtige Art, die sie hatte. Ihre Augen füllten sich mit Tränen. »Kann ich irgendetwas tun, um zu helfen?«

»Oh, Gott, Free.« Aus heiterem Himmel traten jetzt auch Beth Tränen in die Augen. »Bring mich nicht auch noch zum Heulen! Es ist alles gut. Wir sind dabei, einen Plan auszuarbeiten. Charlies Beteiligung wird enorm viel ausmachen – er ist berühmt, und die Medien interessieren sich dafür, was er sagt und tut. Das wird Druck auf die Regierung und Gargantua ausüben.«

Ihr Vater rieb sich nachdenklich das Kinn. »Ist dieser Campbell-Bursche irgendwie mit dem Jungen verwandt, dem du früher in der Schule geholfen hast, Schatz? Ich kann mich erinnern, dass der alte Ogilvie mir von einem Aborigine-Jungen namens Campbell erzählt hat, als er mich damals um Zustimmung gebeten hat, dass du diesen Nachhilfejob übernimmst.«

Im Ernst? Ihr Vater erinnerte sich daran? Beth wollte sich am liebsten aus dem Zimmer schleichen, aber sie setzte eine tapfere Miene auf.

»Ja, ich habe Charlie in der zwölften Klasse eine Zeit lang Nachhilfe gegeben. Aber er hat die Schule nicht abgeschlossen.«

Free quollen fast die Augen aus dem Kopf. »Du hast *Charlie Campbell* auf der Highschool Nachhilfe gegeben? Warum zum Teufel erfahre ich davon erst jetzt?«

»Es war nur für ganz kurze Zeit.«

»Warum?«

Frees Augen waren auf sie gerichtet, und sie erinnerten Beth an Charlies Augen. Sie sah hinüber zu ihrem Vater, und seine Augen – ebenfalls grün – betrachteten sie erwartungsvoll. *Oh, verdammt …* Sie hatten einen etwas anderen Ton, aber trotzdem. Grün war statistisch eine der seltensten Augenfarben, und doch war sie davon umgeben.

Beth ballte unter dem Tisch die Fäuste. »Er hat entschieden, eine Musikkarriere einzuschlagen«, antwortete sie in einem völlig ruhigen Ton.

»Dem Universum sei Dank dafür!« Free lachte und machte sich wieder über ihr Essen her. »Ein Glück, dass du keine bessere Nachhilfelehrerin warst, Beth, sonst hätten wir heute vielleicht nicht Charlies wundervolle Musik.«

Beth verging der Appetit. Sie würgte ein paar Bissen Brokkoli hinunter und schob ihr Steak auf dem Teller hin und her, damit es so aussah, als würde sie essen. *So unfair.* Tatsächlich war sie eine verdammt gute Nachhilfelehrerin gewesen.

Na ja, ich war *eine gute Nachhilfelehrerin, bevor ich wegen meines Schülers völlig den Verstand verloren und angefangen habe, mit ihm aus der Bibliothek zu schleichen, um …*

Beth nahm ihr Weinglas in die Hand und trank einen großen Schluck. »Wie hat die *Mit-dem-Land-verwurzelt*-Wand ihre erste Regenzeit überstanden?«, fragte sie Free. »Für mich sieht sie immer noch gut aus, wenn ich daran vorbeifahre, aber ich bin keine Expertin.«

Das genügte, um sie aus der Schusslinie zu nehmen. Free holte fröhlich zu einer Schilderung aus, wie unglaublich perfekt ihre Mosaikwand noch immer aussah, und dann erzählte sie von dem Wandgemälde in der Grundschule in Broome, an dem sie in den vergangenen paar Monaten gearbeitet hatte. Beth schob weiter das Essen auf ihrem Teller hin und her und kaute ein bisschen Gemüse. Ihr Magen rumorte noch immer jedes Mal, wenn ihre Gedanken zu Charlie Campbell schweiften.

»Warum willst du mich nicht ansehen, Prinzessin Beth von Paterson Downs?«

Sie konnte sich das Lächeln nicht verkneifen, sosehr sie es auch versuchte. »Ich bin verpflichtet, mit dir Biologie, Englisch und Mathe zu üben.«

Charlie legte den Kopf auf die Seite. »Das heißt, ich bin dein Kunde, ja?«

Sie fing seinen Blick auf und hob die Augenbrauen. »Kunde?«

»Ja. Dein Job ist es, mit mir den Stoff zu wiederholen. Mir Nachhilfe zu geben. Du bist die Angestellte, ich bin der Kunde. Und der Kunde ist König.«

»Egal.«

Sie wandte sich wieder dem Biologiebuch zu, aber Charlie nahm ihre Hand und beugte sich nah zu ihr vor. »Der Kunde will nicht Biologie üben.«

Beths Verstand setzte aus, auch wenn ihr Blick noch immer blind über das Biologiebuch glitt. »Ist das so?«

Er beugte sich noch näher vor. »So ist das. Gestern hast du dich von mir küssen lassen«, flüsterte Charlie, und sein warmer Atem auf ihrer Wange jagte einen Schauder durch Beth. Er hob eine Hand und berührte ihren Hals, genau unter dem Ohrläppchen. »Genau hier.«

»Und?«

»Und heute will ich dich woanders küssen.« Beth starrte angestrengt auf das aufgeschlagene Buch, aber die Buchstaben und Bilder verschwammen alle ineinander. Charlie glitt mit dem Finger von ihrem Ohr über ihre Wange und hielt an ihrem Mundwinkel inne. »Hier.«

Sie gab keine Antwort, denn jeder einzelne Körperteil von ihr sehnte sich nach genau dem, was er versprach. Sie presste die Lippen zusammen, fast ohne zu atmen.

»Beth?«

»Miss Chomsky ist dort drüben«, stieß sie hervor.

Charlie sah auf. Die Bibliothekslehrerin saß ihnen zugewandt da, in irgendeine Verwaltungsaufgabe vertieft – oder vielleicht las sie wieder in ihrer Zeitschrift. Wer konnte das schon sagen? Aber sie könnte sie sehen, wenn sie aufsah.

Beth verlagerte ihre Haltung ein wenig. »Wir studieren heute die Gliederfüßer«, sagte sie. »Vielleicht könnten wir ein paar … ein paar Feldstudien betreiben.«

Charlie legte die Stirn in Falten. »Hä?«

»Gliederfüßer, Charlie Campbell. Was ist das?«

»Organismen mit einem Außenskelett.«

»Zum Beispiel?«

Er seufzte und verdrehte die Augen. »Das hatten wir schon am Montag.«

»Beispiele?«

»Spinnen, Insekten, Skorpione, Krabben.«

Sie holte einmal tief Luft. »Also, ich will wissen, ob du einen davon in der freien Natur identifizieren kannst.«

Charlies Augen leuchteten auf, als er begriff, was sie vorschlug. »Ich bin bereit für die Herausforderung.«

Beth stand auf, stopfte ihre Bücher in ihre Tasche und machte sich auf den Weg zum Ausgang. Charlie schlurfte hinter ihr her. Miss Chomsky sah auf, als sie an ihr vorbeigingen.

»Schon fertig?«, fragte sie.

Beth schenkte der Lehrerin ihr bestes Braves-Mädchen-Lächeln. »Wir gehen Spinnen beobachten. Ich will sehen, wie gut Charlie seine Gliederfüßer kennt.«

Die Frau lachte. »Na, ihr seid auf jeden Fall mutiger als ich!«

Sie gingen zum See und fanden an seinem grasbewachsenen Ufer einen Platz, um sich zu setzen.

»Sieh mal, ein Gliederfüßer«, bemerkte Charlie und zeigte auf das Gras neben Beths Schultasche.

Und natürlich, eine Ameise krabbelte zwischen den Grashalmen umher.

»Korrekt«, sagte sie.

»Was ist meine Belohnung?«, fragte er und fing mit seinen funkelnden Augen ihren Blick auf.

Beth vergewisserte sich, dass niemand zusah, dann beugte sie sich rasch vor, mit hämmerndem Herzen. Sie küsste ihn auf die Lippen – nur für einen kurzen Moment. »Jedes Mal, wenn du eine Frage richtig beantwortest, ist das deine Belohnung.«

Seine Augen schienen auf einmal dunkler. »Jetzt bin ich motiviert.«

»Was sind die Hauptmerkmale eines Gliederfüßers?«, fragte sie.

Charlies Blick verharrte auf ihrem, und sie wurde schwach vor Sehnsucht. »Ähm, ein Außenskelett?«

Sie beugte sich vor, um ihm noch einen raschen Kuss auf den Mund zu drücken. »Korrekt.«

»Frag mich mehr.«

»Wodurch noch zeichnet sich der Stamm aus?«

Inzwischen war Charlie etwas näher herangerutscht, und sie hätte es ihm verziehen, wenn er das Abfragen aufgegeben hätte, aber er hielt einen Moment inne, um über ihre Frage nachzudenken, und forschte in ihrem Gesicht.

»Segmentierte Körper.«

Sie war überglücklich, dass er richtig geantwortet hatte, denn sie wollte unbedingt noch einen Kuss. Sie beugte sich vor, und ihre Lippen trafen sich. Diesmal hielt der Kuss ein klein wenig länger an.

»Korrekt«, sagte sie aus nächster Nähe, mit stockendem Atem.

Er schien scharf nachzudenken, und seine Schultern bebten vor Anstrengung, seinen eigenen Atem unter Kontrolle zu halten. »Beine«, sagte er. »Sechs Beine.«

»Falsch«, seufzte sie.

»Nicht sechs«, korrigierte er sich hastig. »Manchmal mehr. Aber gegliedert. Gliederfüßer haben gegliederte Beine.«

Sie lächelte und beugte sich zu noch einem Kuss vor, aber diesmal legte Charlie einen Arm um ihre Taille und die andere Hand auf ihren Oberrücken und vergrub die Finger in ihren langen Haaren. Es war das erste Mal, dass Beth einen Jungen küsste – überhaupt jemanden richtig küsste. Sie fühlte sich unbeholfen, überzeugt, dass sie es falsch machte, aber gleichzeitig war es ihr egal. Charlies Lippen lagen weich an ihren, und alles, was sie wollte, war mehr.

Ihre Nachhilfestunde war für den Nachmittag beendet. Sie hatten genau dreiunddreißig Minuten, um sich so innig und leidenschaftlich wie möglich zu küssen, bevor sie sich widerstrebend auf den Weg zurück zu ihren Wohnheimen machten.

»Auf welche Universität wirst du gehen?«, fragte Charlie.

»Die Universität von Westaustralien«, antwortete sie. »Das ist die einzige, an der man Medizin studieren kann.«

»Dann werde ich dorthin gehen«, sagte er.

»Du willst Medizin studieren?«, fragte sie verblüfft.

»Nein. Ich will dort sein, wo du bist.«

In ihrem alten Schlafzimmer auf Paterson Downs starrte Beth ihr Spiegelbild an. Sie hatte dunkle Ringe unter den Augen. Heute sah sie so alt aus, wie sie war, begriff sie seufzend.

Zum Teufel mit dir, Charlie Campbell, dafür, dass du zurück in die Stadt gekommen bist, zurück in mein Leben, und mir meinen Seelenfrieden raubst.

Sie ging zu den Höfen hinaus und machte sich auf die Suche nach Willow. Ihre Schwester war im Behandlungsschuppen und untersuchte mit Vern und ein paar Viehtreibern Rinder auf Trächtigkeit.

»Das ist ja ein echtes Glamourleben«, rief sie, als sie Willow mit einem Arm in einer Färse sah.

»Ja, aber du machst das Gleiche mit Menschen, du verrückte Frau«, rief Willow grinsend zurück.

»Lass uns durchbrennen und Ballerinas werden.«

Willow untersuchte das restliche halbe Dutzend Färsen und rief Vern ihr Urteil zu, der es auf seinem Tablet-PC in eine Tabelle eintrug.

Dann streifte sie die Plastikhandschuhe ab, machte sich sauber und gesellte sich abseits der Action zu Beth.

»Hältst du dein süßes Geheimnis noch immer unter Verschluss?«, fragte Beth leise.

»Ja. Tom kann es kaum erwarten, es auszuposaunen, aber ich habe ihm das Versprechen abgenommen, die ersten drei Monate abzuwarten.«

»Keine Morgenübelkeit?«

Willow schüttelte den Kopf. »Das wundert mich, und manchmal beunruhigt es mich.«

Beth lachte. »Wünsch dir bloß keine Morgenübelkeit, Willow. Einer meiner Patientinnen war an jedem einzelnen Tag ihrer Schwangerschaft schlecht. Sie hat sich sogar übergeben, während sie in den Wehen lag. Das willst du lieber nicht.«

»Ich hatte ein paar Lebensmittelabneigungen.« Willows Miene hellte sich auf. »Bananen. Und Kaffee.«

»Kaffee! Du?«

»Aber ja. Ist vermutlich sowieso besser, wenn ich auf Kaffee verzichte.« Sie sah sich um, ob irgendjemand lauschte, aber sie waren weit entfernt von allen anderen. »Mit dem Reiten habe ich schon aufgehört, aber Tom will, dass ich auch noch mit den Rinderbehandlungen aufhöre. Diese Untersuchungen auf Trächtigkeit heute Morgen zum Beispiel. Gestern Abend hatten wir einen Riesenkrach deswegen.«

»Wer hat gewonnen?«

Willow sah sie eindringlich an. »Hast du mich nicht eben erst dafür zusammengestaucht, dass ich Rinder auf Trächtigkeit untersucht habe?«

Beth grinste. »Armer Tom. Ich kann seine Besorgnis verstehen. Du warst ja weit außerhalb der Kickzone, nach allem, was ich sehen konnte, aber es ist immer ein Risiko. Ich sag's ja nur ungern, aber er hat recht.«

Willows Miene verriet Beth genau, was sie davon hielt.

»Wenn dein Bauch dicker wird, wird es sowieso immer schwerer werden, diese Dinge zu tun«, rief sie Willow in Erinnerung. »Du kannst dich ruhig schon jetzt dran gewöhnen, die schwere Arbeit für eine Weile den Jungs zu überlassen.«

Willow stieß einen tiefen Seufzer aus; Sturheit und gesunder Menschenverstand rangen in ihrer Miene um die Oberhand. »Und was ist mit Amy Weston? Sie hat an einem Viehtrieb *und* an einem Rodeo teilgenommen, als sie im fünften Monat schwanger war. Ihrem Baby geht es gut.«

»Ja, aber sie wusste gar nicht, dass sie schwanger war. Sie hat Glück gehabt. Kein Viehtrieb oder Rodeo für dich, bitte.«

»Ich könnte gar nicht mit auf einen Viehtrieb gehen, selbst wenn ich wollte«, grinste Willow. »Das Team wäre es bald leid, dass ich alle halbe Stunde für eine Pinkelpause anhalten müsste.« Beth kicherte, und Willow musterte ihr Gesicht, die Stirn leicht gefurcht. »Was ist los? Du scheinst nicht du selbst zu sein.«

Beth zögerte. Fast ihr ganzes Erwachsenenleben lang war Rikke diejenige gewesen, bei der sie ihre Probleme ablud, aber Willow hatte sich in den letzten Jahren ihren eigenen Platz als Vertraute erkämpft. Und Beth wusste diese neue Nähe zu ihrer Schwester zu schätzen.

»Wenn ich es dir sage, versprichst du, es nicht Dad und Free zu sagen?«

»Natürlich.«

Sie schlenderten über das Gelände der Höfe und Nebengebäude, und Beth erzählte ihr die ganze Geschichte von Charlie Campbells Verbindung zu Madjinbarra. Dann, zutiefst verlegen, beichtete sie ihr auch die kurzlebige Highschool-Liebesaffäre, zumindest in groben Zügen. Willow musste verstehen, warum die gegenwärtige Situation so unangenehm für sie war. Und vielleicht würde dieses Geständnis Beth ja auch helfen, den Aufruhr in ihrem Herzen niederzuschlagen.

»Warum hast du mir das alles nie erzählt?«, fragte Willow.

Beth zuckte die Schultern. »Ich weiß nicht. Wir haben uns doch nie viel erzählt, nicht nachdem Mum krank wurde. Wir haben aufgehört, über *jegliche* Gefühle zu reden, erinnerst du dich? Und als wir endlich wieder angefangen haben zu reden, schien es nicht mehr wichtig.«

»Aber von Sebastian hast du mir erzählt.«

Willow war zu schlau, dachte Beth im Stillen. Sie blieben stehen und stützten sich im Schatten eines Baums auf ein Zaungatter.

»War es, weil dich das Zerwürfnis mit Charlie schlimmer getroffen hat als das mit Sebastian?«, fragte Willow.

Beth zwang sich zu einem Lächeln. »Je weicher man ist, desto härter wird man verletzt.«

»The first cut is the deepest?« Willow grinste. »Zitieren wir jetzt Songs?«

Beth nickte und lächelte. »Zitier vor mir nur keine von Charlies Songtexten.«

Willow verlagerte ihren Blick zur Rinderkoppel. »Hast du eigentlich irgendeine Ahnung, warum er damals einfach auf und davon ist? War draußen in seiner Gemeinde irgendetwas passiert? Gelegentlich, wenn es einen Todesfall in der Familie oder so gibt, müssen unsere Aborigine-Angestellten hier einfach weggehen, manchmal für mehrere Wochen.«

»Ich glaube nicht, dass es etwas in der Richtung war. Wenn es das gewesen wäre, hätte er es mir doch sicher gesagt, oder? Er ist einfach gegangen, ohne Erklärung, ohne Abschied. Ich habe mich noch nie so absolut … unwichtig gefühlt.«

Traurigkeit huschte über Willows Gesicht. »Scheiße. Ich habe bei so etwas früher selbst ausgeteilt. Ich kann nur von Glück reden, dass Tom gewillt war, mir zu verzeihen. Vielleicht ist es eine ähnliche Situation – vielleicht steckt hinter dem, was Charlie passiert ist, mehr, als du weißt.«

Genau das hatte Rikke auch angedeutet, und ein Teil von Beth wollte es glauben. Sie zwang sich, zynisch zu bleiben. »Oder vielleicht hat er einfach entschieden, dass er ein Leben als berühmter Star wollte. Geld und Frauen.«

»Möglich ist es.«

»Und jetzt darf ich mich auf das Vergnügen einer fünfstündigen Autofahrt in seiner Gesellschaft freuen.« Beth verzog das Gesicht.

»Gibt es denn niemanden, der dir das abnehmen könnte?«, fragte Willow. »Ich meine, warum kann Charlie den Minister denn nicht selbst fahren?«

»Mary und Harvey wollen mich gern dabeihaben, und Charlie sagt, dass sein Wagen ungeeignet ist. Ich bin mir nicht sicher, was genau das heißen soll. Mit den Straßen würde er schon klarkommen, aber er ist ein bisschen ramponiert – älter als das ›Biest‹, verbeult und schmutzig. Vielleicht wollen sie, dass der Minister eine etwas bequemere Fahrt hat.«

»Könntest du vielleicht versuchen zu vergessen, was damals auf der Schule passiert ist?«, fragte Willow. »Ich meine, vielleicht fühlt er sich auch schlecht deswegen. Wenn ihr beide euch einfach darauf konzentriert, die Gemeinde vor Gargantua zu retten, könntet ihr vielleicht eine vernünftige Arbeitsbeziehung aufbauen.«

»Klingt in der Theorie gut, aber ich spanne mich jedes Mal an, wenn ich in seiner Gegenwart bin. Ich habe Angst, wenn ich freundlich bin, wird er denken, dass ich flirte.«

»Oder denken, dass er ungestraft mit dem davongekommen ist, was er getan hat?«

Beth war verblüfft. Wie machte Willow das bloß – etwas so unglaublich Erkenntnisreiches mit dieser sanften, vernünftigen Stimme, die sie hatte, zu sagen?

»Hmm«, war alles, was sie als Antwort zustande brachte.

»Du könntest einen Rückzieher von dem Trip machen …«, schlug Willow sanft vor, und Beth versteifte sich. »Ha, dumme Idee. Beth Paterson drückt sich ja nie vor einer Verpflichtung.«

»Ich werd's einfach hinter mich bringen.« Beth schlug mit einer Hand auf das Zaungatter. »Ich habe Mary und Harvey versprochen, sie bei ihrem Kampf gegen Gargantua zu unterstützen, und das werde ich tun. Abgesehen von dieser Fahrt, werde ich hoffentlich nicht viel mit Charlie zu tun haben. Vielleicht wird er ja auch das Interesse an dem Kampf verlieren und wieder auf Tournee gehen.«

»Das hoffe ich nicht«, sagte Willow, während sie weitergingen. »Vermutlich ist er die beste Chance auf Erfolg, die sie haben.«

Kapitel 6

Nach der Fahrt zurück nach Mount Clair am Sonntag war ein Dinner mit Lloyd Rendall das Letzte, was Beth wollte. Sie ertappte sich sogar dabei, wie sie auf ihrem Handy danach schielte, ob das Krankenhaus angerufen hatte. Schön wär's. Beth fuhr Free nach Hause, dann räumte sie ihr stilles kleines Haus auf, ging joggen und danach duschen. Als sie wie vereinbart um sieben Uhr zum Restaurant Sawmill kam, saß Lloyd bereits da, eine Flasche Wein in einem Kühleimer vor sich auf dem Tisch.

Er stand auf, als er sie sah, und beugte sich vor, um ihr die Wange zu küssen. Beth musste sich zusammenreißen, um nicht zurückzuzucken.

»Du siehst entzückend aus, wie immer«, meinte er, während er sie musterte. Sie hatte sich bewusst schlicht gekleidet, aber Lloyd schien trotzdem zu gefallen, was er sah. »Du magst Sauvignon blanc, glaube ich?«, fragte er, während er ihr auf ihren Platz half.

»Ich hatte nicht vor zu trinken …«, begann sie.

»Dann nur das eine Glas«, sagte er und schenkte ihr ein. »Ich denke, wir sollten unser Essen besser bald bestellen«, ergänzte er mit gedämpfter Stimme. »Heute Abend ist hier nicht viel los, und mit einer Sieben-Uhr-Reservierung stellen wir unser Glück auf die Probe.« Er zwinkerte ihr zu. »Kleinstadtrestaurants, was?«

Beth verstand den Wink und wählte einen gegrillten Barramundi von der Speisekarte. Lloyd entschied sich für ein Steak, und sobald der Kellner gegangen war, holte er zu einer langen Geschichte über die Runde Golf aus, die er an dem Tag mit dem Präsidenten der Handelskammer gespielt hatte. Beth lächelte höflich an allen richtigen Stellen.

»Also, was ist das für eine Idee, über die du mit mir reden wolltest?«, fragte sie, nachdem Lloyd seine Geschichte endlich losgeworden war.

Lloyd blickte belustigt. »Ganz geschäftsmäßig, ja? Kein Problem. Also, offen gestanden, gibt es für die Madjinbarra-Leute hier nicht einen verdammten Funken Hoffnung, zu gewinnen.« Beth zog die Augenbrauen hoch. »Nein«, bekräftigte er in einem leicht entschuldigenden Ton. »Es gibt keinen Rechtsanspruch der Aborigines auf das Land, Gargantua besitzt die Pacht für die Mine, und die Regierung will die Jobs und den Wohlstand, die eine Mine mit sich bringen würde. Ehrlich gesagt, gibt es keinen Grund, weshalb Gargantua nicht morgen kommen und eine Mine errichten kann – und ein Camp mit einem Ausschank.«

Beth schüttelte verärgert den Kopf. »Was soll denn dieser ganze Aufstand wegen des Ausschanks? Können die Arbeiter nicht ohne ihn auskommen? Ich meine, denk doch bloß an die ganzen gesundheitlichen Vorteile – Gargantua könnte das Konzept nutzen, um zu zeigen, was für ein verantwortungsbewusster Arbeitgeber sie sind.«

Lloyd zuckte halb mit den Schultern. »Ohne ein Pub am Standort wirst du keine Arbeiter dazu kriegen, zu unterschreiben.«

Sie fixierte ihn mit einem starren Blick. »Madjinbarra ist seit fünfzehn Jahren trocken. Es ist eine starke Gemeinde mit einem extrem geringen Ausmaß an antisozialem Verhalten und häuslicher Gewalt. Bedeutet das denn gar nichts? Was gibt Gargantua das Recht, da mittendrin einen Alkoholausschank einzurichten?«

»Die Mine wird mehr Arbeiter und Besucher in die Gegend bringen – und sie haben das Recht, am Ende eines harten Arbeitstages in aller Ruhe ein Bier zu genießen.« Lloyd hielt einen Moment inne, um einen Schluck Wein zu trinken. »Die Madjinbarra-Bewohner *müssen* ja nicht ins Pub gehen. Niemand hält ihnen eine Pistole an den Kopf.«

Beth hielt ihre Wut nur mühsam im Zaum. »Die abgeschiedene Lage von Madjinbarra ist einer der Gründe, weshalb es ihnen gelungen ist, eine trockene Gemeinde zu bleiben, Lloyd. Sie sind mindestens fünf Stunden von allem entfernt. Die schiere Distanz und der Aufwand, den sie betreiben müssten, um eine Stadt mit einem Pub zu erreichen, bedeuten, dass die Bewohner nicht eben mal schnell wegfahren können, um zu feiern oder auf dem Rückweg Alkohol hereinzuschmuggeln. Und sie sind an keine kommunale Gesetzgebung gebunden, das heißt, sie können beschließen, trocken zu bleiben – eine Entscheidung, die von den Ältesten mitgetragen wird. Es ist strategisch günstig, diese Abgeschiedenheit von Pubs und Spirituosenläden. Ein Ausschank, der nur eine Autostunde entfernt ist, könnte alle möglichen Probleme verursachen.«

»Okay, ich habe verstanden.« Lloyd lehnte sich zurück und strich sich über sein glattes Kinn. »Und das bringt mich zu der Idee, die ich erwähnt habe. Wie wär's damit, Beth? Gibt es irgendeinen Grund, weshalb sie ihre trockene Gemeinde nicht an einem anderen Standort aufbauen können, an dem für all ihre Bedürfnisse gesorgt sein wird? Vielleicht sogar noch mehr Bedürfnisse – irgendwo näher an der Infrastruktur. Näher an medizinischer Versorgung und Schulen.«

Sie behielt einen ruhigen Ton bei. »Warum sollten sie umziehen müssen?«

»Weil ihnen allmählich die Optionen ausgehen«, erwiderte er. »Aber die gute Neuigkeit ist, wir haben einen Plan B für sie. Wie ich bereits sagte, Gargantua will die Bewohner nicht unglücklich sehen. Sie haben ein Stück Land gefunden, das demselben Aborigine-Gebietsanspruch unterliegt wie Madjinbarra. Es hat eine ähnliche Größe, außerdem Wasser und befestigte Straßen. Gemäß der Planfeststellung ist Gargantua bereit, die Gebäude zu versetzen und sogar ein paar neue für die Bewohner zu errichten. Madjinbarra 2.0.«

Das kam unerwartet. Beth griff nach ihrem Wein. »Wo ist dieser Standort?«

Lloyd öffnete einen Ordner auf dem Tisch und blätterte in Papieren, bis er ein paar ausgedruckte Landkarten fand. Er zeigte auf das betreffende Gebiet. Beth studierte das Blatt Papier.

»Das ist deutlich weiter von Mount Clair entfernt als der jetzige Standort«, sagte sie.

Lloyd nickte. »Etwa dreihundertfünfzig Kilometer weiter – aber zwei Stunden näher an Roeburke.«

»Sie bräuchten die Genehmigung der Aborigine-Landverwaltung, um sich dort niederzulassen.«

»Natürlich«, erwiderte er, »aber ich nehme nicht an, dass es irgendwelche Einwände dagegen geben würde.«

»Wo ist der Haken?«, fragte sie.

Lloyds Gesicht entspannte sich zu einem Lächeln. »So misstrauisch, Dr. Paterson? Kein Haken. Offen gestanden, gibt es dabei nur Gewinner. Es kostet Gargantua eine kleine Stange Geld, aber das ist ein Klacks verglichen mit den Gewinnen, die sie mit ihrer Mine möglicherweise erzielen können.«

»Aber du hast diese Idee noch nicht Mary und Harvey vorgestellt?«

Lloyd schüttelte den Kopf. »Sie haben Charlie Campbell zu ihrem Mittelsmann in der Angelegenheit ernannt. Der Typ ist ein Blockierer. Er ist fixiert darauf, die Gemeinde genau so zu erhalten, wie sie ist, und offen gestanden, wollen wir mit ihm auch noch gar nicht darüber reden. Er wird sein Veto dagegen einlegen, was bedeutet, dass die Idee als Option nicht gebührend berücksichtigt werden wird.« Lloyd stützte die Ellenbogen auf den Tisch und starrte mit ernster Miene in Beths Gesicht. »Ich hatte gehofft, du könntest mit Mary und Harvey darüber reden und sehen, was sie davon halten – bevor wir Charlie einbeziehen.«

»Das steht mir eigentlich nicht zu. Ich bin nur ihre Ärztin, Lloyd. Ich gehöre nicht zur Gemeinde, und ich kann nicht ihre Entscheidungen für sie treffen.«

»Gott, nein.« Lloyd starrte sie scheinbar entsetzt an. »Ich bitte dich nur, Mary und Harvey die Idee vorzustellen. Charlie ist voreingenommen gegen alles, was Gargantua tut, daher wird er der Idee kein faires Gehör geben.« Beth hörte skeptisch zu. *Charlie hasst wohl eher alles, was du tust, Lloyd, nachdem du versucht hast, ihm seine Nichte wegnehmen zu lassen.* »Du bist objektiver«, fuhr Lloyd fort. »Ausgewogener. Wenn du es den Gemeindeältesten erklärst, können wir darauf vertrauen, dass die Option nicht kurzerhand abgetan wird.«

Der Kellner brachte ihr Essen, und Beth hörte mit halbem Ohr zu, wie Lloyd über ihre gemeinsamen Bekannten plauderte, während sie aßen, und ließ sich die Idee durch den Kopf gehen. Die Umsiedlung klang, na ja, nicht ideal, aber vernünftig, und genau das machte sie misstrauisch. Sie würde sich nicht wundern, wenn Gargantua Hintergedanken verfolgte. Vielleicht eine staatliche Finanzierung – oder Fördermittel dafür, dass sie Lebensraum für eine Aborigine-Gemeinde entwickelten. Steuerersparnisse vielleicht? Spenden für gemeinnützige Zwecke waren steuerfrei … Oder könnten sie mit diesem Projekt vielleicht ihre Auflagen zum Schutz der Aborigines auf einen Schlag erfüllen?

Als sie aufgegessen hatten, lehnte Beth Kaffee ab und erklärte, sie sei müde und müsse früh ins Bett. »Ich bezahle meinen Anteil auf dem Weg nach draußen«, sagte sie, stand auf und nahm sich ihre Handtasche, die über ihrer Stuhllehne hing.

»Wag es bloß nicht«, sagte Lloyd und drohte ihr scherzhaft mit dem Finger. »Ich habe seit Jahren nach einer Ausrede gesucht, um die schönste Frau in der Stadt zum Essen auszuführen.«

Ich werde von Glück reden können, wenn ich mein Essen behalten kann, wenn du auf die Tour weitermachst. »Na ja, danke für das Dinner, Lloyd. Könntest du so gut sein und mir einen Entwurf des Vorschlags mailen, von dem du mir heute Abend erzählt hast?«

»Einen Entwurf?« Lloyd erhob sich stirnrunzelnd. »Äh …«

»Gargantua muss doch irgendetwas Schriftliches haben, was wir sehen können.«

»Zum gegenwärtigen Zeitpunkt macht es nur als grobes Konzept die Runde«, antwortete er.

»Oh. Na ja, dann sag ihnen, wenn sie es genauer ausgearbeitet haben, sollen sie es mir schicken, und ich werde sehen, ob ich es den Entscheidungsträgern in Madjinbarra vorstellen kann.« Sie lächelte ihn freundlich an.

»Vielleicht könntest du der Idee mit der Umsiedlung ein bisschen den Weg ebnen, Beth. Du stehst Charlie Campbell doch ziemlich nahe, oder?«

Beth erstarrte. *Was zum …?* Sie studierte Lloyds Gesicht, suchte nach einer tieferen Bedeutung. *Schwer zu sagen.*

»Nicht wirklich. Ich kenne den Typen kaum. Wie ich bereits sagte, schick mir etwas, dann werde ich mich damit befassen.« Sie streckte die Hand aus, um klarzustellen, dass es keine weiteren Wangenküsse geben würde, aber Lloyd war so dreist, ihre Hand zu ergreifen, um Beth nah an sich zu ziehen und mit seinen trockenen Lippen seitlich über ihr Gesicht zu streifen. Beth unterdrückte ein Schaudern.

»Wir sehen uns, Lloyd.«

Beth eilte zum Ausgang, bevor er auf die Idee kommen konnte, sie zu ihrem Wagen zu begleiten. Letitia aus Madjinbarra – die junge Frau, der sie geholfen hatte, einen Job in Mount Clair zu finden – stand am Bezahltresen, als sie vorbeikam.

»Hi, Dr. Paterson!«, rief das Mädchen, als Beth die Tür eben erreichte.

»Hi, Tish!« Beth warf einen Blick zurück, um zu sehen, ob die Gefahr bestand, dass sie verfolgt wurde, aber hinten an ihrem Tisch sah Lloyd bereits auf sein Handydisplay. Sie näherte sich dem Tresen. »Wie geht's?«

»Gut.« Das Mädchen schenkte ihr ein breites Lächeln. »Ich habe meine Silver-Service-Ausbildung angefangen.«

»Ooh, das hört sich ja schick an!«, sagte Beth. Sie dämpfte ihre Stimme. »Aber das Sawmill ist kein Silver-Service-Restaurant – kletterst du etwa auf der Karriereleiter hoch?«

Letitia sah sich nach Kollegen um, aber die Luft war rein. »Ich mag die Arbeit hier, aber ich will einen Job im Black Pearl in Broome kriegen.«

»Oh, wow. Von dem Restaurant habe ich schon viel gehört.«

Letitia nickte. »Mein Freund arbeitet in Broome, daher will ich auch dorthin ziehen. Aber ich will nicht in einer Fish-and-Chips-Bude enden. Deshalb mache ich diese Silver-Service-Ausbildung. Es ist echt seltsam, was wir da alles lernen, Doc.«

»Das glaube ich gern«, erwiderte Beth. Sie sah sich nach Lloyd um, der noch immer mit seinem Handy beschäftigt war. »Na ja, ich sollte besser zusehen, dass ich nach Hause komme.«

»Wollen Sie Ihre Rechnung?«

»Nein, Lloyd hat gesagt, er übernimmt das.«

»Ja, ich habe gesehen, dass Sie bei Mr. Rendall gesessen haben.« Letitia beäugte Beth einen Moment interessiert.

»Es war kein Date«, stellte Beth klar. »Ein Geschäftsessen.«

Letitia. »Na dann, fahren Sie vorsichtig, okay?«

»Na klar. War schön, dich zu sehen, Tish.«

Auf einen Ellenbogen gestützt, glitt Charlie mit den Fingern über Beths nackten Rücken. »Verdammt, du bist so schön.«

Sie strahlte innerlich. Das war ihr schon oft gesagt worden, von Freundinnen, Verwandten, sogar anderen Jungen, aber es war etwas anderes, wenn es von Charlie kam. Es war bedeutsam. Sie wollte für ihn schön sein. Sie lag auf dem Bauch, die Wange auf die Schicht Wolldecken mit dem Durack-Logo gepresst, die sie im Möbellagerraum ausgebreitet hatten. Hier drinnen war es düster und kühl, und umgeben von nicht benötigten Tischen, Stühlen und Bettgestellen war es ein bisschen, als würde man sich in einem dunklen Wald verstecken.

Charlie legte sich neben sie, sodass seine Wange jetzt ebenfalls auf den Decken ruhte, und betrachtete sie aus nächster Nähe. Beth musterte sein zerzaustes Haar, die leicht glänzende Schweißschicht auf seiner Haut, nachdem sie sich beide eben verausgabt hatten. Und diese umwerfenden Augen. Die Liebe in ihr drohte ihr Herz aufzureißen, so gewaltig, so mächtig war sie.

»Warum bleiben wir nicht einfach für immer hier?«, sagte er. »Wir könnten hier leben. Ich werde um Mitternacht losziehen, um uns etwas zu essen zu besorgen, aber abgesehen davon haben wir alles, was wir brauchen.«

»Duschen? Toiletten?«, rief sie ihm in Erinnerung. »Kleidung?«

»Du wirst keine Kleidung brauchen«, versicherte er ihr.

Sie lachte leise. »Ich bin mir ziemlich sicher, ich werde keinen Medizinstudienplatz kriegen, wenn ich mich immer den ganzen Tag hier drinnen verkrieche und Sex mit dir habe, Charlie.«

»Pfft, wer braucht denn schon Medizin oder die Universität oder ähnlichen Scheiß? Du hast mich, und ich habe dich, Süße.« Er stimmte einen alten Song an, den Beth vom Lieblingsradiosender ihres Vaters kannte, auf dem hauptsächlich Hörersendungen und Nachrichten liefen, mit ein paar klassischen Melodien dazwischen.

Sie liebte seine Stimme, aber sie legte ihm eine Hand auf den Mund, als er lauter wurde. »Charlie, psst.«

Er furchte die Stirn und nahm ihre Hand fort. »Ich dachte, du hättest gesagt, es sei niemand sonst hier.«

»Keines der Mädchen ist hier, und Hen ist einkaufen gefahren, aber ich weiß nicht, um wie viel Uhr sie zurückkommt.«

»Du machst dir zu viele Sorgen.«

»Es wäre eine Katastrophe, wenn wir erwischt werden.«

Er nickte ernst. »Ja, dann müssten wir ein anderes Versteck finden.«

Sie lachte wieder, dann wurde sie still. Das Herz ging ihr über, während ihre Augen aufeinander verharrten. Sie wollte fast weinen, so schmerzlich wurde sie von Liebe durchströmt.

»Ich habe noch nie jemanden wie dich getroffen«, sagte sie zu ihm.

Charlie grinste. »Ich bin ja auch einmalig.«

»Das bist du wirklich.« Sie lachte nicht.

Charlie hob eine Hand und glitt mit seinen Fingerrücken über ihre Wange. »Schöne Beth, die Paterson-Downs-Prinzessin, die Ärztin werden und Kimberley gesund machen wird.« Beths Lippen verzogen sich zu einem Lächeln. »Früher habe ich die Samstage gehasst, an denen die ganzen anderen Kinder nach Hause zu ihren Farmen gefahren sind«, fuhr er fort. »Und ich steckte im Grey mit Dave und Badger fest. Jetzt sind die Wochenenden meine Lieblingstage der Woche, auch wenn Badger so schlimm furzt wie noch nie und Dave ein Rassist ist. Weil die schöne Beth im Durack wohnt und mich in den Lagerraum schmuggelt, wenn Hen einkaufen fährt.«

»Dafür habe ich meine Wochenenden zu Hause geopfert«, sagte sie.

»Ich weiß. Hat dein Dad sich darüber beklagt, dass du an den Wochenenden nicht mehr auf die Farm kommst?«

»Bis jetzt ist er ziemlich verständnisvoll. Ich habe ihm gesagt, dass ich mich hier besser konzentrieren kann. Aber vermutlich muss ich bald nach Hause fahren. Mindestens einmal in diesem Monat.«

Er nickte. »Ich wünschte, ich hätte diese Möglichkeit.« Er streckte sich, ließ den Blick über sie gleiten. »Hey, wollen wir später irgendwo einen Happen essen gehen? Du hast doch bis vier Pause, oder?«

»Ja.« Beth kaute auf ihrer Lippe. »Aber ich glaube, das ist keine gute Idee. Man wird uns sehen.«

»Wer denn?«

»Jeder.«

Charlies Augenbrauen furchten sich. »Na und?«

»Wenn Leute uns wie Freund und Freundin zusammen sehen, werden sie etwas ahnen.«

»Ich dachte, wir seien Freund und Freundin.«

Sie schmolz dahin und rutschte näher an ihn heran, um ihn zu küssen. »Ja, aber im Moment dürfen wir es niemanden wissen lassen, Charlie. Die Schule denkt, dass wir ein Nachhilfe-Arrangement haben, nichts weiter.«

Er legte den Kopf auf die Seite. »Meinst du nicht, sie können sich denken, dass mehr zwischen uns läuft, nachdem wir aus zwei Tagen Nachhilfe pro Woche fünf gemacht haben?«

»Ich will's nicht hoffen!«, rief sie. »Wenn sie es wüssten, würden sie mir nicht erlauben, an den Wochenenden im Durack zu bleiben – sie würden mir vermutlich nicht einmal erlauben, dir noch länger Nachhilfe zu geben. Ich glaube nicht, dass sie es wissen. Mr. Ogilvie denkt vermutlich nur, dass ich versuche, meine Punktzahl zu verbessern.«

»Hä?«

»Du weißt schon. Meine Punkte für gemeinnützige Arbeit. Ich bekomme welche dafür, dass ich dir Nachhilfe gebe. Das wird sich gut auf meiner Unibewerbung machen.«

»Gemeinnützige Arbeit?« Charlies Miene verdüsterte sich ein wenig. »Wie – weil ich ein Aborigine bin?«

Sie zuckte die Schultern. »Ich nehm's an.«

Er setzte sich abrupt auf. »Hast du dich deshalb bereit erklärt, mir Nachhilfe zu geben?«

»Nein, natürlich nicht.« Beth setzte sich neben ihm auf und versuchte, seine Augen zu sehen, die auf die Decke starrten. »Ich habe mich dazu bereit erklärt, weil es für mich selbst eine gute Wiederholung ist. Es hilft mir bei meiner Arbeit in der zwölften Klasse. Das mit den Punkten war nur ein Bonus.«

Er schwieg so lange, dass sie schon anfing zu glauben, sie hätte das mit den Punkten für gemeinnützige Arbeit besser nicht erwähnt.

»Ich bin mir nicht sicher, ob es mir gefällt, dein gemeinnütziges Projekt zu sein«, sagte er schließlich.

»Mein Gott, Charlie.« Sie kniete sich hin und packte ihn bei den Schultern, schüttelte ihn, damit er ihr ins Gesicht sah. »Die Punkte sind mir egal. Ich wollte dir Nachhilfe geben. Und überhaupt, Mr. Ogilvie hat mich nie gebeten, irgendetwas anderes zu tun, als dir Nachhilfe zu geben. Das hier, du und ich – das hat nichts mit Nachhilfe oder Punkten oder sonst irgendwas zu tun.«

Sein Blick wurde etwas sanfter, dann funkelte auf einmal ein schelmisches Vergnügen in seinen Augen. »Du meinst, unsere außerschulischen Aktivitäten bringen dir nichts für deine kleine Punktezahl?«

Sie konnte ihre Belustigung nicht verbergen. »Wenn sie das täten, würde ich in Punkten schwimmen. Ich könnte vermutlich ein verdammtes Harvard-Stipendium kriegen.«

Charlie lachte und streckte die Arme nach ihr aus. Beth gab sich seinem Kuss hin, machte ein leises zustimmendes Geräusch, als er mit den Händen über ihre Haut glitt. Sie saßen noch immer aufrecht da, einander zugewandt, und seine nackte Brust an ihrer ließ sie kribbeln und zittern.

»Was sollen wir jetzt tun?«, murmelte er ihr ins Ohr, während er mit einer Hand über ihr Gesäß glitt und den Kopf neigte, um ihren Nacken zu küssen.

Sie schauderte vor Erregung. »Ich weiß nicht. Was willst du tun?«

Er flüsterte etwas, und Beth fragte sich, ob ihr Blut überhaupt noch heißer fließen könnte.

»Beth«, ergänzte er. Seine Hände hielten unerwartet inne.

Sie lehnte sich zurück, versuchte, sich zu konzentrieren. »Was denn?«

Charlies verblüffend grüne Augen schienen einen Kanal durch Fleisch und Knochen genau in ihr Herz zu bohren. »Ich liebe dich. Oh, verdammt, und wie ich dich liebe.«

Beth machte den Mund auf, um dasselbe zu erwidern, aber sie brachte nur ein Schluchzen zustande.

Kapitel 7

Wir müssen aufhören, uns auf diese Weise zu treffen«, witzelte Carolyn, während sie mit ihrer Lampe zwischen Beths Schenkel leuchtete.

»Nächsten Monat bist du an der Reihe«, rief Beth ihr in Erinnerung.

»Komisch, wie schnell man einen nichtinvasiven Prostata-Test für Männer erfunden hat, während wir noch immer in den Genuss des Spekulums kommen.« Sie schwieg einen Moment. »Bist du bereit?«

»So bereit wie noch nie.« Beth schloss die Augen und versuchte, an irgendetwas Schönes zu denken.

»So, das war's«, sagte Carolyn nur eine Minute später.

Beth setzte sich auf und zupfte ihre Kleidung zurecht. »Danke, Dr. Shen. Ich buche dann Ihren Termin für Sie.« Sie grinste schelmisch.

Carolyn verdrehte die Augen. »Vielleicht werde ich es einfach so halten wie meine Patientinnen und alle Pap-Abstriche und Gebärmutterhalskrebs-Screenings für die nächsten zehn Jahre vergessen.«

»Nicht mit mir«, sagte Beth.

Carolyn legte den Kopf auf die Seite und musterte sie.

»Was denn?«

»Ist alles in Ordnung?«

Beth zuckte die Schultern. »Warum fragst du?«

Carolyn betrachtete sie noch immer mit grüblerischer Miene. »Deine gute Laune scheint ein bisschen aufgesetzt.«

»Hey, du hast mir eben ein medizinisches Instrument in mein

Dingsda gesteckt«, protestierte Beth. »Soll ich jetzt etwa vor Freude durchs Zimmer hüpfen?«

»Nicht nur jetzt. Ich meine, seit ein paar Tagen. Mindestens seit dem Wochenende. Geht's deinem Dad gut?«

»Ja, er ist gesund und munter.«

»Und am Sonntag fährst du nach Madjinbarra, richtig? Ist es das, was dir Sorgen macht? Wird dir das alles ein bisschen viel?«

Beth gab sich ganz locker. »Nein, ich freue mich darauf. Ich bin nur müde und brauche dringend eine kleine Auszeit.«

»Du bist immer müde.« Carolyn schüttelte den Kopf. »Wenn ich deine Ärztin wäre, würde ich dir empfehlen, ein, zwei Punkte von Beth Patersons Terminkalender zu streichen und dir mehr Zeit für dich zu nehmen. Weißt du, was ich letzte Woche getan habe? Ich habe die Einladung zur Taufe des Babys einer Patientin ausgeschlagen und Tennis gespielt. Nichts und niemand wird mich von meinen zwei Tennisstunden pro Woche abhalten. Das ist mein Luxus.« Sie sah Beth mit einer hochgezogenen Augenbraue an. »Du brauchst einen Luxus.«

»Wie zum Beispiel?«

»Zum Beispiel eine wöchentliche Massage. Einen Buchclub. Irgendein Vergnügen.«

Beth stöhnte auf. »Erzähl mir nichts von *Work-Life-Balance*, Caro. Ich habe eine Arztpraxis zu führen.«

»Nein, im Ernst.« Carolyn wies mit einem Nicken auf ihren Patientenstuhl, bedeutete Beth, sich zu setzen. »Was tust du zum Vergnügen?«

Beth seufzte und ließ sich auf den Stuhl sinken. »Vieles.«

»Wie zum Beispiel?«

»Zeit mit meiner Familie verbringen. Mich mit Freunden treffen …«

»Augenblick«, warf Carolyn ein. »Wann triffst du dich mit Freunden?«

»Nicht kürzlich«, erwiderte Beth würdevoll. »Aber letzten Monat war ich auf einer Verlobungsfeier.«

»Das war eine Patientin.«

»Es war trotzdem ein geselliger Anlass.« Beth hielt den Blick fest auf Carolyn geheftet. »Im Ernst, es geht mir gut. Ich habe mein Joggen, meine Familie, ich arbeite zu Hause ein bisschen im Garten, und dann sind da noch die Meetings der Handelskammer …«

»Hör sofort auf.« Carolyn funkelte sie an. »Versuch gar nicht erst, mir zu sagen, dass das Networking mit der Handelskammer *Vergnügen* ist. Das ist *Arbeit.*«

Beth schenkte ihr ein schiefes Grinsen. »Na ja, okay – da hast du mich erwischt.«

»Ich glaube, du musst ein bisschen mehr Vergnügen in dein Leben injizieren, Beth. Du hast wirklich nicht viel Ausgleich.« Carolyn blickte aufrichtig besorgt. »Selbst das Joggen ist für dich etwas rein Mechanisches – nur eine Art, deinen Körper fit zu halten, damit du den ganzen Anforderungen deines Lebens gerecht werden kannst.«

»Früher war mein Leben gesellig«, rief Beth ihr in Erinnerung. »Aber ich habe meine Laufpartnerin ans Tennis verloren.«

»Hast du dich nach einem anderen Laufkumpel umgesehen?«

»Niemand könnte dich ersetzen.«

»Beth, ich meine es ernst. Ich will nicht, dass du überarbeitet und einsam bist. Was ist denn mit Dates? Es wäre doch schön, wenn du irgendeinen netten Typen hättest, der sich um dich kümmert – der dich ausführt und dir ein bisschen Vergnügen bietet. Oder zumindest ein bisschen guten Sex.« Carolyn schenkte ihr ein schelmisches Lächeln.

Beth erhob sich. »Und in diesem Sinne, Dr. Shen, gehe ich jetzt zurück zu meinen Patienten.«

»Ich habe gehört, im Bildlabor der Klinik soll ein süßer neuer Radiologe arbeiten«, rief Carolyn ihr nach.

»Ich werde mir für deinen Termin nächsten Monat noch ein paar Untersuchungen einfallen lassen, wenn du nicht gleich aufhörst«, flüsterte Beth durch die Tür zurück, und Carolyn hob die Hände, als wollte sie sich ergeben.

Beth ging zurück zu ihrem Sprechzimmer, um sich auf ihren nächsten Patienten vorzubereiten. *Zum Teufel mit Carolyn.* Sie hatte recht, das wusste Beth. Alle hatten recht. Sie arbeitete zu viel und hatte keinen Ausgleich in ihrem Leben, aber im Moment konnte sie nichts daran ändern. Sie musste die Praxis führen. Sie musste ihre Patienten empfangen. Sie musste dafür sorgen, dass ihre Praxis wettbewerbsfähig und gut besucht blieb, und sie musste ihren eigenen Erwartungen gerecht werden, ausführliche Patientenberichte schreiben und nicht zuletzt sicherstellen, dass sie die Standards der Ärztekammer erfüllte.

Und nicht einer dieser Punkte konnte in dieser Phase ihres Lebens beiseitegeschoben werden, um Platz für »Vergnügen« zu schaffen, egal wie sehr irgendjemand behauptete, dass sie überarbeitet war.

Beths Wecker riss sie am Sonntagmorgen um halb fünf aus dem Schlaf. Sie hatte eine halbe Stunde, bevor sie Charlie beim Mounties und den Minister und seine Assistentin beim Mount Clair Resort abholen musste. Dann würden sie mindestens bis Mittag fahren; länger, wenn die Straßen unter Wasser standen.

Sie war in zwanzig Minuten fertig. Ihre Tasche und ihr Arztkoffer standen auf der Ladefläche des »Biests«. Sie hatte ihre Frischwasserflaschen am Abend zuvor aufgefüllt und den Reservereifen, den Benzinkanister, den Verbands- und den Werkzeugkasten überprüft. Sie schnappte sich ihr voll aufgeladenes Funkgerät und fuhr los.

Die Morgendämmerung hatte eben begonnen, die Dunkelheit zu durchbrechen, als sie auf den leeren Parkplatz des Mounties einbog und unter dem orangefarbenen Lichtkreis einer Straßenlaterne parkte. Charlie trat in der Nähe des Hoteleingangs aus den Schatten, und Beths Kehle schnürte sich zu. Er hielt einen Rucksack und seinen Gitarrenkoffer in den Händen, und eine Einkaufstüte baumelte von seinem Arm. Charlie kam mit großen Schritten auf ihren Wagen zu und öffnete wortlos die Hecktür, um sein Zeug einzuladen. Dann kam er herum auf die Beifahrerseite und stieg mit einem schroffen »Morgen« ein.

»Guten Morgen, Charlie.« Sie konnte höflich sein, selbst wenn er es nicht war.

Er schloss die Tür und schnallte sich an. Beth fuhr vom Parkplatz und weiter in Richtung Resort. Sie zwang sich, ein paarmal leise und langsam zu atmen, den Blick auf den violetten und bernsteinfarbenen Horizont geheftet. *Ich habe nichts Unrechtes getan*, rief sie sich in Erinnerung. *Er hat* mir *vor all den Jahren unrecht getan. Wenn sich hier jemand unbehaglich fühlen sollte …*

»Hab das Malzeug.«

Sie zuckte regelrecht zusammen, so unerwartet kamen seine Worte. »Wie bitte?«

»Das Ausmalzeug für Pearl. Ich konnte keine dicken Buntstifte finden, daher musste ich Textmarker nehmen.«

»Oh. Ja, diese Buntstifte sind heutzutage etwas sehr Spezielles. Ich habe sie bislang nur in Fachgeschäften für Schulbedarf gesehen. Aber es gibt ein paar Webshops, wo man sie bestellen kann.«

Er gab keine Antwort, und sie errötete, weil sie so eifrig reagiert hatte. Gott, sie war absolut nicht ihr normales Selbst. Wie war es nur möglich, dass Charlie noch immer die Macht besaß, sie in ein einfältiges Schulmädchen zu verwandeln?

»Ich habe den Straßenbericht gelesen«, sagte er. »Die Fahrt dürfte problemlos verlaufen. Das meiste Wasser ist getrocknet.«

»Das ist gut.«

Die restliche Strecke zum Mount Clair Resort fuhren sie schweigend. Beth lenkte den Wagen in die Haltezone, und ein gelangweilt aussehender Portier beobachtete sie von einem Stuhl nahe der Eingangstür aus. Charlie schnallte sich los.

»Ich werde sehen, ob ich Winston finden kann.«

Es dauerte zehn Minuten, bis Charlie schließlich mit dem Minister wiederkam. Nigel Winston war ein kleiner Mann mit unnatürlich schwarzen Haaren, in Shorts und einem geknöpften Hemd. Seine Assistentin, Melody, konnte nicht älter als zwanzig sein. Sie hatte scharfe Augen hinter einer klassischen Nerdbrille und trug ein iPad, mit dem sie scheinbar pausenlos entweder Fotos schoss oder Notizen tippte. Charlie setzte Nigel auf den Beifahrersitz neben Beth, und der Minister begrüßte sie mit schnellen Worten. Melody bat sie, auf dem Weg aus der Stadt an dem *Willkommen in Mount Clair*-Schild zu halten, um ein Foto des Ministers mit Charlie zu schießen. Danach machte Melody noch ein paar Aufnahmen mit Beth auf Nigels anderer Seite.

Na toll. Für die Nachwelt festgehalten auf einem Foto mit Charlie Campbell.

Anfangs dachte sie, Nigel sei nervös, aber nach einer halben Stunde Fahrt begriff Beth, dass schnell zu reden und von einem Thema zum nächsten zu springen, einfach seine Art war. Melody stellte viele Fragen nach der Madjinbarra-Gemeinde und tippte vor sich hin, während Charlie antwortete. Von Zeit zu Zeit warf der Minister selbst ein paar Fragen ein, aber er schien abgelenkt von den E-Mails auf seinem Handy, um die er sich gleichzeitig kümmerte.

Ein angespanntes Gefühl kroch an Beths Rückgrat hoch, während sie fuhren. Es war klar, dass die Gargantua-Lobbyisten mit dem Büro des Ministers gesprochen hatten. Nigel schien nur an den Problemen der Gemeinde interessiert. Charlie verstand es gut, den Dingen eine etwas andere Wendung zu geben und seine Antworten positiv zu formulieren, aber sie konnte hören, wie er allmählich die Geduld verlor. Wenn er den Minister anfauchen sollte, wäre das völlig verständlich, aber eine Katastrophe für ihre Sache.

»Die Quote der Schulabsolventen ist dort draußen ziemlich niedrig, richtig, Mel?«, fragte Nigel bei seiner Assistentin nach.

Sie tippte, wischte, tippte. »Siebenundfünfzig Prozent Highschool-Absolventen.«

Nigel sah Charlie an, dessen Haltung bewundernswert war. »Ja, aber sie bleiben länger auf der Schule als Aborigine-Kinder an anderen Orten. Die landesweite Quote beträgt fünfzig Prozent. Und die Einwohnerzahl von Madjinbarra ist klein – jedenfalls vermutlich zu klein, um repräsentativ zu sein. Auf der ganzen Schule gibt es nur ungefähr achtzig Kinder. Selbst wenn sie die Highschool nicht immer abschließen, bleiben sie länger auf der Schule und tauchen öfter dort auf als die Aborigine-Kinder in den mittleren und großen Städten.«

Schweigen trat ein, während Melody Notizen tippte und Nigel E-Mails durchscrollte.

Beth räusperte sich. »Die Kinder aus Madjinbarra sind ausgesprochen kluge Köpfe«, sagte sie. »Eines der Mädchen, Letitia, ist achtzehn. Ein tolles Mädchen. Sie hat einen Job im Restaurant Sawmill in der Stadt an Land gezogen, und sie hat sich für einen Silver-Service-Kurs an der örtlichen Berufsfachschule eingeschrieben. Sie hofft, einen Job in einem Spitzenrestaurant zu bekommen. Sie weiß, was sie im Leben will, und hält sich von Ärger fern.«

»Hmm«, meinte Nigel. »Erzählen Sie uns ein bisschen mehr darüber, was Sie dort draußen in der Gemeinde tun, Dr. Paterson.«

»Beth«, sagte sie. »Nun, es gibt dort eine tolle kleine Ambulanzklinik, die unter der Woche geöffnet ist, geführt von Maud, einer Aborigine-Gesundheitsbeauftragten, und Christine, einer Gemeindeschwester. Sie kümmern sich um die tagtäglichen gesundheitlichen Probleme und kleineren Notfälle. Wenn es sich um Knochenbrüche oder Operationen oder etwas ähnlich Kritisches handelt, wird der Patient im Allgemeinen von den fliegenden Ärzten ins Krankenhaus nach Mount Clair oder Darwin gebracht, je nachdem, wie ernst sein Zustand ist. Ich verbringe jeden Monat ein paar Tage in Madji. Meine Aufgabe besteht darin, anhaltende gesundheitliche Probleme einzuschätzen und zu behandeln, die Unterlagen in der Klinik zu überprüfen und überall dort nachzuhaken, wo ich es für erforderlich halte, Medikamente zu verschreiben und auszugeben, neue Patienten oder Fälle, die hereinkommen, anzusehen – was immer nötig ist. Aber Maud und Christine kümmern sich um den Rest. Sie sind absolut fantastisch. Es gibt nicht viel, was ich ihnen über medizinische Versorgung beibringen könnte.«

»Was ist mit speziellen Therapien?«, fragte Melody. »Physio, Fußorthopädie, Optometrie. Wie handhaben Sie das?«

»Wenn ich der Ansicht bin, dass eine spezielle Therapie erforderlich ist, überprüfe ich zunächst, wie sie in Madji durchgeführt werden könnte. Maud und Christine können eine beeindruckende Auswahl an Therapien anbieten. Aber wenn das nicht machbar ist, rede ich mit den Patienten, um herauszufinden, wie und wann sie in eine größere Stadt kommen könnten, und helfe ihnen, einen Plan aufzustellen. Dann arrangieren wir etwas mit dem Therapeuten und stellen sicher, dass es ein Erinnerungssystem gibt, damit die Therapie hoffentlich auch stattfindet. Es klappt nicht immer, aber im Allgemeinen kommen sie früher oder später zur Behandlung in die Stadt.«

Melody schwieg einen Moment. »Das heißt, es kann ein bisschen Glückssache sein?«, hakte sie nach.

Beth wahrte eine ausdruckslose Miene. »Wie an anderen Orten auch setzen manche Patienten spezielle Therapien nicht unbedingt ganz oben auf ihre Tagesordnung. Es kann davon abhängen, wie stark ihre Beschwerden sind, oder von ihren alltäglichen Verpflichtungen. Meine Patienten in Mount Clair sind genauso – manche bleiben dran, andere nicht.«

»Wie sieht es bei einer längerfristigen Behandlung aus?«, hakte Melody nach. »Ich meine, es ist eine Sache, hinzugehen und sich eine neue Brille verschreiben zu lassen, wenn man in die Stadt kommt, aber wenn jemand eine wöchentliche Behandlung – eine Physio- oder Sprachtherapie zum Beispiel – benötigt, wie würde das ablaufen?«

Beth fing für einen Moment Charlies Blick im Rückspiegel auf. Wussten sie das mit Pearl?

»Im Allgemeinen würde ich mir ansehen, wer geeignet sein könnte, eine längerfristige Behandlung durchzuführen. Wenn es beispielsweise um die Sprachtherapie für ein Kind geht, würde ich eine Empfehlung dafür aussprechen, dass eine der Lehrkräfte an der Schule speziell darin ausgebildet wird, wie sie mit dem Schüler arbeiten soll. Bei einer Physiotherapie könnten vermutlich die Krankenschwestern oder sogar die Eltern oder Betreuer dafür ausgebildet werden, wie sie die Behandlung durchführen sollen.«

Sie war nicht völlig überzeugt von ihren eigenen Worten. Nach Beths Erfahrung überstiegen manche Fälle – wie zum Beispiel Pearls – die Möglichkeiten der Gemeinde, sich darum zu kümmern. Aber jetzt war nicht der richtige Zeitpunkt oder Ort, um Zweifel an Madjinbarras Fähigkeit zur Selbsthilfe zu äußern.

»Klingt, als ob die Gemeinde von etwas mehr Infrastruktur profitieren würde«, bemerkte Nigel. »Warum sind die Leute so entschieden dagegen, dass die Mine in Betrieb geht und ihnen neue Einrichtungen bringt, die näher an ihrem Zuhause gelegen sind?«

Beth warf einen Blick auf den Mann. Verstand er wirklich so wenig von den Problemen? Oder wollte er es einfach aus dem Mund eines Madjinbarra-Einwohners hören? Beth schwieg und wartete darauf, dass Charlie antwortete.

»Es ist *unsere* Gemeinde«, erklärte Charlie mit unterdrückter Leidenschaft in der Stimme. »Unser Ort. Wir glauben an ihn als einen Ort, um Kinder großzuziehen, die stark, gesund und glücklich sind. Wir beschützen sie, bis sie alt genug sind, um ihre eigenen Entscheidungen zu treffen. Wenn Gargantua gleich um die Ecke mit einem ganzen Haufen Arbeiter anrückt, die ein- und ausgeflogen werden, und ein Camp errichtet, in dem jeder wohnen kann, wird das den Ort verändern. Es wird nicht mehr nur unserer sein. Ortsfremde werden Alkohol und Drogen hereinbringen; es wird Nachfrage nach Sexarbeiterinnen, Stripteasebars und Fast Food entstehen. Es wird unsere Lebensweise vollkommen verändern, und das nicht zum Guten.«

Melody schwieg, und Beth konnte im Rückspiegel sehen, dass das Mädchen beeindruckt war. Nigel legte den Kopf auf eine Art auf die Seite, die vermuten ließ, dass er Charlies Worte zur Kenntnis nahm, aber nicht allzu überzeugt davon war. Es beflügelte Beths Wut, aber sie hielt den Mund. Es hatte keinen Sinn, den Mann in Rage zu bringen.

Melody wischte und tippte auf ihrem iPad. »Oh. Kein Internet. Wann habe ich das nächste Mal Empfang?«

Beth verbarg ein Lächeln. »Ab jetzt gibt es keinen Empfang mehr. Na ja, es gibt eine Satellitenverbindung, aber die ist ein bisschen launisch.«

»Ich glaube, bei mir ist gar kein Satellitenempfang eingerichtet. Benutzen Sie ihn auf Ihrem Handy?«, fragte das Mädchen. »Könnte ich mich bei Ihnen einloggen?«

»Na klar. Könnte aber ein bisschen langsam sein.«

Nigel seufzte und steckte sein Handy ein. »Können wir kurz anhalten? Wann kommt denn die nächste Raststätte?«

Raststätte! Der Briefing-Prozess des Ministers musste irgendwo mittendrin auf der Strecke geblieben sein. Beth warf einen Blick in den Rückspiegel und sah Charlie auf der Rückbank grinsen.

»Ab jetzt keine Toiletten mehr bis Madji, leider«, sagte er. »Jetzt gibt's nur noch das Buschklo.«

Nigel war entsetzt. »Sie machen Witze!«

»Ich muss auch mal«, sagte Melody leise.

Beth passte eine Stelle mit reichlich Felsvorsprüngen und Boabbäumen ab und lenkte das »Biest« an den Straßenrand. Sie reichte Melody ein Päckchen Taschentücher.

»Ich gehe nach links, Sie nach rechts, Nigel«, sagte Melody und setzte eine tapfere Miene auf.

Nigel machte ein mürrisches Gesicht.

»Achten Sie auf Zecken«, rief Charlie ihm nach, und Beth prustete vor Lachen.

Sie warf im Rückspiegel einen Blick auf Charlies Gesicht. Einen Moment lang lächelten sie sich an. Dann schwand Charlies Lächeln, und er brach den Blickkontakt ab. Hitze stieg ihr in die Wangen.

Als sie wieder auf der Straße waren, schenkte der Minister Charlie mehr Aufmerksamkeit, da sein Handy keinen Empfang mehr hatte und er seine E-Mails nicht mehr lesen konnte. Melody tippte weiter Notizen, und Charlie wies die beiden auf für die Madjinbarra-Gemeinde bedeutsame Orte hin.

»Gleich hier«, sagte er, »ist unser Friedhof – sehen Sie ihn dort drüben zwischen den Büschen?«

»Scheint ganz schön weit weg von der Stadt zu sein«, bemerkte Melody. »Sind wir nicht noch über eine Stunde entfernt?«

»Ja, das stimmt, aber an diesem Ort befand sich die ursprüngliche Mission. Sehen Sie die Ruine dort drüben?« Er zeigte in die Richtung. »Das war die Kirche. Wir haben die Gemeinde von hier wegverlegt, sobald wir die Unabhängigkeit von der Mission erlangt hatten, aber der Friedhof ist geblieben.«

»Warum sind Sie von hier weggezogen?«, fragte Nigel.

»Das Land, auf dem Madji jetzt steht, ist besser«, erklärte Charlie. »Mehr Wasser, flacher, mehr Platz. Außerdem sind hier auf der Mission ein paar schlimme Dinge passiert, und die Leute wollten sie hinter sich lassen.«

Nigel nickte wissend. Charlie wies die beiden auf die Überreste eines Brunnens und ein paar steinerne Fundamente hin, die früher einmal eine Krankenstation waren. Während sie weiterfuhren, flocht er hin und wieder eine Geschichte aus seiner Kindheit ein. Beth begriff, dass Charlie versuchte, Nigel eine persönliche Sicht auf den Ort zu vermitteln, damit er zweimal überlegte, bevor er Gargantuas Antrag für die Mine genehmigte.

»Dieser große Boabbaum vor uns, der mit dem Riss, ist länger hier, als irgendjemand sich erinnern kann. Er sagt uns, dass wir nur noch eine Stunde von Madji entfernt sind. Von dort gibt es einen Weg nach Westen zu einem Wasserloch. Um diese Jahreszeit trocknet der Fluss aus, aber das Wasserloch hat immer noch Wasser, und die Fische sind darin gefangen. Fantastisch zum Angeln. Onkel Harvey Early ist früher oft mit ein paar von uns Kindern dorthin gegangen.« Charlie verlagerte seine Haltung ein klein wenig. »Er ist einer der Gemeindeältesten und ein trockener Alkoholiker. Er hatte auch Krebs, aber er ist in Remission. Sich hier draußen in Madjinbarra niederzulassen, hat ihm das Leben gerettet, schätzt er. Jetzt arbeitet er mit anderen Leuten, die an der Flasche hängen, mithilfe seines eigenen Alkoholentzugsprogramms.«

»Wie die Anonymen Alkoholiker?«, fragte Melody.

»So ähnlich, aber auf die hiesige Kultur zugeschnitten.«

»Wie oft kommen Sie denn eigentlich hierher, Charlie?«, erkundigte sich der Minister, während er an den Lüftungsschlitzen der Klimaanlage herumfummelte. »Sie müssen doch die meiste Zeit des Jahres mit Tourneen und Aufnahmen beschäftigt sein.«

»Ich habe Ihr letztes Album geliebt.« Melodies Wangen röteten sich bei diesen Worten.

Er lächelte sie an. »Danke. Ja, ich komme nicht so oft hierher, wie ich gern würde. Im Allgemeinen drei- oder viermal im Jahr.«

»Haben Sie noch immer Familie in Madjinbarra?«, wollte Melody wissen.

»Viele von uns sind irgendwie miteinander verwandt. Meine engsten Angehörigen hier sind meine Tante, Mary Wirra, und Jill und Pearl, die Töchter meiner Schwester.«

»Oh, Ihre Schwester lebt auch hier draußen?«, erkundigte sich Nigel.

Charlies Miene blieb ausdruckslos. »Im Moment lebt sie an der Ostküste. Aber ihre beiden Töchter sind noch hier draußen und leben bei meiner Tante.«

»Wie alt sind sie denn?«, fragte Melody. »Kinder oder Erwachsene?«

»Jill ist fünfzehn. Pearl ist erst drei.«

Melody nickte. »Und ihr Dad?«

»Nicht auf der Bildfläche«, sagte Charlie ein wenig steif. »Aber man kümmert sich gut um sie.«

»Sie finden es bestimmt toll, einen berühmten Sänger als Onkel zu haben«, bemerkte Melody, während ihre Wangen sich wieder röteten.

»Ihr Vater war ein wundervoller Musiker«, lautete Nigels Kommentar. »Meine Eltern haben seine Musik geliebt. Er war Ihnen bestimmt eine große Hilfe, um in der Musikbranche einen Fuß in die Tür zu kriegen.«

Beth blinzelte. Das war unhöflich – es klang fast, als ob Nigel nicht viel von Charlies Musik hielt. Charlies Miene im Rückspiegel war noch immer neutral, aber er tauschte einen kurzen Blick mit Beth, und sie wusste, dass er dasselbe dachte.

Seltsam, wie sie einander noch immer lesen konnten, selbst nach all den Jahren.

Beth erstickte den Gedanken und konzentrierte sich aufs Fahren. In der letzten Stunde vor Madjinbarra ging es über eine holperige, unbefestigte Straße voller Furchen und Rillen von der kürzlichen Regenzeit. Sie hatten seit mehreren Hundert Kilometern keinen anderen Wagen mehr gesehen. Die dünnen grauen Stämme junger Bäume und leuchtend gelbe Grasbüschel säumten die rote Fahrspur zu beiden Seiten. Beth bremste ab, als sie ein paar zottelige Rinder vor ihnen auf der Straße bemerkte.

»Da hat ja jemand seine Kühe draußen stehen!«, rief Melody verblüfft.

»Hier in der Gegend hat jeder seine Kühe draußen stehen«, sagte Charlie zu ihr. »Aber die hier könnten wild sein.«

Sobald die Rinder von der Straße geschlendert waren, gab Beth wieder Gas. Charlie zeigte auf ein paar stumpfe, ausgeblichene Metallteile, die am Straßenrand verstreut lagen.

»Relikte des Zweiten Weltkriegs«, erklärte er. »Hier in der Gegend gab es damals einen Luftwaffenstützpunkt und eine Radarstation.«

Melody war erstaunt, und Beth verlangsamte das Tempo, damit das Mädchen mit seinem iPad ein paar Fotos machen konnte.

»Viel Geschichte hier draußen«, bemerkte Nigel.

»Aus mindestens sechzigtausend Jahren«, sagte Charlie, und Beth musste die Lippen zusammenpressen, um sich ein Lächeln zu verbeißen.

Nigel blickte ein wenig unbehaglich und murmelte zustimmend, und Charlie zog vor Beth im Rückspiegel tatsächlich eine Augenbraue hoch, bevor er sich zusammennahm und sich wieder zu Melody umwandte, um sie auf noch ein Wrack eines Flugzeugrumpfs hinzuweisen.

Kapitel 8

Schließlich erreichten sie das farbenfrohe *Sie erreichen jetzt Madjinbarra*-Schild, und Melody atmete erleichtert aus. »Gott sei Dank. Ich dachte, meine Blase platzt gleich. Wie haben Sie das bloß die ganze Fahrt ausgehalten, Beth?«

»Ich habe ein paar Jahre Übung«, lachte Beth. »Aber manchmal muss selbst ich eine Pinkelpause einlegen.«

Als sie das Stadtzentrum erreichten, starrten Leute sie an, um zu sehen, wer da war, und winkten, als sie Beth und Charlie erkannten. Kinder liefen neben dem »Biest« her, und drei von ihnen sprangen für eine Freifahrt auf die hintere Stoßstange. Melody schrie panisch auf, aber dann kicherte sie, als sie sah, dass mit den Kindern alles okay war. Sie parkten vor der Klinik, die nur ein paar Gebäude von Mary Wirras Haus entfernt war. Beth war gerührt zu sehen, dass jemand mit Kreide einen reservierten Parkplatz in die gepflasterte Auffahrt der Klinik gezeichnet hatte. Darauf stand *Doc*, neben einem Porträt von ihr – einem Strichmännchen mit vollen, sinnlichen Lippen und langen, glatten Haaren.

»Sieht nach Jills Kunstwerk aus«, bemerkte Charlie in einem seltsamen Ton.

Jill trottete bereits die Straße hinunter, um sie zu begrüßen, die dreijährige Pearl auf ihrer Hüfte.

»Hi, Doc!«, rief sie lächelnd. »Hi, Onkel Charlie!«

Pearl ruderte mit den Armen durch die Luft, ebenso aufgeregt, Beth und ihren Onkel zu sehen wie Jill. Charlie nahm das kleine Mädchen aus den Armen ihrer Schwester und umarmte sie beide. Jill klammerte sich mit aufrichtiger Hingabe an ihren Onkel, aber sie wandte den Blick nicht von Beth ab. Beth wurde warm ums Herz. Jill war unendlich fasziniert von Beths ärztlicher Arbeit und voller Fragen und Hilfsangebote. Sie nahm an, dass das Mädchen später einmal selbst einen Beruf im Gesundheitswesen ergreifen würde.

»Ich liebe das Porträt«, rief sie.

Jill lachte. »Ich habe dir Hollywood-Lippen verpasst!«

Beth grinste sie an und öffnete die Hecktür ihres Fahrzeugs, um ihre Sachen auszuladen. Jill ließ Pearl bei ihrem Onkel und kam, um zu helfen.

»Ist das in deinem Wagen dieser Regierungstyp, Doc?«, fragte Jill leise. »Tante Mary hat gesagt, du würdest ihn mitbringen.«

»Ja, der Bergbauminister, Nigel Winston. Dein Onkel wird ihm Madji zeigen.«

»Ist er ein guter Typ?«

Beth zuckte die Schultern. »Ich kenne ihn nicht sehr gut. Ich hoffe es. Könntest du die Kühlbox holen, Jill? Diese Medikamente müssen sofort in den Kühlschrank.«

Nachdem sie und Jill ausgeladen hatten, ging Beth auf Charlie zu. Er stand noch immer neben ihrem Wagen, Pearl auf dem Arm, und Nigel und Melody hingen in der Nähe herum. Pearl streckte die Arme nach Beth aus, und nach kurzem Zögern reichte Charlie sie ihr. Es war ein seltsamer Austausch; beide versuchten, physischen Kontakt zu vermeiden – was nahezu unmöglich war, während er ihr ein zappeliges Kleinkind übergab. Beth versuchte zu ignorieren, dass seine warme Hand ihren Arm streifte, aber ihre Gedanken schossen gegen ihren Willen zurück zu ihrem Traum von dem Möbellagerraum im Durack …

»Bringst du den Minister jetzt zu seiner Unterkunft?«, platzte sie heraus. »Willst du meinen Wagen nehmen?«

»Ähm, ja. Danke.«

Er sah so angespannt aus, dass sie sich einen Moment lang fragte, ob sie mit diesem Vorschlag irgendetwas falsch gemacht hatte. Sie hielt ihm die Schlüssel hin, und er nahm sie, ohne ihren Blick zu erwidern.

»Was steht als Nächstes auf dem Programm?«, fragte Nigel mit gezwungener Fröhlichkeit. »Wollen wir hineingehen und uns die Klinik ansehen?«

Beth warf einen Blick auf Charlie, aber er schwieg, daher antwortete sie. »Wie wär's, wenn Sie erst einmal mit Charlie losfahren? Er kann Ihnen zeigen, wo Sie wohnen werden, und Sie können sich ein bisschen frisch machen. Der erste Punkt wird vermutlich sein, Sie mit den Gemeindeältesten bekannt zu machen. Richtig?« Charlie nickte. »Aber danach können Sie gern in der Klinik vorbeischauen oder auch sonst jederzeit in den nächsten Tagen.«

»In den nächsten Tagen …«, begann Nigel, aber er wurde von der Gesundheitsbeauftragten der Klinik unterbrochen, die den Kopf ins Freie steckte und Beth entdeckte.

»Schön, dich zu sehen, Doc«, rief Maud. »Wir haben hier Billy Early mit verdammt scheußlichen Entzündungen an den Füßen. Dieser Dummkopf will sie einfach nicht sauber halten.« Von drinnen ertönte ein gedämpfter Ruf – zweifellos Billy, der gegen Mauds Behauptungen protestierte. »Na ja, wenn's doch wahr ist«, gab sie über die Schulter zurück. »Ich vermute, er braucht ein Antibiotikum.«

Beth eilte in die Klinik, hin- und hergerissen zwischen dem Bedürfnis, Nigel die reale Welt Madjinbarras begreiflich zu machen, und dem Wunsch, vor diesen Außenstehenden eine perfekte Fassade aufrechtzuerhalten.

Wie üblich war keine Gelegenheit, richtig auszupacken oder nach der langen Fahrt auch nur eine kurze Verschnaufpause einzulegen. Beth wurde prompt von den Patienten in Beschlag genommen. Die Klinik war am Wochenende eigentlich geschlossen, aber Maud und Christine öffneten sie, wenn irgendjemand sie brauchte. Das sprach Bände. Billy Earlys Fußgeschwüre waren tatsächlich scheußlich, und Beth brauchte eine ganze Weile, um sie richtig zu reinigen und zu verbinden. Pearl rutschte auf ihre eigene witzige Art mit dem Gesäß über den Klinikboden, während Beth arbeitete. Das Mädchen konnte inzwischen fast laufen, trotz ihrer Muskelkrämpfe, aber meistens rutschte sie trotzdem auf dem Gesäß herum, weil es ihr leichter fiel. Jill sah aufmerksam zu, wie Beth Billys Füße behandelte, und verzog jedes Mal mitfühlend das Gesicht, wenn Billy zusammenzuckte.

»Macht der Eiter dir nichts aus, Jill?«, fragte Billy sie.

»Nein«, grinste sie. »Eiter ist cool. Ich sehe gern zu, wie die Ärztin das alles reinigt.«

Eindeutig für eine Karriere im Gesundheitswesen bestimmt, dachte Beth lächelnd. Sie trug ein Antiseptikum auf und legte dann einen frischen Verband um.

»Diese Entzündungen sind ziemlich schlimm, Billy«, sagte sie zu ihm. »Wie lange hast du die schon?«

»Paar Tage«, meinte er schulterzuckend.

»Hast du starke Schmerzen?« Er zuckte wieder die Schultern, und Beth fixierte ihn mit einem ernsten Blick. »Du musst als Diabetiker mit deinen Füßen aufpassen. Selbst ein kleiner Kratzer kann sich zu etwas Ernstem entwickeln, und dann könntest du Probleme kriegen. Nimmst du jeden Tag deine Medizin?«

Er wich ihrem Blick aus. »Ja.«

Das bezweifelte Beth. »Du kommst damit bald nach Mount Clair, ja, Billy? Brauchst du eine Mitfahrgelegenheit? Ich fahre am Donnerstag zurück – ich werde dich mitnehmen.«

»Ich werde vermutlich in den nächsten Wochen dorthin kommen«, sagte er und stand auf. »Dann schaue ich bei dir vorbei, okay?«

Sie gab ihm ein starkes Antibiotikum, und als er gegangen war, setzte sich Beth hin und ging mit Maud und Christine die Behandlungsunterlagen der Klinik durch.

Jill packte die Einkaufstüte aus, die Charlie ihr überreicht hatte. »Sieh mal, was Onkel Charlie dir mitgebracht hat, Pearl!«

Jill breitete das Malbuch und die dicken Textmarker auf einem Tisch aus und setzte Pearl auf einen Stuhl. Pearls riesige braune

Augen leuchteten auf, und im nächsten Moment hingen ihre blonden Locken über dem Malbuch, ihr Gesicht ein Bild der Konzentration.

»Onkel Charlie ist der Beste«, sagte Jill, als sie Beths Blick bemerkte. »Er bringt Pearl immer tolle Sachen mit.«

»Charlie ist ein Geschenk des Himmels«, pflichtete Christine ihr bei. »Wenn irgendjemand in Madji irgendetwas braucht, kümmert er sich darum.«

»Er ist unsere verdammte gute Fee!« Maud lachte keuchend auf.

»Ich verstehe gar nicht, wieso ich nicht gewusst habe, dass Charlie aus Madjinbarra ist«, meinte Beth kopfschüttelnd.

»Das hast du nicht?«, fragte Jill. »Vielleicht, weil er nie zur selben Zeit hier war wie du. Ich habe dir doch so viel von ihm erzählt, glaube ich.«

Auf einmal erinnerte sich Beth, dass früher oft ein »Onkel Charlie« erwähnt worden war. Sie war immer davon ausgegangen, dass er ein Gemeindeältester war. In der Art, wie sie alle von ihm redeten, lag so viel Liebe und Respekt, dass sie sich nie vorgestellt hatte, der von allen verehrte Charlie sei ein jüngerer Mann.

»Es war Charlie, der das Drive-in eingerichtet hat«, erzählte Christine. »Er hat die Großbildleinwand und den Projektor und die Outdoor-Lautsprecheranlage bezahlt. Er wollte, dass wir in der Trockenzeit ein Kino haben, und hat sich um eine Lizenz gekümmert, damit wir neue Filme sehen können – halbwegs neue jedenfalls. Wenn Charlie denkt, dass irgendetwas für unsere Gemeinde gut wäre, regelt er es für uns.«

»Onkel Charlie ist einfach toll.« Jills Gesicht strahlte vor Stolz und Liebe.

»Onka Jarlie«, murmelte Pearl beipflichtend, während sie mit ihrem Textmarker kritzelte und ihre Locken wippten.

Beth ließ sich den Schmerz nicht anmerken, den dieses Lob ihr bereitete. Sie wusste Charlies Großzügigkeit zu schätzen – es klang, als ob er tatsächlich ein wundervoller Wohltäter für Madjinbarra war. Das gab ihm zwar nicht das Recht, sie wie Dreck zu behandeln – weder vor siebzehn Jahren noch heute –, aber wenigstens war er grundsätzlich ein guter Mann. Sie holte tief Luft und entschied, dass sie größer sein konnte als ihr jugendliches gebrochenes Herz. Sie würde Charlie für bare Münze nehmen und versuchen, ihm positiv zu begegnen, wenigstens Jill und Pearl zuliebe.

»Hoffentlich werden diese Malsachen Pearl helfen, nicht mehr abzuschalten«, sagte Jill leise. »Ich habe das Gefühl, ihr wird oft langweilig.«

»Sie ist ein schlaues kleines Ding«, bemerkte Beth. »Genau wie ihre Schwester.« Sie zwinkerte Jill zu. »Ein Jammer, dass sie nicht in einen Kindergarten für Dreijährige gehen kann.«

»Gibt es das denn in Mount Clair?«, fragte Jill.

»Ja. Nur ein paar Vormittage die Woche.«

»Das würde ihr gefallen.« Jill betrachtete ihre Schwester, dann wandte sie ihre Aufmerksamkeit Beth zu. »Ist das eine gute Schule, die in Mount Clair?«

»Die Grundschule?«

»Die Highschool.« Jill spielte mit einem von Pearls Textmarkern. »Schaffen dort viele Schüler ihren Abschluss? Und gehen danach auf die Uni oder so?«

Beth legte den Kopf auf die Seite. »Manche ja, manche nein. Ich bin selbst auf die Mount Clair High School gegangen. Sie war gut. Unterstützende Lehrer. Sowohl meine beiden Schwestern als auch ich haben es auf die Uni geschafft.«

Jill nickte, und nach kurzem Zögern ergriff sie wieder das Wort. »Wie schlau muss man denn sein, um auf die Uni zu gehen?«

»Kommt auf die Universität und den Studiengang an. Und es geht nicht unbedingt darum, dass man besonders schlau ist, sondern darum, ob man weiß, wie man gute Noten erzielt. Gesunder Menschenverstand und Organisation.«

»In meiner Familie ist noch nie jemand auf die Uni gegangen«, gestand Jill.

»Dein Onkel hätte es tun können, wenn er gewollt hätte.«

Jill zog die Augenbrauen hoch. »Wirklich? Onkel Charlie? Woher weißt du das?«

Scheiße. Das hätte sie nicht sagen sollen. »Ich war ungefähr zur selben Zeit auf der Schule wie er. Er hatte das Zeug dazu.«

»Onkel Charlie ist auf deine Schule gegangen?« Jill schien verblüfft. »Was ist passiert? Waren seine Noten nicht gut genug für die Uni?«

»Er hat das Schuljahr nicht abgeschlossen. Ich weiß nicht, warum.«

Jills Stirn furchte sich. Sie blickte seltsam desillusioniert. »Hm.«

»Morgen Abend Lagerfeuer, Doc«, schaltete sich Maud ein. »Du kommst doch, oder?«

Beth zögerte. Normalerweise war sie hier in Madjinbarra am Ende eines Tages völlig geschafft. »Ich hoffe es.«

»Ich würde sagen, wir machen jetzt Schluss – was meinst du, Chris?«, fragte Maud.

Christine pflichtete ihr bei, und sie schlossen die Klinik ab und gingen mit Beth zu Marys Haus, während sie über die jüngsten Ereignisse in der Gemeinde plauderten. Jill bestand darauf, Beths Tasche zu tragen, und Beth hielt Pearls Hand und ermunterte sie zum Laufen.

Mary saß vor ihrem Haus auf der Veranda und hob eine Hand zum Gruß, als sie Beth sah. Jill ging hinein, und Beth wusste, dass sie ihr Zeug später in Jills kleinem Zimmer mit dem Einzelbett vorfinden würde. Jill überließ ihr immer ihr eigenes Zimmer und schlief bei Pearl, wenn Beth zu Besuch war, Beths Protestbekundungen zum Trotz.

Nach dem Abendessen – gekochtes Tiefkühlgemüse und gegrillte Fischfrikadellen – und erfrischt von einer raschen Dusche setzte sich Beth mit Mary auf die dunkle Veranda, ein kühles Glas Wasser in der Hand, um die jüngsten Neuigkeiten zu erfahren. Jill brachte Pearl ins Bett und ließ sich dann auf einen Stuhl zwischen den beiden fallen. Sie redeten über Pearls Fortschritte beim Laufen und dann über Marys Rückenschmerzen, als Jill auf einmal dazwischenplatzte. Ihre Stimme klang beunruhigt.

»Was meinst du, warum Onkel Charlie die Schule abgebrochen hat, Doc?« Sie hielt einen Moment inne. »Zu schwer vielleicht?«

»Wie kommst du denn auf einmal darauf?«, fragte Mary verblüfft.

Beth beeilte sich, es zu erklären. »Ich habe Jill gegenüber vorhin erwähnt, dass Charlie und ich zusammen auf der Schule waren.«

Mary lachte nur. »Dein Onkel war nicht geschaffen für die Schule. Er hat Heimweh gekriegt.«

Jill klang noch immer besorgt. »Werde ich auch Heimweh kriegen, wenn ich nach Mount Clair gehe?«

Beth war verblüfft. »Überlegst du dir etwa, in die Stadt zu gehen, um die Schule abzuschließen, Jill?«

Das Mädchen rutschte auf seinem Stuhl hin und her. »Ich will Krankenschwester oder Ärztin werden – mich richtig um Pearl kümmern. Miss Gloria, unsere Schulleiterin, findet, ich sollte nach Mount Clair gehen. Im Wohnheim leben, damit ich die Hochschulreife ablegen kann.« Sie brach ab und betrachtete Beth verlegen, als erwartete sie, dass sie Nein sagen würde, aber Beth starrte sie entzückt an.

»Jill, das ist brillant! Jedes Mal, wenn ich hierherkomme, denke ich, wie gut du in einem Job im Gesundheitswesen wärst.«

Im trüben Licht der Veranda war das Lächeln, das sich auf Jills Gesicht ausbreitete, wunderschön. »Miss Gloria hat einen Platz für mich beantragt. Aber was, wenn ich nicht mit allen anderen mithalten kann?«

»Du schaffst das schon. Wenn du Unterstützung brauchst, bin ich für dich da.« Beth hatte in ihrem Tagesablauf eigentlich keine freie Minute, aber wenn es Jill half, würde sie die Zeit finden.

Jills Miene hellte sich wieder auf. »Danke, Doc. Ist es schwer? Ich meine, richtig schwer?«

»Es wird schon eine Herausforderung sein, verglichen mit dem, was du gewohnt bist, aber du hast das Zeug dazu. Im Durack

House gibt es alle möglichen Regeln und Vorschriften. Du musst pünktlich sein, deine Arbeiten erledigen, deine Hausaufgaben machen. Strikte Schlafenszeiten. Man braucht eine Weile, um sich daran zu gewöhnen, aber letztendlich hat es mir richtig gut gefallen. Es hat mir geholfen, für mein Studium und meine Schlafgewohnheiten Selbstdisziplin zu entwickeln.«

»Das ist vielleicht gar nicht so schlecht«, meinte Jill. »Unsere Schule ist ein bisschen sehr locker, und die Hälfte der Kinder kommt jeden Tag zu spät. Niemand macht seine Hausaufgaben. Manchmal wünschte ich, es wäre strenger.«

Mary kicherte. »Unsere Schule läuft nach der Gwini-Zeit.«

Beth kannte den Ausdruck. Er bedeutete, dass den Bedürfnissen der Familie und der Gemeinde Vorrang vor Pünktlichkeit bei Terminen oder Zeitplänen eingeräumt wurde. Sie hatte gehört, wie Geschäftsinhaber in Mount Clair den Ausdruck entnervt benutzten, als wäre er nur eine Ausrede für Faulheit. Sie sah zu, wie Jill mit dem Saum ihrer Shorts spielte und auf den Vorgarten hinausstarrte. Jill würde in dem geregelten Alltag im Durack vermutlich aufblühen. Sie war auf jeden Fall engagiert.

Das unverwechselbare Geräusch des »Biests« wurde auf der Straße laut. Es endete in Marys Auffahrt, und Charlie stieg erschöpft aus. Jill sprang auf, um ihm zu helfen, sein Zeug auszuladen. Sie nahm seinen Gitarrenkoffer und schlang ihn sich behutsam über die Schulter.

»Hi, Tante«, rief Charlie, während er auf die dunkle Veranda zukam. »Ich habe den Wagen der Ärztin zurückgebracht. Wo wohnt sie?«

Mary lachte schallend auf. »Hier, du Dummkopf.«

Beth verlagerte ihre Haltung, und Charlie musste sie im Dunkeln bemerkt haben, denn er hielt einen Moment inne, bevor er weiterging. Auf der Veranda blieb er stehen und warf eine Frage in Beths Richtung. »Du wohnst bei Tante Mary?«

Sie versuchte, es zu erklären, wobei sie sich wie ein Emporkömmling vorkam. »Früher habe ich in der Unterkunft für die Zeitarbeiter gewohnt, aber Mary war vor ein paar Monaten so freundlich, mir ein Zimmer anzubieten.«

»Es ist besser, dich nah bei der Klinik zu haben, wo du doch immer bis spät arbeitest«, sagte Mary. »Und die Mädchen lieben dich über alles.«

Jill lehnte Charlies Gitarrenkoffer gegen das Verandageländer und starrte ihn an, als könnte sie es kaum noch erwarten, ihn auszufragen. »Hey, die Ärztin hat gesagt, dass ihr in Mount Clair zusammen zur Schule gegangen seid, aber du deinen Abschluss nicht gemacht hast. Warum nicht, Onkel Charlie?«

Beth wollte sich am liebsten unter einem Stuhl verkriechen. Charlie sah sie nicht einmal an. »Redest du etwa immer noch davon, in Mount Clair zur Schule zu gehen? Du kannst die Schule hier abschließen, Jill. Ist genauso gut.«

Sie murmelte irgendetwas, das wie »Nein, ist es nicht« klang.

»Hier wird sie nicht die Hochschulreife ablegen können, Charlie«, wandte Mary ein.

»Die kann sie später immer noch ablegen.« Er ließ sich auf einen Stuhl fallen. »Gibt keinen Grund, jetzt auf und davon zu stürzen. Besser, sie schließt die Schule hier ab, unter Verwandten und Freunden, und zerbricht sich später über die Uni den Kopf.«

Beth wunderte sich. Madjinbarra konnte einen Teenager nicht zur Hochschulreife führen. Die Schule bot die erforderlichen Kurse nicht an. Wenn Jill ihre Prüfungen für die Hochschulreife ablegen wollte, würde sie in Mount Clair zur Schule gehen müssen – und zwar so bald wie möglich. Beth kämpfte gegen den Drang an, es laut auszusprechen; in der Luft zwischen ihnen lag zu viel gemeinsame Vergangenheit.

Ein mürrischer Ausdruck huschte über Jills Gesicht. »Ich will nicht Jahre älter als alle anderen sein. Du hast doch gesagt, ich bin schlau genug. Warum kann ich dann nicht jetzt gehen?«

Charlie schwieg ein paar Augenblicke, den Blick auf einen unsichtbaren Punkt auf der dunklen Straße gerichtet. »Wir werden ein andermal darüber reden.«

Jill lümmelte sich frustriert gegen den Verandapfosten.

»Hast du dem Minister etwas zu essen besorgt?«, fragte Mary, um die Situation zu entschärfen.

»Harvey hat sie zum Essen eingeladen«, antwortete Charlie. »Ich habe die beiden gefragt, ob sie auf ein Tässchen Tee mit hierherkommen wollen, aber sie haben gesagt, sie wollten noch ein bisschen Arbeit erledigen und dann früh ins Bett gehen.« Er hielt einen Moment inne. »Winston scheint nicht allzu beeindruckt.«

»Was meinst du damit?«, fragte Mary.

»Ich glaube, dass er eine Weile brauchen wird, bis er erkennen kann, was wir hier draußen haben.«

Es fiel Charlie sichtlich schwer, das zuzugeben. Beth empfand unwillkürlich Mitleid mit ihm. Sie hatte auch den Eindruck, dass Nigel erstaunlich gleichgültig – desinteressiert sogar – gegenüber all den Dingen gewesen war, die an Madjinbarra gut waren. Das beunruhigte sie. Aber Charlie hatte recht – in ein paar Tagen würde der Minister vielleicht anfangen, Kontakte in der Gemeinde zu knüpfen und ein tieferes Verständnis für die Probleme zu entwickeln, die ihnen mit der Gargantua-Mine drohten. Vielleicht könnte Charlie Nigel auch Harveys Arbeit mit den genesenden Alkoholikern nahebringen. Die Verhinderung von Alkohol- und Drogenmissbrauch war schließlich ein starkes Argument dafür, Gargantua aus der Region fernzuhalten.

»Hattest du denn Heimweh, Onkel Charlie?« Jill konnte das Thema nicht fallen lassen. »Mary sagt, das hattest du.«

Charlie stieß einen Seufzer aus. »Kein allzu großes. Ich bin nur zu dem Schluss gekommen, dass ich mich lieber auf meine Musik konzentrieren wollte.«

»Aber du hättest doch beides tun können. Du hättest die Schule abschließen und später zurückkommen können, um Musik zu machen.«

»Das Leben in der Stadt ist nicht unbedingt das Gelbe vom Ei«, meinte er.

»Warum denn nicht?«

»Da draußen gibt es viele falsche Leute. Viele doppelzüngige Leute, die sich einen Dreck um irgendjemanden außer sich selbst kümmern.«

Charlies Stimme war hart geworden, und Beth verspürte einen Anflug von Schmerz – und Schock. Ein neues Gefühl der Erkenntnis keimte in ihr auf. War Charlie vor all den Jahren irgendetwas passiert? Irgendetwas, das ihn veranlasst hatte, die Stadt ohne Abschied zu verlassen? Vielleicht war er doch nicht der hundsgemeine Dreckskerl, für den sie ihn gehalten hatte. Schließlich wurde er in Madjinbarra ausnahmslos geliebt – seine ganze Gemeinde hielt ihn offenbar für einen Helden. Aber Charlies Worte deuteten auf eine schmerzliche Täuschung, vielleicht sogar einen Verrat, in Mount Clair hin.

Wer hatte ihn so tief verletzt?

Vielleicht hatten Rikke und Willow doch recht, und hinter seinem plötzlichen Weggang steckte mehr, als Beth wusste. Vielleicht sollte sie mit ihm darüber reden …

Gott, nein. Zu viel Zeit war seitdem verstrichen, und mit ihm zu reden, würde ihm nur aufzeigen, wie schmerzlich sein Weggang für sie gewesen war. Auf gar keinen Fall würde sie ihn sehen lassen, dass er ihr das Herz gebrochen hatte.

»Du meinst, jemand ist dir in den Rücken gefallen?« Marys Neugier war jetzt geweckt. »Damals, als du in der Stadt zur Schule gegangen bist?«

Charlie erhob sich. »Ich sollte besser zusehen, dass ich ein bisschen Schlaf bekomme. Ich bin ganz schön geschafft, nachdem ich den ganzen Tag den Reiseführer gespielt habe.«

»Wo schläfst du denn, Charlie?«, fragte Mary.

»Die Ärztin hat mein Zimmer, aber du könntest die Couch nehmen«, schlug Jill vor.

Selbst im Dunkeln sah Beth sein Unbehagen. »Nein, ich werde mir bei Harvey einen Schlafplatz suchen.«

Beth schaltete sich ein. »Nimm das ›Biest‹. Meinen Wagen«, berichtigte sie sich. »Ich brauche ihn morgen früh nicht. Ich werde den ganzen Tag in der Klinik sein.«

Er zögerte, und sie warf ihm die Schlüssel zu. Er fing sie auf und nickte ihr zu. »Danke.« Charlie sprang die Verandastufen hinunter und stieg in das »Biest«.

»Übernachtet er normalerweise hier?«, fragte Beth Mary über das Geräusch des Motors hinweg.

»Ja, Jill überlässt ihm ihr Bett.«

»Oh, nein.« *Gott, wie unangenehm.* »Das hättest du mir sagen sollen. Ich hätte diesmal in der Arbeiterunterkunft schlafen können.«

»Unsinn«, entgegnete Mary entschieden. »Charlie ist es egal, wo er schläft.«

»Mir ist es lieber, wenn *du* hier schläfst«, warf Jill ein. »Dann können wir über die Schule in Mount Clair reden. Onkel Charlie nervt mich nur damit.«

Beth kicherte. »Lass uns morgen darüber reden. Ich bin selbst ziemlich müde, und ich hätte nichts dagegen, jetzt ins Bett zu gehen.«

In dasselbe Bett, in dem Charlie normalerweise schläft. Sie wand sich innerlich.

»Vielleicht könntest du bei Charlie ein gutes Wort einlegen«, schlug Mary Beth vor. »Dafür, dass Jill für ihre Hochschulreife nach Mount Clair geht. Du hast doch selbst im Wohnheim gelebt, oder? Du könntest ihm sagen, wie gut man sich dort um dich gekümmert hat. Wie du dich von Ärger ferngehalten hast.«

Beth tat, als wäre sie damit abgelenkt, den Staub von ihren Stiefeln zu klopfen, dankbar für die Dunkelheit, die ihre heftige Röte verbarg. »Ja, lass uns morgen ein bisschen mehr darüber reden«, meinte sie beiläufig und sah dann zu, dass sie verschwand.

»Du solltest nicht mit mir spazieren gehen«, sagte Beth.

»Warum denn nicht?«

»Weil die Leute etwas ahnen werden.«

»Was ahnen? Dass ich eben hinter dem Fahrradschuppen meine Hand unter deinen Schulrock geschoben habe?«

»Charlie!«, zischte sie und sah sich um. Auf der Veranda des Verwaltungsgebäudes hingen ein paar jüngere Mädchen herum, aber sie waren zu weit entfernt, um sie zu hören.

Er lachte und nahm ihre Hand. Sie schüttelte ihn ab und warf ihm einen wütenden Blick zu.

»Im Ernst, Charlie. Ich will nicht, dass es irgendjemand erfährt.«

»Und ich will, dass es die ganze Welt erfährt …« Er sang, bis sie ihm einen Klaps auf den Arm gab. »Hey! Gewalt ist keine Lösung, Weideprinzessin.«

»Bitte, Charlie. Wenn es irgendjemand erfährt, werden sie uns davon abhalten, uns zu sehen.«

Er hielt sie am Arm fest, sodass sie stehen blieb, und wandte sich zu ihr um, strich ihr mit einer zärtlichen Geste das Haar aus der Stirn. Beth sah ängstlich zu der Gruppe von Mädchen, aber sie waren ins Gespräch vertieft, von ihnen abgewandt.

»Nichts und niemand könnte mich davon abhalten, dich zu sehen«, sagte er völlig ernst.

Beth war sprachlos. Ihre Liebe wallte in ihr auf und baute sich zu diesem vertrauten Schmerz auf. Sie konnte nicht genug von ihm kriegen. Wenn sie jeden Moment jedes Tages zusammen verbringen würden, wäre es noch immer nicht genug. Sie sah sich noch einmal nach den Mädchen um, dann beugte sie sich vor, um ihre Lippen kurz auf seine zu drücken.

»Geh schon. Ich muss zu diesem Treffen. Mr. Ogilvie hat sich viel Mühe gegeben, um es zu arrangieren.«

»Ich weiß.« Charlie grinste. »Ich bin als Nächster an der Reihe.«

»Was?«

»Ich gehe auch zu dieser Universitätstussi. Das habe ich dir doch ge-

sagt. Ich gehe dorthin, wo du hingehst. Ich habe den Termin nach deinem. Ich könnte im Warteraum sitzen, bis du fertig bist.«

Sie konnte ihr Lächeln nicht verbergen, als sie gemeinsam das Büro betraten. Leanne Clegg aus der elften Klasse saß bereits auf einem der Stühle im Warteraum, und Charlie begrüßte sie. Beth kannte sie vom Wohnheim, und Charlie kannte sie offensichtlich auch – vielleicht war sie in einem seiner Kurse. Er plauderte mit Leanne, während die drei zusammen warteten.

Beth dachte ans nächste Jahr. Wenn er doch nur im selben Jahrgang wäre wie sie. Vielleicht könnte sie die Uni aufschieben und sich ein Auszeitjahr nehmen, in der Stadt leben und sich einen Job suchen? In Charlies Nähe sein, ihm privat weiterhin Nachhilfe geben und sicherstellen, dass er es auch auf die Universität schaffte, damit sie zusammen studieren konnten. Wenn sie nicht mehr im Wohnheim lebte, würden sie ihre Beziehung nicht geheim halten müssen – es würde keine Gefahr bestehen, dass man sie voneinander trennte. Und sie würden richtige Erwachsene sein. Wenn sie irgendwo eine billige Bude mietete, könnte Charlie vielleicht sogar am Wochenende bei ihr wohnen …

»Bethany.«

Mr. Ogilvies laute Stimme riss sie aus ihrer Tagträumerei, und er bat sie mit einer Handbewegung in sein Büro. Charlie schnippte heimlich mit einem Finger gegen ihr Gesäß, als sie aufstand, und sie betete, dass Mr. Ogilvie es nicht gesehen hatte.

»Das hier ist unsere Musterschülerin, Miss Bethany Paterson«, sagte Mr. Ogilvie zu der Frau, die in seinem Büro saß. »Beth, das hier ist Karen Kristovic von der Universität Westaustraliens. Sie ist für ein regionales Studentenprogramm zuständig, das darauf abzielt, mehr Studenten aus Outback-Gegenden zu einem Studienplatz zu verhelfen.«

Beth lächelte und gab der Frau die Hand. Sie tat ihr Bestes, um einen guten Eindruck zu erwecken. Es gab Stipendien, das wusste sie, die ihr helfen würden, die Wohnheimkosten für die Universität zu bestrei-

ten. Mr. Ogilvie rasselte eine Liste mit Beths schulischen Leistungen herunter, und Karen nickte, während sie immer entzückter blickte.

»Mr. Ogilvie hat mir erzählt, dass Sie Medizin studieren wollen«, sagte Karen, sobald der Schulleiter innehielt, um Luft zu holen, und Beth nickte. »Das ist wundervoll. Es klingt, als ob Sie auf einem guten Weg sind, um die erforderliche Punktzahl für einen Medizinstudienplatz zu erreichen. Als regionale Studentin mit solch guten Ergebnissen würden Sie sicher für das von uns finanzierte Wohnheimprogramm in Betracht kommen. Haben Sie Angehörige in Perth, oder hatten Sie sich überlegt, in einem der Studentenwohnheime zu leben?«

»Ich habe keine Angehörigen in Perth, daher müsste ich auf jeden Fall im Wohnheim leben«, antwortete sie.

»Dann werde ich sicherstellen, dass Mr. Ogilvie die Antragsformulare weiterleitet.« Karen schenkte ihr noch ein warmes Lächeln. »Auf dem Campus gibt es ein reges geselliges Leben. Sind Sie in irgendeinem Teamsport oder Club aktiv, wenn Sie nicht lernen?«

»Ich mag Netball«, antwortete Beth. »Das habe ich früher gespielt, aber dann ist meine Mum krank geworden, und ich, ähm, habe aufgehört.«

Mr. Ogilvie schüttelte den Kopf. »Beth hat leider vor ein paar Monaten ihre Mutter an den Krebs verloren.«

Karens Augen trübten sich teilnahmsvoll ein. »Das tut mir so leid. Ist es nicht bewundernswert, wie Sie in einer solch traurigen Zeit mit dem Lernen so tapfer durchhalten?«

»Lernen ist eine gute Ablenkung«, meinte Beth schulterzuckend.

Sie bereute ihre Worte fast augenblicklich. Hoffentlich dachte die Frau nicht, dass sie das Lernen als eine Art Krücke benutzte. Irgendwie tue ich das ja tatsächlich, *dachte sie mit einem Anflug von Schuldgefühlen.*

»Ich weiß, meine Mutter hätte gewollt, dass ich dranbleibe«, stammelte sie weiter. »Sie wusste, wie wichtig es mir war, den Studienplatz zu bekommen, den ich wollte. Ich habe mir überlegt, wieder mit Netball

anzufangen, jetzt, wo allmählich etwas Ruhe eingekehrt ist, und ich werde für den Rest des Jahres in der Stadt im Wohnheim leben.«

»Bethany hat einen sehr ausgewogenen Ansatz«, sprang Mr. Ogilvie ihr bei. »Ja, sie war gezwungen, mit dem Netball aufzuhören, aber das hat sie nicht davon abgehalten, beim Debattierclub zu bleiben. Und sie engagiert sich sehr für ihre gemeinnützige Arbeit. Sie gibt einem Aborigine-Schüler Nachhilfe, dem es schwerfiel, dem Unterrichtsstoff zu folgen. Bethany hat ihn unter ihre Fittiche genommen, hat seine schulischen Einschränkungen erkannt und ihn wirklich vorangebracht. Der arme Junge hat auf dieser Outback-Schule, auf der er dort draußen war, eine erbärmliche Schulbildung bekommen, und er hat viel Potenzial. Wenn er die Hochschulreife erlangen sollte, wird er das allein Bethanys harter Arbeit zu verdanken haben.«

Karen blickte beeindruckt. »Tatsächlich?«

Beth gefiel die Art nicht, wie Mr. Ogilvie die Situation beschrieben hatte, aber sie konnte nicht leugnen, dass sie Charlie Nachhilfe gab.

»Ja, ich habe vor ungefähr drei Monaten angefangen, mit ihm zu arbeiten.«

»Letztes Jahr hat sie mit einem anderen Aborigine-Schüler gearbeitet«, fuhr Mr. Ogilvie fort. »Lyall McGovern. Es sah alles danach aus, als würde er scheitern, aber Bethany hat sehr eng mit ihm zusammengearbeitet und seine Noten gerettet.«

Lyall McGovern war ein Aborigine? Beth nahm an, das hätte er sein können. Besser war es, nichts vor Karen zu sagen. Lyall war inzwischen sowieso von der Schule abgegangen, daher spielte es keine Rolle.

»Hören Sie, ich würde sehr gern sehen, dass Sie Ihre Träume verwirklichen«, wandte sich Karen mit ernster Miene an Beth. »Ihre Intelligenz und Ihr Initiativgeist sind genau die Eigenschaften, die wir bei Kandidaten für unsere Wohnheimstipendien suchen. Bitte reichen Sie eine Bewerbung ein.«

»Das werde ich gern tun, natürlich.« Bethany lächelte zum Dank.

»Wir sollten jetzt besser sehen, dass wir weiterkommen, sonst werden wir unsere ganzen Termine gar nicht schaffen«, sagte Mr. Ogilvie.

Er sah auf seine Liste. »Wenn man vom Teufel spricht – als Nächstes ist der Junge an der Reihe, über den wir eben gesprochen haben.« Er legte eine Hand auf die Türklinke. »Ich sehe rasch nach, ob er schon da ist. Vielleicht kommt er zur Gwini-Zeit.«

Beth fragte sich, was »Gwini-Zeit« bedeutete, aber Ogilvie lachte über seinen eigenen Kommentar, und Karen hatte ein leises Lächeln aufgesetzt, daher lächelte Beth ebenfalls, während sie das Büro verließ. Charlie erhob sich und trat vor, als Mr. Ogilvie ihn mit einer Handbewegung hereinbat, daher hatten sie, als Beth an ihm vorbeiging, keine Zeit, auch nur einen Blick zu tauschen. Sie blieb noch eine Minute stehen, nachdem der Schulleiter die Tür geschlossen hatte. Sie konnte seine donnernde Stimme hören, während er vor Karen wieder die Werbetrommel zu rühren begann und Charlies Loblied sang. Beth grinste vor sich hin. Charlie würde mitspielen, aber vermutlich würde er später etwas zu Mr. Ogilvies Auftritt zu sagen haben. Hoffentlich waren genügend Stipendien zu haben.

Irgendwie würden sie eine Lösung finden. Sie würden zusammen sein.

Kapitel 9

Sie schlief nicht gut in dieser Nacht. Ganz abgesehen vom nächsten quälenden »episodischen« Traum von Charlie waren Beths Muskeln verkrampft von der langen Fahrt und dem fehlenden täglichen Joggen. Sie wachte mehrmals in der Nacht auf und dachte darüber nach, dass sie in demselben Bett lag, in dem Charlie manchmal schlief. Bei diesem Gedanken verspürte sie jedes Mal ein beklemmendes Ziehen, irgendwo zwischen Unbehagen und – *ähm* – Erregung. Das waren nur diese Träume, sagte sie sich. Dieses ganze liebestolle Teenagergetue, das in ihrem Gehirn als Wiederholung lief, wühlte sie auf. Alles wühlte sie auf: die Erinnerungen und Träume, Zeit mit Charlie zu verbringen, Jills Pattsituation mit ihrem Onkel wegen der Highschool, ganz zu schweigen von dem Gargantua-Problem. Kein Wunder, dass sie sich so neben der Spur fühlte. Sobald das Leben wieder seinen gewohnten Gang ging – das hieß, *ohne Charlie* –, würde Ruhe einkehren. Dann würde sie wieder ihre täglichen Termine, nächtlichen Anrufe aus dem Krankenhaus und monatlichen Networking-Empfänge haben und weiter die Umgestaltung ihres Wohnzimmers planen.

Der Gedanke ernüchterte sie. Wann war das Leben eigentlich so lächerlich und gnadenlos geschäftig – und so öde – geworden? Früher war jeder Tag ein Abenteuer gewesen. Sie hatte sich dafür begeistert, ihr Geschäft aufzubauen, sich mit anderen engagierten Leuten zu vernetzen und sich ein schönes Zuhause zu schaffen. Jetzt fühlte sie sich bei dem Gedanken, zu ihrem durchgeplanten Leben in Mount Clair zurückzukehren, seltsam uninspiriert.

Verdammt, sie brauchte *wirklich* Urlaub.

Beth stand bei Sonnenaufgang auf, entschlossen, joggen zu gehen und etwas von der Anspannung in ihrem Körper und Geist abzubauen. Sie schlich aus dem Haus und joggte leise durch das Netz staubiger Straßen in der Wohngegend der Gemeinde. Es war friedlich hier draußen, und es erinnerte Beth an die Morgen auf Paterson Downs – milde, still und dunkel orangerot in der Dämmerung. Sie lief an der Kooperative vorbei, wo in der Trockenzeit einmal die Woche ein Lieferwagen vorfuhr und einen Schwung Lebensmittel ablud, an der Schule mit dem Aborigine-Wandgemälde von Tieren, am Gemeindezentrum und dem neuen Drive-in. Am Drive-in hielt sie einen Moment inne, um ein paar Dehnübungen zu machen und ihren Puls zu überprüfen. Sie betrachtete die riesige wetterfeste Leinwand, die Outdoor-Lautsprecheranlage und die Blechhütte, die offenbar als Kiosk diente. Charlies Geschenk an die Stadt.

Im Ernst – wie war es möglich, dass sie nicht gewusst hatte, dass er aus Madjinbarra war? In der Region verstreut gab es Dutzende Outback-Gemeinden, und in mehreren davon lebten hauptsächlich Angehörige der Gwini-Nation. Aber wie war es möglich, dass sie jede freie Minute mit einem Mann verbracht hatte, hoffnungslos verliebt in ihn war, heimlich den besten Sex ihres Lebens mit ihm gehabt hatte, Herrgott noch mal – und nicht einmal wusste, woher er kam?

Weil es dir nicht wichtig war, woher er kam, rief sie sich in Erinnerung. *Dir war nur wichtig, ihn nicht zu verlieren.*

Vielleicht lag es am Alter und an der Ernüchterung, dass es den Leuten wichtig war, woher jemand kam. Damals war sie unschuldig, nichts ahnend von den größeren gesellschaftlichen Problemen. Ihr war nur wichtig gewesen, dass Charlie ihr gehörte und dass niemand ihnen ihre Liebe wegnehmen würde.

Niemals hatte sie sich vorgestellt, dass *er* es sein würde, der sie wegnahm.

Beth seufzte vor sich hin. Sie war es so gewohnt, ihn für das, was er getan hatte, zu hassen, aber Charlie in seinem eigenen Umfeld zu sehen, umgeben von Leuten, die ihn liebten, und zu sehen, wie hart er arbeitete, um der Gemeinde etwas zurückzugeben, das hatte etwas in ihr verändert. Der tröstliche Groll bröckelte. Ja, er hatte sie verletzt, aber sie waren kaum mehr als Kinder gewesen. Wichtigere Dinge waren damals passiert, Dinge, die sie nicht verstanden hatte. Die Szene aus dem Traum heute Morgen kehrte wieder, traf sie mit einer Welle der Klarheit. Hatte Ogilvie vor dieser Frau von der Universität wirklich irgendeinen herablassenden Witz darüber gemacht, dass Charlie zur »Gwini-Zeit« kam? Charlie, der sich den Arsch aufgerissen hatte, um in einem neuen schulischen Umfeld, weit weg von seiner Familie, alles richtig zu machen, weil er Anwalt werden und für die kleinen Leute kämpfen wollte? Hatte Ogilvie allen Ernstes Beth das Verdienst an Charlies schulischen Fortschritten zugeschrieben, als wäre das alles ihre und nicht Charlies eigene Leistung gewesen? Beth wurde von Wut durchströmt und dann von Selbstvorwürfen. Warum war sie nicht für ihn eingetreten?

Damals war ihr gar nicht bewusst gewesen, wie schlimm es war, dass ihr Schulleiter Charlie so heruntergemacht hatte. Sie war einfach davon ausgegangen, dass er der Universitätsfrau Honig um den Mund schmierte, um Beth in ein gutes Licht zu rücken. Sie war nie auf die Idee gekommen, wie verletzend es für Charlie gewesen sein musste, dass Ogilvie in einem Atemzug behauptete, Charlies Erfolg sei allein Beth zu verdanken, und im nächsten Charlie hereinbat und so tat, als hielte er große Stücke auf seinen »benachteiligten« Schüler. Was für ein Idiot war ihr Schulleiter gewesen! Und was für eine selbstbesessene Ignorantin war sie gewesen, ihm das durchgehen zu lassen.

Sie hatte Charlie so sehr geliebt, dass sie praktisch alles für ihn getan hätte. Aber sie hatte sich geweigert, ihre Beziehung öffentlich zu machen – nur weil sie schreckliche Angst davor hatte, nicht mehr so viel Zeit mit ihm allein jeden Tag nach der Schule zu haben. *Nichts könnte mich davon abhalten, dich zu sehen*, hatte Charlie versprochen. Und doch hatte sie ihm nie gestattet, auf dem Schulhof ihre Hand zu halten. Ihre engstirnige Weltanschauung und das egoistische Bedürfnis, die geheime kleine Seifenblase ihrer Beziehung zu schützen, hatten sie verzehrt. Und Charlie hatte vermutlich gedacht, dass es ihr peinlich war, mit ihm gesehen zu werden.

Beth lief weiter, dann blieb sie stehen. Diese Gedanken waren ihr so heftig auf den Magen geschlagen, dass sie auf einmal glaubte, sich übergeben zu müssen, wenn sie noch länger lief. Sie atmete ein paarmal tief durch und ging stattdessen in einem harten Schritttempo weiter. Die Sonne schob sich über den Horizont und warf lange Schatten von Gebäuden und Bäumen über den mit rotem Sand bedeckten Asphalt.

Oh, Gott.

War ihr Beharren auf Geheimhaltung – die Art, wie sie es versäumt hatte, für ihn einzutreten – der Grund gewesen, weshalb Charlie gegangen war? Vielleicht hatte er dieses Gespräch in Ogilvies Büro mitgehört; hatte mitgehört, wie sie ihm beipflichtete, dass sie der Grund für seinen schulischen Erfolg war, dass Charlie nur ein »benachteiligter« Schüler war, der zur »Gwini-Zeit« kam. Und Charlie war so stolz. Er hätte es – zu Recht – *gehasst*, das zu hören.

Wie lange nach jenem Tag war er gegangen? Sie versuchte verzweifelt, es auszurechnen, und ihr Herz fühlte sich an, als würde es in ihrer Magengrube aufschlagen, als sie begriff, dass es keine Woche nach ihren Terminen bei Ogilvie und dieser Universitätsvertreterin gewesen war. Ein paar Tage später, als sie zu Mr. Ogilvies Büro ging, um ihn nach den Stipendiumsformularen zu fragen, hatte sie herausgefunden, dass Charlie gegangen war.

»Charlie Campbell wurde heute Morgen als abwesend vom Englischunterricht eingetragen«, sagte eine der Sekretärinnen zu einer anderen, während Beth auf Mr. Ogilvie wartete.

Ihre Kollegin tippte weiter auf ihrer Tastatur vor sich hin. »Ach ja – das wollte ich dir sagen. Er hat die Schule verlassen. Sein Onkel hat ihn heute Morgen abgeholt.«

»Wie, endgültig?«

»Ja. Sie sind sofort zurück zu ihrer Gemeinde gefahren.«

Die Frau kicherte traurig. »Noch einer, der ins Gras beißt. Ein Jammer, er war so ein netter Junge.«

Beth verlangsamte ihre Schritte und setzte sich vor der geschlossenen Kooperative auf eine Bank. Wenn sie sich doch nur erinnern könnte, was genau in dieser Woche passiert war. Hatte Charlie über irgendetwas davon mit ihr geredet? Irgendwie durchblicken lassen, dass er verletzt oder wütend war? Sie wusste nur, dass sie absolut nichts davon geahnt hatte, dass irgendetwas nicht stimmte, und die Nachricht, dass er gegangen war, hatte sie wie ein Schlag in die Magengrube getroffen. Allein schon der Gedanke an diesen Moment rief ihr die Nächte, in denen sie still in ihre Bettdecke geschluchzt hatte, die völlige, hilflose Verwirrung wieder in Erinnerung, als wäre es erst gestern gewesen.

Sie vergrub das Gesicht in den Händen und versuchte, die Erinnerung und ihren atemberaubenden Schmerz aus ihrem Kopf zu verbannen. *Verdammt.* Irgendwie musste sie sich in den Griff bekommen. Sie musste dieses Zeug später verarbeiten. *In den nächsten drei Tagen werde ich Haltung bewahren, wann immer ich in Charlies Nähe bin.*

Und dann die lange Fahrt zurück nach Mount Clair mit ihm überstehen.

Sie stand auf, vergaß ihre Übelkeit und zwang sich weiterzujoggen.

Im Allgemeinen kam Mary an den Tagen, an denen Beth ihre Sprechstunde abhielt, ebenfalls in die Klinik. Sie schickte Jill zur Schule, brachte Pearl mit und hielt im Vorraum Hof, von wo sie gut im Blick hatte, wer durch die Glastür hereinkam. Das verstand Beth. Es war für Mary als eine der Gemeindeältesten eine Gelegenheit, den Kontakt zu Leuten aufzufrischen, die sie seit einer Weile nicht gesehen hatte. Die Bewohner von Madjinbarra hoben sich ihre quälenden Beschwerden im Allgemeinen für Beths monatlichen Besuch auf und wandten sich nur bei Verletzungen oder Erkrankungen, die keinen Aufschub duldeten, an die Klinikschwestern, und Mary wusste gern, was in ihrem Leben los war. Pearl spielte zufrieden mit der Spielzeug- und Bilderbuchsammlung der Klinik und anderen Kindern, die hereinkamen.

Am Vormittag hörte Beth, wie das »Biest« vorfuhr, und ihre Schultern spannten sich an. Sie versuchte, sich darauf zu konzentrieren, den Blutdruck der alten Helen zu messen, und wünschte, die Verbindungstür wäre geschlossen, damit sie nicht von Charlies Gegenwart abgelenkt wurde – aber niemand schloss diese Tür je, es sei denn, es gab irgendetwas äußerst Privates zu besprechen.

»Guten Morgen, Charlie«, kam Marys Stimme, als die Kliniktür aufglitt. »Was ist los?«

»Nichts.«

»Unsinn. Du siehst aus, als ob dir eine Laus über die Leber gelaufen ist.«

Die Tür schloss sich, und Charlies Stimme erwiderte: »Es geht um diesen Schwachkopf Winston. Du wirst es nicht glauben, Tante.«

»Was hat er getan?«

»Er ist abgereist.«

Beth fiel fast das Blutdruckmessgerät aus der Hand.

»Könntest du mich kurz entschuldigen, Helen?«, fragte sie.

»Kein Problem, Liebes.«

Beth trat in den Vorraum. »Hast du eben gesagt, Winston ist *abgereist?*«, fragte sie Charlie. »Wieso das denn?«

Er fuhr sich mit einer Hand durchs Haar, sichtlich erregt. »Ich habe ihn eben zum Flugplatz gebracht und in eine Chartermaschine gesetzt. Seine Assistentin hat sich immer wieder entschuldigt. Hat gesagt, es wären ›dringende parlamentarische Angelegenheiten‹.«

Beth starrte ihn an, während ihre Gedanken wild durcheinanderwirbelten. Charlies Miene zeigte puren Zynismus.

»Hat er sich denn *irgendetwas* angesehen, bevor er abgereist ist?«, fragte sie.

»Nicht viel. Harvey und ich sind mit ihm zur Schule und zum Gemeindezentrum gefahren, er hat ein paar Typen getroffen, die an dem Programm meines Onkels teilnehmen, und dann hat er einen Anruf bekommen. Ich habe gehört, wie er gesagt hat: ›Danke, Kumpel, vielen Dank. Es ist ziemlich schlimm.‹ Ich nehme an, er hat einen Notruf abgesetzt, als er gestern Abend seine Unterkunft gesehen hat, und sie haben ihm heute Morgen ein Flugzeug geschickt.« Charlie sah Mary an. »Dieser Idiot hat es hier nicht gepackt, deshalb hat er ein Rettungsteam gerufen. Ich möchte wetten, er ist ruck, zuck wieder beim Mount Clair Resort und springt dort in den Pool, bevor er nach Hause fliegt.«

»Dieser Vollidiot.« Mary klang eher traurig als wütend, und Charlies Miene war entsprechend.

Beth versuchte, die beiden aufzumuntern. »Aber seine Assistentin – Melody – war ziemlich auf Draht. Wir sollten versuchen, sie zu kontaktieren.«

Charlie ließ sich auf einen Stuhl sinken. »Wozu? Sie ist nur eine von Winstons Mitarbeiterinnen. Vermutlich schreibt sie seinen Bericht darüber, warum Gargantuas Bergbaucamp genau das ist, was Madjinbarra in seiner Nähe braucht.«

Mary wirkte so getroffen von seinen Worten, dass Beth die Frau hastig beschwichtigte. »Okay, das ist ein Rückschlag, aber es hat uns gezeigt, dass Winston uns nichts nützt. Das ist das Positive. Wir müssen nicht nur unsere Freunde, sondern auch unsere Feinde kennen.«

»Dem Himmel sei Dank für dich, Beth«, sagte Mary mit glänzenden Augen. »Wenigstens *du* bist unsere Freundin.«

Charlie warf Beth einen Blick zu, der so angewidert und wütend war, dass ihr fast das Blut in den Adern gefror. Er schien sich nur mühsam zu beherrschen, nicht zu sagen, was er wirklich dachte. Beth wartete verwirrt, den Blick fest auf seine grünen Augen geheftet. Aber dann sah er zurück zu Mary und zügelte seinen Zorn.

»Ich mache mir ein Tässchen Tee. Willst du auch eines, Tante?«

»Ja«, sagte sie und wischte sich die Augen.

»Maud?«, rief er. »Tante Helen? Tässchen?«

Sie alle bejahten dankbar, und er ging in die winzige Küche, um Wasser aufzusetzen.

»Vergiss nicht die Ärztin«, rief Mary ihm nach.

»Schon gut«, beeilte sich Beth zu sagen, während sie gegen die Hitze ankämpfte, die ihre Wangen zum Glühen brachte. »Ich bin im Moment sowieso mit Helen beschäftigt.«

Auf dem Weg ins Sprechzimmer zog sie die Tür zu. Zum Teufel mit der Tradition der offenen Tür. Sie würde nicht zulassen, dass Charlie Campbell sie aus dem Gleichgewicht warf, während sie versuchte, sich um eine Patientin zu kümmern. Helen erschreckte sich vom Zuknallen der Tür.

»Was ist dort draußen denn los?«, fragte sie. »Charlie klang ja, als ob er Kleinholz aus jemandem machen wollte.«

Beth zwang sich zu einem Lächeln. »Es geht ihm gut. Und jetzt lass uns diesen Blutdruck messen, damit du gehen und Mary bei einem Tässchen Gesellschaft leisten kannst.«

Beth arbeitete den ganzen Tag ohne Pause durch, entschlossen, die Erinnerung an Charlies öffentliche Brüskierung auszublenden. Ihre Reue hinsichtlich der Vergangenheit und diese aufkeimenden Überlegungen, nach vorn zu blicken, waren von seinem unfreundlichen Auftritt prompt abgewürgt worden. Sie machte um kurz vor fünf Schluss, als Maud und Christine erklärten, es sei Zeit, zusammenzupacken, und anfingen, Leute abzuweisen.

»Kommt morgen wieder«, rief Maud ein paar Nachzüglern zu. »Die Ärztin muss etwas essen und sich ausruhen, okay?«

Beth hasste es zu sehen, dass Leute weggeschickt wurden, aber sie war unwillkürlich dankbar. Ausgeschlossen, dass sie in ihrer eigenen Praxis so viele Patienten an einem einzigen Tag drannehmen würde. Die Tage in ihrer Praxis bestanden aus Terminen von fünfzehn oder dreißig Minuten, und im Allgemeinen bekam sie zwischendurch eine kleine Verschnaufpause, weil manche Leute lieber binnen fünf Minuten kamen und gingen. Hier hingegen konnte sie von Glück reden, wenn sie ein paar Minuten mit einem Patienten hatte, bevor schon der nächste hereingeführt wurde. Maud und Christine sorgten für einen ständigen Durchlauf in ihrem Sprechzimmer, damit sie sich nicht zu lange mit einem Patienten aufhielt und ihre lange Warteliste abarbeitete.

Sie bedankte sich bei den beiden und nahm Pearls Hand, während sie zu Mary nach Hause gingen.

»Ich denke, du solltest dich kurz ausruhen«, sagte Mary. »Heute Abend gibt's Essen am Lagerfeuer.«

»Wüsschen«, lautete Pearls Beitrag.

Mary nickte. »Ganz genau. Würstchen, Kartoffeln. Und die Jungs haben heute beim Wasserloch ein paar Fische gefangen. Wird bestimmt lecker. Wir wecken dich, bevor wir losgehen.«

Beth ließ sich auf Jills Bett fallen und schlief wie ein Stein, fast ohne etwas von Pearls Kreischen, Marys durchdringender Stimme oder Jills Bewegungen, wenn sie etwas aus ihrem Schlafzimmer holte, zu hören. Das Nächste, was sie mitbekam, war Jills warme Hand auf ihrem Arm, die sie sanft rüttelte.

»Doc. Hey, Doc, willst du mitkommen und einen Happen essen?«

»Hm«, brachte Beth mühsam hervor. »Habe ich noch Zeit für eine superschnelle Dusche?«

»Ja, kein Problem. Ich warte auf dich. Tante Mary ist mit Pearl schon vorgegangen.«

Beth stürzte unter eine lauwarme Dusche, wusch sich den Schweiß und den roten Sand aus den Haaren und spülte etwas von der Anspannung des Tages weg. Sie schlüpfte in Shorts und ein T-Shirt, aber es war keine Zeit, um sich mehr als einigermaßen ordentlich zurechtzumachen – nicht, während Jill von einem Bein aufs andere hüpfte und endlich loswollte. Beth fuhr sich mit dem Handtuch durch die Haare und bürstete sie in Rekordzeit, schlüpfte in ein Paar Stiefel und stürzte hinaus zu dem wartenden Mädchen.

Jill hatte sich den Gitarrenkoffer ihres Onkels über eine Schulter geworfen, und Beths Stimmung sank, als sie begriff, dass Charlie natürlich auch beim Lagerfeuer sein würde.

»Hast du mit Onkel Charlie darüber geredet, dass ich auf die Mount Clair High School gehen will?«, fragte Jill, während sie gingen.

»Nein, noch nicht«, erwiderte Beth. »Ich glaube, er war ein bisschen abgelenkt von der Gargantua-Geschichte und davon, dass er den Minister herumführen musste. Aber ich habe es nicht vergessen.« *Gott, warum habe ich das bloß gesagt?* Sie war die Letzte, die Charlie davon überzeugen könnte, seine Nichte nach Mount Clair zu schicken. Oder von sonst irgendetwas.

»Okay«, sagte Jill, die Stimme voller Vertrauen.

Beth ließ den Blick über die Straße schweifen, die allmählich dunkler wurde, während die Sonne unterging. Wo war das »Biest«? Das kam manchmal vor – jemand borgte es sich, und dann bekam sie es in den paar Tagen, die sie in Madjinbarra war, kaum noch zu Gesicht.

»Onkel Charlie ist richtig wütend wegen dieser Gargantua-Geschichte, nehme ich an«, sagte Jill. Sie scharrte mit den Füßen im Staub, während sie ging. »Er ist verdammt mürrisch. Er ist nie mürrisch, normalerweise.«

Beth schwieg.

»Ich habe nachgedacht«, fuhr Jill fort. »Was du letztes Mal darüber gesagt hast, dass Pearl Massagen und so braucht …«

»Physiotherapie?«

»Ja. Und das mit dem Reden. Meinst du, das könnte ich lernen, damit ich ihr richtig helfen kann?«

»Absolut.« Beth warf einen Blick auf Jill. »Es gibt Kurse dafür. Du könntest Physiotherapie lernen, Sprachtherapie, Beschäftigungstherapie. Behindertenpflege. Außerdem hast du schon jede Menge Erfahrung. Du wärst fantastisch auf jedem dieser Gebiete.«

Jill nickte, aber sie hielt den Blick auf den Boden geheftet, während sie gingen. »Ich bin nur besorgt, wer sich um sie kümmern wird, wenn ich zum Studieren weggehe.«

Da hatte Jill recht. Mary war eine wundervolle Mutterfigur, aber sie wurde allmählich älter und hatte nicht mehr die Energie oder körperliche Kraft, um sich so um Pearl zu kümmern, wie es Jill konnte. Das war noch ein Grund, weshalb Pearl in der Stadt besser aufgehoben wäre.

»Vielleicht könnten wir irgendetwas finden, wo Pearl in Mount Clair leben könnte, während du studierst«, sagte sie. »Habt ihr dort irgendwelche Angehörigen?«

Jill kniff die Lippen zusammen und dachte nach. »Wir haben ein paar Verwandte, die in der Stadt leben. Ich bin mir nicht sicher, wie sie sind. Onkel Charlie müsste es wissen.«

»Er scheint nicht sehr angetan von der Idee, dass Pearl Madji verlässt«, sagte Beth. Sie erinnerte sich an Charlies Reaktion, als sie es vor ein paar Wochen erwähnt hatte.

Jills Miene veränderte sich. »Ja.« Sie seufzte. »Dann stecke ich hier wohl fest, nehme ich an.«

»Das ist dir gegenüber nicht sehr fair«, erwiderte Beth. »Du bist erst fünfzehn. Du solltest nicht damit feststecken, ein Kleinkind großzuziehen – eine Pflegekraft zu sein.«

»Aber ich muss mich um Pearl kümmern. Sie ist meine kleine Schwester. Tante Mary schafft das nicht allein.« Jill starrte auf ihre Füße, die in Flipflops über den heißen Asphalt schlurften. »Ich denke, Pearl muss in der Stadt leben. Ich mache mir Sorgen um sie. Sie schaltet immer wieder ab. Es ist, als ob sie müde ist oder traurig. Ich weiß nicht. Sie braucht mehr als das, was sie hier bekommt.« Sie sah Beth für einen Sekundenbruchteil an. »Wie wäre es …«

»Wie wäre was?«, fragte Beth.

Jill holte einmal tief Luft. »Wie wäre es, wenn Pearl und ich zusammen in eine Pflegeunterbringung in der Stadt gehen? Ich meine, ein Arzt könnte es empfehlen …«

Beth war sprachlos. Es war ein Riesending, dass Jill so etwas vorschlug. War sie von ihrem Wunsch getrieben, ihre Schulausbildung in Mount Clair abzuschließen? Oder von ihren Sorgen um Pearl? Von beidem, begriff Beth. Zwei Fliegen mit einer Klappe.

»Bittest du mich etwa, dir zu helfen, Jill?«

Die Augen des Mädchens blieben auf die Straße geheftet. »Ich weiß nicht, was ich sonst tun soll.«

Sie hatten das knisternde Lagerfeuer fast erreicht, um das bereits Dutzende von Einheimischen saßen. Beth berührte Jills Schulter.

»Lass mich nachdenken, okay? Auf irgendeine Weise wirst du tun können, was du tun musst. Hast du verstanden, Jill?«

Jill nickte und lief los, um sich zu ein paar Freunden zu gesellen. Sie stellte den Gitarrenkoffer ihres Onkels neben ihm auf dem Boden ab, als sie an ihm vorbeitrabte. Beth entdeckte Mary, die mit ein paar anderen Frauen plauderte, und Pearl, die nicht weit davon auf dem Gesäß im Staub herumrutschte, hinter ein paar kleinen Kindern her, die Fangen spielten. Auf ein paar behelfsmäßigen Grills lagen jede Menge Würstchen, und bei dem Geruch lief Beth das Wasser im Mund zusammen. Ein paar Männer waren dabei, in Alufolie gegrillte Fische und Kartoffeln aus der Asche zu holen.

»Ich glaube, ich bin genau rechtzeitig gekommen«, sagte Beth, und Mary rutschte auf ihrem Baumstamm zur Seite, um Platz für sie zu machen.

Das Festmahl begann. Pearl war mitten unter ihnen, wie Beth entzückt feststellte, und verlangte zwischen den anderen Kindern lautstark nach einem Würstchen. Und sie wurde auch nicht anders behandelt als sie alle. Beths Herz krampfte sich zusammen. Sie *verstand*, dass Pearl hierher nach Madjinbarra gehörte, wie Charlie gesagt hatte, aber sie konnte nicht umhin, sich um dieses rehäugige Kind mit dem breiten Lächeln zu sorgen. Sie zuckte zusammen, als Pearl ihr Würstchen fallen ließ, es aus dem Sand aufhob und sich prompt wieder in den Mund steckte. *Ach, na ja.* Ein bisschen Sand war gut fürs Immunsystem.

Beth bekam eine glühend heiße Kartoffel in Alufolie und dazu ein großes Stück gegrillten Fisch. *Gott, das tut gut.* Kohlehydrate und Eiweiß – genau das, was sie nach ihrem arbeitsreichen Tag brauchte. Sie machte sich über ihr Essen her, ohne an ihre Tischmanieren zu denken, bis sie aufsah und über das Feuer hinweg Charlies Blick auf sich bemerkte. Ihre pure Freude an einem guten Essen nach einem harten Arbeitstag schwand prompt. Musste er eigentlich jede verdammte Kleinigkeit, die sie tat oder sagte, verurteilen?

Rund um das riesige Lagerfeuer wurden Geschichten erzählt und Witze gerissen und Streitgespräche geführt. Beth war froh, als die Dunkelheit sich senkte, sodass sie Charlie kaum noch dort sehen konnte, wo er mit Harvey, Billy und ein paar anderen Typen saß. Sie hätte fast so tun können, als wäre er gar nicht da, wenn nicht Pearl ab und zu nach ihrem »Onka Jarlie« gerufen hätte.

Aber dann begann das Singen.

Normalerweise liebte Beth das Singen. Es war eine Mischung aus Outback-Countrymusik, Gwini-Songs, Kinderliedern und alten Rock-'n'-Roll-Melodien. Gelegentlich brachte auch jemand ein Instrument mit. Die Gespräche wurden im Allgemeinen während des Singens fortgesetzt, Leute fielen in den Gesang mit ein oder redeten darüber hinweg, ganz wie sie wollten. Es war chaotisch, aber irgendwie wundervoll besänftigend.

Heute Abend, wo Charlie anwesend war, wurde von ihm erwartet, das Singen zu leiten. Sie neckten ihn und riefen ihm zu, bis er schließlich seine Gitarre aus dem Lederkoffer nahm und sie stimmte. Das dissonante Klimpern und Zupfen ging nach und nach in eine sanfte Melodie über, die ein Gefühl von stillem, geselligem Glück in die Gruppe brachte. Beth versuchte es zu ignorieren und lauschte stattdessen angestrengt auf die fröhliche, bedeutungslose Unterhaltung, die um sie herum plätscherte.

Aber der Dreckskerl spielte einfach so schön.

Sie hatte ihre Gedanken nicht unter Kontrolle, als sie zu Charlies Gitarre drifteten. Sie stellte sich vor, wie seine Finger über die Saiten glitten, und dabei musste sie an andere Eigenschaften seiner Finger denken, an die sie sehr lange nicht mehr gedacht hatte. Sie hasste sich selbst.

»Sing, Onkel Charlie.« Jills Aufforderung durchschnitt die Dunkelheit, und Charlie begann zu singen.

Abgesehen von ein paar vereinzelten Gesprächen verfiel die Gruppe um das Lagerfeuer in Schweigen, um Charlies Gesang zu lauschen. *Gott, diese Stimme*. Beth ließ den Kopf sinken, tat, als würde sie ihn erschöpft auf ihren Unterarmen ruhen lassen, aber in Wirklichkeit verbarg sie ihr Gesicht, weil Charlies Stimme so tief in sie eindrang. Sie war nicht einmal wie ein Messer. Sie war wie eine Spitzhacke, die in die harte Schale einschlug, die sie sich um ihr Herz zugelegt hatte.

Die Leute um das Lagerfeuer fielen in Charlies Gesang mit ein, aber ein oder zwei seiner Songs waren zu feierlich, als dass irgendjemand dazu mitsingen könnte. Stattdessen machten die Zuhörer nur zustimmende oder anerkennende Geräusche. Es waren Songs von Verrat und Reue, Lieder zum Gedenken an die, die sie verloren hatten. Aber Charlie ließ nie zu, dass die Stimmung allzu düster wurde. Er führte die Leute immer wieder mit einer alten Ballade über das Land oder einem der Countrysongs seines Vaters zurück zum Glück. Er verstand sein Publikum.

Nein. Er verstand seine Gemeinde.

Beth hatte sich noch nie zuvor gestattet, Charlies Musik zuzuhören, und heute Abend begriff sie, warum er so erfolgreich war.

Er besaß diese magische Kombination aus Melodie, Stimme und Worten. Sie wollte gehen. Sie sehnte sich danach, aufzustehen und wegzugehen und sich in Marys Haus zu verkriechen. Aber seine Musik hielt sie dort fest. Sie hasste diese Situation, und doch konnte sie sich ihr nicht entziehen. Jedes Mal, wenn Charlie eine Pause einlegte, hallte seine Stimme in ihrem Kopf wider, diese albernen zwei Songzeilen über *Prinzessin Beth von Paterson Downs*. Und als er wieder zu singen begann, rief seine Stimme sie, nahm sie gefangen wie beim allerersten Mal, als sie sie gehört hatte, bis sie der Versuchung nicht länger widerstehen konnte und über das Feuer hinweg einen Blick auf sein Gesicht warf. Ihre Blicke trafen sich, und für einen Moment sang Charlie für Beth.

Dann stockte er, wandte den Blick ab und lachte vor sich hin, tat, als hätte er den Text vergessen.

Und Beth wusste, dass sie mit ihm reden musste.

Kapitel 10

»Wir lassen dich heute um drei gehen«, sagte Christine am Morgen zu Beth. »Du musste zu Gurrungah rausfahren.«

Gurrungah war eine alte Frau, die in einer primitiven Buschhütte eine Dreiviertelstunde außerhalb der Gemeinde lebte. Sie weigerte sich, ins Zentrum Madjinbarras zu kommen. Leute aus der Gemeinde schauten hin und wieder bei ihr vorbei und meldeten es der Klinik, wenn sie medizinische Versorgung benötigte. Es galt als selbstverständlich, dass Beth Gurrungah einfach einen Hausbesuch abstatten musste, wenn sie ärztlicher Hilfe bedurfte. Normalerweise fuhr sie mit Mary oder Maud hin.

»Irgendwas Bestimmtes?«

»Sie keucht und schnauft. Ich nehme an, es ist wieder mal ihr Herz.«

»Ich muss erst mal rausfinden, wo mein Wagen steht«, meinte Beth. »Falls du zufällig hörst, wo er ist, gib mir Bescheid, ja?«

»Wir werden ihn für dich wieder hierherschaffen, Doc«, erwiderte Maud zuversichtlich.

Mary und Pearl kamen wieder in die Klinik, und der Tag verlief ebenso arbeitsreich wie der zuvor. Am Nachmittag kam Charlie mit dem »Biest«. Beth hörte, wie er Mary im Vorraum die Schlüssel aushändigte.

»Du kannst heute Nachmittag mit der Ärztin zu Gurrungah rausfahren«, sagte sie zu ihm. »Bring ihr ein paar Vorräte und nimm diese Decken und Abdeckplanen mit, die du besorgt hast.«

»Nein, ich kann nicht. Ich habe zu tun.«

Ja, na klar, dachte Beth verbittert.

»Verdammt, du kannst und du wirst«, erklärte Mary ihm. »Du kannst Beth hinfahren, um genau zu sein. Sie arbeitet sich hier drinnen die Finger wund, während du in ihrem Wagen durch die Gegend kutschierst. Du kannst ihr den Gefallen tun, sie zu fahren.«

»Tante, ich kann nicht …«

»Du wirst hinfahren und Gurrungah deinen Respekt erweisen«, befahl Mary. »Und wenn wir schon dabei sind, hör auf, dich Beth gegenüber wie ein unhöflicher Idiot zu benehmen. Was hat sie dir denn je getan?«

Schweigen trat ein, gefolgt vom Geräusch der Schiebetür, als Charlie die Klinik verließ. Kein Streit. Beths Puls beschleunigte sich. Vielleicht würde das ihre Gelegenheit sein, mit Charlie zu sprechen – das hieß, falls er Mary gehorchte.

Maud und Christine schlossen die Klinik wie versprochen gegen drei Uhr. Beth räumte ihr Sprechzimmer auf und packte einen Rucksack mit Zeug, das sie für ihren Besuch bei Gurrungah vielleicht benötigen würde. Im Vorraum schlief Pearl in Marys Schoß.

»Soll ich sie nach Hause tragen?«, fragte Beth, während sie ihren Rucksack schulterte.

Mary nickte. »Ja, danke. Charlie hat ein paar Sachen, die er Gurrungah geben muss, daher wird er dich hinfahren.«

Das würde Beth glauben, wenn sie es sah. Sie nahm Mary die schlafende Pearl ab und sah lächelnd hinunter auf die langen Wimpern und den offenen Mund des Mädchens. Sie gingen zurück zu Marys Haus, wo das »Biest« in der Auffahrt wartete. Charlie saß auf der Veranda und hantierte an seiner Gitarre herum.

Er ist hier und wartet? Auf mich? Vielleicht hatte er tatsächlich vor, mit Beth zusammen Gurrungah zu besuchen. Aber sie würde sich nicht von ihm fahren lassen. Das würde ihm die Kontrolle geben, und sie würde während ihrer erzwungenen gemeinsamen Zeit lieber die Oberhand behalten. Sie murmelte einen Gruß, und er nickte und konzentrierte sich dann rasch wieder auf seine Gitarre. Beth brachte Pearl ins Haus, legte sie auf die Couch und schob ein Kissen davor, nur für den Fall, dass das Kind herunterrollte. Sie machte sich frisch, schnappte sich die Schlüssel und ging hinaus zum »Biest«. Sie stieg ein und schob ihren Sitz nach vorn, der für einen größeren Fahrer als sie eingestellt war. Als sie den Schlüssel in der Zündung drehte und den Benzinstand überprüfte, tauchte Charlie mit einer Einkaufstüte voller Lebensmittel und einem Stapel Abdeckplanen und Decken an der Beifahrertür auf. Er warf die Sachen auf die Rückbank und stieg wortlos neben Beth ein.

Beth verbarg ein Lächeln. Marys Wort war Gesetz, selbst für den großen Promi und mürrischen Dreckskerl Charlie Campbell.

Sie winkte Mary zum Abschied, fuhr aus der Stadt und bog auf den Feldweg ein, der sie in südlicher Richtung zu Gurrungahs Hütte bringen würde. Als sie bereits zehn Minuten unterwegs waren und noch immer keiner von ihnen gesprochen hatte, brach Beth in Panik aus, dass die Gelegenheit verstreichen könnte, bevor sie die Kraft aufbrachte, etwas zu sagen.

Nach drei Fehlstarts stieß sie die Worte mühsam hervor: »Charlie, können wir reden?«

Ein langes Schweigen trat ein. »Worüber?«, fragte er schließlich in einem harten Ton.

Anstatt sich einschüchtern zu lassen, spürte Beth, wie ihre Wut aufflackerte. »Darüber, warum du so sauer auf mich bist.«

»Das würde ich lieber nicht tun.«

»Es tut mir leid, das zu hören. Aber ich denke, das müssen wir tun. Wir haben mit dieser Gargantua-Geschichte einen schweren Kampf vor uns, und mir wär's lieber, wir würden unsere Vergangenheit beilegen, damit wir zusammenarbeiten können.«

Er gab keine Antwort. Beth drehte am Lenkrad, um einer tiefen Furche im Feldweg auszuweichen.

Sie ließ nicht locker. »Ich habe ein bisschen nachgedacht. Ich bin immer davon ausgegangen, dass du vor all den Jahren aus

Mount Clair abgehauen – weggegangen – bist, weil du das alles einfach leid warst. Aber du scheinst einen Groll gegen mich zu hegen. Und ich frage mich, ob du damals in Wut weggegangen bist.«

Sie spürte seine Augen auf sich, und als sie einen Blick auf sein Gesicht warf, sah sie völlige Fassungslosigkeit. »Im Ernst, Beth?«

Verblüfft trat Beth auf die Bremse, um den Wagen über ein schwieriges Wegstück zu lenken.

»Ja, im Ernst«, sagte sie, als sie sich wieder konzentrieren konnte. »Ich verstehe das nicht. Ich war wütend auf dich, weil du gegangen bist. Du hast dich nicht mal verabschiedet. Aber du benimmst dich, als ob das alles meine Schuld war.«

Seine Stimme war leise und kalt. »Hältst du mich eigentlich für bescheuert?«

Sie furchte die Stirn. »Was redest du denn?«

Er lachte kurz auf. »Natürlich tust du das. Du hältst mich für bescheuert. Ich weiß, was damals los war, und ich will nicht darüber diskutieren. Du und ich, wir sind nichts füreinander. Und was die Gargantua-Geschichte betrifft, wir wollen oder brauchen deine *Hilfe* nicht. Je früher du zurück nach Mount Clair fährst und uns in Ruhe lässt, desto besser.«

Beth war so schockiert, dass sie in Schweigen verfiel. Sie kämpfte gegen den Schmerz an, den seine Worte ausgelöst hatten, und versuchte, sich auf die Dinge um sie herum zu konzentrieren, um sich zu beruhigen. *Bäume, Vögel, blauer Himmel, Schlaglöcher auf dem Feldweg*. Vor Charlie zu weinen, wäre ihr schlimmster Albtraum. Sie konnte nicht einmal Wut empfinden – sie war zu verletzt. Sie heftete den Blick auf die Straße und presste die Lippen zusammen, um ihr Beben zu unterdrücken. Charlie kehrte ihr den Rücken und starrte aus dem Fenster, und sie fuhren die restliche Strecke schweigend.

Gurrungahs Lager bestand aus Seilen, die zwischen spindeldürren Bäumen gespannt waren, einer primitiven Wellblechhütte, einer vermodernden Vinylcouch und einer Ansammlung von Metallfässern und Werkzeugen, die auf dem staubigen Boden verstreut lagen. Ausgemergelte Hunde trotteten dazwischen umher, und Kaninchenfelle lagen zum Trocknen auf einem behelfsmäßigen Drahtgestell, hoch genug, dass die Hunde sie sich nicht schnappen konnten.

Gurrungah kam humpelnd auf sie zu, als sie anhielten. Sie war eine weißhaarige Frau mit tiefbrauner Haut, die von den Jahren in der Outback-Sonne noch dunkler geworden war. Sie nahm Charlies Gaben mit einem stillen Nicken entgegen und lud die beiden zu einem Buschtee aus angeschlagenen, staubigen Bechern an ihrem kleinen Feuer ein. Das Seltsame an Gurrungahs Tee, dachte Beth jedes Mal, wenn sie hierherkam, war, dass es der beste Tee war, den sie je gekostet hatte. Trotz des schmutzigen Bechers und allem.

Beth führte ein paar Untersuchungen durch und stellte fest, dass es um Gurrungahs Herz und Blutdruck nicht zum Besten bestellt war. Aber es war ausgeschlossen, dass sie sie überreden könnte, ins Krankenhaus zu kommen. Die Frau sprach hauptsächlich in der Sprache ihres Volkes, aber sie konnte genug Englisch, um Beths Fragen zu verstehen und zu beantworten, wenn auch mit reichlich Gesten und ein bisschen Übersetzen durch Charlie.

Beth gab ihr zwei verschiedene Medikamente, aber sie war sich nicht sicher, ob Gurrungah die Gebrauchsanweisung lesen könnte. Charlie übernahm die Verantwortung, ihr zu erklären, wie sie die Pillen nehmen sollte. Er bat Beth um Stift und Papier, dann zeichnete er einen Sonnenaufgang, eine Sonne um Mittag und einen Mond, dazu die Anzahl von Tabletten, die sie jeweils nehmen sollte, und einen Apfel, um ihr klarzumachen, dass sie die Medizin mit etwas zu essen einnehmen musste. Er heftete das Blatt in Gurrungahs Hütte an die Wand. Beth war unwillkürlich beeindruckt. Eine solch einfache Art, eine alte, möglicherweise vergessliche Frau zu erinnern, wie sie ihre Medikamente nehmen sollte.

Sie verabschiedeten sich von Gurrungah, die an einer frischen Banane kaute, während die Sonne am Himmel allmählich tiefer sank. Beth war sich nicht sicher, ob sie allein imstande gewesen wäre, erfolgreich mit Gurrungah zu kommunizieren, und sie war froh, dass Charlie dabei gewesen war, um zu helfen.

Auch wenn er sich wie ein absoluter Arsch benahm.

Als sie wieder über den Feldweg rumpelten, ließ Beth ihre Gedanken zurück zu Charlies frostiger Haltung schweifen. Es war seltsam, wie sehr er in Madjinbarra geliebt und bewundert wurde, selbst mit der Persönlichkeit eines verzogenen Sechsjährigen. Mary hatte ihm vorgeworfen, sich Beth gegenüber wie ein »unhöflicher Idiot« zu benehmen, und schien aufrichtig verblüfft von seinem Verhalten. Auch Jill hatte gesagt, er sei untypisch mürrisch. Hob er sich diese unfreundliche Art eigens für Beth auf? Als sie von der Seite einen Blick auf ihn warf, sah sie, dass er mit nachdenklicher Miene auf den Feldweg vor ihnen starrte.

»Wie lange lebt Gurrungah eigentlich schon dort draußen?«, erkundigte sie sich.

»Seit ich mich erinnern kann«, antwortete er. »Mindestens dreißig Jahre.«

»Weiß irgendjemand, wie alt sie ist?«

Er zuckte die Schultern.

Für ein paar Minuten herrschte Schweigen, und dann verlagerte Charlie seine Haltung und wandte sich leicht zu Beth um.

»Gurrungah ist die Tochter einer Gwini-Frau und eines weißen Viehtreibers. Der Staat hat sie ihnen weggenommen und in ein Heim gesteckt. Sie haben sie Gertie getauft. Sie wurde in diesem Heim mit ungefähr einhundert anderen ›Mischlingen‹ großgezogen, und sie wurde von diesem Dreckskerl von einem Aufseher vergewaltigt, der sich eigentlich um die Kinder kümmern sollte. Sie wurde mit dreizehn schwanger, und dann haben sie ihr auch noch das Baby weggenommen. Sie hat ihre Mum nie gefunden, und sie hat auch ihren Sohn nie wiedergesehen. Sie ist so traurig, dass sie überhaupt nicht in der Nähe anderer Menschen sein will. Sie hat entschieden, allein dort draußen zu leben, um andere Leute nicht mit ihrer Traurigkeit anzustecken.«

Tief berührt nickte Beth, ohne etwas zu sagen. Gurrungahs Geschichte war nicht einmalig, aber es brach ihr das Herz, jemanden persönlich zu kennen, dem sie passiert war. Sie dachte an Gurrungahs wettergegerbtes Gesicht, an die lange, langsame Erosion ihrer Hoffnung.

»Und deshalb wirst du Pearl *nicht* aus Madjinbarra wegbringen«, fügte er hinzu.

Oh, Herrgott noch mal. »Warum zum Teufel sollte ich Pearl irgendwo auf der Welt sehen wollen, wo sie nicht gut aufgehoben und glücklich ist?«, fauchte Beth. »Hör auf, so zu tun, als ob ich hier der Buhmann bin.«

Er machte den Mund zu und starrte wieder auf den Weg vor ihnen, ein tiefes Stirnrunzeln im Gesicht. Beth trat auf die Bremse, und das »Biest« kam auf dem Kies schlitternd zum Stehen. Sie stellte den Motor ab und stieg aus.

»Steig aus«, befahl sie ihm.

Charlie schnallte sich langsam los, Gewitterwolken brauten sich in seiner Miene zusammen. »Was soll das?«

»Wir werden über diese Sache reden. Hier und jetzt.«

Er knallte die Wagentür zu, und sie kam herum und baute sich vor ihm auf.

»Das ist doch kindisch«, sagte er. »Gib mir die Schlüssel.«

»Nein. Sag mir, was ich falsch gemacht habe.«

Charlies wütende Augen bohrten sich in ihr Gesicht. »Gib mir die gottverdammten Schlüssel.«

Sie schüttelte den Kopf. »Sag's mir.«

Seine Hand schoss vor, um sich die Schlüssel zu schnappen, und sie riss ihre Hand zurück, außer Reichweite für ihn. Er versuchte, sich um ihre andere Seite auszustrecken, um sie ihr wegzunehmen, daher schnellte sie herum und warf die Schlüssel in den Ausschnitt ihres Tanktops. Charlie erstarrte.

»Was zum …?« Fassungslosigkeit schlich über seine Züge und dann ein winziger Anflug von Belustigung.

Sie konnte selbst kaum glauben, dass sie das eben getan hatte. Charlie konnte sie offensichtlich noch immer dazu bringen, Dinge zu tun, die ihr überhaupt nicht ähnlich sahen. Sie nutzte seinen leichten Stimmungsaufschwung und trat vor.

»Bitte.« Ihre Stimme wurde etwas sanfter. »Es war wirklich verwirrend für mich, als du vor all den Jahren einfach abgehauen bist. Ich habe mich jahrelang gefragt, warum du das getan hast. Ich bin davon ausgegangen, dass du mich nur benutzt hast, aber jetzt ist offensichtlich, dass du wegen irgendetwas sauer auf mich bist. Ich weiß beim besten Willen nicht, was ich hätte tun sollen.«

Er würgte fast. »Du bist davon ausgegangen, dass ich *dich* benutzt habe?«

»Ja.« Sie zitterte leicht, während sie Luft holte. »Ich dachte, du hättest bekommen, was du wolltest – die Weideprinzessin flachzulegen –, und dann wurde es dir mit mir langweilig.«

Ein Blick, den sie nicht ganz verstand, huschte über sein Gesicht – irgendetwas zwischen Vorsicht und Bedauern. Er lehnte sich gegen den Wagen und vergrub eine Hand in der Hosentasche.

»Das würde ich nicht tun, Herrgott noch mal.«

Sie schluckte den plötzlichen Drang zu weinen hinunter. »Also? Was war es denn dann?« Er schien noch immer nicht gewillt zu reden, daher platzte sie mit ihrem Verdacht heraus. »War es, weil du dachtest, ich würde mir deine guten Noten als Verdienst anrechnen?«

Charlies Augen fingen wieder ihren Blick auf, spiegelten die Sonne wider, die hinter ihr unterging. »Das denkst du also?«

»Ich habe über diesen Tag nachgedacht, an dem Ogilvie uns einbestellt hat, um mit der Universitätsvertreterin zu reden. Das war ungefähr eine Woche vor deinem Verschwinden. Ogilvie war sein übliches anbiederndes Selbst, hat mich hochgelobt und von der *gemeinnützigen Arbeit* geschwafelt, die ich mit meiner Nachhilfe leisten würde. Ehrlich gesagt, habe ich mir damals nicht viel dabei gedacht. Ich habe es nicht wirklich verstanden. Aber kürzlich, als ich mich wieder an seine Worte erinnert habe, ist mir durch den Kopf gegangen, dass es dich richtig verletzt haben muss – falls du es zufällig mitgehört hast.« Sie wartete mit hämmerndem Herzen.

Charlie zuckte die Schultern. »Ich kann mich erinnern. Ich habe es tatsächlich mitgehört. Es war nicht unbedingt angenehm zu hören, aber ich dachte, dass Ogilvie dich vor der Universitätsvertreterin in ein gutes Licht rücken wollte, daher habe ich es ihm durchgehen lassen. Es war nicht deine Schuld, dass er so geredet hat.«

»Nein, aber ich hätte für dich eintreten können«, räumte sie ein. »Es war feige von mir, einfach nur dazustehen und ihn diesen Schwachsinn reden zu lassen.«

Charlies Mund war hart. »Ich war es gewohnt, dass man von mir redet, als wäre ich ein gemeinnütziger Zweck, für den wohlmeinende Leute spenden können.«

»Das heißt …« Beth kaute auf ihrer Lippe. »Das war nicht der Grund, weshalb du gegangen bist?«

Er warf ihr einen vernichtenden Blick zu. »Nein. Sagen wir, es verblasste im Vergleich dazu, dass du hinter meinem Rücken herumgevögelt hast.«

Beth atmete scharf ein und wich schockiert einen Schritt zurück, aber dabei blieb sie mit einem Fuß in einer Furche im Feldweg hängen, stolperte und landete hart auf dem Gesäß. Ein albernes *Autsch!* entfuhr ihr, als sie auf den Boden aufschlug, und Schmerz schoss von ihrem Steißbein hoch in ihren Rücken.

»Scheiße.« Charlie trat einen Schritt auf sie zu und streckte einen Arm aus. »Geht's dir gut?«

»Alles okay«, sagte sie und rappelte sich hoch.

Autsch. Ihr Herz raste, aber ob von ihrem Sturz oder seinen Worten, konnte sie nicht mit Sicherheit sagen. Sie forschte in seinen Augen nach irgendeinem Hinweis, der erklären könnte, warum er das eben gesagt hatte. »Was meinst du damit, *herumgevögelt?*«

Er verdrehte leicht die Augen, um ihr zu zeigen, dass er ihr das nicht abkaufte. »Du willst wissen, wie ich es erfahren habe? Als du an diesem Tag zu deinem Termin bei Ogilvie gegangen bist, habe ich mit einer Freundin geplaudert, die ich aus meinen Kursen kannte. Leanne.«

»Leanne Clegg, im Warteraum? Sie hat mit mir im Durack gewohnt.«

»Ja. Sie hat mich gesehen …« Er blickte verlegen. »Sie hat gesehen, wie ich dich berührt habe, als du in Ogilvies Büro gegangen bist, und sie hat mich gefragt, ob du und ich zusammen seien.« Charlie vergrub die Hand wieder in der Hosentasche und senkte den Blick. »Ich wusste, du wolltest nicht, dass es irgendjemand erfährt, aber ich habe gesagt, ja, das seien wir.«

Beth wartete und rieb sich das Kreuz. Es brannte fürchterlich von ihrem Sturz.

»Sie hat gesagt: ›Du bist nicht der einzige Typ in der Stadt, mit dem Beth Paterson rummacht, weißt du?‹«

Beth klappte der Mund auf. Sie machte ihn wieder zu und schluckte schwer. »Okay. Was hat sie sonst noch gesagt?«

»Sie hat gesagt, du hättest früher auch Lyall McGovern privat Nachhilfe gegeben, und alle wüssten, was du mit ihm getrieben hättest. Dass du die Angewohnheit hättest, neben deinen Nachhilfediensten zusätzliche *Unterstützung* anzubieten. Sie hat gesagt …« Charlie brach ab, und ein düsterer Ausdruck huschte über sein Gesicht. »Weißt du was? Wen kümmert das denn? Wir waren nur Kinder. Dumm gelaufen. Lass uns zurückfahren.«

Sie rührte sich nicht von der Stelle. »Nein. Ich will wissen, was genau Leanne über mich gesagt hat.«

»Beth, wenn wir nicht bald wieder einsteigen, werden wir diesen beschissenen Feldweg im Dunkeln bewältigen müssen.«

Sie umklammerte die Schlüssel unter ihrem Shirt, vor ihrem Bauch. »Wir werden nirgends hinfahren, bis ich die ganze Geschichte gehört habe.«

Er seufzte. »Na schön. Leanne hat mir von einem Witz erzählt, denn du vor den Mädchen im Durack über mich gemacht hast.«

Konnte es überhaupt noch schlimmer kommen? Beth versuchte, von einem Fuß auf den anderen zu treten, um den Schmerz in ihrem Steißbein zu lindern. »Was für einen *Witz* denn?«

»Deine Bemerkung über mich. ›Charlie Campbell wird es nie auf die Universität schaffen. Er ist genauso dumm wie Lyall McGovern, aber nicht so gut in der Kiste.‹«

Charlie starrte sie mit seinen grünen Augen unverwandt an, forderte sie heraus, es abzustreiten – aber sosehr er es auch versuchte, er konnte den Schmerz nicht verbergen, den Leannes Worte ihm noch immer bereiteten.

Beth zuckte nicht einmal mit der Wimper. »Und du hast ihr geglaubt?«

Er zog die Augenbrauen hoch. »Ehrlich gesagt, nein, das habe ich nicht. Ich fand, du warst einfach die Beste, daher dachte ich, sie redet nur Schwachsinn. Ich hatte keine Ahnung, warum Leanne so etwas über dich sagen sollte.«

»Vielleicht, weil sie es selbst auf dich abgesehen hatte«, überlegte Beth in einem sardonischen Ton.

Er legte den Kopf auf die Seite. »Keine Ahnung. Wie auch immer, ich habe an ihren Worten gezweifelt. Aber ich habe dir nichts davon erzählt, weil ich dachte, es könnte dich aus der Fassung bringen. Erst als du am nächsten Wochenende nach Hause zu deiner Farm gefahren bist und ich zufällig Lyall über den Weg gelaufen bin, wurde mir klar, dass es der Wahrheit näher kam, als ich gedacht hatte.«

»Ach wirklich?« Beth war immer angewiderter.

Er äffte ihren kühlen Ton nach. »*Wirklich.* Ich kannte ihn nicht sehr gut, aber seine Familie war mit meinem Vater befreundet, als er noch lebte. Lyall sagte, er hätte gehört, dass du mir Nachhilfe gibst und dass du ein kleiner Snob, aber ›eine gute Nummer‹ seist.« Er betrachtete sie mit zusammengekniffenen Augen. »Und mir wurde klar, dass bei so viel Rauch auch Feuer sein musste.«

Sie versuchte angestrengt, ihre Stimme unter Kontrolle zu halten. »Das heißt, auf der Grundlage einer abfälligen Bemerkung über mich von einem Mädchen, das für dich geschwärmt hat, und den anzüglichen, völlig haltlosen Behauptungen eines Typen, den du kaum kanntest, bist du davon ausgegangen, dass ich herumvögele und dich belüge?«

»Willst du mir etwa sagen, das hättest du nicht getan?«

»Ja, Charlie, genau das tue ich.« Sie holte einmal tief Luft, um sich zu beruhigen. »Ich habe mit *niemandem* sonst gevögelt. Du warst …« *Gott*, es war so demütigend. »Du warst mein Erster und auch mein Einziger auf der Highschool. Ich hätte nie gedacht, dass du auch nur annähernd *nicht schlau genug* bist, um auf die Universität zu gehen, und ich habe mit Sicherheit nie etwas in der Richtung gesagt. Der einzige negative Gedanke, den ich je über dich hatte, war, dass du mir das Gefühl gegeben hast, billig und dumm zu sein, als du gegangen bist.«

Wenn Beth noch länger hier stehen blieb und mit ihm redete, dann würde sie ihn vielleicht anschreien oder – noch schlimmer – weinen. Sie zerrte an ihrem Tanktop, um den Schlüssel darunter hervorzuziehen, und stapfte um den Wagen zur Fahrerseite. Sie stieg ein und ließ den Motor an. Verdammt, ihr Steißbein schmerzte. Hatte sie es sich vielleicht gebrochen? Wäre das nicht genau ihr Glück – dass sie sich hier draußen das Steißbein brach, während sie diese holperige Fahrt über den südlichen Feldweg zurücklegen musste? Und dann noch die lange Fahrt zurück nach Mount Clair am Donnerstag.

Diese Gedanken waren auf jeden Fall hilfreich, um seine grässlichen Anschuldigungen aus dem Kopf zu kriegen.

Charlie stieg auf den Beifahrersitz, und Beth fuhr los. Sie zuckte jedes Mal vor Schmerz zusammen, wenn sie eine Senke oder Erhebung in der Straße überwinden mussten. Sie weigerte sich, Charlie anzusehen. Sie mussten bald den glatteren Teil des Wegs erreichen. Ein besonders unsanfter Hubbel sorgte dafür, dass sie vor Schmerz die Luft einzog.

»Beth, halt an«, sagte Charlie.

Sie gestattete sich einen kurzen Blick auf ihn. »Warum?«

»Halt einfach den verdammten Wagen an.«

Sie gehorchte, brachte das »Biest« zum Stehen und zog die Handbremse an. Beth sah ihn erwartungsvoll an, bereit, sich gegen noch mehr Anschuldigungen zu verteidigen.

»Du hast dir wehgetan, stimmt's?« Ausnahmsweise waren Charlies Augen nicht erfüllt von unterdrückter Wut. »Dein Rücken? Oder dein …«

»Mein Steißbein«, unterbrach sie ihn mit so viel Würde, wie sie aufbringen konnte. »Es ist entweder schlimm geprellt oder gebrochen. Es ist ziemlich schmerzhaft.«

»Das sehe ich an der Art, wie du jedes Mal fast das Lenkrad abreißt, wenn wir über einen Hubbel fahren. Wie wär's, wenn du mich fahren lässt? Vielleicht kannst du dich hinten hinlegen.«

»Es geht mir gut.«

»Beth.«

Sie stieß einen Seufzer aus. »Na schön. Aber hinlegen werde ich mich nicht. Ich fahre nicht, ohne angeschnallt zu sein – aber wenn ich die Pedale nicht mehr benutzen muss, könnte das helfen.«

Sie stiegen aus und wechselten die Plätze, und Beth biss vor Schmerz die Zähne zusammen, während sie von ihrem Sitz rutschte und ausstieg. Als Charlie weiterfuhr, konnte sie sehen, dass er versuchte, so behutsam wie möglich zu fahren, aber es war trotzdem jedes Mal eine Qual, wenn sie über eine Erhebung auf dem Feldweg fuhren. Schließlich erreichten sie die Biegung, nach der der Zustand der Straße etwas besser wurde, und beschleunigten ihr Tempo. Inzwischen war die Sonne hinter dem Horizont versunken, und Charlie musste mehr als einmal für Kängurus bremsen.

Es war nach sechs, als sie vor sich endlich die Lichter von Madjinbarra sahen. Beth hätte vor Erleichterung schluchzen können. Sie brauchte Schmerzmittel – starke. Sie schickte einen Dank zum Himmel für ihre Tasche mit Medikamenten.

»Ich weiß ja nicht, wie du die Fahrt nach Hause überstehen willst«, sprach Charlie ihre eigene Besorgnis laut aus.

»Vielleicht geht es mir in ein, zwei Tagen schon besser.« Verdammt, das wollte sie doch hoffen.

»Vielleicht solltest du dich besser auf ein Kissen setzen.« Ein Anflug Humor hatte sich in seine Stimme geschlichen. »Im Prinzessinnenstil.«

Sie verzog das Gesicht. »Gesäßverletzungen sind nicht sehr würdevoll.«

Charlie machte ein belustigtes Geräusch. Ihre Gedanken drohten zu dem zurückzuschweifen, was er vorhin offenbart hatte – dass er ein paar wahllosen Losern geglaubt hatte, die Lügen über sie verbreitet hatten. Dass er auf der Grundlage dessen, was sie behauptet hatten, abgehauen war, ohne auch nur mit ihr zu reden. Dieser Verrat war fast ebenso schmerzlich wie ihre eigene Überzeugung, dass er sie nur für Sex benutzt und sich dann aus dem Staub gemacht hatte. Er hatte ihr gesagt, dass er sie liebte – und doch hatten ein paar bedeutungslose Verleumdungen genügt, um ihn glauben zu lassen, sie hätte nur mit ihm gespielt.

Sie zwang sich, in die Gegenwart zurückzukehren. Dieses Zeug konnte sie später verarbeiten. Jetzt musste sie erst einmal zurück zu Marys Haus, sich einen Eisbeutel besorgen und ein paar Schmerztabletten nehmen.

Charlie bog in die Auffahrt ein. Beth kletterte aus dem »Biest«, bevor er auch nur den Motor abstellen konnte, und zog leise die

Luft ein, als der Schmerz wieder zuschlug. Es war zum Aushalten, wenn sie ging – Probleme hatte sie offenbar nur, wenn sie über einen Hubbel fuhr oder versuchte, Stufen hochzusteigen. Aus Marys Haus hörte Beth das Scheppern von Tellern und Pearls helle Stimme. Der Geruch von Koteletts driftete durch die Fliegentür. Als sie die Veranda erreichte, blieb sie stehen und beäugte ängstlich die wenigen Stufen.

»Hey, warte kurz«, rief Charlie.

Sie wartete. Er knallte die Tür zu und drückte auf den Knopf, um den Wagen abzuschließen, dann kam er näher und hielt ihr die Schlüssel hin.

»Hier.«

Sie nahm sie und wandte sich wieder zum Haus um, aber Charlie trat vor und hielt sie einen Moment mit seiner großen warmen Hand am Arm fest. Beth erstarrte, und er ließ sie los und zog seine Hand zurück, sichtlich entsetzt von sich selbst.

»Wir haben unser Gespräch noch nicht zu Ende geführt«, sagte er wie zur Entschuldigung.

»Nein, vermutlich nicht«, erwiderte sie. »Aber jetzt ist wohl kaum der richtige Zeitpunkt dafür.«

Er verharrte noch ein paar Momente vor ihr, dann nickte er. »Ja. Okay.«

Die Verwirrung stand Charlie deutlich ins Gesicht geschrieben. Er schien fast orientierungslos, als hätte ihm seine Enttäuschung über Beth all die Jahre hinweg Halt gegeben und als wüsste er jetzt nicht mehr, wo er sich anlehnen sollte. Schließlich senkte er den Blick zu Boden. Er wich einen Schritt zurück und vergrub eine Hand in der Hosentasche.

»Ich hoffe, es geht dir bald besser.«

Er wandte sich ab und ging die Straße hinunter zu Harveys Haus.

Kapitel 11

»Es ist ganz lila, Doc.«

Jill untersuchte Beths Prellung für sie, da der einzige Spiegel im Haus nur dreißig Zentimeter breit war und auf Gesichtshöhe hing.

»Sieht schmerzhaft aus. Wie ist das denn passiert?«, wollte Jill wissen.

Beth zog ihre Shorts wieder hoch, zuckte kurz zusammen und setzte sich vorsichtig auf die Sofakante. Sie legte sich den Eisbeutel, den sie sich aus einem Geschirrtuch und einer Packung Tiefkühlerbsen gemacht hatte, sanft aufs Steißbein.

»Ich bin auf dem Kies ausgerutscht, was sonst«, antwortete sie.

Jill versuchte, sich das Lächeln zu verbeißen, aber Mary lachte schallend auf. »Und dabei hattest du nicht mal deine High Heels an, Doc.«

»Sehr witzig, Mary.«

Mary verschwand kichernd in die Küche.

»Hast du mit Onkel Charlie schon über die Schule geredet?«, fragte Jill.

»Oh, Scheiße. Entschuldige, Jill. Das habe ich total verschwitzt.« Die Augen des Mädchens trübten sich vor Enttäuschung ein. »Ich bin mir sowieso nicht sicher, ob er mir überhaupt zuhören wird«, gestand Beth. »Aber ich werd's versuchen, versprochen.«

Jill ging in die Küche, um Mary zu helfen, und Beth starrte auf den Disneyfilm, den Pearl ansah, und ließ sich Charlies Worte durch den Kopf gehen. Sie war so aufgewühlt. Beth hätte alles gegeben, um jetzt joggen gehen zu können, nur um die Anspannung abzubauen, die durch ihren Organismus strömte. Aber der

Schmerz in ihrem Kreuz machte ihr einen Strich durch die Rechnung. Sie konnte kaum von einer Seite des Hauses zur anderen gehen, geschweige denn joggen. Charlies Augen waren in ihr Gedächtnis eingebrannt, so tief verletzt, während er die abscheulichen Worte wiederholte, die vor all den Jahren zu ihm gesagt worden waren.

Genau die gleiche Verletztheit, die ihr eigenes Herz seitdem jedes Mal durchschnitten hatte, wenn sie an ihn dachte.

Hatten sie einander wirklich aufgrund eines solch dummen Missverständnisses verloren? Für einen Moment versank Beth in tiefe, erdrückende Verzweiflung. Es war so sinnlos. So unfair.

Warum zum Teufel hatten diese Idioten diese Dinge zu ihm gesagt? Sie wusste die Antwort, noch bevor sie die Frage gestellt hatte. Im Gemeinschaftsraum im Durack hatte Leanne eindeutig klargestellt, was sie von Charlie hielt. Sie hatte anzügliche Bemerkungen über ihn gemacht, hatte offen über die Größe dessen spekuliert, was sich in Charlies Jeans verbarg. Beth hatte Leanne dafür gehasst, aber insgeheim hatte sie sich hämisch gefreut und an Charlies schlanken, muskulösen Körper und den gebannten Blick in seinen Augen gedacht, wenn er samstagmorgens im Möbellagerraum jeden Zentimeter von ihr küsste. An die Art, wie er sie hinterfragte und neckte und sie aus sich selbst – aus der schlauen, selbstbeherrschten Bethany Paterson – herausholte. Die Art, wie er sie dazu gebracht hatte, sich Hals über Kopf zu verlieben, nur indem er ihr vorsang.

Und Lyall, der Typ, dem sie in Englisch und Naturwissenschaften zu helfen versucht hatte, als sie in der elften Klasse war. Im ersten Semester schlug er sich ganz gut, aber er war nie besonders konzentriert, und nachdem der Reiz des Neuen bei der Arbeit mit Beth vorbei war – und sie seine Einladung zum Oberstufenball ausgeschlagen hatte –, schien seine Motivation stark nachzulassen. Sie konnte ihn kaum noch dazu bringen, bei ihren wöchentlichen einstündigen Sitzungen auch nur zuzuhören. Schließlich hatte er voller Freude verkündet, er hätte eine Lehrstelle beim örtlichen Klimaanlagenmonteur an Land gezogen. Beth hatte ihm ein wenig verblüfft gratuliert und ihn nie wiedergesehen.

Es war alles so unglaublich dumm. Ein Mädchen, das nach Charlie schmachtete. Ein Typ, der sich über Beths Zurückweisung ärgerte. Fast verblüffend zeitgleich hatten sie beide eine Saat des Zweifels in Charlies Herz gesät, und das hatte etwas unbeschreiblich Kostbares zerstört.

Reiß dich zusammen, schalt sie sich. Sie waren Kinder gewesen. Mit achtzehn fühlte sich jede Liebe besonders an. Sie musste eines von Millionen achtzehnjährigen Mädchen gewesen sein, die dachten, sie hätten die Liebe ihres Lebens getroffen.

Ihr wütender Teenagergeist stieg aus dem Nichts auf und schrie Charlie an: *Du Dummkopf, wie konntest du das von mir denken? Du hattest jeden einzelnen Teil von mir. Ich habe dir meine Liebe, meine Seele geschenkt – ich habe dir mich selbst vollständiger hingegeben als je zuvor oder danach –, und du hast den geschmacklosen Lügen dieser Nichtsnutze geglaubt!*

Das unreife Herz, das sich unter Beths sehr erwachsenem Selbst verbarg, tobte, schlug in seinem Käfig um sich, wollte Charlie in sein schönes, gottverdammtes Gesicht schlagen. Wollte ihn hassen.

Und war doch völlig außerstande dazu.

Beth rückte die Packung Tiefkühlerbsen zurecht. Ihre Augen tränten vor Schmerz – oder irgendetwas anderem. Sie konzentrierte sich auf Pearl, die gemütlich auf einem Bohnensack saß. Das Licht des Fernsehers tauchte die blonden Locken des kleinen Mädchens in einen sanften, bläulich weißen Schimmer. Beth wurde von Erschöpfung übermannt, und sie zog sich so behutsam wie möglich in eine seitliche Position hoch und gestattete ihrem Körper, sich auf der körnigen Couch zu entspannen. Pearls sanftes Profil strahlte, und ihre langen Wimpern senkten sich, flatterten, senkten sich wieder.

»Hast du je irgendjemand anders Nachhilfe gegeben?«, fragte Charlie, den Blick auf sie geheftet.

Aus Gewohnheit sah Beth nach, wo die Bibliothekslehrerin war. »Warum fragst du?«

»Du scheinst ziemlich erfahren.«

Sie lächelte halb. »Im Nachhilfegeben, meinst du wohl?«

Er schien es nicht so witzig zu finden, wie sie erwartet hatte. »Hast du?«, hakte er nach.

»Ja. Ich habe letztes Jahr einem anderen Jungen Nachhilfe gegeben. Aber er war nicht wirklich interessiert. Er hat die Schule abgebrochen.« Sie warf einen verlegenen Blick auf Charlie. »Ich habe mich ein bisschen wie eine Versagerin gefühlt. Ich meine, er hatte nie das Zeug dazu, das Land zu regieren, aber ich hatte gehofft, er würde wenigstens die Highschool abschließen.«

Charlies Blick ruhte auf der Othello*-Ausgabe, die aufgeschlagen vor ihnen lag.*

»Schlüsselthemen«, sagte sie.

»Hä?«

Sie stieß seinen Arm an. »Was sind die Schlüsselthemen in Othello*?«*

»Ich will heute nicht lernen.«

Sie legte den Kopf auf die Seite. »Du findest das hier schlimm. Nächstes Jahr ist Macbeth *dran, weißt du? Und* Stolz und Vorurteil.*«*

Er ignorierte ihre Warnungen, und sein Blick glitt über ihr Gesicht. »Warum interessierst du dich für mich?«

Beth lehnte sich verblüfft zurück. »Was?« Charlie wartete. »Weil du alle Merkmale der Gliederfüßer kennst.«

Er wartete noch immer, und sie begriff, dass er es ernst meinte.

»Weil du schlau, hinreißend und begabt bist«, sagte sie. Sie fragte sich, warum er das in genau diesem Moment hören musste.

Er senkte den Blick, und ein Muskel zuckte in seinem Kiefer. Beth vergewisserte sich, dass Miss Chomsky in die andere Richtung sah, und beugte sich dann nah zu Charlie vor, schlug ihre Hemmungen in den Wind.

»Ich liebe dich, weil du mir das Gefühl gibst, dass mein Herz größer als ein Planet ist.« Beth wartete, bis er den Blick hob. Seine Augen blickten seltsam und ängstlich, und dann purzelten die Worte aus ihr heraus, auf einmal unaufhaltsam. »Ich schwöre bei Gott, ich liebe dich mehr, als irgendjemand je irgendjemanden geliebt hat. Ich verspreche dir, ich werde dir gehören bis zu dem Tag, an dem ich sterbe.«

Charlie stieß einen tiefen Seufzer aus, Erleichterung flutete über sein Gesicht wie brechende Wellen, und er drückte sie so fest an sich, dass es fast wehtat. Sie lehnte sich nur weit genug zurück, um ihren Mund hart auf seinen zu pressen, und ausnahmsweise war es ihr egal, ob Miss Chomsky oder irgendjemand sonst es sah.

Beth wachte mit Tränen auf den Wangen auf. Es war dunkel, und sie war noch immer auf Marys Couch. In der Nacht war sie ein paarmal aufgewacht, aus dem Schlaf gerissen vom Schmerz in ihrem Steißbein. Sie versuchte, eine bequemere Position zu finden, und schälte sich ihr feuchtes Top von der Brust.

Irgendetwas nagte an ihr – irgendetwas anderes als das verdammte Chaos, das sie und Charlie waren; irgendetwas anderes als der Schmerz in ihrem Kreuz. Irgendetwas, das ihr hätte auffallen sollen. Sie zermarterte sich das Gehirn, um herauszufinden, was es war, ließ sich den Abend noch einmal durch den Kopf gehen. Ein hastig hinuntergeschlungenes Kotelett und verkochtes Tiefkühlgemüse, Pearl, die sich einen Disneyfilm ansah, Jill, die Beths Verletzung sanft versorgte. Aber Charlies Gesicht beherrschte ihre Gedanken – seine grünen Augen, die sie genau beobachteten, während er ihre Sünden auflistete; sein Schmerz, während er die Dinge schilderte, die er von ihr geglaubt hatte. Sie kämpfte gegen die Vision an, aus Abneigung gegen Charlies Leiden, aber ebenso sehr aus dem Bedürfnis heraus, klar zu denken.

Verdammt. Was immer es war, was sie sich in Erinnerung rufen musste, es wollte ihr nicht einfallen.

An Schlaf war nicht mehr zu denken. Beth setzte sich auf, und dann bemerkte sie eine unangenehme durchnässte Stelle, wo die Tiefkühlerbsen auf dem Sofakissen aufgetaut waren. Sie erhob sich steif und atmete scharf ein, als sie die Muskeln in ihren Schenkeln und ihrer Hüfte zu bewegen versuchte. Es musste ein Bruch oder eine Verrenkung sein. Mit einem Anflug von Angst erinnerte sie sich an eine Patientin, die mit einem »geprellten« Steißbein vorstellig geworden war, aber tatsächlich einen Tumor im Kreuzbein hatte, einen sekundären Krebs. Die Frau war in Remission gewesen, aber der Krebs hatte Metastasen gebildet.

Beths eigene Mutter war an einem aggressiven Krebs gestorben.

Beth war vernünftig, mit ihren regelmäßigen Gebärmutterhalskrebs-Screenings. Sie ließ sogar alle paar Jahre eine Mammografie machen wegen der Krebserkrankung ihrer Mutter. Aber den Gentest auf Brustkrebs, den man machen lassen konnte, hatte sie stets vermieden, und sie hatte sich nie wirklich überlegt, warum. Ein positives oder negatives Ergebnis zu bekommen, das schien so … endgültig. *Ja*, ein Todesurteil, oder *nein*, es ist alles im grünen Bereich. Es war, als würde einem die Kontrolle über das eigene Schicksal komplett aus den Händen gerissen werden, und irgendetwas an der Vorstellung, es mit Sicherheit zu wissen, gab Beth das Gefühl, sie könnte den inneren Halt verlieren.

Sie versuchte, vor sich selbst die Augen zu verdrehen. Das Wissen, dass man die Genmutation hatte, war kein Todesurteil. Und ein schmerzendes Steißbein war höchstwahrscheinlich kein Krebs. Aber Beth hatte zu oft Krebs gesehen, um den Gedanken völlig von der Hand zu weisen. Sie nahm sich ihr Handy von Marys Küchentisch, wo sie es am Abend zuvor hatte liegen lassen, und sah auf die Uhr. Fünf Uhr zwölf am Morgen. Zu früh, um auf den Beinen zu sein; zu spät, um sich noch einmal schlafen zu legen. Sie könnte sich eigentlich den Sonnenaufgang ansehen. So leise wie möglich machte sich Beth einen Kaffee und ging hinaus, um sich auf die Veranda zu setzen. Sie ließ sich auf einen Stuhl sinken und …

Vergiss es. Sie sollte auf der Veranda *stehen.*

Sie lehnte sich gegen den Verandapfosten und sah die Straße hinunter, grau in der langsam heraufziehenden Morgendämmerung. Sie hob den Blick zu dem dunklen Himmel, wo die Anzahl und Helligkeit der Sterne fast überwältigend war. Beth suchte den Himmel über sich ab, verharrte ein paar Minuten reglos, gebannt vom Anblick all dieser Sterne, und vergaß sogar, ihren Kaffee zu trinken. Als sie in die Gegenwart zurückkehrte, wunderte sich Beth aufs Neue über sich selbst. Seit wann war sie denn eine Tagträumerin?

Wer zum Teufel ist diese Frau?

»Du bist ja früh auf.«

Sie zuckte heftig zusammen, als sie seine Stimme hörte. Im ersten Moment dachte Beth, dass sie Charlie vielleicht wieder heraufbeschworen hatte – dass es wieder ein Traum war. Aber er stand da, mitten auf der Straße, ein Schatten auf dem Asphalt. Und sah sie an.

Sie fand ihre Stimme wieder. »Du auch.«

»Wie geht's dem Allerwertesten?«

Beths Gesicht glühte in der Dunkelheit. »Gut.« Als er nichts erwiderte, knickte sie ein. »Womit ich sagen will, es tut so weh, dass ich darüber nachdenke, mir einen Schuss Morphin in meinen Kaffee zu kippen.«

Charlie trat näher, und sie konnte das Lächeln auf seinen Lippen sehen. Der Anblick stillte ein Verlangen in ihr, das sie längst für tot gehalten hatte. Die kühle Morgenluft war auf einmal nicht mehr kühl genug.

»Hast du einen dieser Hämorrhoidenringe in deiner Wunderdoktortasche?«, fragte er.

»Schön wär's.«

Charlie stieg die Veranda hoch und lehnte sich gegen einen anderen Pfosten. Er sah zum Himmel hoch.

»Sind frühmorgendliche Spaziergänge dein Ding?«, fragte sie.

Er schüttelte den Kopf. »Absolut nicht. Das hier ist eine Ausnahme.«

»Wenn du älter wirst, ändert sich deine innere Uhr«, bemerkte Beth. »Du fängst an, früher aufzustehen.«

»So alt bin ich noch nicht. Ich bin nur zufällig ein bisschen rastlos.«

»Muss der Rockstar in dir sein.« Beth nippte an ihrem Kaffee, hoffte, dass ihr Zittern in diesem düsteren Licht nicht zu sehen war. »Hier draußen ist es zu dunkel und still, nachdem du im ganzen Land dieses große, strahlende Leben geführt hast.«

»Hier draußen wird es nie zu dunkel oder zu still für mich sein.«

Sein Geruch war mit ihm die Stufen hochgedriftet, und er war ihr so vertraut, dass Beth der Atem stockte. Sie erinnerte sich, wie sie nach Stunden mit Charlie im Durack-Lagerraum in ihr Zimmer zurückgekehrt war, all ihre Sinne erfüllt von ihm, schaudernd, während sie das Gefühl seiner Finger auf ihrer Haut noch einmal nacherlebte und seinen Geruch mit jedem Atemzug in sich aufnahm, als würde er genau neben ihr liegen. Sie nahm ihren Kaffee und atmete den Dampf des heißen Getränks ein, im Versuch, seine ungewollte Invasion ihres Körpers auszublenden.

»Letzter Arbeitstag für dich«, bemerkte er, als wollte er das Gespräch in Gang halten, sei sich aber nicht sicher, wie.

»Ja, für einen Monat. Ich frage mich, ob es heute genauso verrückt zugehen wird.«

»Was ist hier draußen eigentlich das größte gesundheitliche Problem?«, fragte er.

Sie dachte über die Frage nach. »Zu enges Zusammenleben, vermutlich. Infektionen breiten sich wie ein Lauffeuer aus, weil alle so dicht aufeinanderhocken, zehn bis fünfzehn Leute, in Dreizimmerhäusern zusammengepfercht.«

Er seufzte fast unhörbar, und sie wusste, warum. Dieses Problem war fast unmöglich zu beheben.

»Außerdem Diabetes und verwandte Erkrankungen«, ergänzte sie.

Er hob den Kopf. »Und was könnte man dagegen tun?«

»Bei den meisten meiner Patienten ist der Schaden schon vor Jahren entstanden. Wenn es an mir wäre, das Problem in Angriff zu nehmen, würde ich bei den Kindern ansetzen. Vorbeugende Maßnahmen.«

»Wie zum Beispiel?«

Beth betrachtete ihn etwas genauer. Die Konturen seines Kiefers waren in dem sich aufhellenden Morgen zu erkennen, und seine Augen waren auf sie gerichtet, offener und unsicherer, als sie sie je gesehen hatte, seit Charlie wieder in ihr Leben getreten war.

»Eine Umstellung der Schulkantine. Es ist ja toll, dass in der Schule ein Frühstück angeboten wird, aber Coco Pops und Froot Loops sollten *nicht* auf der Speisekarte stehen. Und das Mittagessen ist auch nicht viel besser. Sie brauchen mehr Salat, Proteine, Vollkornprodukte, Obst, Hülsenfrüchte – dieses Zeug. Weniger Weißbrot, Dosenspaghetti und Pasteten.«

Charlie nickte nachdenklich. »Okay.«

Er hielt den Blick auf ihr Gesicht geheftet, während sich die Sonne über den Horizont schob. Sie nippte an ihrem Kaffee und betrachtete ihn ihrerseits. Es war eine Erleichterung, ihn ansehen zu können, ohne so zu tun, als würde sie es nicht tun. Sie erkundete die Veränderungen in seinem Gesicht, und ihr Blick verharrte auf den Stoppeln an seinem Kiefer und dann auf den Lachfältchen, die sich um seinen im Moment ernsten Mund allmählich bildeten.

»Woher soll ich wissen, dass du mir gestern die Wahrheit gesagt hast?«, platzte er auf einmal heraus.

Beths Magen verkrampfte sich. Sie wandte sich wieder zur Straße um und starrte zum Himmel hoch, in der Hoffnung, den Schmerz, den seine Worte ihr zufügten, ein wenig zu lindern. Nach ein paar Atemzügen konnte sie schließlich antworten. »Das kannst du nicht wissen. Ich nehme an, du musst einfach deine eigene Schlussfolgerung ziehen.«

Er schwieg. Wut durchzuckte sie und ließ die Hand, die ihren Kaffee hielt, zittern.

»Was spielt das überhaupt noch für eine Rolle?« Ihre Verbitterung brach sich Bahn. »Ich hatte gehofft, die Wahrheit zu erfahren, würde dir etwas Seelenfrieden verschaffen – aber offenbar habe ich mich getäuscht.«

Sie löste sich von dem Verandapfosten, um ins Haus zurückzugehen, aber Charlie streckte rasch einen Arm aus und hielt sie am Handgelenk fest.

»Warte.« Sie war stehen geblieben, sobald er sie berührte, aber er ließ sie nicht los, auch wenn seine große Hand ihren Griff ein klein wenig lockerte. »Es tut mir leid. Es … Es war eine verdammt seltsame Nacht. Ich habe kein Auge zugetan.«

»Bist du wach geblieben, um die Lücken in meiner Geschichte zu finden?«, fragte sie kühl.

»Ich bitte dich, Beth.«

Er hielt sie noch immer fest. Sie sah auf seine Hand auf ihrem Arm und dann hoch in sein Gesicht. In seinen Augen lag dieselbe verletzliche Ängstlichkeit, von der sie in den frühen Morgenstunden geträumt hatte. Sie wollte ihn abschütteln und weggehen, aber sie musste feststellen, dass sie es nicht konnte.

Schließlich ließ Charlie ihren Arm los und wich einen Schritt zurück. »Wir müssen reden. Geh nicht weg von mir«, sagte er mit flehender Stimme.

»*Du* bist weggegangen«, gab sie zurück.

Er sackte gegen den Verandapfosten und fuhr sich mit einer Hand durchs Haar. Beth sehnte sich danach, etwas – irgendetwas – zu tun, um sie beide aus diesem Schwebezustand zu bringen. Ihn schlagen. Ihn küssen. Aber natürlich konnte sie keines von beidem tun. Sie konnte nur dort stehen und ihren abkühlenden Kaffee halten und zusehen, wie das Licht der Morgendämmerung

Charlie und den Rest der Welt in einen orangeroten Schimmer tauchte.

»Hast du je mit dem Gedanken gespielt, mich zu kontaktieren?«, fragte sie. »Wenn auch nur, um mich anzubrüllen?«

Er nickte. »Das habe ich. Oft.«

»Und warum hast du es dann nicht getan?«

Er zuckte die Schultern. »Ich war ohnehin schon völlig gedemütigt. Ich konnte den Gedanken nicht ertragen, dass du mich auslachst.«

Sie starrte ihn an. »Du hast mich überhaupt nicht gekannt, oder?«

Seine Augenbrauen furchten sich. »Unsinn. Natürlich habe ich dich gekannt.«

»Wie konntest du dann so etwas denken? Wie konntest du denken, dass ich tun würde, was Leanne und Lyall behauptet haben, und dir dann ins Gesicht lachen würde? Du hast mich überhaupt nicht gekannt, Charlie.«

Ihre Worte schienen ihn zu treffen. »Es war nicht so, dass ich dich nicht gekannt habe; es war nur so, dass ich Angst hatte, noch mehr wie ein Idiot dazustehen.«

»Sieht aus, als ob du für deinen Stolz viel weggeworfen hast.« Kaum waren ihr die Worte über die Lippen gekommen, wollte Beth sie am liebsten zurücknehmen. Mit einer einzigen kurzen Feststellung hatte sie zugegeben, wie viel ihre Liebe ihr bedeutet hatte. Sie hatte auch ihren Stolz.

Aber offenbar wusste er das bereits, denn Charlie zuckte nicht einmal mit der Wimper. »Jetzt ist mir das klar«, sagte er. »Ich war naiv. Ich habe nicht gedacht, dass irgendjemand über solche Dinge lügen würde. Ich habe es bezweifelt, als es nur von einer einzigen Person kam, aber als es von noch jemand anders untermauert wurde, dachte ich, der Fall sei erledigt. Vielleicht war das nicht unbedingt die vernünftigste Schlussfolgerung, aber ich war ein bisschen hitzköpfig, nehme ich an.«

»Nur ein bisschen.«

»Du dachtest, ich wäre abgehauen«, entgegnete er. »Du dachtest, ich wäre abgehauen und würde mich einen Dreck um dich scheren. Das zeigt, wie gut du *mich* gekannt hast.«

Beth zog die Augenbrauen hoch. »Aber du *bist* abgehauen. Ich hatte keine Möglichkeit, dich zu kontaktieren. Was hätte ich denn denken sollen?«

Charlie ließ sich wieder gegen den Verandapfosten sinken und schwieg einen langen Moment. »Na schön. Okay, du hast recht. Ich war es, der es vermasselt hat.«

Offensichtlich bereitete ihm dieses Eingeständnis ebenso viel Vergnügen wie ihr der Gedanke an eine lange Autofahrt mit einer Steißbeinverletzung. Aber sie war froh, dass er es eingestanden *hatte*. Sie sahen zu, wie die Sonne zwischen den struppigen Bäumen auf der anderen Straßenseite hindurchschimmerte und das Orange der Morgendämmerung in ein helleres, blaueres Tageslicht überging.

»Ich gehe heute mit ein paar von den Jungs angeln«, sagte er. »Ich hoffe, wir können für einen Haufen Leute drüben bei Harvey einen Happen mitbringen.« Eine lange Pause trat ein, bevor er hinzufügte: »Du solltest zum Essen vorbeikommen.«

»Fährst du morgen mit mir zurück nach Mount Clair?«, fragte sie.

»Ja. Ich habe keinen anderen Wagen.«

Beth kippte den Rest ihres Kaffees auf die Erde. »Ich war mir nicht sicher, ob du vielleicht länger bleiben und mit jemand anders zurückfahren wolltest.«

»Nein, ich werde bei dir mitfahren – wenn dir das recht ist?«

Beth nickte. Die Aussicht, mit ihm allein zurückzufahren, erschien ihr auf einmal nicht mehr so schlimm. »Wenn ich noch immer Schmerzen haben sollte, werde ich dich vielleicht bitten zu fahren, wenn es dir nichts ausmacht.«

»Kein Problem.« Er sah sie an. »Ich nehme an, du könntest dich in den *Hintern* beißen wegen dieses Sturzes. Aber ich verspreche dir, ich werde dir auf der Fahrt den *Arsch* retten.«

Beth stöhnte auf, aber sie konnte sich ein Lächeln nicht verbeißen. »Ich lache mir den *Allerwertesten* ab«, sagte sie zu ihm, und Charlie lachte.

Im Haus wurden Geräusche laut, und Beth nahm an, dass Pearl wach und polternd auf dem Weg zum Badezimmer war, wo ihr spezielles Töpfchen auf dem Boden stand. Charlie sprang von der Verandastufe, rammte eine Hand in die Hosentasche und nickte Beth zu.

»Bis später.«

Sie ging ins Haus, um nach Pearl zu sehen.

Kapitel 12

Beths Hoffnungen auf einen ruhigeren Tag erfüllten sich nicht. Da sie wussten, dass es ihr letzter Tag in der Stadt war, machten sich viele, die ihren Besuch auf die lange Bank geschoben hatten, nun doch noch die Mühe, zur Klinik zu kommen. Es war so brechend voll, dass Maud und Christine anfingen, die Warteschlange zu filtern – sie hörten sich die Leiden und Beschwerden an und schätzten ab, ob sie dringend waren, von einer der Schwestern behandelt werden oder bis zu Beths nächstem Besuch warten konnten. Mary war für ein paar Stunden da, aber selbst ihr wurde es irgendwann zu bunt, und am späten Vormittag ging sie mit Pearl nach Hause.

»Du solltest dir besser Billy ansehen, bevor du fährst«, meinte Maud seufzend und rieb sich die Stirn. »Seine Geschwüre spielen verrückt. Du warst wieder angeln, du dämlicher Trottel«, fuhr sie ihn an. »Hast in diesem verdammten schmutzigen Wasser gestanden.«

»Komm durch, Billy«, rief Beth, bevor er etwas zurückblaffen konnte. »Wie wär's, wenn ihr beide, du und Christine, für heute Feierabend macht?«, wandte sie sich dann an Maud, deren eigene Schmerzgrenze offensichtlich erreicht war. »Ich schließe die Klinik später ab und bringe dir den Schlüssel vorbei.«

Keine der beiden wandte etwas dagegen ein. Sie packten zusammen und gingen, sichtlich erleichtert.

Beth untersuchte Billys Entzündungen und seinen Fuß im Allgemeinen. Er zuckte vor Schmerz zusammen. »Sei ehrlich, Bill. Wie lange hast du das schon?«, fragte sie.

»Paar Wochen.« Er zuckte die Schultern.

»Eine Woche? Zwei? Oder noch länger – fünf oder sechs Wochen vielleicht?«

Er zuckte wieder die Schultern, mit unbehaglicher Miene. »Vielleicht ein paar Monate, nehme ich an.«

Beth reinigte und verband Billys Fußgeschwüre, gab ihm Schmerzmittel und noch eine Dosis Antibiotika, dann sagte sie ihm, er müsse in die Stadt kommen, um sich im Krankenhaus behandeln zu lassen.

»Ich kann dich mitnehmen«, sagte sie. »Morgen.«

»Nein.« Er schien bestürzt. »So schlimm ist es nicht.«

»Billy, diese Geschwüre sind nekrotisch. Das heißt, das Fleisch stirbt ab, und sie breiten sich aus. Wenn wir uns nicht schleunigst darum kümmern, könntest du einen Fuß verlieren.«

»Unsinn.« Er blickte zutiefst unbehaglich. »Das sind nur Mückenstiche. Tut gar nicht weh.«

Billy konnte höchstens Mitte vierzig sein, aber er sah weitaus älter aus. Beth saß ihm gegenüber, den Blick auf sein Gesicht gerichtet. »Dein Diabetes bedeutet, dass das Blut nicht so durch deinen Körper fließt, wie es sollte, daher sterben deine Nerven ab, und du fühlst nicht mehr so viel Schmerz, wenn du dich verletzt. Alle Entzündungen und Kratzer, die du dir zuziehst, heilen außerdem nicht so gut, weil das Blut nicht durchfließt und dafür sorgt, dass alles gesund bleibt. Du musst ins Krankenhaus kommen und für ein paar Tage die Füße hochlegen, damit wir diese Entzündungen heilen können. Und dann musst du anfangen, Stiefel oder Wasserschuhe zu tragen, wenn du angeln gehst, Billy, sonst wird das wieder passieren.« Sie sah ihm genau in die Augen. »Also, wirst du morgen mit mir in die Stadt kommen, oder muss ich einen Krankenwagen für dich kommen lassen?«

Seine Lippen zuckten gequält. »Ich muss die Footballkids coachen.«

»Du wirst mit ihnen nicht mehr auf dem Platz herumrennen können, wenn du nur noch einen Fuß hast.«

Billy fluchte. »Okay, okay. Ich werde am Wochenende bei Kanga mitfahren. Er fährt in die Stadt, Verwandte besuchen.«

»Perfekt. Dann sage ich dem Krankenhaus, dass du kommst, und sie rufen mich an, wenn du da bist.«

Beth warf einen Blick in den Vorraum, aber er war leer, und die Nacht hatte sich gesenkt. Sie fragte sich, ob dieses Essen bei Harvey definitiv stattfand.

»Kann ich dich irgendwohin mitnehmen, Billy?«

»Ja, zu meinem Dad. Wir haben heute beim Wasserloch ein paar anständige Fische zum Abendessen geangelt.«

Beth zog die Augenbrauen hoch. »Dann hatte Maud also recht. Du warst tatsächlich in dem schmutzigen Wasserloch angeln.«

Er besaß immerhin den Anstand, leicht beschämt zu blicken. Sie wickelte ein wasserdichtes Klebeband um seinen Verband, und Billy wartete in seinen Flipflops und sauberen Verbänden, die nicht lange sauber bleiben würden. Beth packte ihre Sachen zusammen und holte die Geschenke für Maud und Christine hervor, die sie die ganze Woche in ihrer Tasche versteckt hatte. Schicke Bürobedarfhalter in den Farben der neuen Saison – rosig golden und pastellblau, gefüllt mit zusammenpassenden Stiften, Klammergeräten, Tesafilmspendern, Textmarkern und anderen Büroutensilien. Sie wusste, dass vor allem Maud ganz verrückt danach sein würde. Sie liebte es, die Klinik »aufzudonnern«, wie Christine es nannte. Beth legte noch ein paar zuckerfreie Biolutscher und einen Haufen bunte Sticker für die Kinder, denen sie Spritzen geben mussten, dazu und schloss die Klinik ab.

Sie und Billy luden ihre Ausrüstung ins »Biest«, dann setzte sich Beth hinters Lenkrad. Sie stopfte verstohlen ein altes Handtuch auf den Sitz, sodass ihr Steißbein ihn nicht berührte. Als Erstes fuhr sie zu Marys Haus, um herauszufinden, was mit dem Abendessen war.

»Ich dachte schon, du wirst nie fertig«, rief Mary durch die Fliegentür. »Wir fahren zum Essen zu Harvey.«

»Steigt ein«, rief Beth zurück.

Mary, Jill und Pearl kletterten auf die Rückbank.

»Hast du ihren Kindersitz?«, fragte Beth Jill, und das Mädchen stöhnte auf. »Wir fahren nicht los, bevor sie darinsitzt.«

Jill sprang noch einmal hinaus und rannte zurück zum Haus, um Pearls Kindersitz zu holen. Er moderte auf der hinteren Veranda vor sich hin, mit Staub und Spinnweben bedeckt. Jill klopfte ihn einmal kurz am Verandapfosten ab, während sie zurücklief, und schob ihn unter Pearl.

Mary lachte keuchend auf. »Das verdammte Teil benutzen wir nur, wenn du in der Stadt bist, Doc.«

Beth hoffte, dass sie ihn nur deshalb nicht benutzten, weil sie keinen Wagen hatten. Sie fuhr bei Christine vorbei, um ihr den Schlüssel für die Klinik zu geben, und umarmte sie zum Dank, dann ging es weiter zu Harvey, dessen Zuhause hell erleuchtet und voller Leute war. Harvey hatte ein Eternithaus im älteren Stil, nicht eines der neuen zyklonsicheren, isolierten, transportablen Häuser. Es war etwas zurückgesetzt von der Straße errichtet worden, daher fanden die Partys bei Harvey immer vor dem Haus statt – was jede Menge ungeladene Gäste bedeutete. Kinder liefen auf der Straße herum, kickten ein bisschen Football oder spielten mit Taschenlampen Fangen und Verstecken. Ein Feuer brannte in der Mitte des breiten, sandigen Hofs.

»Ich hoffe, du und Onkel Charlie habt viele Fische gefangen«, sagte Jill von der Rückbank zu Billy.

Pearl plapperte vor sich hin, während Jill sie losschnallte und aus ihrem Sitz hob, und Beth hörte das Wort »Football« heraus. Pearl liebte es, auf der staubigen Straße mit den Kindern zu spielen. Sie warfen den Ball regelmäßig in ihre Richtung und jubelten ihr zu, wenn sie ihn berührte.

Beth entdeckte Charlie. Er stand unter einem Scheinwerfer, der an der Regenrinne befestigt war, und bediente einen funkelnden Edelstahlgrill. Der Grill wirkte fehl am Platz neben ein paar älteren, rußgeschwärzten und wackeligen Exemplaren. Sie mochte wetten, dass es sein Geschenk für Harvey gewesen war. Niemand konnte Charlie vorwerfen, mit dem Geld, das er mit seiner Musik gemacht hatte, zu knausern. Während sie zusah, wie er dem Geplauder um ihn herum lauschte und zwischendurch immer wieder nach den Fischen sah, wünschte Beth, sie hätte sich ein bisschen mehr zurechtgemacht.

Charlie hob den Kopf und bemerkte ihren Wagen. Selbst aus dieser Entfernung sah Beth, wie sich sein Gesicht veränderte, wie es sich aufhellte vor … vor Interesse, nahm sie an. Er richtete sich auf. Beth nestelte an ihrem Top herum und strich sich die Haare glatt, dann versuchte sie, aus dem »Biest« zu steigen, ohne so auszusehen, als hätte sie sich den Allerwertesten verletzt. Ihr Herz hämmerte, stellte sie entsetzt fest. Sie versuchte, Charlie nicht ins Gesicht zu sehen, während sie hinter Mary und Jill auf Harveys Vorgarten zuschlenderte, aber es war zwecklos. Er sah immer wieder zu ihr hinüber – und sie tat umgekehrt dasselbe. Versuchte er noch immer zu ergründen, ob er ihrer Geschichte glauben sollte?

Leute riefen ihr zu, während sie sich hinter Mary durch das Gedränge einen Weg zur Haustür bahnte, und Beth erwiderte jeden Gruß und versuchte angestrengt, nicht auf das hellblaue T-Shirt zu starren, das sich so über Charlies Brust spannte, dass wohl jede heißblütige Frau hinstarren würde. Vor allem, da er ihr noch immer mit seinen umwerfenden Augen folgte und jetzt kaum noch auch nur so tat, als würde er dem Geplauder um ihn herum lauschen. Sie war fast erleichtert, als sie es durch die Tür geschafft hatte und drinnen von zwei jungen Frauen begrüßt wurde.

»Hi, Doc. Hi, Tante Mary.«

Eine der Frauen, Debra, trug ein Baby auf einer Hüfte, während sie mit der freien Hand Sellerie hackte. »Charlie ist losgezogen und hat jede Menge Zeug bei der Kooperative besorgt, damit wir zum Fisch Salat essen können.«

»Kartoffeln hat er aber nicht besorgt«, warf die andere Frau ein, die, wie Beth sich zu erinnern glaubte, Cynthia hieß. »Will er, dass wir diese Süßkartoffeln fürs Feuer in Alufolie wickeln, was meint ihr?«

Beth betrachtete die Zutaten auf dem Tisch. Er hatte Kopfsalat besorgt, außerdem Paprikaschoten, Zitronen, Bohnensprossen, Avocados, Tomaten, englischen Spinat ... *Hat er die ganze Gemüseabteilung in der Kooperative aufgekauft?* Außerdem hatte er jede Menge Dressings mitgebracht. Sie entdeckte eine staubige Flasche Balsamessig. Gut möglich, dass sie seit Jahren in der Kooperative auf dem Regal gestanden hatte.

»Ich habe ein tolles Salatrezept«, schlug sie vor. »Wenn ihr einen grünen Salat macht, mache ich meinen mit Spinat und Süßkartoffeln.«

»Klingt wie etwas, das Tish in der Arbeit machen würde«, meinte Cynthia grinsend, und Beth erinnerte sich, dass sie die ältere Schwester von Letitia war, die im Sawmill arbeitete.

Sie lächelte die junge Frau an. »Nicht ganz so ausgefallen.«

Da sie keinen funktionsfähigen Ofen hatten, kochte Beth ein paar gewürfelte Süßkartoffeln vor und briet sie dann kurz an. Sie wusch den Sand vom Spinat, aber es war nur ein einziger Bund, daher schnitt sie auch noch einen Kopfsalat klein, um die Menge zu strecken. Dann verrührte sie Rote-Bete-Stücke aus der Dose und die Süßkartoffeln mit Olivenöl und Balsamessig, presste etwas Zitronensaft dazu und bestreute alles mit Salz und Pfeffer. Beth schob die Schüssel auf dem Küchentisch nach hinten, als sie fertig war, und Mary beugte sich vor, um mit einer Gabel hineinzustechen. Sie kaute nachdenklich.

»Verdammt gut, Doc. Und dabei mag ich eigentlich gar keinen Salat.«

»Wer tut das schon?«, lachte Beth. »Aber wenn du ihn so machst, dass er schmeckt, werden die Leute ihn auch mögen.«

Billy kam in seinen Flipflops herein, die über den rauen Betonboden klatschten. »Was macht ihr denn da?«, fragte er Debra.

»Salate«, antwortete sie.

Billy verzog angewidert die Lippen. »Verdammtes Kaninchenfutter.«

Debra ignorierte ihn. »Was kannst du mit dem Zeug hier machen, Doc?«, fragte sie, während sie mit einer Hand klein geschnittene Karotten unter den riesigen Gartensalat mischte.

Beth warf einen Blick darauf und sah dann zurück zu den anderen Zutaten, die auf dem Tisch verstreut standen.

»Oh, ich weiß.« Sie schnappte sich die Avocados, schaufelte das Fruchtfleisch in eine verbeulte Metallschüssel und gab eine gesunde Portion Krautsalatdressing, Zitronensaft und etwas Salz dazu. Während sie im Kühlschrank nach irgendetwas stöberte, um der ganzen Sache ein bisschen mehr Geschmack zu verleihen, fiel ihr Blick auf ein Glas Anchovispaste. Sie sah okay aus – nicht zu alt oder eingetrocknet –, daher gab sie einen Teelöffel davon in die Schüssel, nahm eine Gabel und rührte, als ob ihr Leben davon abhinge – und zuckte prompt von dem Schmerz im Kreuz zusammen, den die Bewegung auslöste.

»Komm, lass mich das machen«, sagte Cynthia.

In Harveys Schublade fand sie einen Schneebesen und übernahm von Beth, die sich als Nächstes daranmachte, in der Vorratskammer nach getrockneten Kräutern zu suchen. Kein Glück – aber sie entdeckte einen Behälter mit getrocknetem Parmesankäse. *Perfekt.* Sie streute ihn um Cynthias flinke Hände herum in die Schüssel und nahm sich dann einen Löffel, um zu kosten. Nicht schlecht. Annähernd so wie ein aufgepepptes Caesar-Dressing.

»Koste mal«, sagte sie zu Cynthia, und die Frau kam ihrer Aufforderung nach.

Ihre Augen weiteten sich. »Das ist verdammt gut.«

Beth lächelte und goss das Dressing über den Gartensalat. »Jetzt werden unsere Salate hoffentlich eine Chance haben, gegessen zu werden.«

»Hey, erinnerst du dich noch an den letzten Doc, Tante?« Debra stieß Mary in die Seite. »Wie er damals zu Harvey zum Essen gekommen ist?«

Mary lachte schallend auf. »Oh, verdammt, das habe ich fast vergessen.«

Sie sah Beth an, und ihr breites Gesicht bebte vor Belustigung. Debra und Cynthia warteten grinsend auf die Geschichte. Sie wagten nicht, sie selbst zu erzählen. Mary war der Boss.

»Damals hatten wir diesen Typen, der viermal im Jahr zu uns herausgekommen ist, bevor die Regierung die Besuche auf einmal im Monat umgestellt hat. So weiß wie dieses Blatt Fleischpapier dort drüben und wie ein Fisch auf dem Trockenen. Er ist für sich geblieben, hat die Leute durchgeschleust, die er untersuchen musste, und ist dann jedes Mal so schnell wie möglich wieder von hier verschwunden. Aber einmal war das Wetter schlecht, zu schlecht zum Fliegen, und er musste über Nacht bleiben. Wir haben ihn zum Essen eingeladen. Hatten Mitleid mit dem armen Kerl, und überhaupt, er hatte Edwina mit ihrem kranken Kind geholfen, daher waren wir ihm an dem Tag ziemlich freundlich gesinnt. Harvey und die Jungs waren angeln gewesen und hatten ein paar Schildkröten gefangen, und wir haben sie über dem Feuer gegrillt, und dieser Doktor hat nur einen Blick darauf geworfen und ist fast umgekippt. Hat gesagt, es täte ihm leid, aber er könne sie nicht essen. Hat behauptet, er sei allergisch.« Mary lachte so heftig, dass sie nicht mehr weiterreden konnte.

»Allergisch gegen Schildkröten!« Debra ließ sich auf einen Stuhl fallen und entblößte eine Brustwarze für ihr Baby, das quengelte. »Als ob er das überhaupt wissen könnte!«

»Wisst ihr noch, was er gesagt hat?«, kicherte Cynthia. »Hat gesagt, er sei allergisch gegen Meeresfrüchte. Selbst ich weiß, dass Schildkröten keine verdammten Meeresfrüchte sind.«

Beth musste unwillkürlich lachen. Sie hatte Glück – sie war in Mount Clair aufgewachen und kannte sich mit Buschessen ein bisschen aus. Schildkröte war ihr noch nie angeboten worden, aber Krokodil hatte sie gekostet. Und Kamel.

»Die Salate sind alle fertig«, verkündete Mary und ging voran nach draußen.

Charlie wandte sich um, als Beth durch die Tür kam, und dieses lächerliche Kribbeln nervöser Anspannung durchzuckte sie wieder. *Gott, wer hat denn bloß dieses Highschoolmädchen eingeladen?* Dann war das Essen fertig, und alle stellten sich für einen Pappteller mit Fisch oder einem Würstchen an. Normalerweise fühlte sich Beth entspannt und integriert, während sie in der Essensschlange anstand und die Leute um sie herum plauderten und sich neckten, aber das Wissen, dass Charlie das Essen austeilte, sorgte dafür, dass sie sich völlig verkrampfte. Sie lächelte und tat, als würde sie dem Geplauder um sie herum lauschen, bis sie schließlich am Grill stand. Jeden Moment könnten ihre Wangen in Flammen aufgehen. Aber das Universum hatte seinen Zeitpunkt ungünstig gewählt, und es war Harvey, der sie bediente. Charlie füllte einen anderen Teller und ließ das Stück Fisch, das er in seiner Zange hielt, um ein Haar fallen, weil er zu beschäftigt damit war, Beth anzusehen. Ihre Wangen überlebten den Moment, und sie suchte sich mit ihrem Teller einen Platz am Rande der Veranda außerhalb von Charlies Sichtweite.

Mary forderte alle auf, sich ein bisschen Salat zu nehmen, und die Gewürzmischungen fanden großes Lob. Selbst die Kinder wurden dabei gesehen, wie sie Grünzeug aßen. Beth wurde zur Salatmeisterin erklärt, auch wenn die gegrillten Fische die eigentlichen Helden des Tages waren. Nach dem Essen machten es sich alle auf Stühlen, Gehwegplatten oder sogar im Sand rings um das Lagerfeuer gemütlich. Die Unterhaltung plätscherte weiter. Als es allmählich spät wurde, brachen viele auf, bis nur noch etwa ein Dutzend Hartgesottene übrig waren, darunter Mary, die einem geselligen Beisammensein nie abgeneigt war.

Es hatte so viele Momente gegeben, in denen Beth zu Charlie hinübergesehen und festgestellt hatte, dass sein Blick auf ihr ruhte, dass sie ganz nervös war. Sie hatte keine Ahnung, was sie zu ihm sagen sollte, wenn er jetzt an sie herantreten sollte. Sie setzte sich und lauschte der Unterhaltung um sie herum, so sanft und vergänglich wie ein plätschernder Fluss. Auf der anderen Seite des Feuers, genau neben der Stelle, auf der sie ihren Blick hatte ruhen lassen, stand Charlie auf. Es sah so aus, als würde er herüberkommen, um sich zu ihr zu setzen.

Jill hielt ihn mit seiner Gitarre und einem Campinghocker auf. »Alle wollen, dass du spielst, Onkel Charlie.«

Es war das Zweitbeste, was er tun konnte, wenn er nicht herüberkam und sich zu ihr setzte – und weitaus weniger panikauslösend. Charlie setzte sich auf den Campinghocker und stimmte seine Gitarre, konzentrierte sich auf die Saiten – was Beth die Gelegenheit gab, ihn richtig zu mustern. Sie ließ den Blick über seine ganze Gestalt schweifen, von seinen lässig nach hinten gestrichenen Haaren zu seinen Augenbrauen, die sich über dem Stimmen der Gitarre furchten; von seinem schlanken Kiefer zu seinem vollen Mund, die Unterlippe geistesabwesend zwischen den Zähnen gehalten, während er sich konzentrierte. Von seinen muskulösen Schultern zu seiner schmalen Taille; seinen sehnigen Unterarmen zu seinen geschickten Fingern – und an seiner Jeans hinunter bis hin zu diesen abgewetzten Lederstiefeln.

Ach du heilige Scheiße – fast zwei Jahrzehnte später war er sogar noch sexier, als er mit achtzehn gewesen war. Wie konnte das legal sein?

Dann spielte Charlie, und wieder wurde Beth von der schmerzlichen Schönheit seiner Musik hinweggerissen. Er sang ein, zwei Lieder, die die Gruppe kannte, und die Leute sangen dazu mit. Aber die meiste Zeit spielte er nur eine sanft dahinplätschernde Melodie, den Soundtrack zu ihrer Unterhaltung. Diesmal wagte sie es nicht, ihn anzusehen, denn wenn er ihr Gesicht sah, würde er genau wissen, was für Gefühle seine Musik in ihr auslöste. Beth ließ ihr Kinn auf den Armen und den Blick auf dem Feuer ruhen und kämpfte gegen die Versuchung an, den Kopf zu heben und seinen Blick zu erwidern. Es war schon schlimm genug, diese Dinge zu fühlen, selbst ohne sie zu zeigen.

Ein Wimmern durchschnitt die Luft. Es war Pearl. Jill sprang auf und stürzte zur Straße, wo zwei oder drei Kinder noch immer den Football herumkickten. Beth stand auf und sah zu, wie Jill ihre kleine Schwester hochhob und inspizierte und dann mit ihr zurück zu Beth kam.

»Sie ist hingefallen«, sagte Jill. »Sie blutet.«

Beth untersuchte das aufgeschürfte Knie, aber es war nichts Ernstes. Die Wunde reinigen und mit einem Heftplaster abdecken, das dürfte genügen. Pearl war still geworden, und Beth wollte ihr eben schon sagen, dass alles gut werden würde, aber die Miene des kleinen Mädchens ließ sie verstummen. Pearl lag schlaff in den Armen ihrer Schwester, und ihre Augenlider hatten sich gesenkt.

»Pearl«, sagte Jill und schüttelte ihre kleine Schwester sanft. »Pearl!« Sie fing Beths Blick auf. »Siehst du? Manchmal schaltet sie einfach ab.«

Blitzartig wusste Beth, woran sie sich an diesem Morgen zu erinnern versucht hatte: der Anblick von Pearls Augenlidern, die flatterten und sich senkten, als sie am Abend zuvor ihren Disneyfilm gesehen hatte. Das jetzt war genau das Gleiche. Sie nahm Pearl Jill ab,trug sie ins Haus und beobachtete ihr kleines Gesicht voller Sorge. Pearl blinzelte und konzentrierte sich für einen Moment auf Beth, bevor sie wieder wegdämmerte und ihre Augenlider flatterten. Im Wohnzimmer, unter dem Licht einer Neonröhre, war mehr als offensichtlich, was los war. Beth legte das Kind sanft aufs Sofa und wartete.

Die Fliegentür knallte auf, und mehr Leute gesellten sich zu ihnen, aber Beth interessierte sich in diesem Moment ausschließlich für Pearl. Die großen dunklen Augen waren binnen Sekunden wieder auf sie gerichtet, und Pearls Miene war von Tränen verzerrt.

»Schscht«, flüsterte Beth und neigte das Gesicht, um Pearl auf die Stirn zu küssen. »Es ist alles gut. Du hast dir nur das Knie aufgeschlagen. Du warst sehr tapfer.«

Allmählich beruhigte sich Pearl und ließ sich von Beth die aufgeschürfte Stelle reinigen und mit einem Spongebob-Schwammkopf-Heftpflaster abdecken. Als Beth den Blick hob, sah sie, dass Mary und Charlie in der Nähe standen und warteten. Sie hatten ihre Reaktion gesehen; sie wussten, dass irgendetwas nicht stimmte.

»Jill, könntest du ein paar Minuten mit Pearl kuscheln und ihr vielleicht ein Lied vorsingen?«, fragte Beth.

Jill nickte, aber sie sah ebenfalls besorgt aus; auch sie hatte erkannt, dass irgendetwas los war. Beth schenkte dem Mädchen ein beschwichtigendes Lächeln, und Jill sang Pearl vor, die in den Armen ihrer Schwester schniefte. Beth machte sich auf den Weg zur Küche, gefolgt von Charlie und Mary.

»Das war ein Anfall«, sagte Beth, als sie sich sicher war, dass sie außer Jills Hörweite waren. Es hatte keinen Sinn, um den heißen Brei herumzureden.

Mary blickte verblüfft. »Was?«

»Ein Absence-Anfall. Jill hat erwähnt, dass Pearl manchmal abschaltet. Passiert das oft?«

»Was ist denn ein Absence-Anfall?«, unterbrach Charlie sie.

»Die meisten Leute verstehen unter einem Anfall ein Zittern oder Verkrampfen. Das hier ist eine spezielle Art, bei der Pearl für kurze Zeit einfach wie weggetreten ist. Sie wird still, kann nichts hören oder sehen. Sie könnte sogar so aussehen, als ob sie nur vor sich hinträumt.«

»Das ist ein Anfall?« Mary blickte entsetzt. »Das macht sie oft. Mindestens ein paarmal am Tag.«

Beth wurde schwer ums Herz. Sie sah Charlie an.

»Was hat das zu bedeuten?«, fragte er.

»Ich bin mir nicht sicher. Wir werden ein paar Scans machen müssen. Sie könnte Epilepsie haben.« Sie beäugte ihn vorsichtig.

»Sie muss zu Untersuchungen in die Stadt kommen, fürchte ich.«

Er sah panisch ins Wohnzimmer, wo eine seiner Nichten der anderen vorsang.

»Epilepsie …« Charlie wandte seine Aufmerksamkeit wieder Beth zu. »Was braucht sie?«

»Sie muss im Krankenhaus bleiben, während wir herausfinden, was genau mit ihr los ist. Es gibt Medikamente, mit denen man die Anfälle sehr gut in den Griff bekommen kann, aber wir müssen sicher sein, was sie auslöst, und eine ordentliche Diagnose bekommen.« Sie betrachtete seinen verkniffenen Mund. »Sie wird vielleicht für ein paar Tage auf der Station bleiben müssen. Wenn es zu kompliziert für Mount Clair ist, werden sie sie nach Darwin schicken.«

»Ist das schlimm für sie? Dieses Absence-Ding?«, fragte Mary.

»Anfälle sind nicht normal. Im Grunde verliert sie mehrmals täglich für kurze Zeit das Bewusstsein. Wenn sie mit der Schule anfängt, ohne dass die Anfälle unter Kontrolle sind, wird sie schwer zu kämpfen haben – und das kann gefährlich sein, denn sie könnte ohne Vorwarnung zusammenbrechen.« Beth verlagerte ihren Blick auf Charlies Gesicht, in dem Wissen, dass sie ihn überzeugen musste. »Außerdem könnten sich ihre Anfälle verschlimmern. Im Moment sehen sie vielleicht harmlos aus, aber irgendwann könnte sie schwerere Anfälle erleiden, was sehr beängstigend für sie sein würde.«

Er fuhr sich wieder mit der Hand durchs Haar und senkte den Blick zum Boden – die Geste, die Beth verriet, wie aufgewühlt Charlie war. Sie streckte eine Hand aus, um sie ihm auf die Schulter zu legen – was Dr. Paterson immer tat, wenn jemand aufgelöst war –, aber auf halbem Weg erinnerte sie sich, dass das hier Charlie Campbell war und dass sie beide eine verdammt große gemeinsame Geschichte hatten. Sie riss ihre Hand scharf zurück und legte sie in ihren Nacken. Charlie sah auf.

»Können wir sie morgen mit nach Mount Clair nehmen? Oder ist es dringender?«

»Nein, über Nacht kommt sie schon zurecht.« Beth sah um Mary herum nach Jill und Pearl, die aneinandergekuschelt auf dem Sofa saßen. »Jill wird vermutlich auch mit in die Stadt kommen wollen.«

Charlie schüttelte den Kopf. »Jill kann hierbleiben. Ich will nicht, dass sie die Schule versäumt. Ich werde mich um Pearl kümmern, solange sie in Mount Clair ist.«

Beth nahm an, dass ihm da ein handfester Krach bevorstand, aber sie sagte nichts.

»Ich bringe die beiden besser nach Hause und ins Bett«, meinte Mary.

Beth gab ihr recht. »Ein gestörter Schlafrhythmus kann Auswirkungen darauf haben, wie oft die Anfälle auftreten.«

»Scheiße«, murmelte Mary, und Beth begriff, dass sie der Frau unbeabsichtigt ein schlechtes Gewissen gemacht hatte, aber sie wusste nicht, wie sie die Worte zurücknehmen sollte.

»Sie ist noch immer unsere kleine Pearl«, sagte sie, während sie ihre Schlüssel zückte. »Sie schafft das schon. Sie braucht nur die richtige Medizin. Sie wird im Handumdrehen zurück sein und wieder über das Footballfeld stürmen.«

Mary rief Jill, und sie verabschiedeten sich hastig von den noch verbliebenen Partygästen.

»Ich schaue morgen bei dir vorbei«, hörte Beth Mary zu Harvey sagen – der Code für *Ich erzähle dir die wichtige Neuigkeit, sobald wir ein bisschen Privatsphäre haben.*

Charlie begleitete sie zum »Biest« und half Jill, Pearl in ihren Sitz zu schnallen.

»Die Ärztin und ich bringen Pearl morgen zu einer Untersuchung in die Stadt«, sagte er zu seiner Nichte.

Beth konnte sehen , wie Jill ob der Ungerechtigkeit zusammenzuckte. »In die Stadt! Lasst mich mitkommen!«

»Nein.« Sein Ton war entschieden. »Du hast Schule.«

»Blödsinn! Das ist Blödsinn!« Jill klang, als sei sie den Tränen nahe, und Pearl quäkte protestierend.

»Pass auf, was du sagst«, entgegnete er, aber Beth hörte verschleiertes Mitgefühl heraus. »Du hast Schule, und Tante Mary braucht dich hier.«

Das Mädchen schwieg, obwohl sie entschlossen schien, dagegenzuhalten. Am besten brachten sie sie von hier weg, bevor sich diese Sache zu einer lautstarken Auseinandersetzung entwickelte. Beth ließ den Motor an, und Charlie schloss die Hecktür und klopfte zum Abschied gegen das Seitenfenster. Er sah ihnen nach, als sie wegfuhren. Das wusste Beth, da sie ihn selbst im Rückspiegel ansah.

»Das ist nicht fair«, platzte Jill heraus, sobald sie es für sicher hielt. »Ich kümmere mich um Pearl. Wenn sie krank ist, sollte ich für sie da sein.«

»Halt den Mund, Jill«, sagte Mary seelenruhig.

»Aber …«

»Hey«, übertönte Beth das Mädchen. »Wie wär's, wenn wir später darüber reden? Wir wollen doch nicht, dass sich *irgendjemand* unnötig Sorgen macht, oder?«

Jill verstand, was Beth meinte, und sah hinunter auf Pearl neben sich. Sie machte den Mund zu, gab Beth in dem Punkt recht, aber sie war trotzdem stocksauer. Ein paar Minuten später erreichten sie Marys Haus, und Mary erklärte, sie würde Pearl bettfertig machen. Jill sah zu, wie Mary Pearl in ihr kleines Zimmer trug, und wandte sich dann an Beth.

»Was hat sie denn?«, fragte sie, ihr junges Gesicht auf einmal verängstigt.

Beth erklärte ihr das mit den Anfällen, und da Jill so schockiert blickte, ging sie mit ihr auf die Veranda hinaus, um etwas frische Luft zu schnappen. Das war der Moment, in dem das Mädchen in Tränen ausbrach. Beth umarmte sie fest.

»Es wird alles gut«, sagte sie und strich Jill übers Haar. »Pearl schafft das schon.«

»Ich verstehe nicht, warum Onkel Charlie mich nicht mitkommen lassen will«, schluchzte sie. »Ich stehe ihr am nächsten.«

»Ich weiß, aber es ist sinnvoller, wenn du hierbleibst. Ich weiß nicht, wie lange wir Pearl in der Stadt behalten müssen werden. Es könnte eine Weile dauern, bis wir die Untersuchungsergebnisse bekommen und klären können, was für Medikamente sie braucht. Charlie will nicht, dass du so viel Schule versäumst.«

»Wenn er mich in der Stadt zur Schule gehen lassen würde, wäre das kein Problem«, schniefte Jill.

»Wenn ich den richtigen Moment erwische, werde ich das zur Sprache bringen«, versprach Beth. »Ich habe es nicht vergessen. Die Situation war nur …«

»Angespannt?«, wagte Jill sich vor, und Beth warf ihr einen raschen Blick zu.

»Es war einfach viel los.«

Jill rieb sich mit einem Arm übers Gesicht, hielt aber den Blick auf Beth geheftet. »Warum vertraut er mir nicht?«

»Ich glaube nicht, dass *du* es bist, der er nicht vertraut, Jill. Sondern andere Leute.«

»Ich bin nicht auf den Kopf gefallen. Ich würde mir keinen Ärger einhandeln. Und ich würde *bleiben*«, ergänzte Jill entschlossen. »Ich würde die Gelegenheit nicht hinwerfen, so wie Onkel Charlie.«

Beths Herz verkrampfte sich ein wenig bei dem Gedanken, wie Charlie die Schule wegen seines dummen Irrtums über sie abgebrochen hatte. Aber derselbe Gedanke beflügelte gleichzeitig ihre Wut. *Wie konnte er das von mir denken?*

»Wie ist das eigentlich passiert, Doc?«, fragte Jill, und im ersten Moment befürchtete Beth, das Mädchen könnte wissen, was ihr durch den Kopf ging. »Warum bekommt sie diese Anfälle?«

Beth atmete aus. »Ich bin mir noch nicht sicher. Epilepsie kann bei Leuten mit Zerebralparese durchaus häufig vorkommen. Weißt du noch, wie ich dir erzählt habe, dass Pearl ZP hat?«

»Weil sie nicht genug Sauerstoff bekommen hat, als Mum sie zur Welt gebracht hat?«

»Ja. Das kann auch Epilepsie auslösen.«

Jill starrte bedrückt auf die dunkle Straße. »Ich will einfach nur, dass es ihr wieder besser geht.«

Beth legte einen Arm um sie. »Ich glaube, wir können dafür sorgen, dass es ihr wieder besser geht. Sie muss nur für eine kleine Weile ins Krankenhaus. Du hältst hier die Stellung, hilfst Tante Mary, und dein Onkel wird Pearl in null Komma nichts wiederbringen.«

Jill gab keine Antwort, sah aber unzufriedener aus als je zuvor.

Kapitel 13

Auf dem ersten Teil der Fahrt war Pearl aufgeregt, plapperte pausenlos und stellte Fragen. Dann wurde sie unruhig, beklagte sich, sie sei hungrig, durstig, müsse auf die Toilette. Schließlich, nachdem sie für eine Pinkelpause angehalten hatten, sie mit Sandwiches abgefüllt und gefühlte Stunden »Ich sehe was, was du nicht siehst« mit ihr gespielt hatten, schlief sie ein, ihre Wasserflasche an die Brust gedrückt.

»Gott sei Dank dafür«, hauchte Charlie und ließ sich in seinem Sitz zurücksinken.

Beth warf einen Blick in den Rückspiegel. »Na endlich.«

»Wie geht es dir?«, fragte er. »Ich kann fahren, wenn du willst.«

Er sprach von ihrem verletzten Steißbein, begriff sie. »Im Moment geht's, aber ich werde vermutlich bald auf dein Angebot zurückkommen.«

Sie gingen so höflich miteinander um. Es war völlig anders als auf der unbeholfenen Hinfahrt mit dem Bergbauminister und seiner Assistentin. Sie diskutierten sogar ihre peinliche Verletzung auf eine reife Art. Beth verdrängte alle Gedanken an die unausgesprochene Angelegenheit zwischen ihnen. Im Moment mussten sie andere Prioritäten setzen.

»Ich werde mit ins Krankenhaus kommen, um Pearl einweisen zu lassen«, sagte sie.

»Ich habe keine Ahnung, wie sie sich im Krankenhaus verhalten wird«, meinte er. »Sie war eigentlich noch nie von Jill getrennt. Wird man mich bleiben lassen, wenn sie ausflippt?«

»Ja, auf jeden Fall. Man wird nicht wollen, dass sie unnötig leidet. Wenn nicht viel los ist und sie freie Betten haben, werden sie dich in einem Zimmer mit Pearl unterbringen. Wenn es keine Betten gibt, kannst du trotzdem bleiben, aber dann wirst du dich mit einem Stuhl begnügen müssen.«

»Das macht nichts.«

Der Weg war flacher geworden, bemerkte Beth erleichtert. Jeden Augenblick würden sie jetzt wieder eine befestigte Straße erreichen.

»Es tut mir leid, dass du dich verletzt hast«, sagte er aus heiterem Himmel.

»Äh … danke.«

»Nein, ich meine, *es tut mir leid*. Das war meine Schuld. Was ich gesagt habe, hat dich … schockiert. Ich glaube, du wärst nicht gestürzt, wenn ich das nicht gesagt hätte. So ungeschickt bist du eigentlich nicht.«

»Ich habe mehr als genug tollpatschige Momente. Aber das war schon eine echte Glanzleistung. Ich hoffe nur, dass das Steißbein nicht verrenkt ist.«

»Aber immer noch besser als gebrochen, oder?«

Sie lachte kurz auf. »Nicht, wenn du weißt, wie es wieder eingerenkt wird.«

Er dachte eine Minute darüber nach – genau lange genug für sie, um ihre Worte zu bereuen. Als sie einen Blick in seine Richtung riskierte, grinste er. Sie verdrehte die Augen.

»Sehr witzig.«

»Hoffentlich ist es nur geprellt«, meinte er, aber das Grinsen blieb.

»Wie auch immer«, erklärte sie in einem Ton, der *Lass uns das Thema wechseln* sagte, »es war definitiv nicht deine Schuld.«

Das Lächeln schwand. »Diesmal vielleicht nicht«, murmelte er, und Beths Puls erschien ihr auf einmal ebenso holperig wie die unbefestigte Straße.

Sie fuhren eine Zeit lang schweigend. Schließlich erreichten sie die Abzweigung zum Highway, und sie brachte das »Biest« zum Stehen und zog die Handbremse an.

»Hallo, Asphalt«, sagte Beth mit einem erleichterten Seufzer. »Könntest du jetzt vielleicht für eine Weile fahren?«, fragte sie Charlie.

Zur Antwort stieg er aus und ging vorn um das Fahrzeug. Beth schob den Sitz zurück, damit er leichter einsteigen konnte, und als sie sich umdrehte, hatte er bereits ihre Tür geöffnet und eine Hand ausgestreckt, um ihr behilflich zu sein. Ihr blieb nichts anderes übrig, als seine Hand zu nehmen und sich von ihm beim Aussteigen stützen zu lassen. War es ihre – untypisch lebhafte – Fantasie, oder hielt er ihre Hand tatsächlich einen Moment länger als nötig? Als er sie schließlich losließ, streckte sie sich zögernd, versuchte zu ergründen, wie sie sich mit dieser süßen Geste fühlte – und mit seinen Schuldgefühlen wegen ihres Sturzes. Mit seinen schönen Augen und seinen kräftigen, warmen Händen. *Oh, Gott.* Sie musste nicht erst ergründen, wie sie sich fühlte. Sie wusste genau, wie sie sich fühlte, denn ihr Herz raste, und ihre Wangen erhitzten sich, und sie bekam wieder diese alten *Charlie*-Emotionen – die, bei denen sie vor lauter Freude über das Gefühl, geschätzt und geliebt zu sein, glühte.

Es war absoluter Wahnsinn.

Sie hatten noch nicht einmal ausdiskutiert, was damals zwischen ihnen vorgefallen war – nicht richtig. Sie kannte ihn noch immer nicht besser. Siebzehn Jahre klaffende Abwesenheit, und Beth hatte keine Ahnung, was Charlie während dieser Zeit getan hatte, wie er gewesen war. Wen er sonst noch verletzt hatte. Und er wusste auch nichts über sie. Er wusste nichts von ihren Gewohnheiten, ihren Vorlieben, ihren Freunden – was ihr wichtig war. Während sie auf den Beifahrersitz stieg, wandte sich Charlie um, um nach Pearl zu sehen, die noch immer in einer engelsgleichen Ruhepose in ihrem Kindersitz schlief.

Na ja, das war immerhin eine Sache, die ihnen beiden am Herzen lag.

Auf eine seltsame, unerklärliche Weise fühlte es sich an, als würde sie Charlie noch immer kennen. Sie konnte seine Gefühle lesen, egal, wie sehr er sich bemühte, sie zu verbergen, und sie war sich ziemlich sicher, dass er sie auch glatt durchschauen konnte.

Trotzdem, es war Wahnsinn. Sie sollte es nicht so eilig haben, ihm zu verzeihen. Oder zu heilen. Oder zu *fühlen*. Bei Charlie hatte sie sich immer zu schnell hineingestürzt – in jeder Hinsicht. Ausgeschlossen, dass sie wieder so dumm sein würde.

Pearl ins Krankenhaus einweisen zu lassen, war der leichte Teil. Beth hatte nicht damit gerechnet, wie aufgewühlt oder in Tränen aufgelöst Pearl sein würde. Das kleine Mädchen wimmerte unaufhörlich und wiederholte immer wieder ein einziges Wort, bis Beths Kopf mit ihrem Steißbein um den Titel als schmerzhaftestes Körperteil kämpfte. Sie konnte sehen, dass Charlie wegen der ganzen Situation angespannt war. Vielleicht konnte Pearl das spüren.

»Was sagt sie denn da?«, fragte sie ihn über Pearls schreiendes, schniefendes Gesicht hinweg.

Er schüttelte entnervt den Kopf. »Ich kann es auch nicht verstehen. Nein, Pearl«, sagte er, als sie zum x-ten Mal versuchte, aus ihrem Krankenhausbett zu klettern.

»Es klingt wie *Dummy*«, meinte Beth stirnrunzelnd. »Aber was meint sie damit – sie hat doch keinen Schnuller mehr, oder?«

»Nein.« Er fing seine Nichte auf, als sie wieder zum Fußende des Betts krabbelte.

Beth betrachtete für einen Moment Pearls tränenverschmiertes Gesicht, während das Kind mit den Armen ruderte, um sich gegen seinen Onkel zur Wehr zu setzen. Sie folgte Pearls Blickrichtung und sah die Tasche des Mädchens auf einem Stuhl liegen. Beth ging hinüber zu dem schmuddeligen Barbierucksack, zog den Reißverschluss auf und wühlte zwischen Pearls Kleidern, um zu sehen, ob vielleicht doch ein Schnuller dabei war. Wenn Pearl noch immer an einem Schnuller nuckelte, war jetzt nicht der richtige Zeitpunkt, um es ihr abzugewöhnen. Ihre Hand berührte einen zerschlissenen Stoffelefanten, und sie zog ihn heraus. Vielleicht würde sich Pearl auch über etwas zum Kuscheln freuen.

»Gummy!«, brüllte Pearl, dann brach sie in noch mehr Gewimmer aus und streckte fieberhaft die Hände nach dem Elefanten aus.

»Das ist Gummy?« Beth brachte ihn Pearl, und sie riss ihn ihr prompt aus der Hand. Sie klemmte ihn sich unter einen Arm, steckte sich einen Daumen in den Mund und hob die andere Hand, um an ihrem Ohr herumzuspielen. Klassische Selbstbesänftigung. Sie stieß einen leisen, hicksenden Schluchzer aus, und Charlie atmete erleichtert auf.

»Gummy. Ihr Elefant. Ich habe ihr das verdammte Ding gekauft. Ich hatte ganz vergessen, dass sie immer danach fragt, wenn sie aufgewühlt ist. Gott, was bin ich nur für ein Idiot.« Er sah Beth reumütig an. »Versager-Onkel.«

Sie lachte, eher vor Erleichterung als vor Belustigung. »Zum Glück hat Jill ihn eingepackt.«

Charlie kickte seine Stiefel von sich, kletterte neben Pearl aufs Bett und zog sie an sich. Die Augen begannen ihr zuzufallen, und im ersten Moment dachte Beth, ein Anfall könnte sich ankündigen, aber offenbar war sie einfach nur müde. Pearl seufzte und wischte sich ihr feuchtes Gesicht am T-Shirt ihres Onkels ab.

»Danke, dass du die ganze Zeit geblieben bist«, sagte Charlie zu Beth, ohne darauf zu achten, dass sein Shirt jetzt mit Kleinkindsabber vollgeschmiert war. »Könnte eine gute Gelegenheit sein, um deine Kriegsverwundung untersuchen zu lassen«, ergänzte er. »Wo du schon mal hier im Krankenhaus bist, meine ich.«

»Keine schlechte Idee.« Sie musterte ihn kurz, dann fiel ihr wieder ein, dass sie das nicht tun sollte, und tat, als würde sie sich vergewissern, dass Pearls Patientenakte bereitlag. »Ich hoffe, du kannst ein bisschen schlafen.«

Er lächelte. »Nicht sehr wahrscheinlich. Aber trotzdem danke.«

Beth verabschiedete sich und verließ das Zimmer. Sie ging den Flur hinunter zur Röntgenabteilung und bettelte um eine Röntgenaufnahme. Eunice Obwalden war die Respekt einflößende Schwester, die Schicht hatte, und sie fing den jungen Radiologen ab, bevor er für den Tag Feierabend machte. Beth erkannte ihn von ihrem letzten Networking-Event.

»Harry, Beth ist hingefallen und aufs Steißbein geknallt«, sagte Eunice so laut, dass es die ganze Station hören konnte. »Kannst du sie dir rasch ansehen?«

Harry sah wie ungefähr zwanzig aus, aber Beth wusste, dass er älter sein musste. »Warst du deswegen schon bei jemandem?«, fragte er, was Beth als Frage auffasste, ob sie schon rektal untersucht worden war.

»Nein. Ich dachte, ich lasse den Mittelsmann aus«, sagte sie mit einem matten Lächeln.

Er kicherte. »Verständlich. Komm mit, dann schleudern wir ein paar Elektronen auf dich.« Er warf einen Blick auf ihre Kleidung. »Hast du an diesen Shorts irgendwo Metallknöpfe?«

Sie sah nach. »Ja.«

»Dann stecken wir dich besser in einen Kittel.«

Er stellte die üblichen Fragen, und sobald sie alle zu seiner Zufriedenheit beantwortet hatte, bat er sie, sich auf den Tisch zu legen. Beth lag in ihrer Unterwäsche und einem Krankenhauskittel auf der Seite, während Harry die Bilder machte. Sie hatte schon früher einen Krankenhauskittel getragen, für ihre Mammografien, und es hatte ihr nie etwas ausgemacht, obwohl sie selbst schon viele Klagen darüber gehört hatte. Sie waren sauber und bequem, dachte sie – was war denn schon dabei? Aber als sie vom Tisch rutschte, blieb der Kittel unter einem Bein hängen und klaffte auseinander, sodass sie Harry ungewollt einen Blick auf ihren Bauch, ihren Slip und ihre Schenkel gewährte. Sie zog den Kittel hastig wieder zu und rief sich in Erinnerung, dass er Arzt war. Er sah so etwas vermutlich zwanzigmal am Tag. Harry ließ sie allein, damit sie sich wieder anziehen konnte, dann ging sie zu ihm in sein Sprechzimmer.

»Gute Neuigkeiten«, sagte er. »Das Steißbein ist intakt, nicht verrenkt. Du bist um eine Nasenlänge am Gummihandschuh vorbeigeschrammt.«

»Wenn das meine Nase ist, musst du dir die Röntgenaufnahme wohl verkehrt herum angesehen haben«, sagte sie, und er lachte schallend auf. »Dann ist es also nur geprellt?« Beth schielte auf das Bild auf dem Monitor, suchte nach Anzeichen von Anomalien – Massen, Tumoren, Läsionen. Sie war keine Radiologin, aber für sie sah alles ziemlich normal aus. Als sie sich wieder zurücklehnte, sah Harry sie an.

»Hast du etwas Schlimmeres befürchtet?«, fragte er.

Sie schenkte ihm ein verlegenes Lächeln. »Ich habe nur nach Anzeichen von Paranoia gesucht. Da ist es – ein dicker fetter Klumpen davon, gleich neben der Hypochonder-Drüse.«

Harry grinste sie an. »Bist du für heute fertig? Wollen wir irgendwo einen Happen essen?«

»Ich bin heute fünfeinhalb Stunden gefahren, und ich habe einen Termin mit meinem Bett«, sagte sie. »Aber trotzdem danke. Nächstes Mal.«

»Ich werde dich beim Wort nehmen«, sagte er, und seine Miene verriet ihr, dass er es ernst meinte. *Was tut er da? Ärztinnen anbaggern, die mindestens zehn Jahre älter sind als er?* Vielleicht war es in Mount Clair schwer, Frauen kennenzulernen.

Beth bedankte sich noch einmal bei ihm, und er begleitete sie zum Empfangsbereich. Sie zögerte einen Moment, bevor sie auf den Parkplatz hinausging, und dachte über Charlie nach. Wo würde er heute Abend etwas zu essen herkriegen? Als sie ihn das letzte Mal gesehen hatte, hatte Pearl ihren Onkel im Halbschlaf fest umklammert. Sie entschied, doch nicht gleich nach Hause zu fahren, verabschiedete sich von Harry und lief rasch hinüber zu einem Snackautomaten. Sie kaufte ein abgepacktes Sandwich mit Speck, Salat und Tomate und einen Orangensaft und eilte zurück zur Kinderstation. Charlie hatte das Licht gedämpft und den

Fernseher leise eingeschaltet. Pearl schlief tief und fest in seine Arme gekuschelt. Eine Welle von Zärtlichkeit überwältigte Beth, so heftig, dass sie es sich fast anders überlegte und wieder davonstürzte. *Werd erwachsen*, schalt sie sich, betrat das Zimmer und legte ihre Mitbringsel auf den Tisch neben dem Bett. Charlie sah verdutzt auf.

»Etwas zum Abendessen für dich«, flüsterte sie.

Charlies Augen verharrten für einen Moment, der sich allzu lange hinzog, auf ihren, dann riss sie ihren Blick los und stürzte davon.

Zu Hause checkte sie ihr Handy, während sie sich ein Tiefkühlcurry aufwärmte. Eine SMS von Charlie ging ein.

Danke. Für alles.

Beth beeilte sich, den Fernseher einzuschalten und irgendetwas Albernes und Leichtes zu gucken, um nicht länger sein Gesicht vor sich zu sehen und seine Lippen an dieser Stelle unter ihrem Ohr zu spüren.

Beth wachte um sieben auf. Sie hatte sich den Wecker nicht früh gestellt, da sie ohnehin nicht richtig joggen konnte, solange ihr Kreuz noch so wehtat. Ihre Gedanken huschten zu Pearl und Charlie. Sie musste heute arbeiten und würde vermutlich einen langen Tag haben, aber sie könnte ihm eine SMS schicken und sich nach den Untersuchungsergebnissen erkundigen. Und am Abend würde sie die beiden besuchen. Wenn Pearl dann noch immer so anhänglich war, könnte sie ihm sogar eine Verschnaufpause anbieten. Sie würde bei Pearl bleiben, damit Charlie zurück ins Mounties fahren und duschen und etwas zu Abend essen konnte.

Als ihr Entschluss feststand, machte sie sich fertig und stürzte sich in ihren Arbeitstag. Free hinterließ ihr im Laufe des Vormittags eine Nachricht und lud Beth auf ein paar Freitagabend-Drinks zu sich und Finn nach Hause ein. Normalerweise hätte

Beth gern zugesagt. Pubs waren eigentlich nicht mehr ihr Ding – zu laut. Sie bevorzugte ruhigere Treffen. Aber heute entschuldigte sie sich.

Willow schrieb ebenfalls. *Es fühlt sich an, als ob jemand ein fliegendes Insekt in meinem Bauch freigelassen hat. Ist das normal?*

Beth grinste und schrieb zurück. *Du fühlst einfach, wie dein Baby sich bewegt.*

Das ist das Seltsamste, was ich je durchgemacht habe.

Lloyd Rendall rief im Laufe des Nachmittags an, aber Beth verpasste den Anruf. Er hinterließ keine Nachricht, daher machte sie sich nicht die Mühe, ihn zurückzurufen, aber es erinnerte sie wieder an seine Umsiedlungsidee für die Gemeinde. Beth sah nach, ob er inzwischen mehr Informationen geschickt hatte. Noch immer nichts. Sie feuerte rasch eine Mail an ihn ab.

Hi, Lloyd, vergiss nicht, mir die Details zu Gargantuas Umsiedlungsidee zu schicken. Ich kann sie nicht mit den Madjinbarra-Ältesten diskutieren, wenn ich nichts habe, was ich ihnen zeigen kann.

Sie hängte ein Smiley an, um so zu tun, als wäre sie freundlich gesinnt, und schickte die Nachricht ab. Dann holte sie einmal tief Luft, um sich zu beruhigen, und schrieb Charlie eine SMS.

Schon irgendwelche Neuigkeiten zu Pearls Untersuchungsergebnissen?

Er antwortete wenig später. *Noch nicht. Der Arzt kommt heute am Spätnachmittag vorbei, um darüber zu reden. Pearl ist heute schon viel fröhlicher. Sie hat einen Freund gefunden.*

Das brachte sie zum Lächeln. Sie schrieb zurück, dass sie nach der Arbeit beim Krankenhaus vorbeischauen würde, und er antwortete mit einem Daumen-hoch-Zeichen.

Zwischen zwei Terminen steckte Carolyn den Kopf um die Tür. »Hast du einen Moment Zeit?«

»Ja, was gibt's denn?«

Carolyn kam herein und schloss die Tür. »Es muss nicht unbedingt etwas heißen – wie du weißt –, aber dein Gebärmutterhalskrebs-Test ist mit der Empfehlung für eine Folgeuntersuchung zurückgekommen.«

Beth wurde eiskalt. »Was ist es?«

Carolyn sah sie lange an. »Das Übliche – atypische Zellen. Aber wir werden einen Gynäkologen bitten, eine Kolposkopie durchzuführen, nur um ganz sicher zu sein, ja?«

Beth nickte mit hämmerndem Herzen. Sie bemerkte, wie Carolyn auf Beths Hände starrte, und als sie ebenfalls hinuntersah, stellte sie fest, dass sie zusammengepresst waren und zitterten.

»Vermutlich ist es nur eine Entzündung«, meinte Carolyn.

»Ich bin familiär vorbelastet.«

»Ich weiß, aber das war Brustkrebs, und du weißt doch, dass es keinen belegten Zusammenhang zwischen Brust- und Gebärmutterhalskrebs gibt, oder? Du hast *kein* erhöhtes Risiko. Und überhaupt, wie oft hast du denn eine Patientin zu einer Kolposkopie geschickt und das Ergebnis war negativ?«

»Ich weiß, ich weiß.« Beth versuchte, ihr Zittern in den Griff zu bekommen.

Carolyn betrachtete sie mit besorgter Miene. »Du hast doch keine anderen familiären Vorbelastungen, oder?«

Beth zögerte bei den Worten. Sie hatte es noch nie vor irgendjemandem zugegeben – vielleicht nicht einmal vor sich selbst. »Meine Großmutter – die Mutter meiner Mum – ist auch an Krebs gestorben.«

Carolyns Augenbrauen furchten sich fast unmerklich. »Welche Art?«

»Ich bin mir nicht sicher. Mum hat mir nie davon erzählt. Ich habe es erst vor ein paar Jahren von Dad erfahren. Er wusste nicht, was für ein Krebs, aber er dachte, vielleicht Darmkrebs.«

Carolyns Stirnrunzeln vertiefte sich. »Wie alt war deine Mum, als sie die Diagnose bekommen hat?«

Beth räusperte sich. »Zweiundvierzig.«

»Weißt du, ob der Krebs deiner Mum mit einer BRCA-1- oder -2-Mutation zusammenhing?«

»Nein, nicht sicher.«

»Und du bist, was, vierunddreißig?« Carolyn schwieg einen Moment. »Jetzt könnte ein guter Zeitpunkt sein, falls du dich entscheidest, einen Gentest machen zu lassen.«

»Ich habe immer versucht, mich nicht von meinen Ängsten beherrschen zu lassen«, erwiderte Beth. »Deshalb habe ich bis jetzt noch keinen Gentest machen lassen.«

»Das verstehe ich, aber es könnte dich grundsätzlich beruhigen. Solange du es nicht weißt, wirst du dich bei jedem Schmerz oder komischen Testergebnis verrückt machen.«

Das stimmte – sie musste sich nur ihre Paranoia wegen ihres geprellten Steißbeins ansehen. Beth stellte sich vor, ein schlimmes Ergebnis zu bekommen; zu erfahren, dass sie mit einer Wahrscheinlichkeit von 30 bis 80 Prozent an Brustkrebs erkranken würde. *Verdammt.* Was würde sie tun? Sie würde sich einer vorsorglichen Mastektomie unterziehen müssen. Sie würde Willow und Free überzeugen müssen, sich ebenfalls testen zu lassen. Oh, Gott, was, wenn eine von *ihnen* ein positives Ergebnis bekam …

»Beth?«

Beth blinzelte und konzentrierte sich wieder auf Carolyn. »Ja, du hast recht. Kannst du mir eine Empfehlung für den Gentest schreiben? Und ich werde bei Bainbridge einen Termin für die Kolposkopie vereinbaren.«

Unerwarteterweise beugte sich Carolyn vor und umarmte sie. »Ich weiß, es ist, als würde ich dir sagen, dass du nicht atmen sollst, aber könntest du mir einen Gefallen tun und versuchen, dich deswegen nicht zu stressen? Fast jede Frau kriegt ein- oder zweimal im Leben ein verdächtiges Testergebnis, und im Allgemeinen hat es nichts zu bedeuten. Du bist gesund, und bei dir läuft alles nach Plan. Und sobald du den Gentest hinter dir hast, wirst du dich so viel besser fühlen – frei von diesen belastenden Sorgen.«

Es sei denn, das Ergebnis ist positiv.

»Ja, ich weiß.« Beth zwang sich zu einem Lächeln. »Und wenn es positiv ist, kann ich die Kontrolle übernehmen. Das ist das klügste Vorgehen.«

Carolyn drückte ihre Schulter und ging. Beths Finger zitterten noch immer, als sie eine E-Mail an den leitenden Gynäkologen des Krankenhauses schickte und um einen Termin bat. Sobald die Zellen biopsiert waren, würden sie – hoffentlich – Krebs ausschließen können. Oder eine Krebsvorstufe. Sie würde auch den Gentest nicht länger vor sich herschieben. Zeit, die Kontrolle über diese Krebsangst zu übernehmen, die seit Jahren über ihr schwebte.

Beth schob die Gedanken in den Hinterkopf und machte mit ihren Terminen weiter. Als sie mit allen Patienten des Tages fertig war, sah sie zu, dass sie schleunigst verschwand. Sie wollte nicht, dass jetzt noch irgendetwas dazwischenkam und sie davon abhielt, Pearl zu sehen, bevor das Kind für die Nacht einschlief.

Das »Biest« wartete auf dem Parkplatz der Praxis auf sie, die Seiten von einer dicken roten Staubschicht überzogen. Normalerweise fuhr sie am Tag nach ihrer Rückkehr damit durch die Waschstraße, aber Beth hatte im Moment zu viele andere Dinge im Kopf, um sich auch noch damit zu befassen.

Charlie hatte recht damit, dass Pearl einen Freund gefunden hatte. Sie und ein kleiner Junge mit einbandagiertem Kopf saßen zusammen auf einem Bett, eine Ansammlung von Plastiktieren zwischen sich. Sie bauten abwechselnd Zoos auf und spielten Angriffe durch. Pearl benutzte ein Zebra, um den Tiger ihres Freundes zu zerfleischen, während er mit völlig ernster Miene zusah. Dann griff sein Tiger ihr Flusspferd an, während Pearl aufgeregt kreischte.

Beth fing den Blick der Mutter des Jungen auf. Die Frau zuckte mit den Schultern. »Es lenkt sie ab.«

Pearl bemerkte Beth und winkte ihr mit dem Zebra. Beth ging zu ihr hinüber und küsste sie auf ihren Lockenkopf, dann hielt sie inne, um Pearls begeistertem Geplapper zuzuhören, mit dem sie ihr jedes Tier zeigte.

»Das ist ein entzückender Haufen Tiere, Pearl«, meinte sie. »Wo ist denn Onkel Charlie?«

»Weiß nicht.« Pearl startete noch einen Zebra-Angriff auf den Elefanten ihres Spielgefährten.

Beth machte sich auf die Suche nach Charlie. Er war im Wartebereich im Gespräch mit dem Kinderarzt. Er sah sie und winkte. Dr. Bernard Grahame wandte sich um.

»Oh, hallo, Dr. Paterson«, sagte er und lächelte unter seinem grauen Schnurrbart. »Pearl ist Ihre Patientin, glaube ich.«

»Ja. Womit haben wir es zu tun?«

»Mr. Campbell hat mir berichtet, dass Sie einen Verdacht auf Epilepsie, gekennzeichnet durch Absence-Anfälle, geäußert haben. Goldrichtig. Wir haben heute zwei dieser Anfälle gesehen. Mr. Campbell hat einen davon mit seiner Handykamera festgehalten – sehr geistesgegenwärtig. Der andere wurde von einer Schwester beobachtet. Die Scans weisen einige Vernarbungen im Gehirn auf, vermutlich eine Folge des Schadens, den sie bei ihrer Geburt erlitten hat. Ich nehme an, bei diesen Vernarbungen liegt der Fokus der Epilepsie, aber wir werden natürlich noch ein paar mehr Untersuchungen durchführen müssen, um alle anderen Probleme ausschließen zu können – unter anderem ein EEG. In der Zwischenzeit werden wir es bei ihr mit einer niedrigen Dosis Ethosuximid versuchen, um die Häufigkeit der Anfälle zu reduzieren. Und dann können wir die Dosis langsam erhöhen, bis wir sie richtig eingestellt haben.«

»Ist das denn sicher?«, fragte Charlie. »Dieses Etho-Ding?«

»Ethosuximid?«, sagte Bernard. »Vorausgesetzt, dass sie die richtige Dosis bekommt und Sie ihr keine anderen Medikamente geben, ohne vorher bei uns nachzufragen, sollte es sehr sicher sein. In einer Situation wie dieser ist es im Allgemeinen unsere erste Wahl. Sie werden vielleicht ein paar Nebenwirkungen sehen –

Übelkeit, Schläfrigkeit. Deswegen werden wir zunächst mit einer niedrigen Dosis anfangen und in Sirupform, da Pearl in diesem Stadium nicht wirklich in der Lage ist, Pillen zu schlucken.« Er sah Beth an. »Wer wird ihr die Medikamente verabreichen?«

»Ich«, antwortete Charlie. »Und Pearls ältere Schwester.«

»Sie ist fünfzehn – und sehr aufgeweckt«, ergänzte Beth, als der Arzt zweifelnd blickte.

Bernard nickte.

»Was meinen Sie, wie lange sie im Krankenhaus bleiben muss?«, wollte Charlie wissen.

»Sie hat ihre erste Dosis bereits bekommen. Sie müssen sie sehr genau im Auge behalten und die Anzahl und Dauer der Anfälle, falls sie welche hat, festhalten. Wenn keine Nebenwirkungen auftreten und das EEG in Ordnung ist, kann sie morgen entlassen werden.«

»Morgen?« Charlie blickte verblüfft. »Das ist ja toll. Und wie geht es dann weiter?«

»Bringen Sie sie nächste Woche wieder zu mir, und dann können wir die Medikation anpassen, falls nötig«, antwortete Bernard.

Charlies Stirn furchte sich.

»Pearl lebt draußen in einer Outback-Gemeinde«, erklärte Beth Bernard. »Das sind von hier über fünf Stunden Fahrt.«

»Ah.« Er dachte über das Problem nach. »Kann sie für ein paar Wochen in der Stadt bleiben, während wir das Medikament richtig einstellen?«

Charlie nickte. »Aber nicht im Krankenhaus?«

Bernard schüttelte mit einem wohlwollenden Lächeln den Kopf. »Nein, nein, sie muss nicht die ganze Zeit hier sein.«

Beth erwartete, Erleichterung auf Charlies Gesicht zu sehen, aber sein Stirnrunzeln wurde nur noch tiefer. »Okay«, sagte er. »Danke.«

Der Arzt verabschiedete sich, und Beth wandte sich an Charlie. »Es ist doch gut, dass sie nicht lange im Krankenhaus bleiben muss, oder?«

Er nickte. »Ich habe nur nicht damit gerechnet, dass ich jetzt eine andere Bleibe für uns suchen muss.«

Sie sah sein Dilemma. Pearl konnte wohl kaum mit ihm im Mounties wohnen. Dort war es laut und konnte manchmal ein bisschen wild zugehen – keine Umgebung für ein Kind. Und eindeutig kein Ort für ein Kind, das an Anfällen litt.

»Hast du keine Verwandten oder Freunde in der Stadt?«

»Ein oder zwei, aber sie sind die meiste Zeit in Darwin und Madji.« Er starrte geistesabwesend zu Boden, als würde er in Gedanken eine Rolodex-Kartei durchgehen auf der Suche nach einem passenden Ort, um dort zwei Wochen mit einem Kleinkind zu wohnen. Einem neu medikamentierten Kleinkind mit Zerebralparese und Epilepsie.

»Wie wär's, wenn sie bei mir wohnt?«, hörte Beth sich fragen, bevor ihr Gehirn Zeit hatte, einzuschreiten.

Charlie fing ihren Blick auf und lächelte rasch. »Nein, schon gut.«

»Wenn es sonst nichts Geeignetes gibt, wäre das doch sinnvoll. Es ist auch gut, einen Arzt zur Hand zu haben, während ihr Medikament richtig eingestellt wird.« *Oh, Gott.* Sie bettelte praktisch darum, dass er und Pearl bei ihr wohnten. Wie erbärmlich.

Charlie studierte sie. »Nein, das kann ich dir nicht zumuten. Du hast deine Arbeit – eine Praxis zu führen. Du kannst dich nicht auch noch um ein Kind kümmern.«

Ah. Er dachte, dass sie anbot, sich um Pearl zu kümmern. »Ja, ich muss arbeiten. Ich habe gemeint, ihr beide könntet dort wohnen. Bei mir. Wenn ihr wollt.«

»Wir beide ...«

Beth zuckte vage die Schultern und versuchte es so hinzustellen, als sei es ihr einerlei. Dann wollte sie die ganze Aktion am liebsten rückgängig machen. Charlie war so verdammt stolz. Ausgeschlossen, dass er ihr Angebot annehmen würde, es sei denn, er dachte, dass sie aktiv wollte, dass er bei ihr wohnte ...

»Wow. Danke.« Seine schönen Augen leuchteten vor Erleichterung. Wärme. »Ich wüsste keinen anderen Ort, an dem ich wirklich gern mit ihr wohnen würde. Ich meine, die andere Option wäre, dass ich uns ein Zimmer im Hotel buche, aber dann würde sie mir den ganzen Tag damit in den Ohren liegen, dass sie zum Swimmingpool will, und ich glaube nicht, dass sie ausgerechnet jetzt ins Wasser gehen sollte.«

Beth nickte. Sie suchte nach irgendetwas, was sie sagen könnte. »Musst *du* denn in nächster Zeit irgendwohin? Gigs, eine Tournee oder so?«

»In den nächsten Monaten nicht. Mein Manager weiß, dass ich versuche, gegen Gargantua zu kämpfen, daher werde ich eine Weile hier eingebunden sein.«

»Na ja, jetzt ist Wochenende, das heißt, ich werde zu Hause sein. Wie wär's, wenn du mir Bescheid gibst, wenn Pearl entlassen wird, und ich erwarte euch kurz darauf?«

Er nickte. »Ich werde ein paar DVDs besorgen, die sie sich ansehen kann. Ein paar Spielsachen habe ich ihr heute schon besorgt.«

Beth lächelte. »Ich habe ihr wildes Zebra gesehen. Wir müssen ihr etwas über Nahrungsketten beibringen.« Oh, Gott, das klang so richtig nach Co-Elternschaft. »Und keine Sorge wegen des Essens«, fuhr sie rasch fort. »Ich bekomme jeden Samstag eine Lieferung vom Supermarkt, das heißt, es wird genug da sein.«

»Na dann.« Das war alles, was Charlie sagte. Seine grünen Augen glitten über ihr Gesicht, bis sie den Verdacht hatte, dass ihre roten Wangen ihren inneren Aufruhr verrieten.

Beth wandte sich zum Gehen. »Wir sehen uns morgen.«

Auf halbem Weg nach Hause entschied sich Beth für einen kleinen Abstecher. Wenn sie jetzt nach Hause fuhr, würde sie sich in eine durchgeknallte Irre verwandeln und anfangen, ihr ohnehin schon blitzblankes Haus für ihre Gäste zu putzen. Sie hatte sich bereits dabei ertappt, wie sie mit dem Gedanken spielte, Kekse zu backen. Und wenn sie das nicht tat, dann würde sie ins Internet gehen und in medizinischen Fachzeitschriften stöbern, bis sie sich mit zu vielen Informationen über Krebs und Genmutationen völlig verrückt gemacht hätte. Sie hielt am Spirituosenladen und nahm eine Flasche Weißwein mit – sie und Free bevorzugten dieselbe Sorte –, dann fuhr sie an dem belebten Pub und den Takeaway-Buden vorbei zur Marlu Street. Vor der Nummer 17B parkten drei Wagen am Straßenrand. *Hmm.* Falls es hier für Beths Geschmack zu laut war, könnte sie nur auf einen Drink bleiben und sich dann entschuldigen.

Frees Augen, ein etwas bläulicheres Grün als Charlies, weiteten sich, als sie Beth auf der Türschwelle sah. »Du bist gekommen!«

Beth trat in Frees Umarmung. »Ich habe dich vermisst.« Sie überreichte ihr den Wein. »Feiert ihr eine Party?«

»Briggsy hat eben ein paar Pizzen geholt, und Hendo ist schon jetzt ziemlich betrunken«, gestand Free. »Ich hoffe, dass sich bis neun alle verkrümelt haben, heute Abend läuft nämlich *I Gotta Sing*.«

Beth kicherte. Sie teilte Frees Besessenheit von Talentshows nicht, aber sie wusste natürlich darüber Bescheid.

Sie wurde lautstark von der Gruppe empfangen und begrüßte alle der Reihe nach mit Umarmungen und Küssen. Beth hatte eine Schwäche für Briggsy, der einer der fortschrittlichsten und aufgeschlossensten Polizisten war, die sie je kennengelernt hatte. Von seiner Freundin Kate war sie nicht ganz so angetan. Beth war nur ein Jahr älter als Kate, daher kannte sie sie von der Schule, und sie konnte sich erinnern, wie das Benehmen des Mädchens im Gemeinschaftsraum der Oberstufe für Irritationen gesorgt hatte. Als Jugendliche hatte Kate ständig Aufmerksamkeit gesucht, und Beth hatte mit angesehen, wie sie die Beziehungen anderer Leute zerstörte. Soweit Beth sagen konnte, neigte Kate noch immer ein bisschen dazu. Nathan »Hendo« Henderson war ebenfalls da, mit seiner quirligen Freundin, Karlia.

»O mein Gott, Karlz, das habe ich ganz vergessen, dir zu sagen!«, rief Free. »Beth hat die letzte Woche mit Charlie Campbell verbracht!«

Karlia wandte ihre Aufmerksamkeit Beth zu, die Augen ehrfürchtig aufgerissen. »*Was?*«

»Nein.« Beth versuchte, es mit einem Lachen abzutun. »Nicht ganz. Ich habe Charlie nach Madjinbarra gefahren, wo er aufgewachsen ist. Und gestern habe ich ihn mit zurück in die Stadt genommen.«

»Wie ist er denn so?«, fragte Karlia. »Ich folge ihm auf all seinen sozialen Profilen. Er scheint richtig witzig und mitteilsam zu sein. Seine Fotos sind hinreißend.«

Beth versuchte angestrengt, sich Charlie als Plaudertasche in den sozialen Medien vorzustellen. »Er engagiert sich sehr für seine Gemeinde«, sagte sie in der Hoffnung, das Thema damit beizulegen.

»Beth war mit ihm auf der Highschool«, ergänzte Free. Sie ließ Beth kaum ausreden. »Kannst du das glauben? Ich bin fast gestorben, als sie es mir erzählt hat. Und stell dir vor – sie hat ihm früher *Nachhilfe* gegeben!«

»Es gab Gerüchte über euch beide, Beth«, warf Kate ein. Ihre dunklen Augen funkelten schadenfroh – boshaft schadenfroh, dachte Beth. »Dass da etwas lief.«

Free quollen fast die Augen aus dem Kopf. »*Lief* da denn etwas?«, hauchte sie.

Beth brachte ein beiläufiges Lächeln zustande. »Ja, da lief etwas. Ich habe Charlie in Englisch, Mathe und Biologie Nachhilfe gegeben.«

»In meinem Jahrgang war ein Mädchen, das felsenfest behauptet hat, ihr beide hättet, du weißt schon, etwas miteinander gehabt«, fuhr Kate fort. »Wie hieß sie gleich wieder?«

Leanne Clegg, dachte Beth säuerlich. »Guter alter Highschool-Tratsch«, sagte sie laut.

»Charlie war so schüchtern. Er hat mit fast niemandem geredet.« Kate seufzte. »Aber so heiß.«

»Hey«, protestierte Briggsy. »Ich bin auch hier, weißt du?«

Beth dachte darüber nach, dass Charlie *schüchtern* gewesen sein sollte. Er war nicht schüchtern gewesen, als er ihr in der Schulbibliothek Avancen machte, wenn ihn das Verlangen überkam. Ihr war er nie schüchtern erschienen. Sie nahm an, dass er nur extrem wählerisch darin war, mit wem er sich einließ. Er vertraute anderen Leuten nicht leicht.

Und die Leute verloren auch leicht sein Vertrauen. Sie selbst war der lebende Beweis dafür. Ihre Wut wallte wieder auf. *Wie konnte er das von mir denken?* Und doch hatte sie ihn erst vor einer halben Stunde eingeladen, auf unbestimmte Zeit bei ihr zu wohnen. Wie konnte sie nur so dumm sein?

Nein, ich versuche nur, mich um eine Patientin zu kümmern …

»Beth?«

»Hm?«

Free wippte aufgeregt auf ihrem Stuhl auf und ab. »Gibt Charlie in Mount Clair ein Konzert, während er hier ist? Der Manager im Mounties hat gesagt, er hätte ihn gefragt, aber Charlie sei sich nicht sicher, ob er es möglich machen könnte.«

»Soweit ich weiß, ist er nur hier, um Mary und Harvey bei ihrem Kampf gegen Gargantua zu unterstützen, das Unternehmen, das gleich neben Madjinbarra ein Bergarbeitercamp errichten will.«

Finn befreite sich aus einer Diskussion über Football mit Hendo. »Ich habe heute im Radio gehört, dass die Regierung nächste Woche eine Entscheidung über die Mine treffen wird.«

Beths Stimmung sank. *So bald schon?* Es würde vermutlich nicht das Ergebnis sein, das sie wollten, nicht wenn es praktisch schon eingetütet war. Sie sollte besser Lloyds Umsiedlungsangebot mit Charlie durchgehen, wenn sich die Lage so schnell zuspitzte.

»Ich denke, das wird gut für die Leute sein«, lautete Hendos Meinung. »In diesem Madjim-Kaff gibt's doch absolut null Arbeit. Gargantua beschäftigt Aborigines. Sie werden ein paar von ihnen Jobs bei der Mine und rund um das Camp anbieten.«

Briggsy stürzte sich in die Auseinandersetzung, zählte Charlies sämtliche Argumente auf, wieso es ein Problem wäre, einen Ausschank gleich neben einer alkoholfreien Gemeinde zu haben, aber Hendo war betrunken und blieb entschieden dabei, die Mine sei etwas Gutes. Beth erinnerte sich vage, dass er in der Baubranche tätig war. Vielleicht hoffte er, dort selbst einen Job an Land zu ziehen, zu dem er ein- und ausgeflogen wurde.

Sie seufzte und nahm sich ein Stück Pizza. So viel dazu, von den Gedanken an Charlie wegzukommen.

Kapitel 14

Beths Haus hatte drei Schlafzimmer. Sie verbrachte den Samstagvormittag damit, das Haus für ihre Gäste vorzubereiten – sie richtete für Charlie das Gästezimmer her und schaffte für Pearl Platz im Nebenzimmer, in dem sie ein paar Kartons mit Zeug aufbewahrte: alte Kochbücher der Familie Paterson, die wegzuwerfen sie nicht übers Herz bringen konnte, Schals, die ihre Großmutter gehäkelt hatte, eine Sammlung Fotos aus ihren Universitätstagen und gelegentlichen Auslandsreisen, die sie unternommen hatte, einen Brief, den ihre Mutter ihr kurz vor ihrem Tod geschrieben hatte. Beth verstaute die Kartons im Wandschrank, legte eine Schaumstoffmatratze auf den Boden und bezog sie mit der einzigen Einzelbettwäsche, die sie besaß.

Sie fragte sich, wie sie das Zimmer für eine Dreijährige einladend gestalten sollte. Beth hatte absolut nichts für Kinder in ihrem Haus. Sie fuhr in aller Hektik zu Mount Clairs einzigem Kaufhaus und kaufte ein paar Bilderbücher und eine Miniatur-Klappcouch mit Barbielogo darauf. Pearl schien ein Barbiefan zu sein, und sie konnte die Couch mitnehmen, wenn sie irgendwann wieder nach Hause fuhr. Spontan nahm Beth in der Babyabteilung auch noch ein paar fliederfarbene Wimpel und ein Mobile mit Farmtieren aus Filz mit. Das konnte sie Willow für ihr Baby geben, nachdem Pearl gegangen war.

Auf der ganzen Fahrt nach Hause hinterfragte sie sich selbst. Gott, sie würde völlig durchgeknallt aussehen, wie sie für Pearls kurzen Aufenthalt ihr Nebenzimmer aufhübschte. Wenn sie dieses ganze Zeug dort unterbrachte, würde es schicker sein als Pearls eigenes Zimmer zu Hause. Was, wenn Charlie dachte, sie wolle sich bei ihm einschmeicheln oder für seine Nichte die Mami spielen? Sie schob ihre Befürchtungen beiseite. *Ich habe diese Sachen für Pearl gekauft, weil ich will, dass sie hier glücklich und entspannt ist, Herrgott noch mal.* Sie versuchte nicht, irgendjemanden zu manipulieren oder sich als jemand hinzustellen, der sie nicht war. Warum zweifelte sie immer an sich, wenn es um irgendetwas ging, was mit Charlie zu tun hatte?

Es war eine hoffnungslose Situation. Sie hätte ihn niemals einladen sollen, hier zu wohnen. Was für ein gottverdammter Schlamassel.

Aber Pearl …

Sie war noch immer dabei, Wimpel aufzuhängen, als auf ihrem Handy eine SMS summte.

Wir sind hier fertig. Wie ist deine Adresse?

Beth schickte Charlie eine SMS mit ihrer Adresse, räumte Blu-Tack, Schere und leere Verpackungen auf und betrachtete einen Moment lang ihr Werk. Eigentlich sah es hier drinnen richtig niedlich aus, mit den fliederfarbenen Wimpeln, die über Pearls Schaumstoffbett an der Wand hingen, der lindgrünen Bettwäsche und den Filztieren, die vom Deckenventilator baumelten. Das kleine zartrosa Barbiesofa stand in einer Ecke, ein ordentlicher Stapel Bilderbücher griffbereit. Beth stellte sich vor, wie Pearl in dem Bett schlief, den Daumen im Mund, Gummy den Elefanten an ihre Brust gedrückt, und wurde von einem Gefühl der Wärme und Sehnsucht überwältigt.

Beeil dich mit diesem Baby, Willow. Sie brauchte wirklich eine Nichte oder einen Neffen in ihrem Leben.

Bis Charlie an die Tür klopfte, hatte sie sich halbwegs in den Griff bekommen, aber sie waren trotzdem beide für einen Moment sprachlos, während sie sich über Beths Türschwelle hinweg ansahen. Pearl durchbrach den Moment der Anspannung, indem sie sich nach Beth ausstreckte, um sie zu umarmen.

»Hallo, meine Süße. Na, wie sieht's aus? Habt ihr schon zu Mittag gegessen?« Beth trug sie ins Haus.

Charlie nickte, aber Pearl widersprach ihm.

»Nein. Ich hungrig.«

In Charlies belustigte Miene mischte sich Empörung. Er zuckte resigniert die Schultern.

Beth kicherte. »Dann mache ich euch wohl besser etwas zu essen.«

Sie richtete rasch eine Platte mit Fingerfood für Pearl her – Kirschtomaten, Käsestangen, Zuckererbsen und ein hart gekochtes Ei aus dem Kühlschrank, in Scheiben geschnitten. Beth setzte Pearl an den Küchentisch, und sie begann prompt, alles zu verschlingen, was sie nicht auf den Boden fallen ließ. Beth versuchte, nicht an das Geschmier zu denken, das Pearl machte. Sie würde diese Eigelbkrümel zusammenfegen müssen, bevor sie auf Pearls Knien oder Gesäß landeten und letztendlich in den Teppich gerieben wurden …

»Ich bin dir wirklich sehr dankbar, dass du Pearl hier wohnen lässt.« Charlies Stimme riss sie aus ihrem Sauberkeitsfimmel. »Uns«, ergänzte er mit einem unbehaglichen Unterton. »Dass du uns hier wohnen lässt.«

»Ich helfe doch gern. Möchtest du Tee oder Kaffee?«

»Nein, danke.«

Pearl aß, ohne etwas von der Verlegenheit der Erwachsenen zu bemerken, und sie standen in der Küche und sahen ihr zu. Schließlich fiel Beth etwas ein, was sie tun könnten.

»Du kannst euer ganzes Zeug in die Schlafzimmer bringen, wenn du willst«, sagte sie zu Charlie.

Er nahm Pearls Rucksack und folgte ihr den Flur hinunter. Zu Beths Erleichterung warf er kaum einen Blick in das hübsche Schlafzimmer.

»Wo ist deine Tasche?«, fragte sie ihn.

»Ich habe sie im Wagen gelassen.«

»Oh, na ja, das hier ist dein Zimmer.« Sie zeigte auf das Gästezimmer, und er warf einen raschen Blick über die neutrale Einrichtung.

»Danke. Hübsch hast du's hier.«

»Es ist nicht sehr groß, aber es gefällt mir. Und ich lebe sowieso allein hier.« *Eine tolle Art, um ihm zu verstehen zu geben, dass du noch zu haben bist, Beth.* »Da drin ist das Badezimmer, und dort drüben ist ein Spielzimmer, aber ich benutze es als Büro, daher ist es nicht sehr kinderfreundlich.« Die Tour endete im Wohnzimmer.

Charlie konnte sich ein amüsiertes Lächeln nicht verkneifen. »Und der Rest deines Hauses *ist* kinderfreundlich?«

Beth sah sich um. Gläserner Couchtisch, teure Bodenvasen mit künstlichem Schilfrohr, ein weißer Teppich. Ein *weißer* Teppich, mein Gott. Sie schenkte ihm ein schiefes Grinsen.

»Wohl kaum. Dieses Haus muss vielleicht für Pearl umgekrempelt werden.«

»Wenn dir irgendetwas wirklich wichtig ist, solltest du es vermutlich besser in deinem Büro einschließen«, meinte er mit dem Anflug eines Lächelns auf den Lippen.

Sie gingen zurück in die Küche, und Beth dachte über ihre Einrichtung nach. Gab es irgendetwas, was ihr besonders wichtig war? Eigentlich nicht. Es war nur *Zeug*.

»Diese Vasen werde ich besser wegstellen«, sagte sie. »Nicht dass sie auf Pearl fallen. Abgesehen davon bin ich unbesorgt.«

Als wollte sie die Theorie testen, kletterte Pearl von ihrem Stuhl und verteilte mit dem Gesäß Eigelb über dem Küchenboden. Charlie hob sie hoch und bürstete ihren Allerwertesten ab.

»Komm und sieh dir dein Zimmer an«, sagte er und trug sie den Flur hinunter. »Da wirst du Augen machen.«

Beth kehrte in aller Eile Pearls Essensreste in den Mülleimer. Ein Glücksgefühl wallte in ihr auf, als sie Pearls begeistertes Kreischen und Kichern vom anderen Ende des Flurs hörte.

Charlie war ein guter Onkel, wie Beth im Laufe des Nachmittags feststellte – und das nicht nur, weil er der Kleinen Dinge kaufte. Er beschäftigte sich mit Pearl, half ihr mit ihren Spielsachen und las ihr Bücher vor. Pearl hatte einen neuen Satz Bauklötze und verbrachte eine ganze Weile damit, Gehege für ihre Plastiktiere zu bauen, während Charlie in der Nähe saß und ihr zusah oder sich auf seinem Handy mit irgendwelchen Leuten Nachrichten schrieb.

Einer Freundin vielleicht?, überlegte Beth, verblüfft davon, wie sehr der Gedanke sie ernüchterte. Sie schob die Spekulationen beiseite und machte sich daran, Schubladen in der Küche umzusortieren, ohne etwas Sinnvolles zu erreichen. Wenn sie Gäste hatte, verbrachte sie normalerweise Zeit mit ihnen. Wenn ihr Vater zu Besuch war, verbrachte Beth Stunden damit, Tee zu kochen, über Familienangehörige und Freunde zu plaudern, Scones zu backen und Kreuzworträtsel mit ihm zu lösen. Aber die Geschichte mit Charlie hing zwischen ihnen wie ein dichter Nebel, und sie wusste nichts zu sagen. Ihre Lösung war es, den beiden einfach aus dem Weg zu gehen.

Das war natürlich nicht immer möglich. Als sie das Abendessen – eine Rindfleischpfanne mit Ingwer – gekocht hatte, musste sie sich zu den beiden an den Tisch setzen. Pearl ignorierte das Gemüse und machte sich über das Fleisch und den Reis her, aber bald darauf sagte sie »mag nicht« zu dem Rindfleisch und aß letztendlich nur den Reis. *Hmm, dieses Gericht kam offenbar nicht gut an.* Beth hätte wissen müssen, dass der kräftige Ingwergeschmack gewöhnungsbedürftig war und kurz gebratenes Gemüse bei jungen Geschmacksnerven auch keine allzu große Begeisterung hervorrufen würde. Wenigstens aß Charlie seinen Teller leer und bedankte sich danach bei ihr.

Nach dem Essen badete Charlie Pearl und brachte sie ins Bett, und Beth räumte die Küche auf. Sie schaltete den Fernseher ein, während er nicht da war. Das würde das gespenstische Schweigen zwischen ihnen ausfüllen, falls sie später beide im Wohnzimmer sitzen sollten. Als Pearl eingeschlafen war, kam er tatsächlich noch einmal zurück ins Wohnzimmer und setzte sich. Er war mit seinem Handy beschäftigt, und Beth ging mehrmals am Türrahmen vorbei und beschwor sich, ihm dort drinnen Gesellschaft zu leisten. Dazu kam es nicht. Stattdessen schnappte sie sich ihr Handy und eilte den Flur hinunter, um sich in ihrem Büro zu verkriechen, wo sie sich auf ihren Stuhl sinken ließ und Rikke schrieb.

Du wirst nicht glauben, was ich getan habe.

Rikke rief zwanzig Sekunden später an. »Und?«

Beth sprach so leise wie möglich. »Seine Nichte hat Epilepsie, und sie brauchten eine Bleibe, während sie zur Behandlung in der Stadt ist.«

Rikke schwieg eine Weile, versuchte offenbar, aus Beths Worten schlau zu werden. Dann stöhnte sie auf. »Redest du etwa von Charlie Campbell?«, rief sie. Beths Schweigen genügte als Antwort. Rikke fluchte. »Beth, was tust du denn da?«, wimmerte sie. »Nach dem, was er dir angetan hat!«

»Ich weiß«, jammerte Beth. »Aber sie wussten nicht, wohin, und dieses Kind liegt mir wirklich am Herzen.«

»Schläfst du mit ihm?«

»Nein! Er hat das Gästezimmer.«

»Aber das ist doch absurd. Du lässt sonst nie mit dir spielen, Beth. Ich kenne niemanden, der Männern weniger vertraut als du. Aber diesen Kerl lässt du in dein Haus, nachdem er dir das Herz gebrochen hat. Was hast du dir denn dabei gedacht? Habt ihr überhaupt darüber geredet, was er damals getan hat?«

»Ja, irgendwie schon. Offenbar hatte er den Eindruck, dass ich mit anderen Typen schlafe.«

»Oh-oh.« Rikkes Stimme klang zutiefst skeptisch. »Und deshalb war es auch nicht seine Schuld, richtig? Es war alles nur ein Missverständnis.« Sie seufzte. »Immer schön dem Opfer die Schuld geben.«

»Nein, er gibt mir nicht die Schuld …«

»Aber er bekennt sich auch nicht dazu, dass er dich hat sitzen lassen, oder?«

»Ganz so ist das nicht«, hörte Beth sich sagen, und dann wand sie sich innerlich. Hatte Rikke recht? Oh, Gott, sie *hatte* recht. Es war dumm gewesen, Charlie wieder in ihr Leben – in ihr Zuhause – zu lassen, nachdem er sie verletzt und sie zum Narren gehalten hatte.

»Wie lange wird er bleiben?«, fragte Rikke.

»Ich bin mir nicht sicher. Eine Woche vielleicht.«

»Eine Woche!« Rikke stöhnte theatralisch auf. »Meinst du, du kannst ihn so lange aus deinem Bett fernhalten?«

»Ja!«, fauchte Beth. »Ich habe ein bisschen Selbstbeherrschung, weißt du?«

»Ich weiß, aber das klingt doch nach einem Meister der Manipulation. Er wird alles richtig machen, um sich wieder in dein Leben einzuschleichen. Der perfekte Gast sein, dir Komplimente machen, alle möglichen Erklärungen für seine früheren Sünden liefern. Gib deine Deckung nicht auf, Beth.«

Beth schwieg, während sie sich fragte, ob Charlie der Mann sein könnte, den Rikke beschrieb. Es passte nicht zu dem, was sie über ihn wusste. Aber andererseits wurde sie schon wieder schwach, seit er ihr eine Erklärung dafür gegeben hatte, weshalb er damals gegangen war. Sie wollte ihm verzeihen, begriff sie – weil es ihr etwas von dem alten Schmerz nahm. Verdammt, sie hatte Free einmal zu Finn den gleichen Rat gegeben, den Rikke ihr jetzt gab – und doch konnte sie das Trügerische an ihrer eigenen Situation nicht erkennen.

Sie war Charlie wirklich verfallen.

»Beth?«

»Ich bin noch dran.«

Rikke klang besorgt. »Ich will nicht, dass er dich wieder verletzt.«

»Ja, das verstehe ich. Ich werde aufpassen. Ich werde ihn nicht an mich heranlassen.«

Sie unternahm einen Versuch, das Thema zu wechseln, und fragte Rikke nach ihrer Arbeit und ihren bevorstehenden Reiseplänen.

»Oh, hey«, unterbrach Rikke Beth, als sie versuchte, ihr Gespräch zum Abschluss zu bringen. »Ich bin gestern von einem Typen kontaktiert worden, den ich vor ein paar Jahren bei einer Fortbildung kennengelernt habe. Offenbar arbeitet er jetzt in Mount Clair. Harry Sterrick.«

»Der Radiologe? Ja, ich war am Donnerstag bei ihm. Ich dachte, ich hätte mir vielleicht das Steißbein gebrochen, aber es ist zum Glück nur geprellt.« Beth erzählte ihr von ihrer Verletzung, wobei sie die genauen Umstände ihres Sturzes unerwähnt ließ. Der Kolposkopie-Termin am Montag schwirrte ihr düster durch den Kopf. *Red nicht darüber. Denk nicht einmal darüber nach.*

»Autsch«, lautete Rikkes Kommentar. »Na ja, ich glaube, du hast auf Harry ziemlichen Eindruck gemacht. Er hat dich auf Facebook gestalkt und gesehen, dass wir beide Freundinnen sind, daher hat er mir geschrieben, um davon zu schwärmen, wie witzig und hinreißend du bist, und mich zu fragen, ob du Single bist.«

Beth schüttelte den Kopf. »Im Ernst? Ich gehe doch nicht mit Typen aus, die noch eine Studentenermäßigung kriegen könnten.«

Rikke lachte ihr kehliges Lachen. »Er ist einunddreißig, du Dummerchen.«

»Was? Unmöglich.«

»Doch, ich schwör's bei meiner *Downton-Abbey*-DVD-Box. Ich habe ihm meinen Segen gegeben, Beth. Er ist ein entzückender Typ. Sehr aufrichtig. Und sehr süß.«

Beth rümpfte die Nase. »Süß trifft es genau. Ein Babygesicht.«

»Okay, er hat vielleicht sehr jugendliche Züge, aber ich habe keinen Zweifel, dass er ein Mann ist, wo es drauf ankommt. Du solltest ihm eine Chance geben. Lass dich von ihm einladen. Es wäre eine gute Möglichkeit, um dich von deinem Meister der Manipulation abzulenken.«

Rikke ließ nicht locker, bis Beth ihr versprochen hatte, ein Date mit Harry in Betracht zu ziehen. Nachdem sie sich verabschiedet hatten, öffnete Beth ihre Bürotür zum Flur, blieb aber, wo sie war, und schrieb Patientenberichte zu ihrem Besuch in Madjinbarra. Sie lauschte mit einem Ohr aufs Wohnzimmer, während sie sich fragte, was Charlie wohl tat. Schließlich hörte sie ein Rascheln im Flur, und als sie sich umwandte, sah sie ihn in der Tür zu ihrem Büro stehen.

»Ich werde kurz duschen und dann ins Bett gehen«, sagte er. »Bis morgen.«

»Gute Nacht, Charlie.«

Beth wartete, bis er sicher in seinem Zimmer war, dann ging sie selbst ins Bad, um zu duschen. Jetzt, wo er im Bett war, hatte sie das Gefühl, wieder atmen zu können, auch wenn der Gedanke, dass er erst Minuten zuvor nackt in dieser Dusche gestanden hatte, nicht zu ihrem Seelenfrieden beitrug. Ihre alten Erinnerungen an Charlies glatte, sonnengebräunte Haut, seine breiten Schultern und diese lebhaften Augen, die auf ihr ruhten, stürmten auf sie ein. Sein Körper war heutzutage breiter und kräftiger, und sie hatte eine Spur von Brusthaaren gesehen, als er ein offenes Hemd getragen hatte, und er hatte auch Tattoos. Wie würde sich dieser große, kräftige Körper an ihrem anfühlen? Sie konnte sich fast vorstellen, es wären seine Hände, die über ihren Körper glitten, während sie sich unter dem warmen Wasser einseifte …

Oh, Herrgott noch mal, Beth. Hör einfach auf.

Kapitel 15

Am nächsten Tag ging Charlie mit Pearl zum Spielen in den Park, und sie waren für mehrere Stunden fort. Beth schrieb ihre Berichte zu Ende und mailte sie an den Ausschuss für die Gesundheitsversorgung in Outback-Gebieten, der ihre monatlichen Fahrten nach Madjinbarra finanzierte. Dann saugte sie Staub und wusch Wäsche. Sie nahm die wenigen Kleider, die Pearl dabeihatte, aus ihrem Rucksack, um sie ebenfalls in die Maschine zu stopfen. Sie räumte Pearls Zimmer auf, als sie schon einmal dort war, machte das Bett und stapelte ihre Bücher wieder neben dem Barbiesofa auf.

Pearl hatte ihre Spielsachen im Wohnzimmer liegen lassen, und Beth wollte sie eben schon wegräumen, als ihr auffiel, dass es ein richtig kunstvoller kleiner Zoo war. Pearl hatte aus ihren Bauklötzen ein rotes Gehege für ihre geliebte fleischfressende Zebraherde errichtet, ein blaues für die Großkatzen und grüne und gelbe für die Giraffen, Nashörner und Nilpferde. Ein Zebra und ein Nilpferd unterhielten sich freundlich über einen der Gehegezäune hinweg. Beth brachte es nicht übers Herz, das abzubauen.

Sie war draußen und hängte Wäsche auf die Leine, als sie Charlie und Pearl nach Hause kommen hörte. Sie hängte die letzten Sachen auf, dann ging sie ins Haus, wo Charlie das Mittagessen auf dem Küchentisch aufbaute. Er hatte frisches Vollkornbrot, Schinken und Salat gekauft, um Sandwiches zu machen.

»Hungrig?«, fragte er.

Beth nickte. »Sieht gut aus.«

»Ich war schaukeln«, berichtete Pearl Beth.

»Wirklich? Im Park?«

Pearl nickte, ihre großen dunklen Augen auf Beth gerichtet, während sie ein Stück Schinken kaute.

»Und, hast du dort noch andere Kinder gesehen?«

Ein Stirnrunzeln zog sich über Pearls kleines Gesicht. »Sie wollen nicht mit mir spielen.«

Beths Herz krampfte sich zusammen, und ihr Blick huschte hinüber zu Charlie.

»Sie haben dich nur noch nicht gekannt«, beschwichtigte Charlie Pearl. »Vielleicht nächstes Mal.«

Das arme kleine Ding. In Mount Clair gab es jede Menge Rassismus, das wusste Beth, und Kinder, die Pearls Behinderung nicht verstanden, fühlten sich vielleicht auch davon abgestoßen. Für einen Moment konnte sie Charlies Argument verstehen, weshalb Pearl in Madjinbarra glücklicher sein würde, wo sie als Teil des Teams akzeptiert war. Aber was er eben gesagt hatte, stimmte auch. Beth war zuversichtlich, dass die Kinder in Mount Clair Pearl akzeptieren würden, sobald sie sie erst einmal kennengelernt hatten.

Sie aßen zusammen zu Mittag, aber Pearl war von den dreien eindeutig am gesprächsgewandtesten. Es schien nicht leichter zu werden, Charlie im Haus zu haben. Beth hoffte, dass diese Anspannung nicht die ganze Woche andauern würde.

»Kanga hatte Eiscreme«, verkündete Pearl aus heiterem Himmel.

»Ach ja, Kanga ist in der Stadt«, erklärte Charlie. »Ist gestern angekommen. Wir haben ihn heute Morgen im Laden gesehen.«

»Oh, gut. Er wollte Billy Early mitbringen. Ich habe noch nichts vom Krankenhaus gehört. Vielleicht hat er sich noch nicht dort gemeldet.«

Charlies Mund zuckte, und er blickte zweifelnd. »Kanga hat Billy nicht erwähnt. Bist du sicher, dass er mit in die Stadt gekommen ist?«

»Das war der Plan.« Beth seufzte. »Verdammt. Billy muss wegen seiner Füße wirklich ins Krankenhaus. Wenn er nicht mitgekommen ist, muss ich einen Krankentransport für ihn anfordern.«

»Ich werde sehen, ob ich Harvey erreichen und es herausfinden kann«, meinte Charlie.

Der Nachmittag verstrich langsam und ruhig. Da das Haus bereits aufgeräumt war – nun ja, so aufgeräumt, wie es sein konnte, wenn ein Kleinkind dort wohnte –, wusste Beth nichts Rechtes mit sich anzufangen. Sie suchte sich Aufgaben. Sie kümmerte sich um ihre Topfpflanzen, dann bezahlte sie online ein paar Rechnungen und schrieb mit ihren Schwestern. Sie freute sich fast darauf, am nächsten Morgen zur Arbeit zu fahren, um dieser unangenehmen häuslichen Umgebung zu entkommen. Pearl kam zu ihr, als die Sonne eben unterging und Beth überlegte, was sie zum Abendessen kochen sollte.

»Ich habe mir gedacht, ich könnte Spaghetti machen«, sagte Beth zu ihr, in dem Wissen, dass das ein bei Kindern allgemein beliebtes Essen war – und eines, in dem sie außerdem ein bisschen Gemüse verstecken könnte.

»Ich helfe«, verkündete Pearl und zerrte einen Stuhl zum Küchentisch.

Im ersten Moment war Beth besorgt, Pearl könnte von dem Stuhl fallen, aber sie schien dort ziemlich sicher auf den Knien zu hocken. Ihre Schultern reichten kaum bis zur Tischkante. Beth zermarterte sich das Gehirn nach irgendetwas, was Pearl tun könnte, ohne dass es mit aufgeschürften Knöcheln oder blutigen Fingern enden würde.

»Pearl, könntest du die Stängel von den Pilzen abbrechen, ungefähr so?« Sie machte es vor.

Pearl nickte eifrig, sodass ihre blonden Locken wippten. Die Arbeit war in null Komma nichts erledigt, und Beth musste sich noch mehr Aufgaben für sie einfallen lassen. Sie ließ sie eine Schüssel mit Tomatenpüree, Rotwein und Kräutern umrühren – eine Aufgabe, die Pearl sichtlich faszinierte, sodass sie bald in ein wildes Gespritze ausartete. Beth hackte Zwiebeln, briet das Hackfleisch an und gab Pearl Knoblauch zu schälen. Danach ging sie mit ihr in den Garten, um Basilikum und Oregano zu pflücken. Das war eindeutig Pearls Lieblingsmoment bei dem ganzen Unternehmen, und sie erwies sich als durchaus geschickt darin, die Blätter von den Stängeln zu zupfen. Genau dann, als Beth keine Jobs mehr für Pearl wusste, tauchte Charlie mit einer Handvoll DVDs in der Küche auf.

»Willst du dir irgendwas ansehen, Pearl?«

Das wollte Pearl. Sie rutschte von ihrem Stuhl, landete mit einem Plumps auf dem Boden, was ihr jedoch nichts auszumachen schien, und rutschte auf dem Gesäß hinter ihm her ins Wohnzimmer. Charlie setzte sie vor einen Film, in dem, soweit Beth verstehen konnte, Barbie die Hauptrolle spielte.

»Ist Barbie heutzutage Schauspielerin?«, fragte sie Charlie, als er wiederkam.

»Sieht so aus. Aber keine sehr gute. Ihre Darstellung ist irgendwie ein bisschen unnatürlich.« Er ließ sich auf der anderen Seite des Küchentischs auf einen Hocker fallen. »Kann ich dir bei irgendwas helfen?«

»Es ist fast fertig«, antwortete sie. »Pearl hat sich sehr nützlich gemacht.«

Er sah auf die Saucenspritzer auf dem Küchentisch und dem Boden, und einer seiner Mundwinkel wanderte nach oben. »Wie wär's dann mit einem Drink?«

»Einem alkoholischen Drink?«, fragte sie und hörte auf, den Parmesankäse zu reiben, um ihn verblüfft anzusehen.

Er zuckte die Schultern. »Wir sind nicht mehr in Madji.« Er schwieg einen Moment. »Außerdem könnte es unserer Verlegenheit vielleicht die Schärfe nehmen.«

Gott sei Dank hatte er das auch erkannt. Sie nickte, und er ging den Flur hinunter und kam einen Augenblick später mit einer Flasche gutem Whisky wieder.

»Hast du Cola da?«

»Nein, aber Soda.«

Er nahm zwei Tumbler von dem Regal über ihrer Mikrowelle, und sie holte das Soda. Es war nicht gekühlt – es hatte ungeöffnet in ihrer Vorratskammer gestanden –, daher nahm sie ein paar Eiswürfel aus dem Gefrierfach und warf eine Handvoll in jedes Glas. Charlie mixte die Drinks, reichte ihr einen davon, und sie stießen an. Während sie tranken, starrten sie einander in die Augen, als warteten sie ab, wer als Erster angreifen würde. Dann wandte sich Charlie zur Spüle um, wrang einen Schwamm aus, um die Spritzer abzuwischen, die Pearl auf dem Tisch und an der Küchenschranktür hinterlassen hatte, und legte ein paar Küchentücher auf dem Boden aus, bevor er sich wieder auf den Hocker setzte.

»Es scheint, als hätte Pearl keine Anfälle gehabt, seit sie diese Pillen nimmt«, sagte er.

»Das ist ein tolles Anzeichen. Hast du Mary schon Bericht erstattet?«

»Ja.« Charlie schwenkte sein Glas, sodass das Eis klirrte. »Ich habe ihr ein paar SMS geschickt, Tante Mary hat geantwortet, und dann hat Jill sich Marys Telefon geschnappt und mir auf die Mailbox gesprochen. Die Verbindung war ziemlich schlecht, und ich konnte nicht viel verstehen – du weißt ja, wie der Empfang dort draußen ist. Aber sie ist noch immer ziemlich aufgewühlt – das war nicht zu überhören.«

»Besorgt um Pearl?«

»Ja. Und sauer, weil sie nicht mit in die Stadt kommen durfte.«

»Sie hat mich gebeten, mit dir zu reden«, gestand Beth. »Darüber, ob sie in Mount Clair zur Schule gehen kann. Ich habe gesagt, ich würde es tun, aber nur, weil ich nicht wusste, was ich sonst zu ihr sagen sollte. Sie scheint zu glauben, dass ich deine Entscheidung beeinflussen kann.«

Charlie schwieg ein paar Augenblicke. »Sie versteht die größeren Zusammenhänge nicht.«

»Ich glaube schon, dass sie das tut. Sie weiß genau, was die größeren Zusammenhänge sind, aber sie will trotzdem hier zur Schule gehen. Sie will auf die Universität gehen.«

»Dafür ist später immer noch jede Menge Zeit«, sagte er in einem Ton, der klarstellte, dass er das Thema nicht vertiefen wollte.

Beth ignorierte seinen Ton. Sie war nicht seine Nichte – sie konnte sagen, was sie wollte. »Mag sein. Aber Jill will es jetzt. Sie will Fähigkeiten in Madji einbringen, um Pearls Behinderung besser in den Griff zu kriegen und einen Beitrag zur Gesundheitsversorgung der Gemeinde zu leisten. Sie ist verzweifelt, Charlie.«

Charlie nahm noch einen Schluck, ohne zu antworten. Beth rieb den restlichen Käse und rührte die Pastasauce um, während sie an Jill zu Hause in Madjinbarra dachte. Dann dachte sie an ein anderes Madjinbarra – eines mit einem Pub in der Nähe; eines, wo die Leute ihren Kummer einfach in Alkohol ertränken konnten. Wie würde es Jill dort ergehen? Was für eine Zukunft würde das Mädchen dort haben?

»Es heißt, dass der Minister bald eine Entscheidung über die Mine treffen wird«, sagte sie.

Charlie nickte. Offensichtlich hatte er die Gerüchte auch gehört.

»Was würdest du davon halten, die ganze Gemeinde irgendwo anders hin zu verfrachten?«, fragte sie.

»Was meinst du damit?«

»Ich meine, wenn die ganzen Fertighäuser zusammengepackt und alle Bewohner an einen anderen Ort, weit weg von der Gargantua-Mine, umgesiedelt werden würden.«

Charlie sah sie einen Moment verblüfft an, dann furchte sich seine Stirn, während er über die Idee nachdachte. »Der Ort ist für uns von großer Bedeutung.«

»Ja, natürlich. Aber wenn die Mine genehmigt wird und dann auch noch ein Ausschank dazukommt, könnte alles, wofür du gearbeitet hast, in sich zusammenstürzen. Wenn man alle irgendwo anders hin verfrachtet, hätte man vielleicht mehr Sicherheit.«

»Alle irgendwo anders hin verfrachten?« Charlie kniff den Mund zusammen. »Das ist genau das, was Harvey aus seinen jüngeren Tagen hauptsächlich in Erinnerung hat. Dass die Weißen die Leute von einem Camp zum nächsten verfrachteten wie Vieh.«

Beth hasste sich dafür, dass sie den Vorschlag überhaupt gemacht hatte. Er hatte absolut recht. Sie rührte die Sauce um, während sie ihre Worte im Stillen bereute.

Schließlich ergriff er wieder das Wort. »Hör zu, wenn es hart auf hart kommt, würde ich darüber nachdenken. Aber ich bin mir nicht sicher, ob wir uns einen solchen Umzug überhaupt leisten könnten, selbst wenn wir es wollten. Wir reden hier von einer dicken Stange Geld, um alle Leute, alle Häuser zusammenzupacken und neue Häuser zu kaufen, um diejenigen zu ersetzen, die man nicht mitnehmen kann. Und wohin würden wir überhaupt gehen? Was, wenn die Gemeinde dadurch zerbricht? Wenn wir umziehen, könnten manche Leute darin ihre Gelegenheit sehen, irgendwo anders hinzugehen – oder einfach in Madji bleiben, um bei der Mine zu arbeiten.«

Beth kaute auf ihrer Lippe. »Das stimmt. Aber wenn es eure einzige andere Option wäre, in Madji zu bleiben, wenn Gargantua anrückt …« Sie beobachtete ihn. »Und was die Kosten angeht – was, wenn sie übernommen werden?«

»Übernommen von wem?«

»Gargantua oder der Regierung.«

»Dadurch wäre es leichter durchführbar, aber mir wäre es trotzdem lieber, wenn wir bleiben, wo wir sind.«

»Ja, natürlich.« Beth nippte an ihrem Drink und starrte geistesabwesend auf den Haufen geriebenen Käse auf ihrem Schneidebrett. Er hatte sich die Idee weitaus aufgeschlossener angehört, als sie erwartet hatte. Vielleicht hatte sie Potenzial, zumindest als allerletzte Lösung.

»Woher ist die Idee gekommen?«, fragte er.

Sie wollte es ihm eben schon sagen, aber dann bremste sie sich im letzten Moment, als sie sich an die Probleme erinnerte, die er mit Lloyd Rendall hatte. Wenn er wüsste, dass die Idee von Lloyd kam, würde Charlie sie vermutlich abtun, ohne einen weiteren Gedanken daran zu verschwenden.

Beth zuckte die Schultern. »Ich habe gehört, dass das bei einer anderen Gemeinde geklappt hat, irgendwo im Osten, glaube ich.«

»Verstehe.« Charlie sah aus, als würde er sich die Idee durch den Kopf gehen lassen, aber wenig später ruhte sein Blick wieder auf ihrem Gesicht. »Wie viele Nichten und Neffen hast du eigentlich?«, fragte er.

»Noch keine.« Sie stellte ihr Glas ab und suchte in einem Küchenschubfach nach einem Topf, um Wasser für die Nudeln zu kochen.

»Aber es ist eines unterwegs?«

Beth sah ihn an. »Woher weißt du das?«

»Ich habe es nicht gewusst. Ich habe es vermutet. Du hast in deinem Haus ein Kinderzimmer eingerichtet, daher bin ich davon ausgegangen, dass du hier manchmal Kinder zu Besuch hast. Denn du hast ja selbst keine Kinder – jedenfalls nicht, dass ich wüsste.«

Sie lachte. »Nein, ich habe keine Kinder irgendwo in einem Schrank versteckt. Willow ist schwanger. Aber sie hat es der Welt noch nicht gesagt.«

Beth ließ unerwähnt, dass sie das Zimmer für Pearl und niemand sonst hergerichtet hatte. Das war ihre Privatsache.

»Ist Willow jünger oder älter als du?«, fragte er.

»Sie ist drei Jahre jünger. Sie hat letztes Jahr geheiratet. Sie leitet jetzt Patersons.«

»Und du hast noch eine andere Schwester, richtig?«

Beth nickte und entspannte sich ein wenig. Small Talk, das konnte sie. Sie stellte den Topf mit Wasser auf den Herd und gab Salz dazu. »Free. Sie ist die Jüngste. Sie unterrichtet hier am Ort

Kunst und betreibt ein Geschäft für Künstlerbedarf. Sie lebt in der Stadt mit ihrem Freund zusammen – einem Polizisten.«

»Sie sind beide sesshaft geworden, deine Schwestern.«

Er ließ die unausgesprochene Frage im Raum stehen, aber Beth weigerte sich, auf den Köder anzubeißen.

»Ja, sie sind beide richtig erfolgreich. Um Free war ich eine Zeit lang besorgt. Sie schien sich zu nichts Festem entschließen zu können. Aber jetzt hat sie etwas gefunden, was ihr Spaß macht, und sie scheint ziemlich glücklich zu sein.«

Beth hatte Charlie den Rücken zugewandt, aber sie konnte spüren, dass er sie beobachtete. Sie rührte noch einmal die Sauce um, obwohl es nicht nötig war. Schließlich konnte sie den Moment nicht länger hinausschieben und wandte sich um. Charlies Augen, so grün wie eine Gletscherwand, starrten sie so gebannt an, dass sie einen Schauer durch Beth jagten – irgendetwas zwischen Angst und Verlangen. Beth riss sich von dem Anblick los und lenkte sich ab, indem sie sich einen Hocker von der Wand holte. Sie stellte ihn auf ihrer Seite des Küchentischs ab und hockte sich vorsichtig auf die Kante, dann nahm sie sich ihr Glas und trank einen Schluck.

Frag nicht. Frag nicht.

Er fragte: »Hast du nie geheiratet?«

»Es muss ja nicht jeder heiraten«, erwiderte sie scharf.

»Ich habe nicht ausdrücklich heiraten gemeint. Ich habe gemeint, jemanden zu finden. Sesshaft zu werden.« Er hielt einen Moment inne. »An Angeboten hat es dir ja sicher nicht gemangelt.«

Sie spürte, wie sich ihre Schultern anspannten. »Ich bin mir nicht sicher, ob das etwas ist, worüber ich ausgerechnet mit dir reden will.«

Schließlich wandte Charlie den Blick ab. »Na schön.«

Obwohl sie es gewesen war, die ihm den Mund verboten hatte, konnte sie es sich nicht verkneifen, zum Gegenangriff auszuholen. »Du bist ja auch nicht verheiratet.«

Verdammt. Jetzt sahen seine außergewöhnlichen Augen genau zu ihr zurück. »Nein.«

»Warum nicht?«

Bestimmt würde er die Gelegenheit ergreifen, um ihr zu sagen, dass sie das nichts anging, genau wie sie es eben getan hatte.

»Ich habe nie eine Frau getroffen, mit der ich sesshaft werden wollte«, antwortete er. »Und wahrscheinlich wird das auch nicht passieren.«

Sie versuchte, einen ebenso beiläufigen Ton beizubehalten wie er. »Ich nehme an, das liegt an dem unsteten Leben, das du führst, Tourneen und Konzerte, dieses Zeug.«

Er legte den Kopf auf die Seite, als würde er ihr zustimmen. *Erbärmliche Antwort.* Beth presste die Lippen zusammen, rutschte von ihrem Hocker und suchte Teller und Besteck zusammen.

»Wie wär's, wenn du Pearl zum Essen sauber machst? Die Nudeln sind in einer Viertelstunde fertig.«

Charlie runzelte die Stirn. Er stellte sein Glas ab und stand auf, aber Beth hielt den Blick auf die Teller geheftet und schob sie auf dem Tisch hin und her, als müsste sie genau den richtigen Platz dafür finden. Schließlich wandte er sich ab und ging ins Wohnzimmer, wo sie hörte, wie er, zu Pearls Verdruss, die DVD anhielt und sie ins Bad verfrachtete.

Gott, es war so ein Riesenfehler, ihn einzuladen, hier zu wohnen. Es war einfach zu viel zwischen ihnen. Er war zu stolz; sie war zu nachtragend. Und es gab auch keine Möglichkeit, zurückzurudern. Pearl brauchte im Moment Stabilität und Ruhe. Beth kämpfte gegen die Emotion an, die durch ihren Körper strömte, und versuchte, sich auf Pearl zu konzentrieren. Sie konnte das hier. Sie würde Charlie ignorieren und für Pearl da sein.

Pearl war ungehalten, als ihr Onkel sie in die Badewanne steckte, aber sie war noch ungehaltener, als er sie wieder herausholte. Während sie von der Küche aus zuhörte, musste Beth Jill eines lassen. Wenn es das war, was sie jeden Tag leistete, dann musste das Mädchen eine Engelsgeduld haben. Sie servierte das Essen und trug drei Teller in genau dem Augenblick an den Tisch, in dem Pearl in einem My-Little-Pony-Nachthemd auftauchte. Das Geräusch von Wasser, das durch den Abfluss gurgelte, folgte Pearl in die Küche.

»Blitzblank geschrubbt?«, fragte Beth fröhlich.

»Ich hungrig«, antwortete Pearl und kletterte auf einen Stuhl.

»Gut. Willst du Käse?« Beth stellte für Pearl einen Becher Wasser auf den Tisch.

Sie gab keine Antwort und machte sich mit den Fingern über ihr Essen her. Beth war froh, dass Pearls Finger nach dem Baden sauber waren, aber auch entsetzt, als ihr klar wurde, dass das Kind nach dem Essen noch ein Bad brauchen würde. Charlie tauchte auf und beobachtete seine Nichte.

»Na, das war ja eine schöne Zeitverschwendung«, meinte er.

Er machte kehrt und ging wieder den Flur hinunter. Einen Moment später hörte das Gurgeln auf, als Charlie Pearls restliches Badewasser für später aufhob.

Beths Manieren gestatteten ihr nicht, ohne Charlie anzufangen, auch wenn Pearl ihr Essen verschlang, als ob ihr Leben davon abhinge. Sie nahm sich vor, mit einer Beschäftigungstherapeutin über den richtigen Zeitpunkt zu reden, um Pearl an die Benutzung von Besteck zu gewöhnen. Charlie kam wieder und schenkte sich aus der Whiskyflasche nach. Bevor sie protestieren konnte, hatte er sich ihr Glas geschnappt und es ebenfalls aufgefüllt. Ohne Soda. Ohne Eis.

Zum Teufel mit dir. Schlecht gelaunt trinken konnte sie so gut wie jeder andere. Beth nahm einen großen Schluck.

Sie aßen schweigend, abgesehen von Pearls gelegentlichen Essenspausen, in denen die Dreijährige weltkluge Kommentare zu Spaghetti, Barbie oder dem fehlenden Saft zu ihrem Abendessen abgab. Als sie fertig waren, stand Beth auf und verkündete, dass sie Pearl sauber machen würde. Sie trug sie ins Badezimmer, füllte das

Badewasser auf und setzte sie in die Wanne. Pearl war entzückt. Beth versuchte, die Spaghettisauce aus ihrem Pony-Nachthemd zu waschen und es mit dem Haarföhn zu trocknen, während Pearl zufrieden mit ihrem Zebra und Nilpferd herumplätscherte.

Um acht Uhr abends hatte Beth gelernt, dass dreijährige Kinder nicht in die Badewanne wollten, nicht aus der Badewanne wollten und schon gar nicht ins Bett gehen wollten – jedenfalls nicht ohne einen zermürbenden emotionalen Kampf. Sie las Pearl jedes einzelne Buch vor, das sie gekauft hatte, und dann legte sie sich zu ihr auf die Matratze, um über die Farmtiere zu diskutieren, die von dem Mobile hingen. Der Whisky hatte Beth schläfrig gemacht, und sie entspannte sich neben Pearl. Der Duft des sauberen Kindes war köstlicher und beruhigender als eine heiße Schokolade vor dem Schlafengehen, und sie spürte, wie sie wegdämmerte.

Als sie aufwachte, war alles still. Pearl schlief tief und fest neben ihr, einen Arm über Beths Hals gelegt. Beth rollte sich leicht herum, wobei sie von dem Schmerz in ihrem Steißbein zusammenzuckte, und starrte auf das Mobile, das sich über ihrem Kopf langsam drehte. Nach einer Minute löste sie Pearls warmen kleinen Arm von ihrem Hals und stemmte sich sachte von der Matratze hoch. Charlies Schlafzimmertür war geschlossen. Beth ging den Flur hinunter, um vor dem Schlafengehen noch die Küche aufzuräumen.

Die Küche war sauber. Pearls verschüttetes Essen war vom Tisch abgewischt worden. Selbst der Boden unter Pearls Stuhl war blitzblank.

Als sie den Kühlschrank öffnete, sah sie einen Behälter mit Spaghettiresten auf einem Regal. Die Spülmaschine gurgelte und schepperte munter in der Dunkelheit. *Okay*. Das Einzige, was fehl am Platz war, war die Flasche Whisky und das Glas auf dem Küchentisch.

Warum eigentlich nicht?

Beth schenkte sich einen Schuss ein und gab ein paar Eiswürfel dazu. Sie würde sich verdammt noch mal entspannen, bevor sie zu Bett ging. Sie würde die Kontrolle über ihren Sonntagabend übernehmen, trotz Charlie Campbells bester Bemühungen, sie aus der Fassung zu bringen. Sie hielt einen Moment inne, um sich die Stirn zu reiben, und schloss die Augen. Dann drückte Beth die Schultern durch. Ja, es war ein Fehler gewesen, Charlie eine Bleibe anzubieten, aber sie hatte es aus den richtigen Motiven getan, und sobald Pearls Anfälle unter Kontrolle waren, könnte Beth sich ihr Leben und ihr Zuhause zurückholen. Sie könnte vielleicht sogar einem Date mit Harry Sterrick eine Chance geben. Sie nippte an ihrem Whisky, während sie zum Wohnzimmer ging, und ließ sich seinen würzigen Geschmack auf der Zunge zergehen.

Als Beth um die Ecke kam, sah sie Charlie genau vor ihr auf dem Sofa sitzen. Sie blieb wie angewurzelt stehen und ließ um ein Haar ihr Glas fallen. »Was tust du denn hier?«, wollte sie wissen.

»Ich warte auf dich.«

»Warum?«

»Weil du mit Pearl eingeschlafen bist und unser Gespräch noch nicht beendet war. Weder das, das wir heute Abend hatten, noch das, das wir auf der Fahrt zurück von Gurrungahs Camp hatten, *noch* das, das wir am Mittwoch hatten, bevor alle aufgewacht sind.«

Beth sah sich wütend im Wohnzimmer um, suchte nach etwas, dem sie die Schuld an ihrem Unbehagen geben könnte. »Wie spät ist es?«

»Kurz nach zehn.«

Sie sah ihn stirnrunzelnd an. »Bist du betrunken?«

Charlie erwiderte das Stirnrunzeln. »Nein. Ich betrinke mich nie.«

Sie bereute ihren Vorwurf für einen Moment. Dann war ihr Groll wieder da. »Ich will dieses Gespräch nicht zu Ende führen«, sagte sie.

»Ich muss wissen, was wirklich passiert …«

Beth konnte kaum glauben, was sie da hörte. »Das hier ist mein Haus. Wag es nicht, meine Aufrichtigkeit infrage zu stellen. Nicht hier.«

Er schwieg. Beth trat vor und ließ sich auf das Sofa fallen, das im rechten Winkel zu seinem stand. Sie starrte auf die spiegelnde Oberfläche ihres Couchtischs.

»Du wolltest wissen, warum ich noch immer Single bin«, sagte Charlie.

Beth schwieg, sah ihm nicht in die Augen.

»Weil ich Vertrauensprobleme habe«, sagte er.

Ihre Wut kochte an die Oberfläche hoch. Sie kippte den Whisky und knallte das leere Glas auf den Tisch. Ihre Kehle brannte.

»Ist das so?«, spie sie, als sie schließlich wieder sprechen konnte. »Dann solltest du vielleicht daran arbeiten. Manchmal haben Vertrauensprobleme ihre Ursache in nichts anderem als Unsicherheit und Paranoia.«

Er gab keine Antwort, und sie starrte ihn herausfordernd an. Sie wartete darauf, dass er davonschlich, aber das tat er nicht, daher goss sie noch etwas mehr Öl ins Feuer.

»Schon komisch. Ich habe auch Vertrauensprobleme. Ich wurde verlassen, als ich achtzehn und töricht verliebt war.«

Charlie beugte sich vor und stellte sein Glas langsam auf dem Tisch ab. Er stand auf und ging auf Beth zu, bis er genau vor ihr stand, den Blick auf ihr Gesicht geheftet. Beth erhob sich ebenfalls. Sie würde sich nicht einschüchtern lassen – nicht von *ihm*. Er stand nah vor ihr, so nah, dass sie die Wärme seines Körpers spüren konnte.

Beth gab nicht einen Zentimeter nach. »Du besitzt allen Ernstes die *Frechheit*, mir zu sagen, dass du die Wahrheit wissen musst? Mich zu fragen, ob du mir *glauben* kannst?« Sie schüttelte den Kopf über ihn – und über sich selbst.

»Ich glaube dir.«

Sie kniff die Augen zusammen. »Oh, das ist aber schön.« Ihre Stimme triefte vor Sarkasmus. »Da bin ich ja so erleichtert. Dann bist du hoffentlich beruhigt, jetzt, wo du weißt, dass ich dich nicht verarscht habe. Du warst es, der mich verarscht hat. Gute Nacht. Schlaf gut.«

Charlie rührte sich nicht vom Fleck. »Es tut mir leid.«

»Nicht gut genug. Nicht annähernd.«

»Ich werde nicht gut schlafen.«

»Gut, denn du bist ein Arschloch und hast es nicht verdient, gut zu schlafen.«

Seine Lippen zuckten, als er versuchte, seine Belustigung zu verbergen. »Wie du meinst.«

»Du kannst mich mal«, flüsterte sie.

Und auf einmal lag in seiner Miene kein Humor mehr, sondern nur noch Schmerz. Er hob eine Hand, legte sie an ihre Wange und strich mit einem Daumen über die Haut unter ihrem Auge. Ihr Körper erwachte in genau dem Moment zum Leben, in dem ihre Wut um eine weitere Oktave anschwoll. Sie schlug seine Hand weg.

»Leg dich nicht mit mir an. Ich bin nicht mehr das naive Mädchen, das ich damals war.«

Ein angespannter Moment folgte, während Beth die Fäuste ballte und ihn im Stillen herausforderte, es zu wagen, sie noch einmal zu berühren. Er hatte keine Angst, aber er erkannte, wie wütend sie war, und wich widerstrebend einen Schritt zurück. Sie nutzte die Gelegenheit, um die Flucht zu ergreifen, und stürzte auf die Wohnzimmertür zu.

»Beth.« Seine Stimme ließ sie innehalten. »Hasst du mich?«

Sie wandte den Kopf nicht um, um zu ihm zurückzusehen.

»Nein, Charlie, ich hasse dich nicht. Wir sind *nichts* füreinander, genau wie du gesagt hast.«

Kapitel 16

Es war befriedigend. Beth hatte die Dinge gesagt, die sie Charlie schon seit Jahren hatte sagen wollen. Es hatte die Vergangenheit nicht ungeschehen gemacht, aber es hatte ihrem Groll die Schärfe genommen. Vielleicht konnte sie jetzt nach vorn blicken, in dem Wissen, dass nicht alle Männer schlecht waren. Nur manche.

Und der Rest waren sture Schwachköpfe.

Am Morgen entschied Beth, dass sie nicht das Bedürfnis hatte, Charlie gegenüberzutreten, und fuhr früh zur Praxis. Sie schaltete alle Lichter in ihrem Sprechzimmer ein und setzte sich an ihren Computer, um sich ihre Termine für den Tag anzusehen. Am Freitag hatte sie es vermieden, einen Blick in ihre E-Mails zu werfen, und jetzt warteten über 140 ungelesene Nachrichten in ihrem Postfach, darunter Dutzende Newsletter von diversen Gesundheitsstiftungen, Dachverbänden und der Handelskammer. Sie archivierte sie für später und räumte allem den Vorrang ein, was speziell mit ihren Patienten oder der Praxis zu tun hatte.

Carolyn hatte für Beth einen Termin für eine telefonische genetische Beratung vereinbart. Anfangs hatte Beth versucht, diese Stufe zu überspringen, aber Carolyn hatte ihr in Erinnerung gerufen, dass sie ohne die Beratung den Test nicht machen lassen könnte. Als um neun der Anruf kam, gab sich Beth ganz entspannt und gelassen bezüglich der ganzen Angelegenheit und versicherte der Beraterin, dass sie das Testergebnis auf jeden Fall wissen wolle. Die Beraterin sagte ihr, sie könne die Blutuntersuchung in der Pathologieklinik des Krankenhauses machen lassen, ihre Proben würden an das Genlabor geschickt werden und die Ergebnisse in ein paar

Monaten vorliegen. Beth entschied, dass die Ergebnisse an Carolyn geschickt werden sollten, und erklärte, sie würde sich freuen, das Ergebnis zu erfahren, damit sie proaktive Schritte ergreifen könnte. Sobald das Telefonat erledigt war, holte Beth ein paarmal tief Luft und versuchte, ihren eigenen Lügen zu glauben.

Um halb zwölf hatte sie ihren Termin beim Gynäkologen für die Kolposkopie. Davor nahm sie mehrere Patienten dran, und dann musste sie zu ihrem Wagen rennen, um es rechtzeitig ins Krankenhaus zu schaffen. Sie kannte den Facharzt beruflich seit Jahren, aber ihr war noch nie die zweifelhafte Ehre zuteilgeworden, ihre weiblichen Teile vor ihm zu entblößen. *Er ist der Beste in Mount Clair, und er hat schon Tausende dieser Dinger gesehen.* Irgendwie war das ein schwacher Trost – aber sie konnte diese Untersuchung nicht bis zu ihrem nächsten Besuch in Perth oder Darwin hinausschieben.

Gavin Bainbridge war ein stiller Mann. Er skizzierte kurz, wie die Kolposkopie ablaufen würde, und ließ dann geduldig Beths nervöse Witze über sich ergehen. Er hatte sie eindeutig alle schon mal gehört. Als sie ihr Repertoire erschöpft hatte, stand sie auf.

»Okay, bringen wir's hinter uns.«

Die Untersuchung selbst war keine große Sache. Sie war im Grunde so ähnlich wie jede andere gynäkologische Vorsorge. Als es vorbei war, zog sie sich wieder an, setzte sich vor seinen Schreibtisch und wartete dann mit hämmerndem Herzen darauf, dass Gavin seine Notizen zu Ende tippte.

»Sieht für mich alles okay aus«, sagte er schließlich.

»Entschuldigung?«

Gavin sah auf. »Keine Anzeichen für irgendwelche Probleme. Ich habe eine Biopsie entnommen, aber ich habe mit Sicherheit nichts Beunruhigendes gesehen, Dr. Paterson. Hoffentlich werden die Ergebnisse auch in Ordnung sein – wenn ja, werde ich kein weiteres Screening vor dem üblichen Zeitrahmen empfehlen.« Er schenkte ihr ein dünnes Lächeln.

»Danke«, sagte sie etwas dümmlich.

Während sie das Zimmer verließ, fragte sie sich, ob Gavin Bainbridge sein Metier wirklich beherrschte. Dann lachte sie über sich selbst. Natürlich tat er das. Die Welle der Erleichterung war ebenso mächtig wie kurzlebig. Es ging nicht nur um die Biopsie; sie musste immer noch den Gentest hinter sich bringen. Beth zog ihre Empfehlung für eine Blutuntersuchung aus ihrer Handtasche und machte sich auf den Weg zur Pathologie. Minuten später war es erledigt. Das Warten, bis sie erfuhr, ob sie das Gen hatte, würde fürchterlich sein. Ein Teil von Beth wünschte, das Ergebnis würde auf dem Postweg verloren gehen; gleichzeitig sah sie schon vor sich, wie sie dem Labor damit in den Ohren lag, ihre Ergebnisse binnen vierzehn Tagen zu liefern.

Sie verdrängte die ganze Angelegenheit aus ihren Gedanken und schaute bei der Aufnahme vorbei, um zu fragen, ob Billy Early sich gemeldet hatte. Das hatte er nicht. Beth setzte sich ins »Biest« und schrieb Mary und Harvey, in der Hoffnung, dass sie die SMS früher oder später erhalten und ihren Einfluss auf Billy nutzen würden, um den sturen Kerl zu überreden, in die Stadt zu kommen, um seine Füße behandeln zu lassen.

Beth fuhr zurück zur Praxis und stürzte sich wieder in ihre Termine. Es war nach Mittag, als sie zu ihrem Handy griff und eine Social-Media-Kontaktanfrage von Harry Sterrick sah. Beth nahm die Anfrage an, und binnen Minuten schickte er ihr eine Nachricht.

Hi! Was macht die Verletzung? Ich hoffe, die Schmerzen haben sich gelegt.

Es ist schon viel besser, seit ich erfahren habe, dass es nichts Ernstes ist, antwortete Beth. *Komisch, wie Schmerz und Besorgnis Hand in Hand gehen.*

Harry schrieb prompt zurück. *Ich bin sicher, darüber gibt es einen Forschungsaufsatz.*

Sie schickte ein Smiley zurück und begann, ihrem Vater zu schreiben, aber Harry war noch nicht fertig.

Ich habe mich gefragt, ob du diese Woche irgendwann Zeit hast? Vielleicht könnten wir abends irgendwo einen Happen zusammen essen?

Beth dachte darüber nach, während sie Rikkes Stimme hörte, die ihr lautstark ins Gewissen redete. Der Gedanke an Charlie, der bei ihr zu Hause war und sich um Pearl kümmerte, ging ihr ebenfalls durch den Kopf. Ein Date mit Harry war eine gute Idee. Es würde sie von Charlie ablenken – es würde ihr helfen, diese verdammte Tür endlich zu schließen.

Klingt gut, schrieb sie zurück. *Hattest du an einen bestimmten Tag gedacht?*

Heute Abend? Er hängte ein Smiley an, um ihr zu zeigen, dass er es ernst meinte, aber sie könnte ihm eine Abfuhr erteilen, und es würde ihm nichts ausmachen.

Wo und wann?, schrieb Beth, bevor sie es sich anders überlegen konnte.

Sie vereinbarten, sich um sechs im Sawmill zu treffen, und dann verbrachte Beth jede freie Minute zwischen Terminen damit, ihre Entscheidung zu hinterfragen. Hatte sie für einen solchen Schritt überhaupt den Kopf frei? Die letzten paar Tage – Wochen – waren, gelinde gesagt, ein emotionaler Aufruhr gewesen. Sie schickte Rikke eine SMS, um ihr zu sagen, dass sie ein Date mit Harry hatte, und Rikke schickte alle möglichen Glückwunsch-Emojis zurück. Das zementierte ihren Entschluss.

Und sie schickte Charlie eine Nachricht.

Iss ohne mich. Bei mir wird es heute spät.

Er antwortete: *Kein Problem.*

Wie geht's Pearl? Irgendwas Neues?

Alles gut.

Das war immerhin etwas. Bald würde Pearl von Dr. Grahame grünes Licht bekommen, und Charlie konnte sie nach Hause bringen. Dann konnte er weiter seine Gemeinde retten und ein erfolgreicher Musiker sein, und Beth konnte ihr Leben leben.

»Warst du schon mal hier?«, fragte Harry, während sie Letitia zu ihrem Tisch folgten.

»Ja, ein paarmal«, antwortete Beth. »Es hat vor ungefähr fünf Jahren aufgemacht, und es ist eindeutig das beste Lokal in der Stadt.«

»Ich bin zum ersten Mal hier«, sagte er. »Tolle Lage, stimmt's, mit dem Blick über den See? Danke«, ergänzte er an Letitia gewandt, als sie ihnen die Speisekarten reichte.

Beth lächelte das Mädchen an.

»Würden Sie gern die Weinkarte sehen, Doc? Ich meine, Ma'am?«

»Danke, Tish.«

Letitia reichte ihnen eine Weinkarte und ließ sie dann allein.

»Ist sie eine Patientin?«, erkundigte sich Harry.

Jetzt, wo sie ihn richtig ansehen konnte, erkannte Beth, dass er doch nicht so ein Babygesicht hatte, wie sie anfangs gedacht hatte. Sicher, er hatte eine weiche Haut, aber er hatte eine ansehnliche Menge Gesichtsbehaarung unter der glatten Rasur. Sie war hell, passend zu den blonden Haaren auf seinem Kopf, daher war sie weniger deutlich zu sehen. Seine Augen hatten ein sanftes, funkelndes Blau.

»Tish kommt aus einer Outback-Gemeinde – der, die ich einmal im Monat besuche.«

»Ach ja, ich glaube, ich habe gehört, dass du regelmäßig zu einer Gemeinde fliegst. Das ist gut bezahlt, glaube ich.«

Beth sah ihn verblüfft an, und Harry ruderte prompt zurück. »Ich wollte damit nicht sagen, dass du es nur des Geldes wegen tust«, meinte er.

Sie lachte. »Schon gut. Es ist tatsächlich gut bezahlt.«

»Für einen Tag Arbeit. Aber einen Tag harte Arbeit, stelle ich mir vor.«

»Ich habe festgestellt, dass ein Tag zu kurz ist. In der Trockenzeit bleibe ich drei.«

Harry legte den Kopf auf die Seite. »Das heißt, du fliegst hin und bleibst drei Tage, bevor du wieder zurückfliegst?«

»Na ja, ich kann nicht fliegen, weil der Charterflug nur übernommen wird, wenn ich am selben Tag zurückfliege. Ich habe mich entschieden, stattdessen mit dem Wagen zu fahren, wenn die Straßen passierbar sind. Ich fahre an einem Tag hin, bleibe drei und fahre dann wieder nach Hause. Wenn ich an einem Sonntag zu Hause losfahre, verpasse ich nur vier Tage in meiner Praxis.«

Harry sah sie staunend an. »Augenblick, du verbringst zwei ganze Tage auf der Straße, arbeitest drei – aber du wirst nur für einen Tag Arbeit bezahlt?«

Sie senkte den Blick. »Ich bekomme das Benzingeld erstattet. Ein Tag ist nicht genug, um jeden zu sehen, der ärztlicher Hilfe bedarf.«

»Es ist ein Riesending, was du da leistest«, meinte er. »Es kann nicht angenehm sein dort draußen, aber im Grunde opferst du deine eigene Zeit, um eine Lücke im Gesundheitssystem zu stopfen.«

»Wein?«, fragte sie. »Rot oder weiß?«

Harry lächelte. »Bringe ich dich in Verlegenheit? Tut mir leid. Deine Schuld, dass du so unglaublich bist.«

Sie verdrehte die Augen. »Rot oder weiß?«

»Weiß.« Jetzt kicherte er.

Harry war eine nette Gesellschaft – er war aufgeweckt und aufmerksam, und er lachte über ihre Witze. Nach einem Glas Wein sah er sogar noch süßer aus. *Guter Vorschlag, Rikke*, dachte sie, während der Abend seinen Lauf nahm. Das hier war witzig. Zwei Erwachsene. Ein unbeschriebenes Blatt. Es war witzig und … *funktional*. Und auch schön langsam. Harry machte keine überstürzten Schritte. Er war ein Gentleman. Am Ende des Abends begleitete er sie zu ihrem Wagen und legte ihr eine Hand auf den Oberarm, als er sich zu einem kurzen, leichten Wangenkuss vorbeugte. Beth lächelte und stimmte Harry zu, als er vorschlug, das wieder zu tun.

Sie fuhr nach Hause und lenkte das »Biest« an Charlies verbeultem Geländewagen vorbei in ihren kleinen Carport. Es war nach zehn, und sie erwartete, dass Charlie entweder im Bett sein oder sich vor dem Fernseher entspannen würde. Sie ging leise ins Haus, um ihn nicht zu stören, falls er schon schlief.

Musik kam aus dem Wohnzimmer. Als Beth um die Ecke äugte, sah sie Charlie auf dem Sofa sitzen, den Kopf über seine Gitarre gebeugt. Seine Finger glitten über die Saiten, während er leise eine Zeile sang, abbrach, es noch einmal mit einer etwas anderen Melodie versuchte und dann nach einem Bleistift auf dem Couchtisch griff, um etwas auf die Seite eines Notizblocks zu kritzeln. Als er wieder auf seine Gitarrensaiten hinuntersah, fielen ihm seine langen Haare übers Gesicht und blieben in einem Auge hängen. Er strich sie sich mit ungeduldiger Hand zurück.

Oh. Mein. *Gott.*

Sie wollte sich eben außer Sichtweite zurückziehen, um sich zu sammeln, aber in diesem Augenblick bemerkte er sie, brach ab und legte seine Gitarre beiseite.

»Hi.«

Beth trat vor. »Hi. Ich wollte dich nicht stören. Das war – das klang gut.«

Seine Miene hellte sich auf. »Danke.«

Sie wusste nichts anderes zu sagen, und sie wollte nicht, dass er sah, wie sie vor plötzlichem, irrsinnigem Verlangen zitterte, daher ging sie rasch in die Küche, um ihre Tasche abzulegen. Ein mit Alufolie abgedeckter Teller stand auf dem sauberen Tisch. Sie blieb stehen, um nachzusehen, was darunter war, und entdeckte eine Portion Steak mit Kartoffelbrei und Gemüse.

Augenblick – er hatte für sie gekocht?

Charlie tauchte hinter ihr auf. »Ich war mir nicht sicher, ob du heute Abend dazu kommen würdest, etwas zu essen.« Er studierte ihr Gesicht. »Wurdest du ins Krankenhaus gerufen?«

Oh, *Scheiße*. Er hatte für sie gekocht und sich dann aufs Sofa gesetzt und Musik komponiert, während er auf sie wartete, verdammt sexy – und jetzt musste sie zugeben, dass sie ein Date mit dem netten, funktionalen, babygesichtigen Harry gehabt hatte. Sie suchte nach irgendeiner Möglichkeit, um die Wahrheit herumzureden, aber es gab keine. Ihr Puls hämmerte so hart, dass ihr das Herz bis zum Hals schlug und auch ihre Stimmbänder zu blockieren schien.

»Ähm, nein«, brachte sie schließlich hervor. »Danke fürs Kochen, aber ich war mit einem Kollegen essen.«

»Ah. Okay.« Er wandte den Blick nicht von ihrem Gesicht ab. »Du hattest ein Date.«

Ihre Kehle war wie ausgedörrt, und sie schluckte, lehnte sich gegen den Tisch zurück und nickte. Seine grünen Augen zuckten nicht einmal. Sie wartete, flach atmend.

»War's schön?«, fragte er.

Beth zuckte die Schultern.

»Wirst du ihn wiedersehen?«

»Ich weiß nicht.« Ihre Stimme war ein Flüstern, und sie räusperte sich. »Willst du eine Tasse Tee?«

Charlie durchquerte bereits die Küche, als sie auf den Wasserkocher zuging, um ihn einzuschalten. Er fing sie ab, nahm ihr Gesicht in seine Hände und presste seine Lippen auf ihre. Er küsste sie, als sei es ihm egal, ob auch nur einer von ihnen je wieder Luft bekommen würde. Seine Hände und Lippen hielten Beth an Ort und Stelle fest, und sie konnte nichts tun, außer sich von Charlie küssen zu lassen und sich nach mehr zu sehnen. Er drehte ihren Körper herum, schob sie vor sich her, bis er sie mit dem Rücken gegen die Tür der Vorratskammer drückte, und küsste sie noch inniger. Charlies harte Brust presste sich gegen Beths, Hitze wallte in ihr auf, und ein tiefes, lustvolles Stöhnen entfuhr ihm, während seine Lippen seitlich an ihrem Hals hinunterglitten. Ihre Hände schlossen sich um seine Oberarme, und ihre Finger bohrten sich in sein Fleisch, spürten die harten Muskeln wie eine liebevolle Erinnerung.

Ohne den Mund auch nur für einen Moment von ihr zu lösen, schob Charlie eine Hand unter ihr Top, glitt über ihren nackten Bauch und weiter nach oben, und seine Finger folgten den alten, vertrauten Wegen über ihre Haut.

Auf Beths Telefon in ihrer Handtasche summte eine SMS, und Charlie brach ab und ließ sie los. Sie ließ die Hände sinken, blieb aber, wo sie war, gegen die Lamellentür der Vorratskammer gedrückt, und versuchte, zu Atem zu kommen, fast schwindelig vor Verlangen. Sie standen nur wenige Zentimeter voneinander entfernt, mit bebenden Oberkörpern.

»Beth«, hauchte Charlie, den Blick fest auf sie geheftet. »Ich …«

Sie strich ihr Top glatt, löste sich von der Tür und schlüpfte an ihm vorbei.

»*Mein Gott*, Charlie.«

Charlie betrachtete sie nur. Sein Gesicht war völlig offen, genau wie damals, als er jünger war. Verspürte er Bedauern? War er verärgert? Tat es ihm leid? Sie studierte ihn, aber sie konnte es nicht ergründen. Seine Miene schien, falls überhaupt, Akzeptanz auszustrahlen. Vielleicht sogar Geduld.

Scheiß drauf.

»Wenn du so eine Nummer noch mal versuchst, setze ich dich vor die Tür, Pearl hin oder her.« Beth ging hinüber zum Küchentisch, schnappte sich den mit Alufolie abgedeckten Teller und stellte ihn scheppernd in den Kühlschrank. Sie weigerte sich, Charlie anzusehen, wühlte in ihrer Handtasche und fand ihr Handy.

Der Abend heute war wunderschön. Du bist etwas ganz Besonderes, weißt du das? Hast du am Wochenende Zeit? Ich habe mir überlegt, eine dieser Sonnenuntergangs-Flusskreuzfahrten für Touristen zu unternehmen, und ich wüsste niemanden, den ich dabei lieber mitnehmen würde. Harrys SMS endete mit einem Smiley.

Als Beth den Kopf hob, sah sie, dass Charlies Blick auf ihr Handydisplay geheftet war, auf dem der Name »Harry Sterrick« deutlich zu sehen war. Seine Miene blieb unverändert, aber Verletztheit huschte darüber hinweg. Beth zog trotzig die Augenbrauen hoch, kehrte ihm den Rücken und tippte eine Antwort an Harry. Charlie ließ sie allein und ging den Flur hinunter zu seinem Schlafzimmer.

Beth gab alle Gedanken an Tee auf und ging, um sich ins Wohnzimmer zu setzen, aber überall waren Spuren von Charlie, und sie konnte das Gefühl seines Kusses nicht von ihren Lippen abschütteln. Ihr Blick fiel auf die gekritzelten Songtexte und Musiknoten in seinem Notizbuch. Sie nahm es in die Hand, die schwungvolle, fließende Handschrift schmerzlich vertraut.

Ich habe dich immer nur geliebt, von Anfang an.
Zu jung und töricht war mein Stolz, hat deiner Liebe wehgetan.
Statt unserer Liebe liegen tiefe Schmerzen
und dieser Schatten jetzt auf meinem Herzen …

Beth schob das Notizbuch beiseite und sprang auf. Nur irgendein dummer, bedeutungsloser Songtext. Schlafen. Sie musste schlafen.

Aber im Bett weinte sie, genau wie vor all den Jahren im Durack, verzweifelt bemüht, leise zu sein. Sie wollte nicht weinen – es machte sie wütend –, aber die Tränen wollten einfach nicht aufhören. Gott, sie *hasste* diese Beth. Sie war außer Kontrolle, schwankte zwischen Emotionen wie ein Teenager, schlug um sich, teilte Tiefschläge aus – außerstande, verdammt noch mal einfach *erwachsen zu werden und darüber hinwegzukommen*.

Am nächsten Tag fühlte sich Beth ruhiger. Die Wut, die sie in den vergangenen paar Tagen zusammengehalten hatte, war fast vollständig aus ihr gewichen. Sie testete den Schmerz ihres geprellten Steißbeins, indem sie im Morgengrauen joggen ging, und er war erträglich. Sie konnte nicht so weit laufen wie sonst, aber wenigstens war sie auf dem Wege der Genesung. Sie kehrte zu ihrem noch immer stillen Zuhause zurück und duschte, mit der Absicht, früh wieder zu verschwinden, bevor Charlie oder Pearl aufstanden. Auf dem Weg an Pearls Zimmer vorbei blieb sie kurz stehen und warf einen Blick hinein. Das kleine Mädchen lag ausgestreckt auf der Bettdecke, ihre seidigen Locken blass im morgendlichen Licht. Beth hatte ein schlechtes Gewissen. Heute Abend würde sie eine richtige Einschätzung vornehmen, um zu sehen, ob es irgendwelche Anzeichen von Anfällen, Reaktionen auf ihre Medikation oder sonst irgendetwas Ungewöhnlichem gab. Und sie würde etwas Zeit damit verbringen, mit Pearl zu spielen.

In einer kurzen Pause am Vormittag rief Beth Gavin Bainbridge wegen ihrer Biopsieergebnisse an. Er fragte für sie rasch beim Labor nach und rief dann prompt zurück, um ihr zu sagen, dass mit ihrer Biopsie alles in Ordnung war.

»Sind Sie sicher?«, fragte sie. Sie konnte ihr Glück kaum fassen. »Absolut alles in Ordnung?«

»Das Ergebnis ist völlig normal«, versicherte er ihr mit einem Anflug von Humor in der Stimme. »Sie kennen doch den alten Witz, dass Ärzte ihre gesundheitlichen Probleme entweder ignorieren oder sie zu der schlimmsten Krankheit aufbauschen, die sie sich vorstellen können? Sie sind der lebende Beweis dafür, Dr. Paterson. Beth, Sie haben keinen Gebärmutterhalskrebs.«

»Entschuldigung, normalerweise bin ich nicht so pessimistisch.« Sie lachte vor schierer Erleichterung. »Ich hatte in letzter Zeit nur so viele verrückte Dinge um die Ohren, dass ich angefangen habe zu denken, alles, was schiefgehen könnte, würde auch schiefgehen.«

»Na ja, das hier ist jedenfalls eine Sache, die Sie von der *Dinge, die schiefgehen werden*-Liste streichen können.«

Sie bedankte sich bei ihm und legte auf, dann machte sie sich eine Tasse Tee, um ihre Nerven zu beruhigen. *Freu dich nicht zu früh*. Sie musste immer noch die Gentest-Hürde nehmen.

Harry hatte ihr geschrieben, daher schob Beth die Gedanken an Charlies erschreckend schönen Kuss entschieden beiseite und verabredete sich mit ihm für den nächsten Samstagabend. Die Flusskreuzfahrt war von Touristen ausgebucht, daher entschieden sie sich stattdessen für ein Abendessen im Pub. Dann arbeitete Beth den restlichen Vormittag durch. Um kurz vor Mittag rief Free sie auf ihrem Handy an und sprach ihr auf die Mailbox.

»Hi, Bethie! Wollen wir uns zum Lunch treffen? Ich muss mit dir reden. Komm ins Galileo's. Oh, wahrscheinlich kannst du deine Praxis nicht verlassen, oder? Machst du überhaupt je Mittagspause? Manchmal denke ich, du bist übermenschlich und hältst nie inne, um etwas zu essen, so wie der Rest von uns. Wie wär's, wenn ich dir etwas zu essen bringe? Du *bist* menschlich, weißt du? Das hier könnte, na ja, eine Art Intervention sein. Ja! Ich werde dir ein Panini bringen. Das ist eine Panini-tervention. Und ich werde dir sogar einen Kaffee bringen! Nein, ich weiß, ich werde dir einen Kombucha bringen. *So* gesund. Okay? Bis später!«

Free kam gegen halb eins mit Panini und farbenfrohen Kombucha-Drinks. Beth konnte eine viertelstündige Mittagspause mit ihrer Schwester dazwischenschieben. Sie saßen zusammen in dem winzigen Pausenraum und packten Papiertüten aus, die mit dem Teleskop-Logo des Galileo's bedruckt waren. Frees Augen leuchteten, und sie konnte ihre Aufregung kaum noch im Zaum halten.

»Willow hat mich heute Morgen angerufen und mir die Neuigkeit erzählt. Seitdem war ich in einer Tour shoppen.« Sie legte ihr Panini für einen Moment hin, um in ihrer Tasche zu wühlen, dann präsentierte sie eine Auswahl winziger Babysachen, die meisten davon in Rosa. »Sieh dir das an.« Sie hob ein unglaublich kleines knallrosa T-Shirt hoch, auf dem in Glitzerschrift *Cowgirl in Ausbildung* stand.

Beth kicherte. »Perfekt. Nur dass es ein Cow*boy* werden könnte.«

»Nein, es ist ein Paterson-Mädchen.« In Frees Stimme lag nicht der geringste Zweifel, während sie die Sachen zusammenpackte und wieder in ihrer Tasche verstaute. »Und es tut mir leid, Bethie, aber ich habe vor, die Lieblingstante zu sein.«

Beth nickte. »Herausforderung angenommen.«

»Iss!«, befahl Free.

Beth aß. »Danke, dass du mir einen Lunch gebracht hast«, sagte sie zwischen zwei Bissen.

»Ich kümmere mich total um dich.« Free lächelte stolz. »Ich kann es kaum noch erwarten, es Dad zu sagen.«

Beth grinste. »Ohne dich wäre ich schon längst verhungert.«

»Du siehst wirklich ein bisschen mager aus.« Frees Augenbrauen furchten sich, während sie Beths Arme und Beine musterte. »Bist du gestresst oder krank oder so?«

»Nicht gestresst«, log Beth. »Nur ausgelaugt.«

»Du brauchst wirklich Urlaub. Einen richtig langen Urlaub. Sieh dich an. Deine Augen sind auch irgendwie verquollen, so wie meine aussehen, wenn ich zu lange aufbleibe und über einem Buch weine.«

Beth senkte den Blick. »Ich bin nur müde.«

»Warum fährst du nicht nach Hause und ruhst dich heute Nachmittag aus? Du solltest krankfeiern.«

»So läuft das hier nicht. Ich muss heute Nachmittag ungefähr zwölf Patienten drannehmen.«

Free zuckte die Schultern und führte ihr Panini zum Mund. »Arbeiten, arbeiten, joggen, Networking-Meetings, Gemeindebesuche, joggen, arbeiten. So kann das doch nicht weitergehen.« Sie nahm einen großen Bissen und nickte Beth weise zu.

Beth aß schweigend. Ein Gedanke schien Free durch den Kopf zu gehen, während sie kaute, und sobald sie ihren Bissen geschluckt hatte, redete sie wieder drauflos.

»Weißt du was? Du bist genau wie Dad. Immer damit beschäftigt, zu arbeiten oder dir Sorgen zu machen, und wir haben ja gesehen, was er davon hatte. Ein Herzinfarkt, bevor er sechzig war.«

»Ich esse immer gut«, rief Beth ihr in Erinnerung. »Und ich mache Sport.«

»Ja, aber du arbeitest zu hart und machst dir zu viele Sorgen.« Free brach ab und starrte Beth an. *Oh-oh.* Beth wusste, was als Nächstes kommen würde. Und natürlich, im nächsten Moment schwammen Frees Augen in Tränen. »Du darfst dich nicht so kaputt machen, Beth. Ich habe Mum verloren, und ich hätte um ein Haar Dad verloren. Ich könnte es nicht verkraften, auch noch eine Schwester zu verlieren.«

»Mein Gott, Free.« Beths Ungeduld bröckelte beim Anblick von Frees Tränen, und ihre Gedanken huschten wieder zu dem Gentest. Wollte sie diese verdammten Ergebnisse überhaupt wissen? Beth streckte sich über ihre Sandwiches hinweg aus und umarmte Free. »Ich bin rundum gesund, und es geht mir hundertprozentig gut. Bitte mach dir keine Sorgen um mich.«

Free wischte sich die Augen. »Entschuldige. Es gefällt mir nur nicht, dich so ausgelaugt zu sehen. Das macht mir Angst.«

»Ich hatte einfach vieles, worüber ich nachdenken musste, zum Beispiel den Madjinbarra-Kampf gegen Gargantua und ein paar Probleme mit Patienten.«

»Was ist denn jetzt mit dieser Gargantua-Geschichte?« Free aß wieder weiter, ihre Tränen bereits vergessen.

»Ich weiß nicht. Wir hängen in der Luft, solange das Bergbauministerium noch keine Entscheidung getroffen hat. Es kursieren ein paar Optionen, aber niemand scheint konkrete Pläne machen zu wollen.« Sie seufzte auf. »Lloyd Rendall hat eine Art Lösungsvorschlag gemacht, aber ich weiß nicht einmal, ob er wirklich auf dem Tisch liegt, weil noch nichts Schriftliches aufgetaucht ist.«

Free schwenkte ihren Kombucha und beäugte Beth. »Das ist dieser alte Anwaltstyp, richtig?«

Beth lächelte. »Er ist in den Vierzigern, das heißt, so alt nun auch wieder nicht. Aber ja, er ist Anwalt.«

»Finn kennt ihn vom Gericht. Nachdem du am Freitagabend nach Hause gefahren warst, hat Kate gesagt …« Free brach ab und zupfte an einem Salatblatt, das aus ihrem Sandwich hing.

»Lass mich raten. Dass ich bei einem Date mit Lloyd gesehen wurde?«

Free steckte sich eine verirrte Locke hinters Ohr. »Das heißt, du gehst mit ihm?«

»Gott, nein. Ich habe ihn zu einem Geschäftsessen getroffen, das ist alles.«

Free blickte über die Maßen erleichtert. »Oh, gut, denn Finn hält nicht viel von ihm, und mir gefiel der Gedanke nicht, dass du mit jemandem zusammen bist, der vielleicht keine … keine *Ehre* hat.«

Beth kicherte unwillkürlich über die Wortwahl ihrer Schwester. »Keine Sorge, *Ehre* steht ganz oben auf meiner Wunschliste, wenn es um einen möglichen Lebenspartner geht.«

Free schien den Witz nicht zu verstehen und nickte entschieden. »Bei mir auch. Ich meine, was sind wir denn ohne das? Nur ein Haufen kahlköpfiger Affen, die über den Planeten kriechen und versuchen, mehr Bananen in die Finger zu kriegen als der Affe nebenan? Richtig?«

Free biss in ihr Panini, ihre großen grünen Augen vertrauensvoll auf Beth geheftet.

»Richtig«, bestätigte Beth.

Kapitel 17

Beth war rechtzeitig zu Hause, um zu kochen, aber Charlie hatte bereits angefangen, Gemüse vorzubereiten, und etwas Huhn in eine Schüssel mit Marinade gelegt. Sie fragte sich, wann er eigentlich kochen gelernt hatte, zwischen seinen Tourneen und Plattenaufnahmen als berühmter Musiker. Er war auch losgezogen und hatte die Zutaten eingekauft, anstatt auf ihre Vorräte zurückzugreifen. Sein Stolz, nahm sie an. Er wollte nicht das Gefühl haben, auf ihre Kosten zu leben.

»Hi«, sagte sie und hängte ihre Tasche über eine Stuhllehne, tat, als hätte er sie nicht in genau diesem Zimmer am Abend zuvor um den Verstand geküsst. »Wie geht's Pearl?«

»Gut«, sagte er, ebenso bemüht wie sie, den falschen Schein zu wahren. »Wir haben am Donnerstag einen Termin beim Arzt. Hoffentlich wird sie von ihm grünes Licht bekommen, und dann bist du uns los.«

Beth nickte, froh darüber, wie gut es ihnen gelang, einen höflichen Umgang zu wahren. »Ich habe heute im Krankenhaus noch einmal mit jemandem von der Aufnahme gesprochen«, sagte sie. »Billy Early hat sich noch immer nicht gemeldet.«

Charlie seufzte. »Okay. Da werde ich auch dranbleiben. Wenn ich Pearl nach Hause bringe, werde ich ihm Dampf machen.«

»Gut. Sein Zustand ist weitaus ernster, als er wahrhaben will.« Beth schwieg einen Moment. »Wo ist Pearl?«

»Spielt in ihrem Zimmer.«

Sie ging den Flur hinunter und fand Pearl auf ihrem Matratzenbett, wo sie auf ein Bild eines Zebras in einem Buch starrte, eine Plastikversion des gleichen Tiers in der Hand.

»Du magst Zebras, stimmt's, Pearl?«, fragte Beth.

Pearl sah auf, nickte und zeigte Beth ihr Plastikzebra. Beth schlüpfte aus ihren Schuhen und setzte sich zu Pearl auf die Matratze, mit dem Rücken gegen die Wand gelehnt. Ihr geprelltes Steißbein spielte bewundernswert mit. Pearl gab ihr das Buch.

»Soll ich es dir vorlesen?«, fragte Beth.

Pearl kletterte auf ihren Schoß. Diesmal beklagte sich Beths Steißbein ein wenig, aber es kam damit zurecht. Beth schlug das Buch mit dem Titel *Zoe das Zebra* auf der ersten Seite auf.

»Zoe das Zebra lebt bei seiner Gruppe«, las sie. »Zoe das Zebra trifft eine Elefantentruppe.«

Pearl machte ein zustimmendes Geräusch und zeigte auf die Elefanten.

»Zoe das Zebra besucht ein Lama. Zoe das Zebra hat einen gestreiften Pyjama.«

»Jama«, wiederholte Pearl, während ihr Daumen den Weg hoch zu ihrem Mund fand.

Beth neigte den Kopf, um Pearls weiche Locken zu küssen. »Zoe das Zebra knabbert das Gras. Zoe das Zebra mag das.«

»Zoe das Zebra hat das Versmaß vergessen.«

Beth erstarrte beim Klang seiner Stimme. Sie hob den Blick zu Charlie, der am Türrahmen lehnte und sie und Pearl betrachtete. Seine Miene, so voller Zärtlichkeit, erschütterte sie zutiefst. Sie starrte zu ihm zurück, und die letzten Reste ihrer Wut verrauchten. *Scheiße.* Wenn sie an dieser Wut nicht festhalten konnte, wie sollte sie dann mit dieser Situation umgehen? Wie sollte sie sich schützen?

»Es sollte aufpassen, sonst werden es die Löwen fressen«, ergänzte er.

Pearl nahm den Daumen aus dem Mund. »Zebba«, verlangte sie.

Beth zwang sich, wieder auf das Buch zu sehen. »Zoe das Zebra ist kein Affe. Zoe das Zebra liebt Ginny Giraffe.«

»Zoe das Zebra experimentiert mit ein bisschen artübergreifender Liebe«, bemerkte Charlie. »Aber wer will es ihm verdenken?«

Beth kämpfte gegen ein Lächeln an, den Blick auf das Buch geheftet. »Zoe das Zebra trägt einen gestreiften Frack. Zoe das Zebra läuft zügig im Zickzack.«

»Mein Gott, jetzt greift es auch noch auf Alliterationen zurück.«

Diesmal konnte sich Beth das Lachen nicht verbeißen. »Dann hast du in der elften Klasse in Englisch ja doch etwas gelernt?«

»Zebba!«, rief Pearl.

»Okay, entschuldige!«, sagte Beth.

Es waren nur noch zwei Seiten. »Zoe das Zebra kühlt sich im Fluss. Zoe das Zebra weiß, was es tun muss.«

»Und hier kommt die Moral ...«, warf Charlie ein.

»Zebba!« Pearl funkelte ihren Onkel an, und er hob die Hände, als wollte er sich ergeben.

»Zoe das Zebra schläft jetzt ganz still, weil es morgen wieder spielen will.«

»Und Schluss«, sagte Charlie. »Das war's. Jetzt wird geschlafen, Kleines.«

»Nicht schlafen«, protestierte Pearl entschieden. »Ich hungrig.«

»Essen kommt gleich.«

Er ging wieder den Flur hinunter. Pearl kletterte von Beths Schoß, schwankte und stand dann unter gewaltiger Anstrengung auf. Beth schnappte verblüfft nach Luft, und Pearl warf ihr einen triumphierenden Blick zu.

»Ich *gehen.*« Sie torkelte ihrem Onkel hinterher.

Beth blieb noch einen Moment sitzen, mit Gummy dem Elefanten und Zoe dem Zebra. Großer Gott, sie würde einsam sein, wenn die beiden gegangen waren. Sie würde Pearls unbezähmbaren Geist vermissen, und sie würde Charlie vermissen, auch wenn sie wusste, dass sie das nicht sollte. Sie würde Pearls Schlafzimmer zusammenpacken und ihnen die Spielsachen mit nach Hause nach Madjinbarra geben; und sie würde die lindgrüne Bettwäsche in die Waschmaschine stopfen und das Mobile und die Wimpel an Willow weitergeben. Ihr Nebenzimmer wieder in ein Nebenzimmer verwandeln. Die Bodenvasen zurückstellen. Den weißen Teppich reinigen lassen.

Der Gedanke erfüllte sie mit Traurigkeit. Leere.

Beth stand auf und ging in ihr Schlafzimmer. Sie zog ihre Arbeitskleidung aus, schlüpfte in ein Tanktop und Shorts und löste den üblichen Haarknoten im Nacken, dann legte sie sich für ein paar Minuten auf ihr Bett und starrte an die Decke. Sie dachte an ihr Date mit dem netten, funktionalen Harry am Samstagabend. Und an diesen sinnlosen, gottverdammten, wundervollen Kuss mit Charlie am Abend zuvor. Würde Harry sie so küssen? Sie bezweifelte es. Und selbst wenn er es tat, würde sie nicht annähernd ein solch tiefes, echtes Verlangen spüren wie gestern Abend.

Scheiße.

Scheiße.

»Na ja, Pearl hat von deiner Grillpfanne viel mehr Gemüse gegessen als von meiner.«

Charlie ließ sich auf das Sofa fallen, das in einem rechten Winkel zu Beths stand. »Bestechung und Täuschung. Karotten. Und das Gemüse nur ein klein wenig zu weich kochen.«

»Ich muss es dir lassen. Mit Kindererziehung kennst du dich aus.«

»Mit Kleinkindern vielleicht. Teenager sind mir ein Rätsel.«

Beth legte den Kopf auf die Seite. »Hast du von Jill gehört?«

Charlies Miene verdüsterte sich. »Sie hat mir auf die Mailbox gesprochen. Sie hat geweint. War wütend. Wollte wissen, was mit Pearl ist – wann sie wiederkommt, was der Arzt gesagt hat. Du hättest hören sollen, in was für einem Ton sie geredet hat.« Er schüttelte ungläubig den Kopf.

»Sie ist einfach besorgt, Charlie. Sie hat bei Pearl eine Art Elternrolle übernommen.«

Er nickte halb. »Ja. Ich werde ihr später schreiben, um es ihr genauer zu erklären. Manchmal vergesse ich, dass Jill inzwischen alt genug ist, um diese Dinge zu verstehen.«

Schweigen trat ein, und Beth starrte auf ihren von Kleinkindfingern verschmierten Couchtisch und dachte über die beiden Mädchen nach.

»Was wirst du wegen dieser Geschichte unternehmen, dass sie auf die Mount Clair High School gehen will?«, fragte sie.

»Ich werde mit ihr reden. Ich werde ihr helfen zu verstehen, warum es besser für sie wäre, noch zu warten.« Er fing Beths Blick auf. »Ich weiß, ich kriege es nicht immer richtig hin. Ich habe mir angewöhnt, Jill einfach zu sagen, was ich entschieden habe, ohne zu erklären, warum. Aber du hast recht. Sie wird vielleicht besser reagieren, wenn ich mit ihr wie mit einer Erwachsenen rede.«

Beth war nicht überzeugt, dass Jill seine Entscheidung akzeptieren würde, aber sie nickte.

»Ich habe nachgedacht«, sagte sie. »Ich kenne eine Beschäftigungstherapeutin, die mit vielen Kindern mit Behinderungen arbeitet. Wärst du bereit, Pearl zu ihr zu bringen, während du in der Stadt bist? Es wäre eine gute Möglichkeit, Anregungen zu bekommen, wie man ihre Zerebralparese in den Griff bekommen könnte, ihre Beweglichkeit und Sprache, ihre feinmotorischen Fähigkeiten verbessern könnte – dieses Zeug. Ich denke, ich könnte vermutlich kurzfristig einen Termin vereinbaren, wenn du bereit bist, Pearl hinzubringen …«

Charlies Miene war misstrauisch. »Aber es würde keine Meldung an die Behörden geben, oder?«

»Was meinst du damit?«

»Diese Beschäftigungstherapeutin würde dem Staat nichts über Pearls Behinderung melden und empfehlen, dass sie aus Madjinbarra weggebracht wird?«

Beth verstand. »Ich werde mich noch einmal vergewissern, aber ich nehme es nicht an. Ich glaube, jede Meldung wäre rein statistisch, ohne Namensnennung.«

»Dann ja, dann werde ich sie zu einem Termin bringen.«

Das war unerwartet einfach gewesen. »Wunderbar! Ich werde Viv gleich schreiben.«

Beth tippte eine E-Mail auf ihrem Smartphone. Charlie schien rastlos und spielte ein paar Augenblicke mit seinem eigenen Handy.

»Ich denke, ich werde mich für eine Weile in mein Zimmer setzen«, sagte er schließlich. »Ich bin gerade dabei, einen Song zu schreiben, und ich glaube, ich habe einen Teil davon hingekriegt – einen Teil, mit dem ich zu kämpfen hatte. Ich will nicht unhöflich sein, ich muss ihn nur aufschreiben, solange ich ihn im Kopf habe.«

Sie sah auf seinen ledernen Gitarrenkoffer, der an der Wohnzimmerwand lehnte. »Du musst dich nicht in deinem Zimmer verkriechen. Es stört mich nicht – es sei denn, du willst etwas Privatsphäre.«

»Danke. Hier draußen ist es leichter. Mehr Platz.«

Er holte seine Gitarre, Stift und Papier und begann zu spielen, summte und murmelte die Songzeilen, die sie am Abend zuvor gelesen hatte, probierte ein paar Takte Musik aus. Beth schickte ihre Nachricht an die Beschäftigungstherapeutin ab und tat dann, als würde sie sich mit ihrem Handy beschäftigen, während sie Charlies Musik gebannt lauschte. Es fühlte sich an, als würde der Song jedes Mal tiefer in sie eindringen, wenn er eine Zeile sang, bis sie wusste, dass sie ihn niemals vergessen würde, selbst wenn sie ihn nie wieder hören sollte.

Eine Erinnerung drang in ihr Bewusstsein ein: Charlie, der neben ihr auf der grasbewachsenen Böschung lag, von der Hauptstraße abgeschirmt durch eine Reihe Palmfarne. Ihre Köpfe berührten sich, und sie sahen zu den Wolken hoch. Er hatte gesagt, wenn er je etwas aus seiner Musik machen sollte, würde er sie von ihrem Job oder Studium, was immer sie tat, entführen und mit sich auf Tournee nehmen. Sie würden zusammen auf Achse sein, sagte er zu ihr, in einem Winnebago von einem Bundesstaat zum nächsten reisen, und er würde an den coolsten Konzertorten auftreten. Zwischendurch würden sie Orte finden, an denen sie Station machen und die Gegend erkunden konnten. Sie würden sich in dem Wohnwagen einschließen, um sich die ganze Nacht zu berühren, zu spielen und zu küssen. Sie hatte gelacht und gefragt, wann sie überhaupt Schlaf bekommen sollten, und Charlie hatte ihr versichert, er würde für den Rest seines Lebens auf Schlaf verzichten, wenn das hieß, dass er die ganze Zeit mit ihrem Körper verbringen könnte.

Beth hatte sehr entschieden erklärt, sie könne nicht einfach alles stehen und liegen lassen und mit ihm auf Tournee gehen. Aber tief in sich hatte sie den Verdacht gehabt, dass sie es doch tun würde. Er musste nur fragen.

Beths Finger waren über ihrem Handy still geworden, und sie starrte auf das dunkle Display. Sie sah auf, um sich zu vergewissern, dass Charlie es nicht bemerkt hatte. Aber er hatte es bemerkt. Er starrte sie mit verwirrter Miene an, während sich seine Finger noch immer sanft über den Saiten bewegten.

»Denkst du nach?«, fragte er.

»Ich bin nur müde«, beeilte sie sich zu sagen.

Er kaufte es ihr nicht ab. »Dann geh schlafen.«

»Das werde ich bald.«

Charlie hörte nicht auf, sanft zu spielen, aber er wandte den Blick auch nicht von ihr ab. »Ich will keinen Krieg mit dir.«

Sie nickte nur, denn sie traute ihrer Stimme nicht.

Charlie sah für einen Moment auf seine Gitarre. »Ich weiß, du bist wütend darüber, was ich getan habe, als wir auf der Schule waren – dass ich auf Geschwätz gehört habe, anstatt dir zu vertrauen oder mit dir zu reden.«

»Ich glaube nicht, dass ich noch wütend bin«, erwiderte Beth. »Aber ich will nichts versprechen.«

Ein Licht leuchtete in seinen Augen auf. »Du könntest jeden Moment explodieren?«

»Alles ist möglich.«

Er hielt in seiner Musik inne, um sich das Haar aus der Stirn zu streichen, dann spielte er wieder weiter – aber ohne den Blick auch nur einziges Mal von ihrem Gesicht abzuwenden.

»Du bist wundervoll mit Pearl umgegangen. Danke.«

Sie lächelte halb. »Du hast zwei sehr coole Nichten. Ich kann nicht glauben, dass ich seit zwei Jahren mit ihnen arbeite und nie mitbekommen habe, dass sie mit dir verwandt sind.«

Seine Augenbrauen schossen hoch. »Im Ernst?«

»Ich hatte keine Ahnung. Ich meine, ich habe sie von einem Onkel reden hören, aber ich habe nie eins und eins zusammengezählt.«

»Aber du wusstest doch, woher ich bin.«

Sie schüttelte verlegen den Kopf. »Das wusste ich nicht. Ich wusste, dass du ein Gwini bist, aber mir war nicht klar, dass ich einmal im Monat den Ort besuche, an dem du aufgewachsen bist. Und bei deiner Tante wohne.«

»Hm.« Er schien darüber nachzudenken, während seine Finger fast geistesabwesend über die Saiten tänzelten.

Sie wollte sich sicher sein, dass er ihr glaubte. »Ich habe dich nie dort draußen gesehen. Aber ich nehme an, du kommst nicht unbedingt oft dorthin, mit deiner Arbeit und allem.«

Charlie sah verlegen auf. »Ehrlich gesagt, wusste ich, dass du unsere Ärztin bist. Ich habe mich immer erkundigt, wann du in der Stadt sein würdest, um sicherzustellen, dass ich nicht zur selben Zeit da war. Ich wollte uns nicht in Verlegenheit bringen, falls wir uns dort draußen sehen sollten.«

»Ah. Du bist mir bewusst aus dem Weg gegangen. Mir war nicht klar, dass du wusstest, dass ich für das Outback-Gesundheitsprogramm arbeite.«

Einer seiner Mundwinkel wanderte nach oben. »Ich habe zuerst von Jill von der neuen Ärztin gehört. *Doc* hier, *Doc* da. Aber es war ein kleiner Schock für mich, als Tante Mary den Namen der neuen Ärztin erwähnt hat.«

»Jill ist so süß. Ich glaube, sie hat eine solide Karriere im Gesundheitswesen vor sich.«

»Dir ist schon klar, dass du für sie eine Heldin bist?«

Beth warf ihm einen skeptischen Blick zu. »Das ist wohl ein bisschen übertrieben.«

Er schnaubte spöttisch und schlug einen Fangirl-Ton an. »Onkel, die Ärztin sagt, ich gehe richtig gut mit Pearls Behinderung um. Die Ärztin sagt, Pearl braucht eine Physiotherapie. Onkel, die neue Ärztin, sie ist so hübsch – du solltest sie mal sehen. Sie sollte in *Home and Away* auftreten.«

»Unsinn. Das hat Jill nicht gesagt.«

»Und ob sie das gesagt hat.« Jetzt grinste er. »Sie ist dein größter Fan.«

»Das ist – *wow.*« Beth wurde von Mitgefühl mit Jill übermannt, die sich danach sehnte, ihre Ziele zu verfolgen, aber von so viel leidvoller kultureller Geschichte daran gehindert wurde. Sie schämte sich unwillkürlich für ihr Privileg, mit ihrer eigenen stabilen Erziehung und Eltern, die sie immer unterstützt hatten.

Charlie legte seine Gitarre beiseite. »Im Interesse der Aufrichtigkeit muss ich dir etwas gestehen.«

»O Gott, noch etwas?«

Charlie lachte schallend auf. »Okay. Das werde ich mit Fassung tragen.« Er wurde wieder ernst. »Das klingt jetzt vermutlich selbstbesessen, aber als ich hörte, dass du die ärztlichen Besuche in Madji machst, dachte ich, du wolltest mir die Vergangenheit unter die Nase reiben – was du mir angetan hast. Was ich *dachte*, dass du mir angetan hast. Ich dachte, du hättest dir diese Gemeinde eigens ausgesucht, weil du wusstest, dass ich erfahren würde, dass du kommst.«

Schmerz schnürte ihre Brust zu. »O verdammt, Charlie.«

»Ich weiß.« Er rieb sich die Stirn. »Allmählich wird mir klar, was für ein paranoider Idiot ich war.«

»Was habe ich nur getan, dass du so schlecht von mir gedacht hast?« Die Frage platzte ihr über die Lippen, so weinerlich wie ein Kind, das »nicht fair« sagt. »Du hast gedacht, ich würde mit anderen Jungen schlafen, mich über dich lustig machen – und dir dann Jahre später nachlaufen, um es dir noch einmal so richtig einzuhämmern? Was zum Teufel habe ich je getan, um dich glauben zu machen, ich würde mich so verhalten?«

Ihre Stimme schwankte leicht, und er kam und setzte sich neben sie aufs Sofa, seine Miene voller Reue. Im ersten Moment sah Charlie aus, als würde er die Arme um sie legen – aber dann überlegte er es sich offenbar anders.

»Ich weiß nicht. Du hast gar nichts getan. Ich könnte mich bis in alle Ewigkeit entschuldigen, aber das würde nichts ändern. Ich weiß nicht, warum ich so misstrauisch war. Stolz, nehme ich an.« Er neigte das Kinn, sodass er deutlicher sehen konnte, wie tapfer Beth gegen ihre Tränen ankämpfte. »Ich dachte immer, die Welt würde mir etwas Böses wollen, auf die eine oder andere Weise. Und dann, als sie freundlicher zu mir war, als ich erwartet hatte, konnte ich ihr nicht vertrauen.«

Beth würde einen Teufel tun und ihn ihre Tränen sehen lassen. Sie hielt sich steif. »Verstehe.«

Etwas widerstrebend ging er zurück zu seinem eigenen Sofa. »Ich bin mir nicht sicher, ob du das tust.«

»O doch. Ich verstehe den Zusammenhang – warum du dein Vertrauen so leicht verlieren konntest.«

»Aber das macht es auch nicht besser, oder?«, fragte Charlie leise. Er holte einmal tief Luft. »Ich will, dass du weißt, dass ich dir jetzt vertraue, und ich will es dir beweisen. Es wird nicht ungeschehen machen, was passiert ist, aber vielleicht wird es helfen, Frieden zwischen uns zu stiften. Das will ich – wirklich.« Seine Augen blickten völlig ernst.

Beth schüttelte den Kopf. »Du musst mir nichts beweisen. Ich bin nicht mehr wütend.«

»Aber ich will es dir beweisen. Meine Nichten – meine Mädchen –, sie lieben dich. Sie vertrauen dir. Und das hast du verdient. Unsere Gemeindeältesten, Tante Mary und Harvey, vertrauen dir auch. Daher werde ich aufhören, mich wie ein paranoider Idiot zu benehmen, und auch etwas Vertrauen in dich zeigen, falls du noch immer gewillt bist, mit mir zu reden, nachdem ich mich so benommen habe.«

Beth lächelte gequält. »Das wäre schön, Charlie. Das würde mich sehr freuen. Es wäre nett, Freunde zu sein.«

Seine Miene schien zu zucken, aber er streckte eine Hand aus, damit sie sie schüttelte, und sie ergriff sie.

»Freunde«, sagte er.

Beth erzitterte.

Kapitel 18

Am Donnerstag gab Dr. Grahame seinen Segen dafür, dass Pearl mit ihrem neuen Medikationsplan nach Hause fahren konnte. Die Beschäftigungstherapeutin, Viv, konnte Pearl am Freitag drannehmen.

Als Beth zur Arbeit fuhr, war sie optimistisch, dass sie am Ende des Tages ein paar neue Strategien für das Kind haben würden und vielleicht ein paar Empfehlungen für neue Hilfsmittel, um sie bei ihrer motorischen Entwicklung zu unterstützen. Sie freute sich darauf, von Charlie zu hören, wie der Termin gelaufen war. Sein Plan war, Pearl am Samstagmorgen nach Hause zu bringen und irgendwann in den nächsten Tagen Billy mit zurück in die Stadt zu nehmen.

Als sie am Freitagnachmittag von der Arbeit nach Hause kam, fand sie eine Höhle aus Decken im Wohnzimmer. Beth bückte sich und steckte den Kopf durch die Öffnung.

»Oh, hi«, sagte Charlie. »Du bist früh zurück. Ich wollte das alles noch aufräumen, bevor du nach Hause kommst.«

Beth starrte ihn an. Er und Pearl saßen unter einer mit Rehkitzen bedruckten Decke, die sie über zwei Küchenstühle gehängt hatten. Sie hatten es sich auf einem Kissenberg gemütlich gemacht, umgeben von Spielsachen und Büchern.

Sie grinste. »Ich würde am liebsten ein Foto machen und dein Instagram-Profil taggen.«

Charlie furchte die Stirn. »Ich habe ein Instagram-Profil?«

Sie lachte schallend auf. »Komm mir nicht auf die Tour. Meine Schwester und ihre Freundinnen finden, dass du sehr mitteilsam und aktiv auf deinen sozialen Profilen bist.«

Er blickte einen Moment verwirrt, dann wurde es ihm schlagartig klar. »Ach ja. Mein Manager hat gesagt, er würde einen Publicity-Profi engagieren, der meine soziale Präsenz managt. Das muss es sein.«

»Na ja, ich glaube, deine Fans flippen völlig aus bei deinen Posts. Ich hoffe, der Mann, der das macht – oder die Frau –, wird anständig bezahlt.«

»Es ist eine Sie, glaube ich«, sagte er, während er aus der Höhle hervorkroch. »Ab und zu bekomme ich eine SMS von einer Shawna, die mich bittet, ihr ein Selfie oder ein Foto von dort, wo ich in dem Moment bin, zu schicken. Diesen Selfie-Scheiß mache ich nicht mit, aber ich schicke ihr Fotos von Ortsschildern, Highways, solches Zeug.«

Beth konnte nicht widerstehen, es sich anzusehen. Sie legte ihre Tasche hin und suchte auf ihrem Handy nach Charlies Instagram-Account. Dann ließ sie sich aufs Sofa sinken und kicherte, bis er seine Neugier nicht länger im Zaum halten konnte und näher kam.

»Worüber kicherst du?«

»Dein Instagram.«

Charlies Augenbrauen zogen sich zusammen. »Was ist damit?«

Sie hielt ihr Handy hoch, um es ihm zu zeigen. Er nahm es und scrollte langsam, während sein Stirnrunzeln immer tiefer wurde.

»Was zum …«

Beth prustete leise vor Lachen. »Du kriegst viele *Likes* zu diesen Fotos.«

»Auf der Hälfte davon bin gar nicht ich zu sehen!«, rief er, während er eines der Bilder heranzoomte. »Gott. Wer ist denn dieser Typ mit der Gitarre und der Brust? Dieses Foto wurde nie von mir gemacht. Das ist gar nicht meine Brust. Ich meine, es ist mein Tattoo, aber es ist nicht meine Brust. Wie zum Teufel …?«

»Ich glaube, Shawna war ein bisschen kreativ mit Photoshop.« Beth reckte den Hals, um das Foto besser sehen zu können. »Sieh mal, sie hat darauf geachtet, das Gesicht nicht zu zeigen, damit deine Fans denken, dass du es bist.«

»Gott.« Er scrollte weiter und schrie auf, als er ein künstlerisch angehauchtes Schwarz-Weiß-Foto eines Typen mit einem muskulösen Rücken fand, der von der Kamera abgewandt war, mit einem Cowboyhut auf dem Kopf. Nur eine Gitarre, die strategisch geschickt über seinen Rücken geschlungen war, verbarg sein nacktes Gesäß. »Okay, ich werde meinem Manager eine E-Mail schicken. Das da muss verschwinden.«

Beth nahm ihr Handy wieder an sich, noch immer kichernd, und ging die Fotos genauer durch. Sein Account enthielt jede Menge Outback-Aufnahmen, Fotos von Konzertorten und Stadtansichten, aber Shawna war auch mit Fotos von Charlie nicht sparsam umgegangen. Viele zeigten sein Gesicht – lächelnd, grüblerisch, offen – oder Nahaufnahmen seiner umwerfenden Augen. Manche zeigten seine Hände dabei, wie sie Gitarre spielten. Und natürlich gab es jede Menge von den falschen Charlie-Fotos mit den kräftigen Brust- und Rückenmuskeln.

»Vielleicht solltest du sie damit weitermachen lassen«, sagte sie. »Du hast eine tolle Feedbackquote.«

»Ich kann doch nicht zulassen, dass sie Fotos von anderen Typen postet und so tut, als ob ich das wäre!«

Beth zuckte die Schultern. »Dann solltest du vielleicht selbst für ein paar dieser sexy Aufnahmen posieren.«

»Ausgeschlossen.«

»Na ja, du hast ihr keine andere Wahl gelassen.«

Charlie machte den Mund auf, um zu protestieren, aber dann sah er, dass sie ihn nur neckte, und warf ihr stattdessen einen gespielt wütenden Blick zu. »Ich mag es nicht, zu einem Objekt gemacht zu werden.«

»Das hättest du dir überlegen sollen, bevor du ein heißer Rockstar wurdest«, kicherte sie.

Er sah kurz in ihre Richtung, und in seinen Augen bemerkte sie irgendetwas zwischen Verwirrung und Anerkennung.

Ah, ich habe ihn eben heiß genannt. Hoppla.

»Wie lief denn eigentlich der Besuch bei der Beschäftigungstherapeutin?«, fragte sie und steckte ihr Handy wieder ein.

Charlies Miene verdüsterte sich. Er ging hinüber zum Küchentisch, nahm einen Stapel ausgedruckter Seiten, die an der oberen Ecke zusammengeheftet waren, und brachte sie Beth.

»Pearl braucht viel Zeug. Viel Therapie.«

Beth blätterte die Seiten durch, die Viv für Charlie ausgedruckt hatte. Es waren Empfehlungen für Therapiepläne und Listen mit hiesigen Spezialisten, zu denen sie gehen könnten, Hilfsmittel, die sie kaufen sollten, Möglichkeiten, um sie auf die Schule vorzubereiten, Anpassungen an ihre häusliche Umgebung …

Für Beth sah die Liste geeignet und durchführbar aus – aber nicht, wenn Pearl draußen in Madjinbarra blieb. Sie bemerkte Charlies Miene: das Stirnrunzeln und den angespannten Kiefer.

»Jill und Mary würden mit vielen dieser Vorschläge gut zurechtkommen«, meinte sie.

»Physiotherapie einmal die Woche? Regelmäßige Sprachtherapie? Und hast du den Teil am Ende gelesen, wo die Beschäftigungstherapeutin einen Hörtest empfiehlt? Sie meint, Pearl könnte teilweise taub sein.«

Beth blätterte zur letzten Seite vor und las, was Viv geschrieben hatte. *Kann nicht konsequent identifizieren, woher Geräusche kommen; möglicherweise sensorineuraler Hörverlust auf einem Ohr.*

»Pearls Probleme scheinen einfach immer komplizierter zu werden«, seufzte Charlie. Er sah seine Nichte an, die in ihrem Deckenzelt einen Turm aus Büchern baute und mit ihren Tieren plauderte. Beth war sich nicht sicher, was sie sagen sollte.

»Ich weiß, was du denkst«, fuhr er fort. »Dass sie in der Stadt leben sollte.«

»Ehrlich gesagt, habe ich das nicht gedacht. Nicht diesmal.«

Charlie schwieg ein paar Augenblicke. »Ich fange selbst an, das zu denken«, gestand er schließlich. »Aber wie … wie kann ich ihr das antun?«

»Das verstehe ich«, sagte sie, und ihr Herz krampfte sich zusammen.

»Aber?«

»Kein Aber. Das verstehe ich, Punktum. Ich würde auch nicht wollen, dass sie bei fremden Leuten lebt. Pearl würde damit vielleicht gut zurechtkommen, aber es würde Jill verletzen, ihre Schwester zu verlieren. Und sie ist noch so klein. Was, wenn sie ihre eigene Familie vergisst?«

Übergroße Erleichterung zeigte sich auf Charlies Miene.

Beth kaute auf einem Fingernagel. »Wenn ich dir jetzt etwas sage, versprichst du mir, Jill nicht die Hölle heiß zu machen?«

Charlie setzte sich in ihre Nähe. »Okay.«

»Ich meine es ernst. Es ist ein Vertrauensbruch, und ich will nicht, dass Jill sich gegen mich wendet. Ich erzähle dir das nur, weil ich weiß, dass du das Beste für die beiden willst.«

»Du hast mein Wort«, versprach er.

»Jill hat angedeutet, dass sie will, dass ich, als ihre Ärztin, empfehle, dass sie und Pearl in eine Pflegeunterbringung kommen.«

Charlies Miene verriet erst Schock und dann Bestürzung.

Beth beeilte sich, es zu erklären. »Du musst das verstehen, sie fühlt sich hilflos. Sie glaubt, dass Pearl in der Nähe medizinischer Einrichtungen sein muss, und sie will unbedingt in der Stadt zur Schule gehen. Und sie weiß, dass du sie und Pearl nicht gehen lassen wirst, daher versucht sie, sich eine Lösung zu überlegen.«

Charlie fluchte, sprang auf und lief erregt in dem kleinen Wohnzimmer auf und ab.

»Mit welcher Begründung?«, fauchte er.

»Wie bitte?«

Er sah zu ihr und änderte seinen Ton. »Mit welcher Begründung sollst du empfehlen, dass sie in eine Pflegeunterbringung kommt?« Er holte einmal scharf Luft. »Das wird Tante Mary das Herz brechen.«

Auf einmal wünschte Beth, sie hätte nichts gesagt. »Keine Begründung. Charlie, so weit ist es nie gekommen. Jill plant nicht, irgendwelche Anschuldigungen vorzubringen. Sie liebt dich und Mary. Aber sie ist fünfzehn, und sie weiß nicht, was sie sonst tun soll, damit du ihr zuhörst.«

Er hielt in seinem wütenden Hin- und Hergelaufe inne und sah ihr in die Augen. »Bist du sicher?«

»Gott, ja«, antwortete Beth mit Nachdruck. »Absolut. Wo ist dein Vertrauen, Charlie?«

Sie hatte nicht von ihrer gemeinsamen Vergangenheit gesprochen, aber Charlie sah aus, als hätte sie ihn geohrfeigt. Beth erstarrte.

Unerwarteterweise ließ er sich wieder auf das Sofa neben ihrem fallen. »Du hast recht. Aber verdammt, eine *Pflegeunterbringung?* Ich musste schon einmal gegen diesen Idioten Rendall kämpfen, um sie aus der Pflegeunterbringung zurückzuholen. Dass Jill sich jetzt auf diese Gelegenheit stürzt – das ist wie ein Schlag in die Magengrube. Sie hat mich nicht einmal gefragt, ob sie mit *mir* hier in der Stadt leben könnte.«

»Du bist doch ständig unterwegs, Charlie. Natürlich hat sie nicht darüber nachgedacht. Sie weiß, dass du ihr hier kein Zuhause bieten kannst.«

Er strich sich das Haar aus der Stirn. »Gott. Ich mache bei diesen Mädchen wirklich alles falsch.«

»Nein, das tust du nicht!«, rief Beth. »Du bist ein wundervoller Onkel. Sie könnten sich keinen besseren wünschen. Aber die Situation hat sich für beide verändert, und … und vielleicht musst du *mit* Jill an einer Lösung arbeiten anstatt gegen sie.«

Charlie schüttelte den Kopf. »Du bist wirklich ein verdammter Meisterkurs in der Erziehung junger Mädchen«, sagte er. Ein halbes Lächeln umspielte seinen Mund.

Beth lachte matt. »Ehrlich gesagt, habe ich keine Ahnung, wovon ich rede. Ich bin kein Elternteil. Ich bin nicht einmal eine Tante, noch nicht.«

»Aber du warst selbst einmal ein junges Mädchen. Damit bist du weitaus besser qualifiziert als ich.« Er seufzte und murmelte: »*Jill*.«

Seine Liebe zu seinen Nichten erfüllte Beth mit Bescheidenheit. »Hör zu, dieses Wochenende hast du ein paar Tage mit Jill. Vielleicht könntest du mit ihr reden und herausfinden, ob sie irgendwelche Ideen hat. Pearl braucht rund um die Uhr praktische Pflege, die Mary nicht leisten kann – aber wenn Jill hier in einem Wohnheim lebt, wird sie sie auch nicht leisten können. Daher nehme ich an, das eigentliche Problem ist, wer wird sich um Pearl kümmern, wenn Jill in Mount Clair zur Schule geht?«

»Und kann Pearl, realistisch betrachtet, in Madjinbarra bleiben, wenn ihre Gesundheit so labil ist?«, ergänzte er, den Blick auf den Couchtisch geheftet.

»Wenn Pearl hier in Mount Clair in eine Pflegeunterbringung kommt, dann könnte Jill die Wochenenden mit ihr verbringen«, überlegte Beth. »Es ist nicht ideal, aber immer noch besser als nichts.«

»Hmm.« Charlie sah völlig erledigt aus.

Sie beugte sich vor und legte ihm eine Hand aufs Knie. »Charlie. Die beiden sind solch wundervolle Kinder. Sie sind aufgeweckt, lieben ihre Familie, wollen ihre Sache gut machen. Was immer passiert, es wird ihnen gut gehen – davon bin ich fest überzeugt.«

Charlie nickte zustimmend zu ihren Worten, aber dann fiel sein Blick auf sein Knie, wo ihre Hand ruhte. Beth zog sie hastig zurück.

Er fing ihren Blick auf. »Lass uns heute Abend essen gehen«, sagte er. »Ich lade dich ein. Ich will mich dafür bedanken, dass wir diese Woche bei dir wohnen durften.«

»Okay.«

»Pearl«, rief er. »Wollen wir essen gehen?«

»Ich hungrig«, rief sie zurück.

»Ich ziehe mich nur rasch um.« Beth erhob sich. »Wohin gehen wir?«

»Irgendwohin, wo man nichts gegen Gäste mit schrecklichen Manieren hat.«

»Hmm. Damit bleibt wohl nur das Mountie Fried Chicken.«

Charlie rümpfte die Nase. »Gott, bitte nicht.«

Beth dachte über eine Alternative nach. »Oh, warte, wie wär's mit Fish and Chips? Wir könnten am See essen.«

»Klingt gut.«

Beth ging, um sich umzuziehen. Sie schlüpfte aus ihrer Arbeitshose und -bluse und in Shorts und ein Tanktop, froh, dass sie sich nicht für ein Restaurant schick machen musste. Die drei kletterten in Charlies Wagen. Obwohl die Karosserie ziemlich mitgenommen aussah, war es in dem Zwei-Personen-Fahrerhaus relativ sauber. Pearl kauerte in ihrem Kindersitz auf der Rückbank und verlangte nach Pommes frites wie ein kleiner Diktator.

Charlie fuhr mit ihnen zum See, stellte den Wagen auf dem Parkplatz an der Lake Road ab und ließ Pearl bei Beth, während er loszog, um etwas zu essen zu besorgen. Beth hielt Pearls Hand und ermunterte sie, ein paar Schritte auf dem Grasstreifen zu laufen, der das rote Ufer und das Wasser dahinter säumte. Es war noch immer warm, aber die Sonne war bereits so tief gesunken, dass die Luft mild und nicht mehr so glühend heiß war. Eine Brise wehte durch ihre Haare. Beth fand einen Picknickplatz und breitete eine Decke aus, sprühte Pearl mit Insektenschutz ein und setzte sich, um auf Charlie zu warten. Pearl legte einen kleinen Triathlon hin – sie krabbelte, rutschte auf dem Gesäß und torkelte den Möwen hinterher, und Beth lachte darüber, wie sie sie anbrüllte, als sei sie von ihrer schieren Existenz empört.

Zehn Minuten später wandte sie sich um und sah Charlie über das Gras auf sie zukommen, ein in Papier gewickeltes Päckchen in der Hand. Ihr stockte der Atem.

Wenn seine Instagram-Fans ihn jetzt sehen könnten …

»Vorsicht, heiß«, warnte er Pearl, während er Beth gegenüber Platz nahm. »Lass die Pommes frites ein bisschen abkühlen, bevor du einen isst. Hier, ich habe dir Ketchup mitgebracht.« Er warf Beth einen reumütigen Blick zu. »Ketchup war vermutlich ein Fehler, oder?«

Sie brachte ein Lächeln zustande, noch immer aufgewühlt von diesem Anblick, wie Charlie in Shorts und einem eng anliegenden T-Shirt auf sie zugekommen war, das Haar aus dem Gesicht gestrichen, während er in das grelle Licht des Sonnenuntergangs blinzelte. Es war nicht zu übersehen, wie *verdammt hinreißend* sein Körper war, selbst wenn er von Kleidern bedeckt war. Er wickelte ihr Essen aus, und sie langten zu.

»Nicht so gesund, wie du es vermutlich gewohnt bist«, bemerkte Charlie.

»Es schmeckt *so* köstlich«, erwiderte Beth lächelnd. »Kann ich auch etwas Ketchup haben, Pearl?«

Pearl reichte ihr ein fettverschmiertes Ketchuptütchen. Sie aßen, während sie zusahen, wie die Sonne hinter dem See versank. Sobald sie aufgegessen hatte, verschmierte Pearl kalte Pommes frites auf der Decke und zog wieder los, um die Möwen zu verjagen, die versuchten, sich für die Nacht im Gras niederzulassen. Beth lachte laut, während sie zusah, wie Pearl jedes Mal brüllte, wenn wieder eine zu landen wagte. Sie machte den Mund auf, um zu Charlie etwas darüber zu sagen, aber als sie sich umwandte und sein Gesicht sah, erstarben ihr die Worte auf den Lippen.

Charlies Miene jagte einen Stromstoß durch ihren Körper. Seine Augen, grün wie Meerglas im schwindenden Licht, blickten verzückt und zugleich unglaublich traurig – als ob ein alter Schmerz wieder aufgerissen worden war. Obwohl sie in langweiligen Shorts und einem Tanktop hier saß, die Finger mit salzigem Pommes-frites-Fett verschmiert, die Haare von der Meeresbrise zerzaust, war es, als ob Charlie etwas absolut Unglaubliches sehen konnte.

»Ich habe gelogen«, sagte er. »Es waren nicht nur Vertrauensprobleme. Das ist nicht der Grund, weshalb ich nie sesshaft geworden bin.«

Beth wartete. Irgendwie hatte sie vergessen, wie schlichtes Atmen funktionierte.

»Es ist, weil ich nie jemanden getroffen habe, der dir auch nur annähernd das Wasser reichen konnte.«

Beth riss sich von seinem Anblick los. Jetzt verstand sie, warum auch sie nie jemanden getroffen hatte.

Auf der ganzen Fahrt nach Hause, während Pearl auf der Rückbank schläfrig von Pommes frites, Möwen und Zebras brabbelte, kämpfte Beth mit sich selbst. Sie hätte wissen müssen, dass das passieren würde. Sie hätte vorhersehen müssen, dass ihre Gefühle neu entfacht werden würden. Wie hatte sie das zulassen können? Verdammt, sie hatte Charlie eingeladen, in ihrem Haus zu wohnen, hatte ihn wieder in ihr Leben eingeladen. Sie hätte genauso gut ein großes Schild an ihre Tür hängen können, auf dem stand: *Komm herein und nutz mich aus, wenn du willst, denn ich bin willenlos, was dich betrifft.* Und selbst wenn dieser Blick in seinen Augen echt war, selbst wenn sie ihm wirklich etwas bedeutete, würde Charlie morgen weggehen, und er würde immer wieder weggehen. Er führte ein Leben auf der Straße. Ausgeschlossen, dass sie irgendetwas aus dieser … dieser *Sache* machen könnten.

Das haben wir bereits getan, wimmerte ihr Herz. *Wir haben bereits Frieden geschlossen, die Vergangenheit bereinigt, sind zusammengekommen und haben einander vergeben. Ich bedeute ihm noch immer etwas, und in mir lodert noch immer ein Feuer für ihn – eine große, gewaltige, wild lodernde, hochgefährliche Flamme.*

Zu viel Vergangenheit, antwortete ihr Gehirn geduldig. *Er wird auf Tournee gehen, sich um seine Familie kümmern. Er wird mir nicht die Verbundenheit schenken können, die ich mir wünsche.*

Ihr Herz – und andere Teile ihres Körpers – sahen wieder vor sich, wie Charlie in der untergehenden Sonne übers Gras ging, und scherten sich nicht darum, ob Verbundenheit drin war oder nicht. Beth brach in stille Panik aus, als sie vor ihrem Haus hielten. Sie begehrte ihn so sehr, dass sie sich nicht sicher war, ob sie die Kraft hatte, sich zu schützen. Das hier könnte wehtun. Und sie hatte sich vor langer Zeit geschworen, dass kein Mann ihr je wieder wehtun würde – am allerwenigsten dieser Mann.

Pearl war auf der fünfminütigen Fahrt eingeschlafen. Charlie schnallte sie los und befreite ihre Arme aus dem Gurt, hob sie heraus und auf seine Schulter, und Pearl murmelte nicht einmal. Beth ließ sie ins Haus und half Charlie, das Kind ins Bett zu bringen. Sie stellte sicher, dass Gummy der Elefant neben Pearl unter der Bettdecke steckte, dann ging sie auf zitternden Beinen in die Küche, schenkte sich ein Glas Wein ein und wartete auf Charlie.

»Willst du etwas trinken?«, fragte sie, als er mit verschleiertem Blick eintrat.

Er zögerte kurz, dann nickte er. Er griff nach der Whiskyflasche, die er ein paar Abende zuvor auf dem Küchentisch hatte stehen lassen, und sie holte ihm ein Glas mit etwas Eis. Sie nippten an ihren Drinks und vermieden es, sich in die Augen zu sehen. Beth ging ins Wohnzimmer und setzte sich auf ein Sofa.

Charlie folgte ihr und nahm ihr gegenüber Platz. »Es war leichter, als wir Kinder waren, oder? Gargantua und das Arbeitercamp, das wäre das Problem der Erwachsenen gewesen. Ein Gwini-Kind, das in eine andere Familie gegeben werden soll – nicht unsere Zuständigkeit oder Verantwortung. Wir wären von den Folgen betroffen gewesen, aber wir mussten nicht die Entscheidungen treffen oder selbst dagegen kämpfen.«

»Vielleicht ist es schwerer, weil wir gewillt sind zu kämpfen«, erwiderte sie. »Manche Erwachsene sehen einfach zu, wie die Dinge passieren. Du und ich, wir mischen uns ein, egal, ob wir etwas ausrichten können oder nicht.«

Er nickte. »Ich nehme an, wir können uns glücklich schätzen. Wir haben die Mittel, um uns einzumischen.«

»Ja. Aber ich weiß von dir, wie schwer es ist. Manchmal wünschte ich, ich müsste mich nicht einmischen.« Beth lehnte den Kopf gegen das Sofa und starrte an die Decke. »Es fühlt sich so aussichtslos an.« Sie schenkte Charlie ein schiefes Lächeln. »Verdammt, ich brauche Urlaub.«

»Wohin würdest du denn fahren?«, fragte er. »Wenn du morgen losfahren könntest?«

Beth dachte darüber nach, starrte mit leerem Blick auf ihre Deckenleuchte. »Irgendwohin mit einem Pool, einem Haufen Bücher und niemandem, der mich kennt.«

Charlie machte ein zustimmendes Geräusch. »Wenn ich außerdem noch ein bisschen angeln kann, bin ich dabei.«

Sie lachte. »Du angelst, ich koche.«

»Ich nehme dich beim Wort.«

Sie neigte das Kinn und fing seinen Blick auf. Ihr Lächeln schwand. Alles zwischen ihnen war schon immer so gewesen. Wunschträume oder Erinnerungen. Charlie las in ihrem Gesicht.

»Bitte, Beth«, sagte er leise.

Sie wartete, in dem Wissen, dass es hoffnungslos war, aber sie brauchte trotzdem mehr. Charlie schob seinen Drink auf den Couchtisch, und dann war er neben ihr auf dem Sofa, hob eine Hand, um sie warm an ihre Wange zu legen, und nahm mit der anderen ihr Weinglas und stellte es ebenfalls auf dem Couchtisch ab.

»Ich kann nicht glauben, dass ich uns weggeworfen habe. Wenn ich mein achtzehnjähriges Selbst jetzt treffen könnte, würde ich es krankenhausreif schlagen.«

»Es hat keinen Sinn, es noch länger zu bereuen«, sagte sie.

»Ich werde es bis an mein Lebensende bereuen.« Er strich mit dem Daumen über ihre Wange und holte einmal tief Luft. »Und ich werde es noch mehr bereuen, wenn ich dich jetzt nicht frage – bin ich für dich wirklich *nichts?*«

Ohne zu zögern, schüttelte Beth den Kopf. Hoffnung flackerte in seinen schönen Augen auf.

»Ich bin nicht zu spät dran?«

»Nein.« Sie seufzte das Wort so leise, dass sie sich nicht einmal sicher war, ob sie es selbst gehört hatte.

Charlie würde nie zu spät dran sein, verdammt. Sie war für immer die Seine. Selbst wenn sie nicht zusammen sein konnten, gehörte sie ihm. Selbst jetzt, während ihr Gehirn noch immer missbilligend von Verbundenheit und Distanz schwafelte, gehörte ihr Herz vollständig, unumstößlich, bedingungslos *ihm*.

»Gott sei Dank«, murmelte er, glitt mit seiner anderen Hand unter ihr Haar und zog sie zu einem Kuss an sich.

Alles, was sich in den letzten paar Wochen zwischen ihnen zusammengebraut hatte, lag in diesem Kuss, und binnen weniger Momente war es nicht mehr nur ein Kuss. Es war eine hektische Aktivität unter vollem Körpereinsatz: mit Händen, Lippen und Zungen. Kleider waren nur noch höllisch lästig, und Charlie machte kurzen Prozess damit, packte mit beiden Händen den Saum ihres Tanktops und zog es ihr über den Kopf. Dann presste er seine Lippen wieder auf ihre, während er mit einer Hand am Knopf ihrer Shorts und mit der anderen am Verschluss ihres BHs herumfummelte. Erst als sie nackt war, verlangsamte er auf einmal sein Tempo. Charlies Augenbrauen furchten sich, und er ließ den Blick über ihren ganzen Körper schweifen und musterte jeden Zentimeter voller Bewunderung und Begierde.

»Verdammt, Beth«, keuchte er. »Du bist ja noch hinreißender, als ich dich in Erinnerung habe.«

Zur Antwort zog sie ihm das Hemd aus und küsste das Tattoo eines Greifvogels, das auf seiner Brust prangte. Ihre Hände drängten ihn, sich auch seiner restlichen Kleider zu entledigen. Und dann war nichts mehr zwischen ihnen außer purem Verlangen, und auch damit machten sie kurzen Prozess.

Als sie ihre erste, verzweifelte Lust befriedigt hatten, ließen sie sich in die Sofakissen zurückfallen, und Charlie zog sie in seine Arme. Er küsste und berührte sie unablässig, musterte ihren Körper, als müsste er jeden Teil von ihr kennenlernen. Nein – als müsste er jeden Teil von ihr *wieder* kennenlernen. Nach Jahren sporadischer, passabler Begegnungen mit Typen, die ihr nicht allzu viel bedeuteten, war Beth erleichtert festzustellen, dass atemberaubender Sex immer noch drin war. Charlie wusste, wie er mit einem Licht ganz hinten in ihr Herz leuchten musste, wo all ihre heimlichen Wünsche wohnten. Schließlich war er es, der sie vor all den Jahren dort hineingelegt hatte.

Sie stöhnte immer wieder seinen Namen, und er murmelte den ihren. Schließlich stand er auf und zog sie hoch.

»Komm«, sagte er. »Bett.«

»Bist du müde?«, fragte sie.

»Verdammt, nein. Aber du solltest es dir vielleicht gemütlich machen, denn ich bin noch nicht annähernd fertig mit dir.«

Während sie gingen, registrierte Beth, dass sie irgendwann ihr Glas Rotwein umgestoßen hatten und der Wein über den Tisch gelaufen und wie Blut auf ihren weißen Teppich getropft war.

Ach, egal. Weiße Teppiche waren sowieso idiotisch.

Kapitel 19

Beth hatte kaum Zeit, eine Decke über sich zu ziehen, als Pearl am nächsten Morgen auf dem Gesäß in ihr Schlafzimmer rutschte und wissen wollte, wo *Onka Jarlie* war. Charlie regte sich an Beths Rücken, als er aufwachte.

»Warum du nicht in deinem Bett, Onka?«, wollte Pearl wissen.

»Morgen, Pearl«, murmelte er, ihre Frage strategisch geschickt ignorierend. »Warst du schon auf der Toilette?«

»Ja. Ich hungrig.«

Er seufzte und schob unter der Decke eine Hand von Beths Schenkel und an ihrer Hüfte hoch, während er seine Lippen an ihren Nacken presste.

»Rühr dich nicht«, sagte er entschieden. »Ich mache dir einen Kaffee.«

Mit ein bisschen geschicktem Manövrieren schnappte sich Charlie einen Bettvorleger vom Boden und wickelte ihn wie ein Handtuch um seine Taille.

»Komm mit, Pearl. Ich mache dir ein paar Rice Bubbles.«

»Warum du nicht in *deinem* Bett?«, fragte sie noch einmal, während sie ihm den Flur hinunterfolgte.

»Weil ich mit Beth kuscheln wollte«, sagte er.

Pearl war gekränkt. »*Ich* will kuscheln.«

»Na, dann komm her«, sagte er, und ein entzücktes Kreischen verriet Beth, dass er sie hochgehoben hatte.

Beth lauschte auf die Geräusche der beiden, während Charlie Pearl das Frühstück machte und den Wasserkocher einschaltete. Pearl kletterte geräuschvoll auf einen Küchenstuhl und plapperte davon, warum sie Zucker auf ihren Rice Bubbles haben wollte, bis

Charlie einlenkte und sich bereit erklärte, ein bisschen Honig darüberzuträufeln. Dann beschwor er sie, ihren Löffel zu benutzen, und schließlich stöhnte er, dass sie noch ein Bad brauchen würde, bevor sie losfuhren.

Ein paar Minuten später brachte er Beth einen Becher Kaffee und setzte sich zu ihr auf die Bettkante, um ihr Gesicht und die Konturen ihres mit einem Laken bedeckten Körpers mit diesen glasgrünen Augen zu erkunden.

»Ich werde vermutlich am Montag wieder in der Stadt sein«, sagte er. »Das Einzige, was dazwischenkommen könnte, ist, dass Billy Probleme macht.«

Beth holte einmal tief Luft. »Wirst du wieder bei mir wohnen, wenn du zurückkommst?«, fragte sie. Sie hatte sich um einen beiläufigen Ton bemüht, aber die Worte klangen schüchtern und verlegen.

Ein Lächeln umspielte seine Lippen, als er aufstand. »Auf jeden Fall. Aber jetzt sollte ich besser gehen und mich um Pearl kümmern, bevor sie kommt und uns sucht. Sie schwimmt in Rice Bubbles. Und das Wohnzimmer sieht aus wie ein Tatort«, ergänzte er. »Ich habe den Rotwein aufgewischt, aber dieser Teppich …«

»Er hat eine Woche Pearl überlebt, aber *uns* konnte er nicht überleben«, sagte sie.

Er warf ihr ein Grinsen zu. »Wenn es in dem Tempo weitergeht, wird dein Haus Ende nächster Woche vielleicht gar nicht mehr stehen.«

Beth fand ein T-Shirt und streifte es über, dann setzte sie sich im Bett auf, um ihren Kaffee zu trinken. Ihr war fast schwindelig von all der Freude, die in ihr herumschwirrte. Sie versuchte, sie unter Kontrolle zu halten, aber sie stieg immer wieder in ihr hoch und flog mit ihrem Herzen davon, bis der Boden fast außer Sicht verschwunden war.

Er würde zurückkommen, um bei ihr zu bleiben.

Beth hörte zu, wie Charlie Pearl badete und dann selbst duschte. Sie sollte aufstehen und das Haus aufräumen. Aber sie blieb, wo sie war, nippte ihren Kaffee und lauschte auf die Aktivitäten der beiden. Aalte sich in ihrem Glück. Schließlich kam Charlie noch einmal herein, angezogen für seine lange Fahrt, und reichte ihr ihr Handy.

»Es hat ungefähr tausendmal gesummt«, sagte er mit seltsamer Miene.

Als sie einen Blick auf das Display warf, sah sie Nachrichten von Free, Willow und Rikke. Und neun von Harry, die letzte noch immer deutlich sichtbar auf dem Display.

Wie auch immer, kein Problem, wenn du nicht interessiert bist. War nur so ein Gedanke. Ich freue mich jedenfalls auf das Dinner heute Abend! x

Sie scrollte wieder hoch und las die vorangegangenen acht Nachrichten. Harry erzählte ihr alles über ein Filmfestival, das in ein paar Wochen in Mount Clair stattfinden würde, und schlug ihr vor, zusammen in ein paar der Filme zu gehen. Beth sah zu Charlie hoch, der mit einer Miene irgendwo zwischen Unsicherheit und ironischer Belustigung neben ihrem Bett wartete.

»Ich nehme an, ich werde mein Date mit Harry heute Abend absagen müssen«, sagte sie. »Ich bin froh, dass du dir diesmal die Mühe gemacht hast, bei mir die Fakten zu checken.«

Charlie machte ein böses Gesicht und war prompt auf ihr. Er drückte stoppelige Küsse auf ihren Nacken, während sie sich wand. Als er feststellte, dass sie unter der Decke noch immer keinen Slip trug, machte er ein entzücktes Geräusch, und es schien, als würde er noch ein bisschen länger bleiben wollen, aber Beth schlug seine Hand weg.

»Pearl könnte jeden Moment hereinkommen.«

»Ja, okay.« Sein Widerstreben war offensichtlich. »Wie geht's deinem geprellten Hintern jetzt?«

»Schon viel besser.«

»Gut. Ich muss zugeben, das hatte ich gestern Nacht komplett vergessen. Ich bin froh, dass wir es nicht noch schlimmer gemacht haben.«

Beth streckte sich träge. »Es gibt eine Theorie, nach der es unmöglich ist, Schmerz und Lust zur selben Zeit zu empfinden.«

Er lächelte. »Das heißt, gestern Nacht hast du nur eine medizinische Hypothese getestet?«

Sie zuckte die Schultern. »Ich fühle mich meiner Arbeit verpflichtet.«

Charlie kicherte und stand auf. »Also, wir haben alles gepackt und sind bereit zum Aufbruch.«

»Hast du Pearls Barbiesofa und Bücher?«

Er legte den Kopf auf die Seite. »Sind die nicht für das Baby deiner Schwester?«

»Nein, die habe ich für Pearl besorgt. Sie kann sie mit nach Hause nehmen.«

»Bist du sicher?«

»Absolut. Und, Charlie«, sagte sie und hielt seine Hand fest, als er sich abwandte. »Würdest du mir meinen Bademantel bringen, damit ich kommen und mich verabschieden kann?«

Das tat er, und Beth fand Pearl mit Gummy unter dem Arm, einen Daumen im Mund, während sie sich *Play School* ansah.

»Komm schon, Pearl«, sagte Charlie, der hinter Beth mit dem Barbiesofa in einer Hand hereinkam. »Zeit zu gehen.«

Sie stand vom Sofa auf, und als Beth sie um eine Umarmung bat, streckte sie die Arme nach ihr aus. Beth drückte sie fest an sich und atmete den Duft des Kindes – Honig und Seife – tief in sich ein.

»Wir sehen uns, wenn ich dich das nächste Mal bei Tante Mary besuche«, sagte Beth zu Pearl.

»Jill«, antwortete Pearl.

»Ja, du fährst nach Hause, um Jill zu sehen. Umarme sie auch von mir.«

Charlie verfrachtete seine Nichte und ihre Sachen in seinen Wagen, dann kam er noch einmal zu Beth zurück und legte ihr einen Arm um die Taille.

»Bring Harry die schlechte Nachricht schonend bei«, sagte er mit einem mitleidigen Kopfschütteln. »Der arme Kerl wird am Boden zerstört sein.«

Sie gab ihm einen leichten Schubs. »Sei nicht so schadenfroh.«

Charlie grinste und beugte sich hinunter, um ihr einen Kuss auf die Lippen zu drücken. »Wir sehen uns bald.«

Beth schob es vor sich her, Harry zu kontaktieren, während sie die Wäsche erledigte. Pearls Bettzeug zu waschen und die Dekorationen abzunehmen, die sie im Nebenzimmer aufgehängt hatte, waren traurige Aufgaben, aber sie versetzten Beth nicht den Stich der Einsamkeit, den sie erwartet hatte. Innerlich klammerte sie sich an das wunderbare Wissen, dass Charlie zurückkommen würde, um bei ihr zu bleiben. Es würde vielleicht nur für ein paar Tage sein, aber während dieser Zeit würde sie ihn ganz für sich allein haben.

Vielleicht konnten sie und Charlie es doch hinkriegen. Sicher, er hatte viele Verpflichtungen, aber er hatte zugegeben, dass er noch nie jemandem begegnet war, der ihm so viel bedeutete wie Beth. Wärme durchströmte sie, während sie darüber nachdachte. Verdammt, sie hatte auch ihre Verpflichtungen – ihre Praxis und ihre Arbeit in Madjinbarra. Aber sie konnten sich Zeit füreinander nehmen, oder?

Ihre Gedanken eilten voraus in die Zukunft, rechneten aus, wie sie beide ihr Leben arrangieren könnten, um mehr Zeit zusammen zu verbringen. Sie könnte ihre Stunden reduzieren – vielleicht noch jemanden einstellen oder öfter auf ihre Vertretung zurückgreifen. Sie könnten ihre gemeinsame Zeit um Charlies Aufnahmesessions und Tourneen herum koordinieren. Wenn sie richtig kommunizierten, könnte es klappen. Zweifel schlichen sich ein, als sie sich erinnerte, dass Musiker im Allgemeinen monatelang auf Tournee gingen. Und wer wusste schon, wann er lossausen würde, um mit jemandem ein gemeinsames Projekt zu machen, oder eine Einladung bekommen würde, um bei einem Festival aufzutreten? Sie brauchte immer ein, zwei Monate Vorlaufzeit, um sich von der Arbeit freizunehmen.

Zerbrich dir darüber später den Kopf, schalt sie sich.

Sie hatte ein dringlicheres Problem: Harry. Sie konnte es nicht länger vor sich herschieben. Sie öffnete seine letzte Nachricht und dachte darüber nach. Vielleicht wäre es schlauer, irgendeinen Notfall zu erfinden, um sich vor dem Date heute Abend zu drücken, und sich dann bei einem anderen Treffen vollständig von der aufkeimenden Beziehung zurückzuziehen. Es erschien ihr entsetzlich kaltherzig, die ganze Geschichte nur Stunden vor ihrem Date abzublasen. Oder vielleicht sollte sie einfach hingehen – ihn im Pub treffen – und ihm persönlich sagen, dass es vorbei war. *Nein.* Das wäre zu öffentlich. Schließlich kam sie zu dem Schluss, dass sie feige war und es verdammt noch mal einfach hinter sich bringen musste. Sie schrieb ihm eine SMS.

Hi, Harry, bist du im Moment beschäftigt? Hast du Zeit für einen Kaffee?

Er antwortete ein paar Minuten später. *Jetzt gleich?*

Ja, schrieb sie zurück. *Ich muss mit dir über ein paar Dinge reden.*

Okay. Bei mir oder bei dir?

Auf neutralem Gebiet, warnte ihre Logik sie. *Kennst du das Galileo's?*

Ja. Ich kann in zwanzig Minuten dort sein.

Bis dann.

Sie zog sich schlicht an. Wenn sie ehrlich war, zog sie sich möglichst langweilig an – eine khakifarbene Cargohose, die sie normalerweise bei der Gartenarbeit trug, und ein einfaches T-Shirt. Wenn sie unsexy und schlicht aussah, würde Harry vielleicht nicht allzu enttäuscht sein.

Sein Gesicht war frisch, jung und hoffnungsvoll, als sie ihn in einer Sitznische im Galileo's entdeckte. *Scheiße.*

»Hi, Harry.« Beth schenkte ihm ein knappes Lächeln, aber er stand auf und küsste ihr die Wange. »Ich lade dich auf einen Kaffee ein.«

»Nur wenn du mich heute Abend das Dinner bezahlen lässt.«

Beth schenkte ihm noch ein Lächeln, erwiderte aber nichts. Sie ging an den Tresen und bestellte zwei Flat Whites – kleine. *Bringen wir das so schnell wie möglich hinter uns.*

»Ich hätte nicht gedacht, dass ich dich heute zweimal zu sehen bekomme«, sagte Harry, als sie wiederkam. Seine blauen Augen leuchteten warm in ihre.

»Ähm, ja, na ja, ich dachte, es wäre besser, wenn ich diese Sache vor heute Abend klarstelle.«

Seine Miene wurde etwas vorsichtig. »Was ist los?«

Sie überlegte, wo sie anfangen sollte. »Unsere gemeinsame Bekannte, Rikke – sie ist eine meiner ältesten Freundinnen. Sie hält große Stücke auf dich. Um genau zu sein, wollte sie unbedingt, dass ich mit dir ausgehe.«

Er kicherte. »Danke, Rikke.«

Beth wand sich innerlich. »Sie hat einen tollen Geschmack, aber sie ist nicht hundertprozentig auf dem Laufenden darüber, was im Moment in meinem Leben los ist, und ich muss zugeben, ich habe einen Fehler gemacht, Harry.« Die vorsichtige Miene kehrte wieder, und Beth kämpfte weiter. »Es gibt bei mir ein paar Komplikationen, die bedeuten, dass ich im Moment in keiner guten Verfassung bin, um jemanden zu daten.«

Harry blickte besorgt. »Komplikationen?«

Die Kellnerin kam mit ihren Kaffees. »Zwei Flat Whites?«

»Danke«, sagte Beth.

Harry wartete, bis die Kellnerin ihre Kaffees auf den Tisch gestellt hatte, und richtete den Blick dann wieder auf Beths Gesicht. »Kann ich dir irgendwie helfen?«

»Nein, es ist persönlich.« Sie versuchte zu lächeln. »Es tut mir leid.«

»Manchmal kann es helfen, sich etwas von der Seele zu reden«, schlug er vor, während er ein Stück Zucker in seinen Kaffee rührte.

O Gott. »Harry, du bist so ein netter Typ, und ich würde nicht wollen, dass du verletzt wirst. Es ist nur …« Sie brach ab. Wie könnte sie ihm sagen, dass sie in den wenigen Tagen seit ihrem ersten Date mit Harry jemand anders getroffen hatte? Sie war noch nicht bereit, irgendjemandem von Charlie zu erzählen, am allerwenigsten Harry.

»Hast du Stress?«, fragte Harry. Sie griff nach ihrer Kaffeetasse, und er streckte eine Hand aus und legte sie auf ihre. »Mir ist aufgefallen, wie gestresst du wirkst.«

»Nein, es geht mir gut. Es ist nur so, dass bei mir im Moment ein bisschen viel los ist.« Sie zog ihre Hand sanft zurück und nahm ihren Kaffee.

»Ich würde dir gern helfen«, bot er an.

»Es ist wirklich persönlich«, erwiderte sie. Der Kaffee war zu heiß, um ihn zu trinken, und sie musste ihn wieder hinstellen, um ihn abkühlen zu lassen. »Ich weiß deine Anteilnahme zu schätzen, Harry – wirklich. Aber ich muss mich für eine Weile auf meinen eigenen Kram konzentrieren. Ich bin mir nicht sicher, ob Rikke dir erklärt hat, wie sehr ich von meiner Arbeit in Beschlag genommen werde. Außerdem habe ich ein paar familiäre Dinge, um die ich mich kümmern muss, und mein Engagement in der Gemeinde – ich kann im Moment einfach nicht genug von mir geben, um eine gute Gesellschaft zu sein.«

Zu ihrem Entsetzen griff Harry wieder nach ihrer Hand. »Das verstehe ich«, sagte er. »Du gibst viel von dir. Du musst auftanken. Aber glaub mir, ich will dir dabei helfen.« Er sah ihr genau in die Augen. »Ich habe mir etwas überlegt. Ich habe für nächsten Monat einen Kurztrip nach Sydney gebucht. Es ist ein bisschen radikal, aber wie wär's, wenn du mitkommst?« Ihre Miene musste sich verändert haben, denn Harry beeilte sich, es zu erklären. »Nicht das. Nur als Freunde. Getrennte Zimmer, aber vielleicht zusammen nett essen gehen, ein bisschen die Stadt erkunden …« Harrys blaue Augen strahlten sie an. »Galerien, Restaurants. Vielleicht ein Konzert?«

Es war fast traumatisch. »Harry, du bist *so* ein netter Typ. Bitte verzeih mir, aber ich bin nicht das, was du willst.«

Er lachte. »Ich denke, das werde ich lieber selbst beurteilen.«

»Im Ernst. Das bin ich nicht.«

»Beth.« Harry drückte ihre Hand. »Ich weiß, was ich will.«

»Harry, ich habe dir doch eben gesagt, ich bin nicht in der richtigen Verfassung, um …«

»Ja, ich weiß. Entschuldige.« Er ließ ihre Hand los. »Ich will dich überhaupt nicht unter Druck setzen, versprochen. Ich will nur, dass du darüber nachdenkst. Du musst mir nicht sofort antworten. Nimm die Idee mit und lass sie dir einfach durch den Kopf gehen. Wir müssen heute Abend nicht zusammen essen gehen, wenn du nicht willst. Nimm dir so viel Zeit und Raum, wie du brauchst, aber tu mir den Gefallen, die Sydney-Idee nicht sofort von der Hand zu weisen.«

Er sah sie so ernst und fürsorglich an, und sie war so verdammt erleichtert, dass er sie mit dem Dinner-Date vom Haken gelassen hatte, dass sie nickte. Mühsam lenkte sie das Gespräch auf die Arbeit, während sie ihren Kaffee tranken, und dann behauptete sie, sie müsse für die Praxis noch ein paar Unterlagen durcharbeiten. Während sie nach Hause fuhr, fühlte sie sich aufrichtig schlecht – nicht nur, weil sie nicht ehrlich zu Harry gewesen war, sondern weil sie an dem armen Kerl nicht interessiert war. In einem anderen Universum wäre sie vielleicht imstande gewesen, sich in Harry zu verlieben – in einem anderen Universum, in dem Charlie Campbell nie existiert hatte.

Am Montagnachmittag saß Beth mit Reg Craddick beisammen und diskutierte über die Wahrscheinlichkeit, dass er Borreliose hatte, als ihr Telefon mit einer SMS von Charlie summte. Sie sah sie eingehen und hätte sich am liebsten ihr Telefon geschnappt, um sie zu lesen, aber sie hatte zu viel Respekt vor ihrem Patienten, trotz seiner chronischen Hypochondrie.

»Halten Sie die Stelle einfach sauber, und wenn sie sich doch als Zeckenbiss herausstellen sollte, können wir immer noch eine Blutuntersuchung durchführen. Aber ganz ehrlich, Mr. Craddick, ich glaube, es ist nur ein Mückenstich.«

Er ging, während er knurrte, wenn es sich als Borreliose herausstellen sollte, könnte es zu spät sein, um etwas dagegen zu unternehmen. Beth schenkte ihm ein beschwichtigendes Lächeln, während er den Flur hinunterstapfte. Sie griff nach ihrem Handy.

Bin wieder in der Stadt, mit Anhang, hatte Charlie geschrieben.

Ein breites Lächeln zog sich über ihr Gesicht. *Du weißt, wo der Schlüssel ist?*

Er antwortete mit einem schlichten *Ja, danke.*

Beth war sich nicht sicher, wie sie den restlichen Nachmittag mit ihren Patienten überstehen sollte. Das Krankenhaus versuchte dreimal während einer Konsultation, sie zu erreichen, und zwischen zwei Terminen steckte Dani den Kopf um die Tür.

»Beth, könntest du das Krankenhaus anrufen? Sie müssen über eine Einweisung mit dir reden.«

Sie tat es. Das musste Billy Early sein. Hoffentlich brauchten sie nur Informationen. Der Empfang stellte sie zu Ed Hyem durch, einem orthopädischen Chirurgen, der regelmäßig nach Mount Clair kam. Ihre Stimmung sackte noch ein bisschen mehr ab.

»Hi, Beth. Wie geht's?«

»Nicht schlecht. Ich wusste gar nicht, dass du in der Stadt bist, Ed. Was gibt's?«

»Vermutlich ist es ein Glück, dass ich in der Stadt bin. Ich habe hier deinen Patienten – Billy Early, von einer Wüstengemeinde.«

»Ja – was denkst du?«

»Ich denke, er wird eine Amputation brauchen.«

Beth atmete scharf ein. »Oh, nein!«

»Es hat sich Wundbrand entwickelt. Ich habe ihm intravenöse Antibiotika und Morphin gegen die Schmerzen gegeben, aber die

Infektion richtet das reinste Chaos mit seinem Blutzucker an, und der Doppler zeigt so gut wie keine Durchblutung im Unterbein. Ich glaube wirklich nicht, dass dieser Fuß noch zu retten ist. Wir werden ihn nach Darwin schicken und beobachten, ob sein Zustand sich bessert, aber ich habe den Verdacht, es wird auf eine Operation hinauslaufen. Unterhalb des Knies in diesem Stadium – und danach werden wir die Sache weiter im Auge behalten. Kannst du kommen und ihn dir ansehen, Beth? Er ist erregt, sagt, dass er mit dir reden will. Wir brauchen auch ein bisschen Hilfe dabei, seine nächsten Angehörigen zu verständigen. Er sagt, das ist sein Vater, aber bei der Nummer, unter der wir es versuchen, nimmt keiner ab.«

Entsetzen lagerte sich wie ein kalter Klumpen in ihrer Magengegend ab. Beth sah erst auf ihre eigenen Termine und dann auf Carolyns, der anderen Allgemeinärztin, die im Moment in der Praxis arbeitete. »Wann schickt ihr ihn nach Darwin?«

»So bald wie möglich. Es ist sehr scheußlich.«

Sie versprach Ed, binnen einer Stunde da zu sein, und ging hinaus zur Anmeldung, um Dani zu bitten, ihre Termine zu verschieben. Sie behandelte die beiden Patienten, die warteten, dann stürzte sie hinaus zum »Biest« und wählte auf dem Weg Charlies Nummer.

»Beth?«, antwortete er.

»Charlie, Billy geht es nicht gut. Kannst du mich beim Krankenhaus treffen?«

»Ich bin schon hier im Krankenhaus. Was ist los?«

Beth zögerte. »Du bist dort? Bist du bei ihm?«

»Nein, ich bin bei Pearl.«

»Pearl!«, rief sie. »Was? Warum das denn?«

»Ich wollte dich nicht stören, während du bei der Arbeit bist«, meinte er in einem entschuldigenden Ton. »Es geht ihr noch nicht wirklich gut. Bei Tante Mary zu Hause hatte sie wieder ein paar Anfälle.«

»Oh, nein«, sagte Beth. »Scheiße.«

»Diesmal habe ich Jill mitgebracht. Wir sind hier mit Pearl auf der Station und gewöhnen sie wieder ein. Was ist denn mit Billy los?«

»Der Facharzt denkt, dass sie ihm den Fuß abnehmen müssen.«

Schweigen trat ein. »Was zum *Teufel?*«

»Es war schlimm, Charlie, schon als ich es vor ungefähr einer Woche gesehen habe. Jetzt ist es noch schlimmer geworden, und wenn sie den Fuß nicht abnehmen, könnte er das ganze Bein verlieren.«

»Mein Gott.« Er hatte die Stimme gedämpft, und Beth begriff, dass er versuchen musste, seine Reaktion vor den Mädchen zu verbergen. »Können sie es nicht mit Antibiotika oder so versuchen?«

»Er hat schon früher immer mal wieder Antibiotika bekommen, nach dem, was Maud und Christine mir berichtet haben. Die Geschwüre sind nekrotisch. Es ist ein Nervenschaden, keine Durchblutung mehr vorhanden. Sein ganzes Unterbein ist mehr oder weniger abgestorben, und es wird auf das Oberbein übergreifen, wenn sie jetzt nicht handeln.« Sie hielt einen Moment inne. »Sie müssen das tun, Charlie, sonst wird Billy vielleicht nicht überleben.«

Charlie schwieg so lange, dass sie sich nicht ganz sicher war, ob er noch dran war. Sie sah auf ihr Handy, aber die Verbindung war noch immer da. Würde er etwas dagegen einwenden? Versuchen, ihr zu sagen, dass Billy besser dran war, wenn er seinen verrottenden Fuß behielt? Schließlich hörte sie einen tiefen Seufzer.

»Okay. Ich gehe zu ihm«, sagte Charlie.

Sie fuhr zum Krankenhaus und suchte Ed Hyem auf.

»Die fliegenden Ärzte können Billy morgen nach Darwin bringen«, sagte der Facharzt zu ihr. »Der Fuß ist faulig, und ich bin mir auch nicht sicher, ob der andere es noch viel länger machen wird, aber das sollen sie in Darwin entscheiden. Ich bin mir zu neunundneunzig Prozent sicher, dass er mindestens eine Amputation braucht.«

»Hast du Billy gesagt, dass sein anderer Fuß auch in Gefahr ist?«

Ed nickte. »Er erklärt hartnäckig, dass er schon zurechtkommen wird, und behauptet immer wieder, dass es nicht einmal mehr wehtut – kein Wunder bei den starken Schmerzmitteln, die er jetzt bekommt. Er hat mit den Zehen gewackelt, um zu beweisen, dass der Fuß noch immer funktionsfähig ist. Einen Moment lang habe ich wirklich gedacht, eine der Zehen könnte vor meinen Augen abfallen.« Er hielt einen Moment inne. »Wie konnte die Klinik dort draußen, wo er herkommt, es so weit kommen lassen?«

»Sie haben mit ihm ihr Bestes versucht«, antwortete Beth in einem abwehrenden, fast scharfen Ton. »Er ist nicht unbedingt das, was man einen kooperativen Patienten nennen würde. Ich habe ihm vor über einer Woche gesagt, dass er ins Krankenhaus kommen muss, aber erst als ein Freund hingefahren ist, um ihn zu holen, haben wir es tatsächlich geschafft, ihn hierher zu kriegen.«

Ed hob eine Hand. »Okay. Ich wollte niemanden beleidigen.«

Beth zwang sich, zurückzurudern. »Es ist nur so, die Klinikschwestern dort draußen sind hochkompetent und reißen sich den Arsch auf, um sich um die Gemeinde zu kümmern. Ich will nicht, dass irgendwelche falschen Informationen über die Leistungsfähigkeit der Klinik die Runde machen.«

»Sie werden sowieso besseren Zugang zu Einrichtungen haben, sobald die Gargantua-Mine gebaut wird.« Ed war aalglatt. »Die Aborigine-Verbindungsbeauftragte konnte Billy noch nicht sprechen. Könntest du versuchen, ihn ein bisschen zu beruhigen, Beth? Er scheint mir nicht zu vertrauen, weiß Gott, warum.«

Fassungslose Wut wallte wieder in ihr auf, aber Ed wandte sich zum Glück ab und ließ Beth allein in dem grellen Korridor stehen. Sie machte sich auf den Weg zu Billys Zimmer. Charlie war bereits da und versuchte, Billy zu beschwichtigen, dessen Gesicht grau vor Angst war.

»Warst du das?«, wollte Billy wissen, sobald er Beth sah. »Hast du ihnen gesagt, sie sollen mir meinen verdammten Fuß abschneiden?«

Charlie schaltete sich ein. »Sei nicht albern. Du kennst sie besser.«

Billy ließ sich wieder in sein Bett zurückfallen und betrachtete hasserfüllt seinen faulig riechenden, einbandagierten Fuß, als würde er ihn sich am liebsten selbst abhacken, wenn er das richtige Werkzeug hätte. Dann sackte seine Miene in sich zusammen, und er stieß einen plötzlichen, erstickten Schluchzer aus. »Ich will kein verdammter Krüppel sein.«

Charlie packte Billy an der Schulter und schüttelte ihn sanft. »Okay, Kumpel. Du wirst nicht lange außer Gefecht gesetzt sein. Wir können dir einen künstlichen Fuß besorgen. Ein Spitzenmodell.«

Beth konnte sehen, wie gern Charlie Billy seine Schmerzen nehmen wollte, aber Billy musste seine Wut und seinen Kummer fühlen; das war ein Teil des Prozesses.

»Es tut mir so leid, Billy.« Sie trat an sein Bett. »Es ist vielleicht zu spät für deinen armen alten Fuß. Er sah sehr schlimm aus, als ich ihn vor ein paar Wochen gesehen habe. Es erscheint dir vielleicht seltsam, dass du noch immer auf ihm stehen und ihn bewegen kannst, aber das sind nur die Sehnen und Gelenke in deinem Bein. Der Fuß selbst ist schon hinüber – tot.«

Billys Gesicht war noch immer von schrecklichem Kummer verzerrt, sein Blick auf die blasse, rissige Haut geheftet, die zwischen den Verbänden an seinem Fuß hervorschaute. Mit leiser, ruhiger Stimme fuhr sie fort: »Die Tatsache, dass du noch immer laufen kannst, ist etwas Gutes, denn das sagt uns, dass der obere Teil deines Beins noch immer in Ordnung ist. Wenn wir den toten Fuß jetzt abnehmen, Billy, dann hat der Rest deines Beins eine gute Chance zu überleben. Charlie hat recht, wir können eine Prothese – ein gutes und starkes künstliches Bein – für dich besorgen, sobald nach der Operation alles ganz verheilt ist.«

Billy schluchzte lautlos, die Lippen zu einer schmerzerfüllten Grimasse verzogen.

Charlie drückte seine Schulter. »Na komm, Kumpel. Was würde denn dein Dad dazu sagen? Er würde dir sagen, dass du kein Dummkopf sein und den Fuß einfach loswerden sollst. Er ist schlecht für dich. Er ist voll mit schlechtem Blut und verrottetem Fleisch. Lass ihn dir von den Ärzten abnehmen, und dann wird der Rest von dir bald wieder gesund sein.«

Ein langer, langer Moment der Stille trat ein, während Billy seine Gesichtszüge wieder unter Kontrolle brachte und ein paarmal nach Luft schnappte.

»Dann nehmt das verdammte Ding ab.«

Beth brachte ihnen allen Tee, und sie setzten sich für eine Weile, um übers Angeln zu reden und Billy abzulenken. Im Fernsehen wurde eine Wiederholung eines kürzlichen Footspiels gezeigt, daher ließen sie Billy wenig später allein, sodass er sich halbwegs behaglich seinen Lieblingssport ansehen konnte.

Beth und Charlie gingen schweigend zur Kinderstation.

»Ich hätte letzte Woche hinfahren und ihn holen sollen«, murmelte Charlie schließlich.

»Es war schon zu weit fortgeschritten«, meinte Beth. »Er hat mir gesagt, er hätte diese Geschwüre schon seit einer ganzen Weile, aber er war nie da, wenn ich nach Madji rausgefahren bin. Vielleicht war das ja Absicht. Ich konnte sehen, wie schlimm es war, als er letzte Woche zu uns in die Klinik gekommen ist, aber er wollte nicht mit mir in die Stadt kommen.«

»Du hast ihm angeboten, ihn mitzunehmen?«

»Ja, natürlich, aber er hat gesagt, er würde lieber am Wochenende bei Kanga mitfahren. Mir war nicht klar, dass er sich davor drücken würde.«

Charlie stöhnte auf. »Typisch Billy. Ich werde weiterhin versuchen, Harvey zu erreichen. Er wird am Boden zerstört sein, wenn er das hört.«

Sie trafen Pearl dabei an, wie sie mit ihrem kleinen Freund mit dem einbandagierten Kopf spielte. Jill saß auf dem Stuhl neben dem Bett, auf dem die beiden spielten, und blätterte in einer Zeitschrift. Sie sprang auf und kam auf Beth zu, um sie zu umarmen, als sie sie sah.

»Onkel Charlie hat gesagt, wir könnten bei dir wohnen«, sagte sie. Ihre Augen glänzten vor Aufregung.

»Hey«, warf Charlie verlegen ein. »Ich habe gesagt, ich würde fragen, ob …«

»Natürlich könnt ihr das«, unterbrach ihn Beth. »Das würde mich sehr freuen.«

»Onkel Charlie dachte, Pearls Anfälle hätten letzte Woche aufgehört, aber zu Hause hatte sie wieder einen. Ich habe sie gesehen.«

»Ja, das habe ich schon gehört.« Beth trat ans Bett, um Pearls seidiges Haar zu küssen. »Hi, Pearl.«

»Ich spiele mit meinem *Freund*«, erwiderte Pearl, empört über die Störung.

»Okay, na schön.« Beth wandte sich wieder an Charlie. »Hat Dr. Grahame sie schon gesehen?«

Er schüttelte den Kopf. »Die Schwester hat gesagt, er würde irgendwann heute Nachmittag kommen.«

»Ich habe früher Schluss gemacht. Wenn du mit Jill zu mir nach Hause fahren willst, kann ich bei Pearl bleiben.«

Jill wandte sich ab, um ihre Sachen zu holen, aber Charlie trat einen Schritt auf Beth zu.

»Könntest du stattdessen Jill mit nach Hause nehmen? Es ist meine Verantwortung, bei Pearl zu bleiben, und überhaupt, ich denke, ich sollte heute Abend für Billy da sein.« Sie nickte, und er sah einen langen Moment auf ihren Mund, bevor er offenbar zu dem Schluss kam, dass jetzt nicht der richtige Ort oder Zeitpunkt war, um sie zu küssen. Aber ihr gefiel, dass er darüber nachgedacht hatte. »Danke«, ergänzte er.

Jill war es nur recht, mit Beth anstelle ihres Onkels nach Hause zu fahren. Sie lud ihren prall gefüllten Rucksack hinten in das »Biest« und stieg neben Beth ein. Sie plapperte bereits in einer Tour, ein breites Lächeln im Gesicht.

»Onkel Charlie hat gesagt, wir werden uns das Mädchenwohnheim ansehen«, berichtete sie.

Beth zog die Augenbrauen hoch. Das war ein deutlicher Sinneswandel. »Das ist ja aufregend. Hat er gesagt, ihr *könntet* es tun? Oder auf jeden Fall?«

»Auf jeden Fall. Er will, dass ich mir die Schule und das Wohnheim erst einmal ansehe, und dann, hat er gesagt, könnte ich es ein Semester lang ausprobieren, um zu sehen, ob es mir gefällt.«

Obwohl Jill schon früher in Mount Clair gewesen war, sah sie sich um, als wäre sie zum ersten Mal in der Stadt. Beth fiel auf, wie die Augen des Mädchens glänzten. Jill betrachtete Mount Clair als ihr neues Zuhause.

»Ich weiß schon jetzt, dass mir das Wohnheim und die Schule gefallen werden«, fuhr sie fort. »Aber ich habe Ja zu der Probezeit gesagt, um Onkel Charlie glücklich zu machen.«

Beth lachte, während sie die Hauptstraße hinunterfuhren. »Ich glaube auch, es könnte dir gefallen. Ich habe im Durack gewohnt, als ich siebzehn war. Es wird noch immer von derselben Aufseherin geleitet – Hen. Sie ist fantastisch.«

Jill grinste sie an. »Danke, dass du Onkel Charlie dazu überredet hast.«

»Ehrlich gesagt, habe ich das gar nicht getan«, antwortete Beth. »Ich habe ihm nur vorgeschlagen, mit dir richtig darüber zu reden.«

Sie wollte eben schon fragen, ob er irgendetwas über Arrangements für Pearl gesagt hatte, aber dann bremste sie sich. Vielleicht dachte Charlie über eine Pflegeunterbringung für Pearl nach – und das könnte Jill aus der Fassung bringen und ihrer Aufregung einen Dämpfer verpassen.

»Onkel Charlie sagt, du hast ein richtig schönes Haus«, plapperte Jill weiter. »Mit einer schicken Einrichtung, wie in *The Block*.«

Beth lachte schallend auf. »Ganz so schick ist es nicht. Freu dich nicht zu sehr.«

Für Jills Geschmack war es schick genug. Sie trug ihren Rucksack ins Haus und erkundete die Zimmer, ohne abzuwarten, dass Beth anbot, sie herumzuführen.

»Wow«, sagte sie, als sie wiederkam und Beth in der Küche antraf. »Richtig nett hast du's hier. Alles passt zusammen. Wo kann ich schlafen?«

»Du kannst das Gästezimmer nehmen. Das Nebenzimmer ist für Pearl, und sie müsste in ein paar Tagen wieder aus dem Krankenhaus kommen.«

»Es macht mir nichts aus, mir ein Zimmer mit Pearl zu teilen«, sagte Jill.

»Das kannst du gern tun, wenn es dir lieber ist«, sagte Beth. »Aber wenn du dein eigenes Zimmer haben willst, nimm das Gästezimmer.«

Jills Stirn furchte sich. »Das mit der blauen Bettdecke und dem Doppelbett?«

»Ja, genau das. Auf der linken Seite.«

Jill grinste wieder. »Toll. Das ist riesig! Aber was ist mit Onkel Charlie? Muss er wieder im Pub wohnen, jetzt, wo ich hier bin, um mich um Pearl zu kümmern?«

Eine heiße, verlegene Röte schoss Beth in die Wangen. Sie war unbewusst davon ausgegangen, dass Charlie in ihrem Zimmer schlafen würde, aber das konnten sie natürlich nicht machen – nicht, wenn die Mädchen hier waren. Sie versuchte zu lachen, aber es klang ein bisschen erstickt.

»Nein, natürlich nicht. Ich hatte ihn ganz vergessen. Vielleicht solltest du dir doch das Zimmer mit Pearl teilen.«

»Oder auf der Couch schlafen.« Jill warf ein begehrliches Auge auf die großen Sofas.

Puh. Jill hatte nichts von Beths momentaner Panik bemerkt. »Was immer dir lieber ist. Du und Pearl, ihr könntet euch sogar mein Zimmer teilen, wenn du willst, und ich nehme das Nebenzimmer.«

»Nein, ich werde in Pearls Zimmer schlafen.« Sie sah sich um. »Hast du hier Internet?«

»Ja. Willst du ein Spiel spielen?«

Jills Lächeln hätte nicht breiter sein können. Beth richtete den Computer für sie her, dann rief sie Dani an, damit sie einige ihrer Termine am nächsten Vormittag verschob. Sie wollte Billy noch einmal sehen, bevor er nach Darwin geflogen wurde. Jill kam nach einer Stunde in die Küche geschlendert und fragte, ob sie ihr helfen könnte, das Abendessen zu kochen. Charlie kam nach Hause, während sie Gemüse für ein Currygericht hackten.

»Hey, Onkel«, rief Jill, sobald er eintrat. »Geht es Pearl gut? Hast du mit ihrem Arzt geredet?«

Charlie gesellte sich zu ihnen in die Küche. »Ja, sie passen die Dosis ihres Medikaments an. Er will, dass sie noch ein paar Tage im Krankenhaus bleibt, bis sie es richtig eingestellt haben. Wenn das nicht klappt, meint er, wäre es besser, sie nach Darwin zu schicken, um es abklären zu lassen.«

Jills Augen leuchteten auf. »Das heißt, wir fliegen vielleicht nach Darwin?«

Beth musterte Charlies Gesicht. Er sah müde und gestresst aus. »Wenn das nötig ist, Charlie, könnte Jill bei mir bleiben«, bot sie an. Jill furchte die Stirn und machte den Mund auf, um zu protestieren, aber Beth warf ihr einen warnenden Blick zu. »Dein Onkel muss sich auf Pearl konzentrieren können. Es wäre sowieso kein Spaß für dich, weil es kein Urlaub wäre. Du würdest den ganzen Tag im Krankenhaus feststecken.«

Jill entschied, lieber keine Widerworte zu geben, und hackte weiter Zwiebeln. Charlie schenkte Beth ein erschöpftes Lächeln.

»Hast du Billy noch einmal gesehen?«, fragte sie.

»Ja. Er war emotional in keiner guten Verfassung. Die Schwester hat ihm ein Beruhigungsmittel gegeben, damit er besser schläft. Ich habe mich für eine Weile zu ihm gesetzt, aber dann ist er eingeschlafen, und er sah nicht so aus, als ob er in absehbarer Zeit aufwachen würde, daher bin ich nach Hause gekommen.«

Beth unterdrückte die Welle schwindelerregender Freude, die sie überkam, als sie ihn »nach Hause« sagen hörte. Sie schälte ein Stück Ingwerwurzel und zwang sich, an den armen Billy zu denken. »Ich werde morgen früh noch einmal zu ihm fahren«, sagte sie zu Charlie. »Ich habe ein paar Termine verschoben.«

Seine Miene wurde etwas sanfter. »Das wäre gut. Er ist sehr verängstigt.«

Beth verzog das Gesicht und griff nach dem Knoblauch. »Wer wäre das nicht? Armer Billy. Es wird ein hartes Stück Arbeit werden, ihn dazu zu bringen, sein anderes Bein zu schützen. Und mit einer Prothese – wir müssen sicherstellen, dass er sie sauber hält und auf wund gescheuerte Stellen achtet, sonst könnte es ihm mit seinem Oberschenkel irgendwann genauso ergehen. Hast du Harvey erreicht?«

»Ja. Er kommt heute Abend in die Stadt und wird mit Billy nach Darwin fliegen.«

Sie spielte mit einer Knoblauchzehe, während sie Charlie anstarrte. »Geht es Harvey gut?«

»Er ist ein bisschen aufgewühlt, aber es geht ihm gut, ja.«

Ihre Blicke trafen sich. Beth sah den ganzen Schmerz, den das Gespräch mit Harvey ihm bereitet haben musste, und sie sehnte sich danach, ihn zu trösten. Jill sah zur Uhr hoch, stöhnte auf und warf ihr Messer scheppernd hin.

»Kann ich *Home and Away* sehen?«

Beth nickte, und Jill stürzte ins Wohnzimmer. Mit erleichterter Miene trat Charlie auf Beth zu und zog sie in eine feste Umarmung.

»Ich hasse es, diese ganzen Probleme in dein Zuhause zu bringen.«

»Es sind auch meine Sorgen. Ich würde nicht wollen, dass du mich davon ausschließt.«

Er drückte seine Lippen auf ihre Stirn und strich mit einer Hand über ihren Arm. »Ich wollte nie irgendjemandes Hilfe – jahrelang. Aber irgendetwas an dir macht, dass sich alles leichter anfühlt.«

»Gib mir einfach Bescheid, wenn ich zu aufdringlich werde«, erwiderte sie.

Charlie sah sie verwirrt an. »Du bist nicht aufdringlich.«

»Ich bin dafür bekannt, dass ich … andere Leute ein bisschen zu energisch organisiere. Meine jüngere Schwester hat mir deswegen letztes Jahr gründlich die Meinung gesagt. Seitdem versuche ich, diesen Drang unter Kontrolle zu halten.«

Er drückte sie fest an sich. »Bei mir hast du keinen Grund, irgendeinen Drang unter Kontrolle zu halten.«

»Wie funktioniert denn diese Fernbedienung?«, rief Jill aus dem Wohnzimmer. »Die hat ja mindestens tausend Knöpfe.«

Charlie ließ Beth los und ging, um Jill zu helfen, und Beth machte sich wieder ans Kochen, von Wärme durchströmt. *Er wird wieder weggehen*, warnte eine flüsternde Stimme irgendwo in ihrem Hinterkopf. Sie verscheuchte den Gedanken. Charlie ließ nicht erkennen, dass er wieder weggehen wollte. Und überhaupt, jetzt war er hier. Das war, was zählte.

Kapitel 20

Nachdem sich Jill in Pearls Zimmer schlafen gelegt hatte, warf Charlie seine Sachen ins Gästezimmer und ging duschen. Aber danach schlüpfte er, anstatt zu Bett zu gehen, in Beths Schlafzimmer und schloss die Tür – genau wie sie es sich erhofft hatte. Er trug nichts als Boxershorts, sodass das große Falken-Tattoo auf seiner Brust deutlich zu sehen war, als er sich bückte und neben ihr ins Bett kletterte.

»Was denn?«, fragte er, als er sah, wie sie ihn anstarrte.

»Du. Du bist einfach so … heiß.«

Charlie prustete vor Lachen und beugte sich vor, um sie auf die Lippen zu küssen.

»Du musst müde sein«, sagte sie, als er sich zurücklehnte, um sie genauer anzusehen.

»Ja.« Er ließ den Kopf aufs Kissen sinken, und Beth drehte sich zu ihm um, sodass ihre Gesichter einander zugewandt waren. »Erst die lange Fahrt und dann das Zeug mit Billy – ganz zu schweigen von Jill, die mir den ganzen Tag in den Ohren gelegen hat.«

»Sie hat gesagt, du würdest ihr die Schule und das Durack zeigen. Stimmt das?«

Er nickte. »Ich bin zu dem Schluss gekommen, dass du recht hattest. Offenbar braucht sie das.«

»Und was ist mit Pearl?«

Charlie senkte den Blick und ergriff Beths Hand, streichelte geistesabwesend ihre Finger. »Ich weiß es nicht. Ich weiß noch immer nicht, was ich mit ihr tun soll. Ich muss nachdenken. Es gibt eine gute Pflegefamilie in der Stadt, die bereit sein könnte, sie aufzunehmen. Die Frau ist eine Gwini, und sie haben alle möglichen Kinder – ein paar Teenager, noch einen Aborigine-Jungen, ungefähr zehn Jahre alt, und einen kleinen Kerl mit Downsyndrom. Aber …«

»Aber?«

Er sah ihr wieder in die Augen. »Ich habe mir geschworen, nie wieder zuzulassen, dass uns eine meiner Nichten weggenommen wird. Wenn ich Pearl jetzt anderen Leuten übergebe, werde ich sie dann je zurückbekommen? Sie ist noch so klein. Was, wenn sie sich dort einlebt und nicht zurückkommen *will*?« Er stieß einen Seufzer aus. »Verdammt, ich weiß einfach nicht, was ich tun soll. Ich habe sogar überlegt, ob ich mir eine Wohnung in der Stadt suchen und mich selbst um sie kümmern sollte. Aber ich wäre damit ganz allein, da Tante Mary draußen in der Gemeinde gebraucht wird.«

Beth war verblüfft. »Aber was ist mit deiner Karriere? Wenn du hier feststeckst, kannst du nicht auf Tournee gehen und Konzerte geben, und dann wirst du nicht das nötige Geld haben, um alle so zu unterstützen, wie du es bisher getan hast. Und du kannst sie auch nicht mitnehmen. Monatelang auf der Straße zu leben wäre nicht gut für ihre Gesundheit. Außerdem kommt sie nächstes Jahr in den Kindergarten. Und überhaupt, wie könntest du sie an all die Therapien heranführen, die sie braucht, wenn du unterwegs bist – oder in der Stadt mit Aufnahmen beschäftigt?«

Er schwieg, und sie begriff, dass er sich genau dasselbe gefragt hatte.

»Entschuldige«, sagte sie. »Ich wollte dir diese Idee nicht so hinknallen. Ich persönlich …« Beth holte einmal tief Luft. »Ich persönlich würde mich sehr freuen, wenn du dauerhaft in der Stadt lebst.«

Sie konnte seinen Gesichtsausdruck nicht deuten und war entsetzt, dass sie das zugegeben hatte. Sie wandte den Blick abrupt ab, kaute auf ihrer Lippe und überlegte, wie sie auf möglichst natürliche Weise zurückrudern könnte. Aber Charlie hob eine Hand und tippte ihr Kinn an, sodass sie gezwungen war, seinen Blick zu erwidern.

»Ich liebe dich noch immer«, sagte er. »Ich habe nie aufgehört, dich zu lieben, auch wenn ich es wie verrückt versucht habe.«

Ihre Kehle war einen Moment wie zugeschnürt, dann blinzelte Beth ihre Tränen zurück und stürzte sich auf ihn, um ihn zu küssen.

»Mir geht es genauso. Ganz genauso.«

Charlie schob sie zurück und legte sich auf sie, hielt nur einen Moment inne, um mit seinen eindringlichen Augen ihr Gesicht zu mustern. Dann verschlang er ihre Lippen mit einem leidenschaftlichen Kuss, und Beth gab sich ihm hin, in dem Wissen, dass sie für den Abend fertig mit Reden waren.

Charlie war wieder in seinem Zimmer, als Beth am nächsten Morgen aufwachte. Sie war froh darüber. Jill schien noch nicht auf zu sein, aber Beth wollte nicht, dass das Mädchen einen Schock bekam. Sie würde mit Charlie darüber reden müssen, wie sie Jill sagen sollten, dass sie jetzt *zusammen* waren.

Sie stand früh auf und fuhr sofort zum Krankenhaus, um Billy zu sehen. Während Beth bei Billy saß und auf das fliegende Ärzteteam wartete, war sie zum ersten Mal seit Jahren kurz davor, vor einem Patienten zu weinen. Er war verängstigt und wütend. Sie schlang die Arme um ihn, und er knurrte, keuchte und stöhnte an ihre Schulter.

»Ich hätte besser darauf achtgeben sollen«, schalt er sich. »War zu ängstlich und dumm, um es dir zu zeigen, Doc.«

»Das verstehe ich. Es ist ja gut.«

Er schluchzte. »Ich bin ein solcher Idiot«, stieß er mühsam hervor. »Wie ein verdammtes Baby zu weinen.«

»Hör auf damit«, sagte sie und rieb seinen Rücken. Sie beschwor ihre Stimme, fest zu bleiben. »Du bist stark und verdammt tapfer, Billy. Ich weiß, du wirst das überstehen, und es wird alles gut.«

»Wie soll ich denn dann die Footballkids coachen?«

»Genau wie du es jetzt auch tust. Du wirst eine Weile brauchen, um wieder hineinzufinden, aber du wirst dich besser fühlen, Billy – innerlich stärker und gesünder. Mit einer Beinprothese wirst du immer noch herumlaufen können, sobald du dich daran gewöhnt hast. Und was hält dich davon ab, dich zu engagieren, solange du dabei bist zu genesen? Nichts. Wir werden dir ein Megafon besorgen, dann kannst du sie von den Seitenlinien aus coachen.«

»Nutzlos wie Titten bei einem Bullen«, knurrte er.

»Das reicht jetzt. Wer wird das denn tun, wenn nicht du? Diese Kinder verlassen sich darauf, dass du zurückkommst und sie coachst.«

Er schniefte ihr laut ins Ohr, und sie lehnte sich zurück und reichte ihm ein paar Taschentücher. Er putzte sich die Nase, bis sie nur noch ein hohles Geräusch machte.

»Der junge Jackson macht sich inzwischen gut«, räumte er schließlich ein. »Konnte nicht mal einen Handpass schlagen, als er angefangen hat, aber letzte Woche hat er einen 15-Meter-Ball gefangen.«

»Du bist ein verdammt guter Coach, Billy.«

Er nickte und nahm ihr Kompliment dankbar an. Beth führte das Gespräch in dieser Richtung weiter, in der Hoffnung, dass es ihn ablenken würde.

»Pearl liebt Football«, sagte sie. »Wie können wir ihr helfen zu spielen?«

»Besorg dem kleinen Mädchen einen Football und wirf ihn mit ihr ein bisschen hin und her«, erwiderte er prompt. »Und bring ihr bei, normal zu laufen. Dann kann sie es auf dem Feld richtig versuchen.«

Beth nickte. »Ich werde sie dabei unterstützen, mehr zu laufen.«

»Könnte sie Krücken bekommen? Dann könnte sie den Ball mit einer Krücke herumschlagen, wenn ihre Füße nicht richtig mitarbeiten.«

Beth dachte darüber nach. »Das ist eine gute Idee. Ich werde mit jemandem über Krücken reden.« Krücken waren nicht immer gut, um laufen zu lernen, aber wenn sie sie nur beim Sport benutzte, könnte Pearl vielleicht besser mitspielen. »Sie wäre ziemlich gut darin, den Ball mit einer Krücke zu schlagen, jetzt, wo ich darüber nachdenke.«

»Es gab einen Jungen dort, wo ich gespielt habe, als Dad und ich in Darwin gelebt haben. Er war krank, so wie Pearl.«

»Er hatte auch Zerebralparese?«

»Ja, irgend so was. Er hat eine Krücke benutzt. Eines dieser Ellenbogen-Dinger, mit diesem Teil, durch das man den Arm steckt, wie eine Schlaufe.« Billy sah sie fragend an.

»Eine geschlossene Manschettenkrücke«, sagte sie.

»Klingt richtig. Er war kein schlechter Spieler. Konnte mit seinem freien Arm fangen und mit dem gesunden Fuß treten. Hat seine Krücke nur benutzt, um besser übers Feld laufen zu können, weißt du?« Billy hielt einen Moment inne. »Ich weiß nicht. Vielleicht wäre Fußball besser für sie geeignet. Nur treten, keine Hände nötig. Football ist natürlich das bessere Spiel, aber vielleicht nicht für Pearl.«

»Gute Idee«, meinte sie. »Du hast also als Junge in Darwin gespielt, Billy? Ich wusste gar nicht, dass du dort gelebt hast.«

»Ja, die Dingoes. Ich war Full-Forward. Ich war dort, bis ich vierzehn war.«

Beth legte den Kopf auf die Seite. »Und was ist dann passiert?«

Er zuckte die Schultern. »Wir sind weggezogen. Sind nach Madji gekommen, um eine Weile hier zu leben.«

Sie stöhnte auf. »Ich möchte wetten, sie waren enttäuscht, dich zu verlieren.«

Stolz huschte über Billys Miene. »Bester und fairster Spieler, zwei Jahre in Folge.«

Beth zog die Augenbrauen hoch. »Alle Achtung.«

Billy nickte. »Der Coach meinte, ich hätte ganz groß Karriere machen können.« Er seufzte und bedauerte seine verlorenen Chancen. Obwohl sein Blick auf seinen nekrotischen Fuß geheftet war, schien Billy in diesem Moment nicht darüber nachzudenken. Er erinnerte sich an seine goldenen Zeiten in Darwin.

Harvey war über Nacht in die Stadt gekommen. Er traf zusammen mit Charlie ein, während Beth da war. Beth hörte ihre Stimmen, die die Schwestern begrüßten, daher sagte sie zu Billy, sie würde gleich wieder da sein, und ging in den Flur hinaus, um die beiden zu begrüßen. Harvey sah älter und irgendwie kleiner aus als sonst. Er nickte, als er sie sah, und Beth streckte die Hand aus, da sie wusste, dass er kein Freund von Umarmungen war. Er schüttelte sie, und sie blieben vor Billys Zimmer stehen, um zu reden.

»Schlimme Sache«, meinte Harvey kopfschüttelnd.

Beth nickte schwer. Sie dachte daran, wie Billy den Titel als »bester und fairster« Spieler der Dingoes gewonnen hatte, als hoffnungsvoller Vierzehnjähriger, und wie sein Vater ihn von den Seitenlinien aus angefeuert hatte. Ihr Herz krampfte sich zusammen.

»Dieser Chirurg denkt, dass Billy den anderen Fuß auch noch verlieren könnte«, ergänzte Harvey leise. »Das kann doch nicht stimmen, oder?«

»Ich weiß es nicht, Harvey«, antwortete sie. »Billy wird sehr gut auf seinen linken Fuß aufpassen müssen, wenn er ihn retten will.«

»Wir werden ihm helfen, darauf aufzupassen«, warf Charlie ein.

»Ich würde ihm mein eigenes verdammtes Bein geben, wenn ich könnte.« Harveys Gesicht war eine topografische Karte aus Falten, Furchen und Traurigkeit. »Ich hätte ihn früher davon abbringen sollen, von dem Alkohol und dem Rauchen und dem ganzen Scheiß, als er jünger war. Ich bin nur eingeschritten, weil er sich Ärger eingehandelt hat. Als junger Mann ist er herumgestromert, ist in Schlägereien und in Schwierigkeiten mit Frauen geraten. Vor ein paar Jahren habe ich ihn wieder nach Hause nach Madji gebracht, habe dafür gesorgt, dass er sich von dem Zeug fernhält, und seitdem ist er ein anständiger Bursche. Liebt diese Footballkids. Lebt fürs Coachen – für das Spiel. Ich hätte nicht gedacht, dass das alles hier enden würde, mit dem verdammten Diabetes, der ihm sein Bein nimmt.«

Beth versuchte, ihre Stimme zu beruhigen, damit sie sprechen konnte. »Harvey, du hättest nicht mehr tun können. Du arbeitest verdammt hart mit Typen, die auf die schiefe Bahn geraten sind, und ein Mensch kann nur begrenzt etwas tun. Wir werden tun, was wir können, um Billy zu helfen, wieder ein möglichst normales Leben zu führen – das ärztliche Team und ich.« Sie beobachtete ihn ängstlich, wünschte, sie wüsste, wie sie ihn trösten könnte.

»Und ich werde ihm ein richtig gutes künstliches Bein besorgen«, ergänzte Charlie.

»Manche Dinge lassen sich nicht mit Geld regeln«, murmelte Harvey, während er sich zu Billys Zimmertür umwandte.

Wenig später kam das Ärzteteam, um Billy für den Flug vorzubereiten. Beth und Charlie gingen mit ihnen zur Ambulanzbucht und sahen dann zu, wie Billy und sein Vater in dem Transferfahrzeug weggebracht wurden.

Charlie begleitete Beth zurück zum Parkplatz, und sie versuchte, nicht an den Schock und Schmerz zu denken, den Billy verspüren würde, wenn er nach der Operation aufwachte.

»Wo ist Jill?«, fragte sie.

»Bei Pearl, sie leistet ihr Gesellschaft.« Charlie schien abgelenkt und strich sich mit dieser vertrauten Geste der Besorgnis das Haar aus der Stirn. »Ich muss einen Snackautomaten finden.«

»Im Foyer gibt es einen«, sagte sie. »Brauchst du ein Frühstück?«

Er lächelte halb. »Pearl hat Hunger, obwohl sie erst vor einer Stunde etwas gegessen hat. Und Jill hat nach Twisties gefragt.« Sein Lächeln schwand. »Und ich verstecke mich.«

Beth furchte die Stirn. »Wovor?«

»Jill liest Pearl vor«, antwortete er. »Zoe das gottverdammte Zebra.«

Sie kicherte leise. »Das kann ich gut verstehen.«

Charlie hielt den Blick auf den Asphalt geheftet. »Ich frage mich ständig, warum zum Teufel Billy das passieren musste.«

Beth streckte eine Hand aus. Ihre Augen füllten sich schon wieder mit Tränen. Sie neigte eigentlich nicht zum Weinen, aber den ganzen Schmerz zu sehen – erst von Billy, dann von Harvey und jetzt auch noch von Charlie –, zerriss ihr das Herz. Sie legte ihm eine Hand auf den Unterarm und wartete.

»Ich habe Billys Gesicht gesehen, als sie die Tür des Krankenwagens geschlossen haben. Er sah verwirrt aus, verängstigt. Gott, in ein, zwei Tagen wird er einen Fuß verloren haben.« Charlie sah auf und fing Beths Blick auf. »Es ist so gnadenlos. Die Probleme.«

Mit übergroßer Anstrengung gelang es Beth, sich zusammenzureißen. Sie legte Charlie die Arme um die Taille und hielt ihn fest an sich gedrückt. Sie konnte spüren, wie er sich fühlte – wie ein Mann im Auge eines Hurrikans, der versuchte, an allen, die ihm etwas bedeuteten, festzuhalten.

»Du bist nicht allein«, sagte sie.

Charlie schlang die Arme fester um sie, und so standen sie lange Zeit da. Wenn sie ihn doch nur für immer hier haben könnte, um ihn festzuhalten oder sich an ihm festzuhalten; um ihn zu trösten oder von ihm getröstet zu werden. Charlie war alles, was ihr in ihrem Leben gefehlt hatte, und er schien für sie genauso zu empfinden.

»Du musst zur Arbeit«, sagte er und löste sich von ihr.

Beth pflichtete ihm bei. Sie gab ihm einen raschen Kuss, und er machte sich auf den Weg zum Foyer des Krankenhauses, während sie in das »Biest« stieg. Sie war bereits ein bisschen spät dran für ihren ersten Termin, und als Beth die Praxis erreichte, klingelte ihr Handy. Sie parkte rasch und warf einen Blick auf das Display – es war Pam Twomey von der Handelskammer. Das konnte warten.

Beth ließ den Anruf auf die Mailbox gehen und stürzte in die Praxis. Sie entschuldigte sich atemlos bei dem mürrischen Bauarbeiter, der wegen seiner Krankschreibung auf sie hatte warten müssen. In ihrer kurzen Pause gegen Mittag schrieb sie Charlie eine SMS, während sie eine Banane und eine Handvoll Mandeln knabberte.

Irgendwelche Neuigkeiten von Billy?, schrieb sie.

Sie haben sich entschieden. Er wird heute Abend operiert, antwortete er.

Sie schickte dem Krankenhaus in Darwin eine E-Mail, um sich als Billy Earlys Hausärztin vorzustellen und einen Statusbericht nach der Operation anzufordern. Und dann stürzte sich Beth in ihre Nachmittagskonsultationen.

Jill und Charlie kochten und stritten sich, als Beth nach Hause kam. Im ersten Moment war Beth besorgt, aber sie erkannte rasch, dass es nur ein gutmütiges familiäres Geplänkel war. Jill machte sich über Charlies Art, Gemüse zu schälen, lustig, und Charlie tat, als würde er sie dafür zurechtweisen, dass sie so respektlos war. Beth grinste im Stillen. Er dachte, er könne nicht gut mit Teenagern umgehen, aber in ihren Augen machte er seine Sache gar nicht schlecht.

Nach dem Abendessen telefonierte Charlie eine Weile mit Harvey und konnte danach berichten, dass Billys Operation ohne Komplikationen verlaufen und er in einer halbwegs guten Stimmung aufgewacht war. Jill sah ihr geliebtes *Home and Away*, und dann saßen sie alle zusammen im Wohnzimmer. Beth hörte zu, wie Charlie an seinem Song arbeitete, und Jill tippte auf dem Handy ihres Onkels herum, sah sich Videos an und spielte Spiele. Schließlich erhob sich das Mädchen.

»Ich gehe ins Bett. Kann ich heute Nacht in dem großen Bett im Gästezimmer schlafen?«

Charlie furchte die Stirn. »Du hast doch ein rundum gutes Bett in Pearls Zimmer.«

»Schon, aber es ist ja nicht so, dass irgendjemand das Gästezimmer benutzt, oder, Onkel? Dann könnte ich es doch eigentlich nehmen.« Sie grinste, während Beth vor Entsetzen erstarrte und Charlies Gesicht sich rötete. Jill konnte ihr Lachen kaum noch im Zaum halten. »Also, kann ich?«

Charlie schnappte sich ein Kissen und warf damit nach Jill. »Mach, dass du verschwindest, du freches Biest.« Inzwischen lachte er auch, aber Beth wand sich vor Scham.

Jill warf das Kissen zurück und verließ das Zimmer. »Ich nehme das Gästezimmer«, rief sie vom Flur.

»Na ja, ich denke, damit ist das Problem gelöst, dass wir mit ihr über *uns* reden müssen«, sagte Charlie mit einem reumütigen Lächeln.

»O mein Gott. Und ich dachte, wir wären so vorsichtig und leise.«

»Ihr entgeht nichts.«

Zugegeben, es war ein gutes Gefühl, am nächsten Morgen neben Charlie aufwachen zu können – so gut wie damals, als sie mit achtzehn erfahren hatte, dass sie einen Medizinstudienplatz bekommen hatte. So gut, wie eine Auszeichnung zu gewinnen oder eine Krankheit zu heilen. Alles machte ihr auf einmal mehr Freude: morgens joggen zu gehen, die Praxis aufzuschließen und sich einen Kaffee zu machen, Reg Craddick zu sagen, dass seine Kopfgrippe und sein kribbelnder Hitzeausschlag höchstwahrscheinlich keine Meningokokken-Infektion waren. Das Einzige, was Beths Tag trübte, war eine E-Mail von dem Team in Darwin, in der stand, dass Billy hohes Fieber hatte. Sie vermuteten eine Septikämie und gaben ihm intravenöse Antibiotika. Sie überlegte, die Nachricht an Charlie weiterzuleiten, aber dann entschied sie, dass es keinen Grund gab, ihn in dieser Phase zu beunruhigen. Wenn sie Billy sofort an den Tropf gehängt hatten, sollte das eine beginnende Blutinfektion verhindern.

Auf dem Weg nach Hause hielt Beth beim Mount Clair Hospital, um Pearl zu besuchen, und brachte ihr ein paar Merchandiseartikel von Pharmaunternehmen mit, die sie für ihre jüngeren Patienten in der Praxis vorrätig hielt: einen blauen Stressball mit dem Logo eines Mittels gegen Erektionsstörungen und einen Plüschwurm von einer Firma, die ein Medikament zur Behandlung von Darmwurmerkrankungen herstellte. Pearl nahm ihre Geschenke huldvoll entgegen und machte den flauschigen Fadenwurm mit Gummy dem Elefanten bekannt. Mary war ebenfalls da und begrüßte Beth mit einer Umarmung.

»Ich bin gleich weg von hier«, sagte sie. »Charlie und Jill waren heute für ein paar Stunden hier, und Pearl ist glücklich genug mit ihrem kleinen Kumpel.« Mary zeigte auf den Jungen mit dem einbandagierten Kopf, der sich auf dem Bett gegenüber *ABC Kids* ansah.

»Wo übernachtest du denn?«, fragte Beth.

»Bei einer alten Freundin – Colleen«, antwortete Mary. »Sie wohnt nicht weit von hier. Von ihrem Haus kann ich zu Fuß gehen, um Pearl zu besuchen.«

»Das ist ja praktisch. Weißt du schon, wo du heute Abend isst? Du könntest mit zu mir nach Hause kommen und mit Charlie, Jill und mir essen …«

Mary dachte über das Angebot nach. »Ich glaube, Colleen erwartet mich heute Abend zum Essen zu Hause. Ich werde euch alle später diese Woche treffen.«

Beth blieb noch ein bisschen länger, um Pearl ein paar Bücher vorzulesen, dann verließen sie und Mary das Krankenhaus zusammen. Sie setzte Mary beim Haus ihrer Freundin ab und fuhr nach Hause.

»Ich wollte eben das Abendessen in Angriff nehmen«, sagte Charlie, als sie hereinkam.

Dieses verrückte Glücksgefühl stieg wieder in ihr hoch und blähte ihr Herz auf wie einen Ballon. »Heute Abend koche ich«, sagte sie.

»Aber du hast den ganzen Tag gearbeitet.«

»Ich koche gern«, rief sie ihm in Erinnerung.

»Wir waren heute bei der Schule und dem Durack«, berichtete er, als Jill auftauchte.

»Ach ja? Und, was meinst du, Jill?«

Jills Gesicht strahlte. »Es war so cool. Die Schule ist riesig. Zweistöckig und alles. Sie haben einen ganzen Block mit naturwissenschaftlichen Laboren, Doc. Es ist umwerfend.«

Beth nickte. »Die Labore! Die waren auch mein Lieblingsort an der Schule. Ich habe mir immer Objektträger mit Präparaten von meinem Biologielehrer ausgeliehen und sie mit nach Hause genommen, um sie mit meinem eigenen Mikroskop zu studieren. Leberegel, Pantoffeltierchen.«

Jill hatte offensichtlich keine Ahnung, was das war, aber sie war beeindruckt. »Du hattest ein eigenes Mikroskop? Das ist ja toll.«

Charlie sah Beth mit einer hochgezogenen Augenbraue an. »Ihr zwei seid wirklich seltsam.«

»Ich kann mich erinnern, dass du selbst ziemlich gut in Biologie warst«, sagte Beth zu ihm.

»Ich hatte eine extrem motivierende Lehrerin«, gab er zurück.

»Und das Durack?«, fragte Beth Jill und ignorierte Charlie geflissentlich. »Wie fandest du das alte Haus?«

»Es sah ganz nett aus.« Diesmal schien Jill weniger überzeugt. »Ich würde mich daran gewöhnen, nehme ich an.«

Das arme Mädchen war es so gewohnt, ein familiäres Zuhause zu haben, dachte Beth. Es würde seltsam für sie sein, in einem Wohnheim mit einem Haufen anderer Mädchen zu leben. Aber es würde ihr gefallen, wenn sie sich erst einmal eingelebt hatte.

»Es ist witzig«, versicherte sie Jill. »Viele verrückte Dinge, immer viel zu lachen, und es wird sich bald wie ein zweites Zuhause anfühlen. Mit einigen der Mädchen, mit denen ich dort war, bin ich noch immer befreundet.«

Nach Beths Essen – Rindfleisch-Chili mit Reis –, während Jill zufrieden *Home and Away* sah, setzte sich Charlie mit Beth an den Küchentisch.

»War bestimmt ein anstrengender Tag für dich«, bemerkte sie. »Erst Zeit mit Pearl im Krankenhaus verbringen und dann noch mit Jill die Schule und das Wohnheim besichtigen.«

»Ich habe auch ein paar Telefonate geführt.« Ein Schatten huschte über Charlies Gesicht, und Beth sah ihn fragend an. »Nigel Winstons Büro«, erklärte er.

»Du hast mit ihm geredet?«

Er schüttelte den Kopf. »Ich habe versucht, mit ihm zu reden. Aber offenbar ist er im Moment ›nicht zu sprechen‹. Was für ein verdammter Witz.« Ärger blitzte in Charlies Augen auf. »Ich bin nicht an so einem Typen auf einer sehr niedrigen Ebene vorbeigekommen. Ich habe darum gebeten, seinen Vorgesetzten zu sprechen, und nichts erreicht. Empfehlungen werden in Kürze ausgesprochen; alle Fakten und Konsultationen werden berücksichtigt, bla, bla, bla. Und dann hat er mir bis ins letzte Detail erzählt, warum mein erstes Album immer noch besser ist als alles, was ich seitdem gemacht habe.«

Beth seufzte. »Na toll. Wirklich sehr hilfreich.«

»Als Nächstes habe ich es bei Gargantua versucht. Wollte mit dem obersten Boss sprechen. Er ist im Ausland. Dann habe ich darum gebeten, mit dem zweithöchsten Typen zu sprechen. Der ist in Meetings, aber wenn ich das Online-Kontaktformular ausfülle, werden sie sicherstellen, dass es an die richtige Person weitergeleitet wird.« Er warf Beth einen zynischen Blick zu. »Das Problem ist, diese Läden sind Wände. Gesichtslose Wände, wo nicht ein bestimmter Mensch eine Entscheidung trifft. Gargantua ist wie eine riesige Maschine, die eine Schneise durch ganz Nordwestaustralien schlägt und jeden roten Cent aus dem Boden reißt, den sie finden kann. Es ist niemand da, der sie aufhält. Niemand, der sagt: ›Augenblick, das hier könnte Leuten schaden.‹«

Sie sah die Hilflosigkeit in seiner Miene, und sie wünschte, sie könnte irgendetwas tun, um sie ihm zu nehmen.

»Könntest du es noch mal versuchen? Vielleicht darum bitten, mit der Abteilung für Gemeindeangelegenheiten zu sprechen?«

»Ja, ich werde es noch mal versuchen, aber ich denke, ich sollte lieber nach Perth fliegen, sobald es Pearl besser geht, und mir im Foyer ihrer Zentrale den Hintern flach sitzen, bis sich irgendjemand bereit erklärt, mit mir zu reden.«

Sie nickte. »Hast du noch einmal über die Idee mit der Umsiedlung nachgedacht?«

»Verdammt, wir sollten nicht umziehen müssen«, knurrte er. »Wir waren zuerst da.«

»Ich weiß. Aber falls Gargantua gewinnt, braucht ihr einen Plan B.«

Charlies Stirn war noch immer tief gefurcht.

»Ich weiß, nichts von alledem ist fair«, sagte Beth. »Ich hasse das auch. Wir werden nicht aufgeben, aber falls es nicht klappt, brauchen wir wirklich eine Ersatzlösung.«

Er sah noch immer so aus, als wollte er der kollektiven Firmenwelt am liebsten ins Gesicht schlagen, aber dann nickte er mühsam. »Ich habe über die Umsiedlungsidee nachgedacht. Ich habe sie heute sogar Tante Mary gegenüber erwähnt. Sie war nicht gerade begeistert – aber sie war auch nicht entschieden dagegen. Weiß Gott, wohin wir gehen könnten.«

Beth dachte an die Landkarte, die Lloyd ihr gezeigt hatte. Warum zum Teufel hatte er ihr noch immer nichts geschickt? Sie warf einen Blick auf Charlie. Würde er bereit sein, auf irgendetwas zu hören, was Lloyd gesagt hatte? Wenn sie die richtigen Worte finden konnte, um ihm das nahezubringen, dann vielleicht.

»Ich frage mich«, begann sie zögernd, »wenn wir einen Termin mit Lloyd Rendall …«

»Rendall!« Charlies Miene verdüsterte sich. »Mit diesem Stück Scheiße rede ich doch nicht.«

»Er ist in die Sache involviert«, sagte sie. »Gargantua benutzt ihn als ihren Mann vor Ort, glaube ich. Wenn wir mit ihm reden …«

»Beth«, schnitt Charlie ihr das Wort ab. »Weißt du eigentlich, was er meiner Familie anzutun versucht hat? Meiner Schwester,

Justine – meiner Halbschwester.« Charlie hielt einen Moment inne und vergewisserte sich, dass Jill noch immer ihre Fernsehserie sah. »Sie hat einen Riesenhaufen Probleme. Männer, Drogen, Alkohol. Sie hat Jill mit fünfzehn bekommen und ist nach Queensland gezogen. Dort hatte sie eine gotterbärmliche Beziehung mit einem Idioten, der sie misshandelt hat. Einmal hat er ihr die Rippen gebrochen, und ich habe ihr gesagt, sie soll ihren Hintern zurück nach Madjinbarra bewegen. Sie ist zurückgekommen, aber sie war immer noch eine verdammte wandelnde Katastrophe. Sie war auch zu grob zu Jill. Sie war immer wütend und ist vor dem armen kleinen Kind völlig ausgerastet. Ich habe damals versucht, in der Musikszene ein bisschen Geld zu machen, daher habe ich, als mir klar wurde, was los war, Tante Mary gebeten, die beiden an die Hand zu nehmen. Tante Mary hat es versucht, aber Justine war nicht gerade kooperativ. Sie hat einfach immer so weitergemacht, und irgendwann hat sie angefangen, für Monate am Stück zu verschwinden und Jill allein zu lassen. Das Jugendamt hat Jill bei diesem Typen untergebracht, der mit seiner Ehefrau nach Madji gekommen war, um Missionsarbeit zu machen. Justine war seit einer Ewigkeit nicht zu Hause gewesen. Sie war wieder bei diesem gewalttätigen Idioten in Queensland, hat Drogen genommen und wurde wegen Körperverletzung, Einbruchdiebstahl und was noch alles festgenommen. Und dieser Missionarstyp hat ruck, zuck einen Antrag gestellt, um Jill zu *behalten*. Tante Mary hat mich angerufen, damit ich ihr helfe, dagegen vorzugehen, und letztendlich ging die Sache vor Gericht. Rendall war der Fallbetreuer, und natürlich hat er sich auf die Seite der Pflegeeltern geschlagen.«

Unterdrückte Wut zeigte sich jetzt auf Charlies Miene, und seine Worte sprudelten rasch hervor. »Dieser Schwachkopf hat gesagt, ich sei genau wie meine Schwester. Ich erinnere mich noch immer an seine exakten Worte – ich würde einen *hedonistischen Lebensstil* in Großstädten im ganzen Land führen, in einer Umgebung, die Jill in *schwere Gefahr sexueller Übergriffe* bringen und sie Drogen und Alkohol aussetzen würde.« Charlie hielt einen Moment inne und holte einmal tief Luft, um sich zu beruhigen. Beth vergewisserte sich, dass Jill noch immer fernsah.

»Ich musste Anwälte einschalten. Ich musste Beweismittel vorlegen – eidesstattliche Erklärungen und Polizeiakten –, nur um nachzuweisen, dass ich geeignet war, Jills Vormund zu sein. Das Gleiche für Tante Mary. Erst dann hat sich das Jugendamt bereit erklärt, uns Jill zurückzugeben. Ihrer eigenen Familie! Nachdem das alles zu Ende war, ist Rendall zu meinem Anwalt gegangen. Ich habe ihn gesehen. Er hat ihm die Hand geschüttelt und gesagt: ›Gutes Match.‹« Charlies grüne Augen brannten sich in Beths. »*Gutes Match.* Für ihn war es nur ein Spiel. Wenn ich auch nur die *geringste* Chance gehabt hätte, damit davonzukommen, hätte ich ihn dort an Ort und Stelle zusammengeschlagen.«

Beth stellte fest, dass ihre eigenen Fäuste geballt waren. »Ich hätte ihn auch zusammengeschlagen. Ich fand ja schon immer, dass er ein Idiot ist, aber ich hätte nicht gedacht, dass er so tief sinken würde. Arschloch.«

Charlie brachte ein schiefes Lächeln zustande. »Ja. Und deshalb werde ich Lloyd Rendall *keinen* Besuch abstatten.«

Scheiße. Das verstand Beth völlig – aber es machte die ganze Geschichte nur noch komplizierter. Sie dachte fieberhaft nach. Wie konnte sie Charlie dazu bringen, ernsthaft über eine Umsiedlung nachzudenken, wenn er wusste, dass der Vorschlag von Rendall kam? Es wäre weitaus besser, wenn er von Gargantua kam. Sie nahm sich vor, Lloyd noch einmal zu kontaktieren und ihn zu bitten, dafür zu sorgen, dass ein solides Angebot von dem Bergbauunternehmen kam, und seinen eigenen Namen dabei herauszuhalten.

»Was ist mit den Medien?«, fragte sie. »Mary hat gesagt, du hättest Kontakte. Ich nehme an, Kimberley Radio würde liebend gern mit dir reden. Ein Interview mit einer Hörerzuschaltung vielleicht. Es ist ein heißes Thema – du könntest sogar eine Berichterstattung über Kimberley hinaus bekommen. Es könnte Druck auf den Minister ausüben, wenn Leute dir den Rücken stärken – und du würdest doch viel Unterstützung von deinen Fans kriegen, oder?«

Charlie nickte. »Ja, ich werde sehen, ob ich etwas arrangieren kann. Ich werde morgen früh ein bisschen rumtelefonieren.« Er sah Beth an und schüttelte leicht den Kopf. »Danke. Ich weiß nicht, wo ich ohne dich im Moment wäre.«

Kapitel 21

Pam Twomey von der Handelskammer rief während Beths Sprechstunde am Mittwochvormittag wieder an, hinterließ aber keine Nachricht. Beth fragte sich, ob sie versuchen sollte, die Handelskammer wegen der Madjinbarra-Angelegenheit um Unterstützung zu bitten. Aber den Mitgliedern der Kammer ging es im Grunde immer nur um Geld und Geschäft und Fortschritt – sie war sich überhaupt nicht sicher, ob sie auf ihrer Seite sein würden.

In ihrer Mittagspause rief Beth Lloyd an. Er nahm nicht ab, daher schickte sie ihm stattdessen eine E-Mail und bat ihn um konkrete Angaben zu Gargantuas Umsiedlungsangebot. Zwischen zwei Patienten las sie eine SMS von Charlie: *Spreche morgen Nachmittag im Radio. Hörersendung für Autofahrer mit Buster Carroll. Dürfte einige Aufmerksamkeit bekommen.*

Das war eine tolle Neuigkeit. Buster Carrolls Radioshow war die größte regionale Autofahrersendung, die es gab.

Sie hatte noch nichts von dem Orthopädiefacharzt in Darwin gehört, daher nahm Beth an, dass Billy gute Fortschritte machte. Hoffentlich konnte er für seine Reha zurück nach Mount Clair verlegt werden. Beth versuchte, Mary anzurufen, um sich nach Pearl zu erkundigen, aber sie nahm nicht ab. Danach wurde sie bis zum späten Nachmittag von Patienten in Beschlag genommen. Es war fast sechs, als sie endlich nach Hause fuhr. Während sie auf ihrer Eingangsveranda stehen blieb, um ihre Topfpflanzen zu gießen, stellte sie sich vor, wie es sein würde, hineinzugehen und Charlie zu sehen, der in ihrem Haus auf sie wartete. In ihrem Leben. Sie konnte sich das Lächeln nicht verbeißen, das sich auf ihre Lippen schlich.

Irgendetwas schien seltsam, als sie das Haus betrat. Es gab keine Essensgerüche, kein Gezänk oder Geplänkel. Das Haus war still, düster und reglos. Dann tauchte Jill auf, und Erleichterung flutete über ihr Gesicht, als sie Beth sah. Das Mädchen stürzte auf sie zu und warf sich in ihre Arme. Beth war völlig verblüfft.

»Jill! Was ist los? «

»Tante Mary ist eben gegangen.« Jills Stimme war erstickt. »Mein Onkel Bil… mein Onkel, er ist tot.«

Billy! Ein Schock durchfuhr Beth wie eine eisige Windböe. Das musste ein Irrtum sein. Aber dann kam Charlie durch die Tür, die ins Wohnzimmer führte, und Beth sah sein Gesicht – und wusste prompt, dass es kein Irrtum war. Sie umarmte Jill schweigend, und wenig später führte sie das Mädchen zur Küche. Jill ließ sich auf einen Stuhl sinken, Beths Hand noch immer umklammernd, und Beth wandte sich zu Charlie um. Sie trat in seine offenen Arme und drückte ihn mit ihrem freien Arm fest an sich.

»Was ist passiert?«, fragte sie mit bebender Stimme.

»Tante Mary weiß nicht viel«, antwortete er. »Eine Infektion, haben sie gesagt. Sein Herz hat einfach aufgehört zu schlagen.«

Beth verstand prompt. Eine postoperative Septikämie, die außer Kontrolle geraten war. Warum hatten sie sie nicht angerufen? Gott, sie hätte gestern etwas zu Charlie sagen sollen. Er ließ sie los, und sie ließ sich auf einen Stuhl neben Jill sinken, die Beths Hand noch immer festhielt. Beth sah von Charlie zu Jill, und ihre Gesichter verrieten beide dasselbe – pures, ungeweintes Leid.

»Warum ist er gestorben?«, fragte Jill.

»Es war das, was Charlie gesagt hat. Eine Infektion. Seine Organe waren bereits angegriffen von dem Diabetes. Er hat seine Medikamente nie genommen, daher war sein Körper geschwächt. Die Infektion hat vermutlich sofort auf seine lebenswichtigen Organe übergegriffen. Sein Herz muss unter der Belastung versagt haben.«

Sie fuhr sich mit einer Hand über den Mund, versuchte, sich irgendetwas einfallen zu lassen, was nicht abgedroschen oder sinnlos klingen würde. *Gottverdammt noch mal.* Normalerweise wusste sie so gut, was man sagen sollte. Beth sah Charlie hilflos an. »Es tut mir so leid. Ich hätte dir sagen sollen, dass er Fieber hatte, aber ich dachte, es würde alles gut werden.«

Charlies Miene veränderte sich leicht. »Wann war das?«

»Gestern.«

Er starrte auf den Tisch. »Es hätte nichts geändert, nehme ich an«, sagte er, aber sie fühlte sich trotzdem schrecklich, weil sie nicht gleich etwas gesagt hatte, als sie es erfuhr.

»Ich hätte für ihn den Krankenwagen nach Madjinbarra schicken sollen.« Die Worte platzten Beth über die Lippen.

Charlie schüttelte den Kopf, fing ihren Blick wieder auf. »*Ich* hätte etwas tun sollen. Ich hätte einhundert verdammte Dinge tun sollen. Das hätten wir alle.«

Jill beobachtete die beiden nervös.

»Er ist nie in die Klinik gekommen«, fuhr Beth fort. »Ich hätte nach ihm fragen sollen.«

»Ja, er hat sich absichtlich von der Klinik ferngehalten«, ergänzte Charlie. »Maud hat ihn deswegen jedes Mal zusammengestaucht, wenn sie ihn gesehen hat.«

»Allerdings«, bestätigte Jill mit hohler Stimme. »Sie hat ständig gebrüllt: ›Du musst kommen und deine Tabletten abholen, du dummer …‹« Jill brach ab, bevor sie das Wort laut aussprach.

»Mir hätte klar sein müssen, dass er sich vor der Behandlung drückt«, sagte Beth, während der Schmerz der Trauer sich allmählich festsetzte. »Gott, es ist so *sinnlos*.«

Charlie widersprach nicht. Jill stützte das Kinn in die Hand und kratzte an der Tischplatte herum. Die Minuten zogen sich hin, während sie in bedrücktem Schweigen dasaßen.

»Ich hätte sofort zurückfahren und ihn holen sollen, als du mir gesagt hast, wie ernst das mit seinem Fuß ist«, meinte Charlie. Er stieß einen tiefen Seufzer aus, der die ganze schwere Last seiner Verantwortung und seines Schmerzes enthielt. »Ich hätte nie gedacht, dass etwas so Dummes wie Entzündungen an den Füßen ihn umbringen könnte.«

Unerwarteterweise lachte Jill kurz auf. »Das hier ist kein Wettstreit, wer schlechter auf den Onkel aufgepasst hat, wisst ihr«, sagte sie. »Den gewinnt sowieso keiner von euch. Der Onkel gewinnt. Er hat selbst am allerschlechtesten auf sich aufgepasst.«

Beth zwang sich zu einem Lächeln, und Charlie tat, als würde er Jill eins hinter die Ohren geben. In gewisser Weise hatte das Mädchen recht, aber bei diesem Tod gab es so viel mehr Aspekte, als ihr klar war.

»Ich muss Harvey helfen«, sagte Charlie. »Ich werde morgen mit Tante Mary nach Darwin fliegen.«

Beth nickte. »Was ist mit Jill? Wollt ihr sie mitnehmen, oder wird sie hier bei mir bleiben?«

Charlie sah Jill an. »Willst du mitkommen, oder würdest du lieber hier in Mount Clair bleiben?«

»Ich werde hier warten und mich um Pearl kümmern«, antwortete Jill prompt, und Beth war beeindruckt von Jills Selbstbeherrschung. Sie wusste, wie gern Jill eine Großstadt sehen wollte.

Charlie nickte. »Ich werde zurückkommen, um dich und Pearl für die Beerdigung nach Hause zu bringen.«

Die Nacht zog sich hin, schwer von den Resten des Schocks, der allmählich in tiefe Traurigkeit überging. Jill wollte nicht *Home and Away* sehen. Niemand hatte Hunger, erst später aßen sie ein paar getoastete Sandwiches und tranken Tee dazu. Sie saßen zusammen am Tisch und redeten über Billy – die guten und die schlechten Seiten. Billy war für Charlie wie ein älterer Bruder gewesen, und er erzählte jede Menge Geschichten über die verrückten Dinge, die Billy sich geleistet hatte – im Allgemeinen beim Angeln. Jill hatte selbst ein paar Geschichten auf Lager, und schließlich wagte auch Beth, eine beizutragen.

»Maud hat mir diese Geschichte erzählt«, begann sie. »Ich war natürlich nicht dabei.«

»Man muss nicht dabei gewesen sein, um eine Geschichte erzählen zu können, Doc.« Jill war sehr entschieden.

So ermuntert, fuhr Beth fort: »Offenbar ist das passiert, als er ein Teenager war.«

Sie hielt einen Moment inne. Ihre Gedanken waren zu der Geschichte seiner glorreichen Footballtage zurückgekehrt, die Billy ihr erst zwei Tage zuvor erzählt hatte, und wieder wurde sie von einem schmerzlichen Stich durchzuckt. Aber Jill und Charlie warteten auf ihre Erzählung, daher bemühte sich Beth, sich zu konzentrieren. Sie würde aufpassen müssen, dass sie niemanden in der Gemeinde aus der Fassung brachte, indem sie Billys Namen laut aussprach, jetzt, wo er nicht mehr war – und das über Jahre hinweg. Das war eine Regel.

»Also, dein guter Onkel und ein Haufen anderer Kinder sind hinunter zum Wasserloch gegangen, um ein paar Barramundis zu fangen. Sie haben auf Frischwasserkrokodile achtgegeben, die in der letzten Zeit die Angewohnheit entwickelt hatten, die Barras einfach von den Angelhaken zu schnappen. Dein Onkel und seine Freunde hatten bereits ein paar Fische gefangen und fingen eben an, sich zu entspannen, als er ein ziemlich großes Frischwasserkrokodil auf sie zuschwimmen sah. Und natürlich versuchte es, sich den Fisch zu schnappen, den einer der Jungen eben einholte. Sie warfen mit Steinen nach ihm, aber als es einfach nicht abhauen wollte, sprang er selbst ins Wasser, stürzte sich auf das Krokodil und packte es, um ihm den Fisch zu entreißen. Alle Jungen feuerten ihn an, und schließlich gewann er den Kampf – er kam spritzend aus dem Wasser, den halb verstümmelten Barra in den Händen. Dein Onkel fühlte sich wie ein Sieger – bis er feststellen musste, dass zwei Krokodile ihre gesammelten Fische am Ufer gefunden hatten und genau vor ihren Nasen ein Festmahl feierten.«

Jill lachte schallend auf, und Charlie grinste. »Das ist eine wahre Geschichte«, sagte er. »Ich war erst fünf oder sechs, aber ich war dabei.«

»Dann hättest du sie erzählen sollen!«, rief Beth.

»Nein. Du bist keine schlechte Geschichtenerzählerin, Doc«, sagte Jill. Das war ein großes Lob, und Beth fühlte sich geehrt. »Warum müssen so viele Leute sterben?«, fragte Jill gleich darauf, womit sie die beiden verblüffte.

Beth machte den Mund auf, um ihr etwas über chronische Leiden und lebensstilbedingte Erkrankungen zu erklären, aber dann machte sie den Mund wieder zu, nicht sicher, ob es das war, was Jill meinte.

»Es ist die Traurigkeit«, sagte Charlie. »Sie zermürbt die Leute letztendlich.«

Jill nickte. Sie richtete den Blick auf Beth. »Ich werde meinen Abschluss machen und etwas tun, um zu helfen.«

Als Jill längst schlief, schalteten Beth und Charlie die Lichter aus und lagen dann eng aneinandergeschmiegt zusammen im Bett. Beth fand keinen Schlaf. Ihre Gedanken wanderten hin und her, von ihrem Verlust von Billy zu Sorgen um Madjinbarra und Erinnerungen an den Tod ihrer eigenen Mutter. Sie kehrten immer wieder zu dem Punkt zurück, dass Charlie sich unbedingt mit Gargantua treffen und eine Lösung aushandeln musste. Aber wie konnte er das tun, wenn er sich um Billys Beerdigung kümmern und während der Trauerzeit dort sein musste? Sie hatte schon früher Trauerphasen bei Aborigines miterlebt. Sie dauerten oft mehrere Wochen, vor allem bei einem geliebten Mitglied der Gemeinde wie Billy, und durften nicht überstürzt oder vernachlässigt werden.

Schließlich schlief sie ein, wachte aber noch im Dunkeln wieder auf. Laut ihrem Telefon war es fast zwei Uhr morgens. Sie dachte ein paar Minuten an ihre Blutprobe, die in irgendeinem Labor in Perth lag und darauf wartete, dem Gentest unterzogen zu werden. Es war nur Blut, das dort in einem Reagenzglas war, aber in Beths Fantasie wurde es schwarz von irgendeiner entsetzlichen verborgenen Krankheit.

Charlies Atem ging gequält und abgehackt neben ihr. Sie lauschte ihm ein paar Augenblicke, während sie sich fragte, ob er träumte. Auf einmal begriff Beth, dass er schluchzte. Sie lag still da, und ihr Herz krampfte sich zusammen, während sie hörte, wie sein verborgener Schmerz aus ihm hervorbrach. Sie verharrte lange Zeit reglos, während das Rechteck aus Licht von der Flurlampe, das ihre Schlafzimmertür umrahmte, von ihren Tränen verschwamm. Sie wollte ihm die Würde lassen, im Stillen zu weinen – das war eindeutig das, war er wollte. Aber schließlich hielt sie es nicht mehr aus und musste ihn trösten. Sie rollte sich herum, schlang einen Arm um Charlie und presste sich an seinen Rücken. Ihre Hand ruhte auf seiner Brust, und sie hielt ihn fest an sich gedrückt, während sie den Rhythmus seines Herzens durch ihre Finger spürte.

Zu ihrer Erleichterung stieß er sie nicht weg. Sein abgehackter, schmerzerfüllter Atem dauerte an, doch er glitt mit einer Hand nach oben und legte sie über ihre, als wollte er nicht, dass sie sie fortnahm. Sie ließ ihre Wange an seinem Rücken ruhen, und so verharrten sie lange Zeit, bis Charlies Schmerz schließlich Erschöpfung wich und sein Atem gleichmäßig wurde.

Sie schliefen ein.

Kapitel 22

Charlies Flug nach Darwin ging um kurz nach Mittag. Er würde Jill im Krankenhaus lassen, damit sie den Tag über bei Pearl blieb. Am Morgen verabschiedete sich Beth von den beiden, und sobald am Nachmittag ihr letzter Patient gegangen war, verließ sie die Praxis, um zu den Mädchen zu fahren. Als sie das »Biest« anließ, ertönte Buster Carrolls kiesige Stimme im Radio, und sie erinnerte sich mit einem Anfall von Besorgnis an Charlies geplanten Radioauftritt. Charlie hatte das Interview vermutlich abgesagt, bevor er losgefahren war. Das musste er getan haben.

»Hallo, es ist sechzehn Uhr dreiundfünfzig an einem Donnerstagnachmittag«, sagte Buster. »Das waren James Reyne & James Blundell mit ihrem Neunzigerjahre-Hit ›Way Out West‹. Wenn Sie eben erst zugeschaltet haben, wir reden heute über eine neue Mineralerzmine, die in Kimberley in Betrieb gehen soll. Es wird eine Gargantua-Mine sein, und sie soll viele neue Jobs hier draußen schaffen. Der Antrag liegt im Moment beim Bergbauministerium, und es wird jeden Moment mit einer Entscheidung zu der Angelegenheit gerechnet. Das Problem ist, die Mine wird zufällig genau neben einer Outback-Gemeinde entstehen, die das Zuhause einiger Hundert Leute ist, die Mehrheit davon Angehörige des Gwini-Volkes, das seit fünfzig- oder sogar sechzigtausend Jahren in dem Gebiet lebt. Die Stadt Madjinbarra wurde vor ungefähr vierzig Jahren ursprünglich von Missionaren gegründet, ist heutzutage aber eine unabhängige Gemeinde. Die Gemeinde ist trocken, was heißt, kein Alkohol. Sie verkaufen ihn nicht, man darf keinen mitbringen, und das seit mindestens fünfzehn Jahren. Die Madjinbarra-Ältesten sagen, dass sie dadurch als Gemeinde stärker geworden sind, und es scheint ihnen auf jeden Fall besser zu gehen, als die durchschnittlichen Statistiken veranschaulichen. Weniger häusliche Gewalt, weniger Verbrechen, bessere Schulabsolventenquoten und eine bessere allgemeine Gesundheit. Nun, wenn Gargantua eine Mine und ein Unterkunftscamp genau neben Madjinbarra errichtet, werden die Arbeiter auch einen Ausschank haben wollen – eine Bar. Daher wird Gargantua zwar Jobs und Infrastruktur in die Gegend bringen, aber auch Alkohol – und das ist ein Problem … Das ist zumindest, was ihr Sprecher sagt – ein Typ, mit dem ich gleich reden werde.«

Beths Stimmung stieg. Es klang, als ob er Charlie in der Leitung hatte, der darauf wartete zu sprechen. *Puh.* Sie war sich nicht einmal sicher, ob Charlie schon gelandet war.

»Und jetzt hören Sie sich das an.« Busters Tonfall änderte sich, als er es spannend machte. »Die bescheidene Wüstengemeinde Madjinbarra hat einen Prominenten hervorgebracht. Sie kennen ihn vielleicht von Riesenhits wie ›Keep it Coming‹ und ›Strange Days‹. Er ist ein landesweit bekannter Star, der bei großen Konzertveranstaltungen und Festivals auftritt, und er hat eine gigantische Online-Gemeinde. Die Mädchen hier im Team von *Buster am Nachmittag* versichern mir, dass er ein echter Frauenschwarm ist. Dieser Bursche wurde in die Familie Wirra geboren – eine Familie, die seit rund vierzig Jahren in der Madjinbarra-Gemeinde lebt. Außerdem ist er der Sohn eines meiner Lieblings-Country & Western-Künstler, Dusty Campbell. Inzwischen wissen Sie bestimmt, von wem ich rede …« Buster legte eine effektvolle Pause ein. »Und wenn nicht, lassen Sie mich Ihrem Gedächtnis mit dieser Nummer auf die Sprünge helfen.«

Ein Song lief an. Beth parkte beim Krankenhaus und hörte ungeduldig zu. Sie schmolz dahin, als sie spürte, wie Charlies wunderschöne Stimme ihr Inneres erfüllte, der Klang seiner Gitarre unverwechselbar, obwohl der Rest der Band ebenfalls spielte.

Dann war Buster wieder da. »Das war, wie Sie sicher wissen, Charlie Campbell mit ›Unbroken‹. Charlie müsste in wenigen Augenblicken mit uns sprechen, aber in der Zwischenzeit haben wir ein paar Anrufer. Kevin aus Derby, hallo.«

Beth versuchte, Geduld mit den Meinungen der Anrufer aufzubringen. Die meisten von ihnen schienen die Mine zu befürworten und das Problem des Ausschanks abzutun. Ihre Empörung schwoll an, als sie ihre Kommentare hörte, dass »niemand die einheimischen Aborigines zwingt, ins Pub zu gehen« und dass »alles nur eine Frage der Selbstbeherrschung ist, Buster«.

Beth schickte Charlie eine SMS. *Viel Glück für dein Interview. Bist du bald dran?*

Noch ein Song wurde gespielt. Diesmal war es Dusty Campbells »Long Road Home«. Noch mehr Anrufer. Noch mehr Geplauder. Buster erwähnte wieder Charlie, klang diesmal aber etwas weniger sicher, ob er mit ihm sprechen würde. Beths Anspannung stieg. Sie versuchte, Charlie anzurufen, wurde aber prompt auf die Mailbox umgeleitet. Sie versuchte es bei Mary – dasselbe. Noch mehr Anrufer.

»Na ja, Buster, ich bin ein Einwohner von Mount Clair, und ich muss sagen, die Einheimischen freuen sich schon sehr darauf, dass Gargantua eine neue Mine errichten wird.«

Beth kannte diese Stimme. *Zum Teufel mit Lloyd Rendall.*

»Ist das so, Lloyd? Die meisten Arbeitsplätze in dieser Gegend gibt es derzeit – wo, in der Landwirtschaft? Und beim Herne-River-Staudamm, nehme ich an, falls und wenn das je wieder in Gang kommen sollte.«

Beth suchte sich hastig die Telefonnummer des Radiosenders heraus. Sie wählte, bekam aber nur das Besetztzeichen.

»So ist es, Buster, aber jetzt, wo die Arbeit am Staudamm zum Erliegen gekommen ist, brauchen die Einheimischen die Jobs, die eine neue Mine in der Region bieten würde.«

Beth wählte wieder die Nummer des Senders. Noch immer besetzt.

»Verstehe«, sagte Buster. »Das heißt, die Leute in Mount Clair rechnen damit, bei der Mine Arbeit zu finden?«

»Absolut. Es wird genau der Auftrieb sein, den die Stadt braucht, wirtschaftlich und in Sachen Arbeitsplätze.«

»Und was ist mit den Leuten in Madjinbarra?«, fragte Buster. »Was sagen Sie zu ihren Sorgen wegen eines Ausschanks?«

»Nun, ich kann natürlich nicht für sie sprechen, aber sie haben es doch geschafft, bei ihren regelmäßigen Besuchen in Orten wie Mount Clair, Broome und Darwin stets alkoholfrei zu bleiben, und es gibt absolut keinen Grund zu der Annahme, weshalb sie ihre Gemeindeprinzipien nicht aufrechterhalten sollten, wenn es einen Ausschank in ihrer Nähe gibt. Es wird schließlich kein Pub mitten in ihrer Stadt sein – es wird in dem Bergarbeitercamp selbst sein, hauptsächlich für die Arbeiter gedacht.«

»Aber sie werden doch sicher auch Jobs bei der Gargantua-Mine bekommen wollen«, sagte Buster. »Und die Bar wird auch für Besucher und die Allgemeinheit offen sein, oder?«

»Nun ja, das stimmt zum Teil«, räumte Lloyd ein. »Sie wird für jeden offen sein, nehme ich an, aber gedacht ist sie wirklich für die Arbeiter.«

Beth wollte das Radio am liebsten anschreien. »Du verdammter Dreckskerl, Rendall«, knurrte sie. Sie versuchte noch einmal die Nummer des Radiosenders. Noch immer besetzt.

»Leider sieht es so aus, als ob wir doch nicht mit Charlie Campbell sprechen werden.« Buster verlieh seinem Bedauern mit seiner ausdrucksstarken Stimme Nachdruck. »Wir müssen diese Diskussion jetzt zum Abschluss bringen, schließlich fängt gleich das Footballspiel an, und wir konnten ihn noch nicht drankriegen.« Er kicherte kurz. »Er ist eben ein Rockstar, nehme ich an. Vielleicht ist ihm heute Nachmittag irgendetwas anderes dazwischengekommen, und er hat unseren Termin versäumt.«

»Oder vielleicht kommt er zur Gwini-Zeit«, konnte Lloyd eben noch einwerfen, bevor sie ihn wegschalteten.

Beth fluchte laut und drückte auf den Knopf, um das Radio auszuschalten.

In dieser Woche verbrachte Jill jeden Tag Zeit mit Pearl im Krankenhaus, dann holte Beth sie nach der Arbeit ab und nahm sie mit nach Hause. Jill schien ihre Tage mit dem Klinikpersonal zu genießen, und ihre Geschichten beim Abendessen ließen vermuten, dass sie sie fast wie eine Praktikumsstudentin behandelten. Dr. Grahame war sehr zufrieden mit Pearls Fortschritten unter der neuen Medikation und redete davon, sie bald aus dem Krankenhaus zu entlassen.

Charlie schickte Beth jeden Tag mehrere SMS. Auf seinem Flug nach Darwin hatte er sich an das Radiointerview erinnert – aber aufgrund einer Verzögerung seines Flugs war es, als er landete, bereits zu spät gewesen. Wie auch immer, für Harvey da zu sein und zu helfen, die Vorkehrungen für Billys Beisetzung in Madjinbarra zu treffen, musste ohnehin Vorrang haben. Beth berichtete ihm nicht, was sie in Buster Carrolls Sendung gehört hatte. Charlie wäre am Boden zerstört, wenn er wüsste, wie schlimm es gelaufen war.

Nach dem ersten Schock wegen Billys Tod war Jill tapfer. Sie und Beth schafften es sogar, am Wochenende ein paar schöne Momente zu genießen; sie besuchten Pearl, und danach gingen sie in Mount Clairs kleinem Kaufhaus Schuhe und Kleider kaufen. Beth half Jill, eine hochwertige Jogginghose und ein paar T-Shirts auszusuchen. Sie kaufte Jill einen Rock und ein Top für die Beerdigung, und sie wählten auch Kleidung für Pearl aus. Jill murmelte irgendetwas, während sie in der Damenabteilung standen, und Beth musste sie zweimal bitten, es zu wiederholen, bevor sie es richtig verstand.

»Ich wünschte, ich hätte einen BH.«

»Oh, hast du gar keinen?« Beth musste ihre Verblüffung verbergen.

»Nein. Ich muss diese idiotischen Bustiers tragen, gebrauchte Sachen von Tish. Alles ausgeleiert.« Jill wich Beths Blick aus.

»Dann sollten wir dir ein paar besorgen.«

Beth ging mit Jill in die Unterwäscheabteilung, wo sie ihr leise erklärte, wie man einen BH richtig anzog, ein paar wahrscheinliche Größen vom Ständer nahm und Jill in die Umkleidekabine schickte. »Pfeif einfach, wenn du Hilfe brauchst«, sagte sie.

Zehn Minuten später war Jill wieder da. »Der hier passt«, sagte sie und zeigte ihn Beth.

»Wunderbar! Dann kaufen wir dir vier Stück davon, in verschiedenen Farben. Klingt das gut?«

Jill lächelte breit. »Danke, Doc.«

Beth war froh, dass sie das geklärt hatten, bevor Jill auf die örtliche Highschool kam. Es gab ein paar Dinge, die ein junges Mädchen ihren Onkel nicht würde fragen wollen, egal, wie nah sie sich standen.

Nach ein paar Tagen schrieb Charlie Beth, er und Harvey seien wieder in Mount Clair. Er hatte nicht viel Zeit, um sie zu sehen, da er Mary, Harvey und seine Nichten zurück nach Madjinbarra fahren musste. Sie würden in den Tagen vor Billys Beisetzung Angehörige von nah und fern empfangen, und Charlie musste sich um Billys Footballkinder kümmern.

Charlie rief vor der langen Fahrt vom Parkplatz der Praxis aus an. Zwischen zwei Patienten stürzte Beth hinaus, um ihn zu sehen. Er war allein, zum Glück, und sie klammerte sich unwillkürlich an ihn, als hätte sie ihn seit Monaten nicht gesehen. Und es kümmerte sie auch nicht, wer sah, wie sie sich zum Affen machte. Es war einfach so befriedigend zu spüren, dass Charlie sie ebenso fest an sich drückte.

»Wie ist es gelaufen?«, fragte sie. »Kann ich dir bei irgendetwas helfen?«

»Nein, wir organisieren uns schon. Wir müssen heute nach Hause fahren, damit Harvey da sein kann, um alle zu begrüßen.

Seine Schwester wird heute in Madji erwartet, aber ihre Söhne und ein paar andere Leute können erst nächste Woche kommen. Sie warten auf den Zahltag, bevor sie ihre Flüge buchen.« Er lehnte sich ein wenig zurück und fing ihren Blick auf. »Danke, dass du dich um die Beerdigungskleidung für die Mädchen gekümmert hast. Das hat mir heute viel Stress erspart.«

»Gern geschehen. Sobald das Datum für die Beerdigung feststeht, gib mir Bescheid, damit ich einen Flug nach Madji buchen kann.« Sie zögerte, dann platzte sie mit ihrer nächsten Frage heraus. »Ich weiß, du musst helfen, die Beerdigung zu organisieren, aber meinst du, du wirst in absehbarer Zeit nach Perth fliegen können, um die Gargantua-Leute zu sprechen?«

Charlies Stimme war hohl. »Ich kann das hier nicht überstürzen.«

Beth verzog das Gesicht. »Ich weiß. Das verstehe ich. Aber ich habe gehört, dass jetzt jeden Tag eine Entscheidung vom Ministerium kommen könnte.«

Sein Kiefer spannte sich an. »Gott, ich weiß nicht, was ich noch alles tun soll, Beth. Ich kann nicht einfach nach Perth verschwinden, während alle ankommen und sich auf die Beerdigung vorbereiten. Es sind Angehörige. Familie. Sie würden die Beerdigung noch länger hinausschieben müssen, warten, bis ich zurückkomme, und alle nehmen sich schon jetzt von ihren Jobs frei und treffen Reisevorkehrungen. Ich … Ich kann einfach nicht. So läuft das nicht.«

Beth nickte. Sie hatte schon oft Trauerphasen bei Aborigines erlebt und verstand, wie wichtig diese Zeit war. »Kann ich dir irgendwie helfen? Vielleicht könnte ich versuchen, irgendetwas für dich zu arrangieren? Einen Anruf oder einen Termin für später, wenn die Beerdigung vorbei ist?«

»Nein, ich kläre das. Sobald ich in Madji fertig bin, bringe ich die Mädchen zurück nach Mount Clair und fliege sofort nach Perth, um die Gargantua-Leute zu treffen.«

»Die Mädchen können bei mir wohnen, solange du in Perth bist«, sagte sie.

Er zog sie wieder an sich. »Ich kann nicht glauben, dass ich je an dir gezweifelt habe«, flüsterte er ihr sanft ins Ohr. »Es tut mir leid.«

Ihre Liebe wallte in ihr auf, so heftig und wild, dass es ihr für ein paar Augenblicke den Atem verschlug. Wie hatte sie das hier all die Jahre verbergen und vergraben können? Sie hielt ihn fest und murmelte an seine Schulter: »Ich werde an dich denken, Charlie. Zögere nicht, mich anzurufen, wenn ich irgendetwas tun kann.«

Während Charlies Abwesenheit schrieben sie sich hin und wieder Nachrichten, aber da der Handyempfang in Madjinbarra so schlecht war und Charlie in seine traurigen Verpflichtungen eingebunden war, erwartete Beth nicht viel Kommunikation. Es dauerte zwei Wochen, bis er ihr ein offizielles Datum für die Beerdigung schicken konnte, und Beth legte in aller Eile ihre sämtlichen Termine um und buchte für den festgesetzten Tag einen Flug am frühen Morgen. Das kleine Flugzeug war voll mit Billys Familienangehörigen und Freunden. Ein paar Typen in Gargantua-Shirts waren ebenfalls auf dem Flug. *Ihr Timing nervt wirklich.* Vielleicht versuchten sie ja, sich bei den Madjinbarra-Ältesten einzuschmeicheln, indem sie an der Beerdigung teilnahmen. Es wäre respektvoller von ihnen gewesen, die zusätzlichen Plätze im Flugzeug echten Trauergästen zu überlassen, dachte Beth und ignorierte sie.

Charlie kam, um das Flugzeug zu begrüßen, als es auf der Landebahn aufsetzte. Als sie seine Hand ergriff, sah sie die Anstrengung und den Schmerz in seinen Augen. Charlie bemerkte die Gargantua-Tpyen, und nachdem sie ihn einen Moment angestarrt hatten, schob er sich die Sonnenbrille ins Gesicht. Obwohl er eine neutrale Miene wahrte, konnte Beth seinen Abscheu sehen.

Sie quetschte sich mit mehreren Mitgliedern der Familie Early in Charlies Wagen. In Harveys Haus herrschte vor der Beerdigung ein ständiger Strom von Besuchern. Beth trat auf den Gemeindeältesten zu, um ihm ihr Beileid auszusprechen, anfangs ein wenig ängstlich. War er wütend auf sie? Aber er bedankte sich nur dafür, dass sie versucht hatte, seinen Sohn zu retten. Harveys Stimme bebte, und Beth wischte ihre Tränen fort, während sie über Billys Widerwillen dagegen, ärztliche Hilfe anzunehmen, und seine letzten Tage redeten.

Am frühen Nachmittag kam der Wagen des Bestatters mit Billys Sarg, und sie machten sich alle in einem Konvoi auf den Weg zu dem alten Friedhof.

Dort draußen war es heiß und trocken, mit wenig Schatten über dem staubigen Boden. Die Leute drängten sich unter ein paar spindeldürren Bäumen zwischen den Grabsteinen zusammen. Die jungen Männer der Gemeinde trugen Billys Holzsarg zu dem frisch ausgehobenen Grab. Schweiß sickerte durch ihre neuen geknöpften Hemden, und roter Staub legte sich auf die Aufschläge ihrer schwarzen Hosen. Alle ignorierten die beiden Männer von Gargantua.

Der ältere Priester von Madjinbarras Kirche hielt die Traueransprache, während der Pearl Beth mehrmals aus den Armen ihrer großen Schwester zuwinkte. Beide Mädchen trugen ihre neuen Röcke. Beth versuchte, Pearls Gruß zu erwidern, ohne unsensibel gegenüber den anderen Trauergästen zu erscheinen, und Jill beschwichtigte ihre kleine Schwester jedes Mal, wenn sie zu quengeln begann. Pearl weinte ein paarmal, vor allem dann, wenn Jill es tat, schien aber nicht viel von dem zu verstehen, was los war.

Am Ende der Trauerfeier traten alle der Reihe nach vor und warfen eine Handvoll rote Erde auf den Sarg. Der Anblick der weinenden Footballkinder und das Schluchzen und Wimmern der Angehörigen zerriss Beth das Herz. Sie warf ihre Handvoll Erde auf den Sarg, entschuldigte sich im Stillen bei Billy dafür, dass sie nicht energischer auf ihn eingeredet hatte, und trat dann mit gesenktem Blick zurück, während die jungen Männer zu Schaufeln griffen, um das Grab zu füllen. Die Arbeit dauerte fast eine Stunde, durchbrochen von den schmerzerfüllten Rufen der versammelten Gemeinde. Schließlich wurde die letzte Schaufel Erde geworfen und die letzte Blume darübergelegt. Die Leute gingen zu ihren Wagen, erschöpft von ihren Tränen und dem Schwitzen in der trockenen Hitze. Die Gargantua-Manager hatten während der Trauerfeier kein Wort gesagt, aber sie gaben beide Harvey die Hand, bevor sie in ihren weißen Miet-Pick-up stiegen. Beth hätte schwören können, dass einer von ihnen ein paar Flaschen Bier aus einer Kühlbox nahm.

Sie saß fast den ganzen Nachmittag mit Jill und Mary zusammen, hörte zu, wie sie Neuigkeiten mit alten Freunden austauschten, redete mit Leuten, die an sie herantraten, und nahm sogar heimlich eine kleine ärztliche Untersuchung an Debras Baby vor, das Fieber hatte. Die Leute weinten um Billy, nannten ihn »den guten Coach« und erinnerten einander an sein Können auf dem Footballfeld oder beim Angelloch. Aber Beths Flug ging um fünf, und als die Sonne am Himmel zu sinken begann, fuhr Charlie sie zum Flugplatz.

»Ich werde bleiben, bis du an Bord gehst«, sagte er, als sie ihn zum Abschied küsste.

Sie lächelte halb. »Nein, du musst zurück zu Harveys Haus. Ich habe gesehen, wie Leute dort ihr Lager aufgeschlagen haben. Du wirst bald den Grill anwerfen müssen, denn Pearl wird ein *Wüsschen* wollen.«

Er kicherte leise. »Pearl geht es übrigens gut mit ihrer neuen Medikation. Keine Anfälle mehr. Ich denke, die Epilepsie ist unter Kontrolle – vorläufig jedenfalls.«

»Was wirst du jetzt tun?«, fragte sie. »Sie hier bei Mary lassen oder sie mit zurück nach Mount Clair nehmen?«

»Mary sagt, sie weiß vielleicht eine gute Pflegestelle für Pearl in Mount Clair während der Schulzeit.« Charlie rieb sich das Kinn, das glatt rasiert für die Beerdigung war. »Sie will, dass wir alle zusammen hinfahren und die Familie kennenlernen, um zu sehen, was wir davon halten.« Er schüttelte kurz den Kopf. »Aber ich weiß nicht. Ich bin nicht überzeugt von der Idee. Aber ich kann noch ein bisschen länger in Mount Clair bleiben, bevor ich für die Arbeit gebraucht werde, daher habe ich ein paar Wochen, in denen ich mich selbst um Pearl kümmern kann. Und eine Entscheidung treffen kann.«

»Was meinst du, wann du von Madji wegkannst?«

»Harvey versteht, dass ich mich so bald wie möglich mit Gargantua treffen muss«, antwortete Charlie. »Wenn ich nicht morgen abfahre, dann am Tag danach.«

»Gut. Und die Mädchen werden bei mir bleiben, solange du fort bist, ja?«

Sein Lächeln kehrte wieder. »Ja, Beth. Du kannst die Mädchen haben, solange ich fort bin. Ich glaube nicht, dass Mary etwas gegen eine Pause haben wird.«

Beth und die Handvoll anderer Passagiere wurden zum Boarding aufgerufen, und Charlie berührte kurz ihre Wange. Für einen Moment glaubte Beth, vielleicht wieder weinen zu müssen, allein bei dem Gedanken, ihn zu verlassen. *Gott, es ist doch nur für ein paar Tage,* schalt sie sich.

Aber das Bedauern stand auch Charlie deutlich ins Gesicht geschrieben. »Wir sehen uns bald«, sagte er.

Kapitel 23

Wieder in Mount Clair, begann Beth, die verschobenen Termine, mit denen sie im Rückstand war, abzuarbeiten. Es war spät am Tag nach ihrer Rückkehr, als Lloyd Rendall sie anrief. Sie stöhnte auf, als sie die Anruferanzeige sah. Am liebsten würde sie nie wieder mit Lloyd reden müssen, aber sie nahm den Anruf an, weil sie sich gegenüber der Madjinbarra-Gemeinde verantwortlich fühlte.

»Ich habe mich gefragt, ob du heute Abend schon irgendetwas vorhast, Beth«, begann er in seinem üblichen selbstbewussten Ton. »Ich dachte, wir könnten uns vielleicht treffen.«

»Wozu?«, fragte sie in einem eisigen Ton.

Falls er ihre kühle Reaktion bemerkte, ließ er es sich jedenfalls nicht anmerken. »Dinner, hauptsächlich.« Als sie nicht sofort antwortete, ergänzte er: »Und vielleicht noch ein bisschen über die Mine bei Madjinbarra reden.«

»Ich warte noch immer auf Informationen von dir zu diesem Umsiedlungsdeal, Lloyd.« Beth versuchte kaum, den Ärger aus ihrer Stimme herauszuhalten. »Ich habe dich immer wieder angemailt und nie etwas bekommen. Was ist los? Gab es überhaupt je einen Deal, oder hast du nur versucht, für Gargantua Zeit herauszuschlagen?«

Lloyd schwieg einen Moment. »Wow. Okay. Ja, es gab tatsächlich einen Deal, aber dann ist mit dem Antrag auf einmal alles so schnell gegangen, dass niemand viel Zeit hatte, um sich mit der Umsiedlungsidee zu befassen. Gargantua ist im Moment zu beschäftigt damit, fürs Bergbauministerium alle Details festzuzurren, um sich über andere Dinge den Kopf zu zerbrechen.«

Im Bergbauministerium ging auf einmal alles so schnell? Panik ergriff von Beth Besitz. Wenn Gargantua tatsächlich in abschließenden Verhandlungen mit der Regierung stand, warum sollten sie sich dann überhaupt die Mühe machen, über irgendeine Art Lösung mit Charlie zu diskutieren? Gott, sie brauchte Charlie unbedingt hier – und zwar schnell.

»Hast du irgendetwas *Neues* darüber zu sagen, wie Gargantua Madjinbarra unterstützen wird, wenn die Mine genehmigt wird?« Beth hielt ihre Stimme sorgfältig unter Kontrolle.

»Ah …«

Zu langsam, Lloyd. Er hatte seine Karten aufgedeckt: Er hatte nichts Neues.

»Ich bin heute Abend beschäftigt«, sagte sie, bevor er sich irgendetwas ausdenken konnte. »Bitte dräng bei deinen Gargantua-Kontakten darauf, dass sie das Richtige tun. Charlie Campbell wird ein Meeting mit ihnen ansetzen, sobald er mit der Trauerphase für Madjinbarras Footballcoach fertig ist.«

Beth wartete nicht einmal ab, bis er sich verabschiedete. Sie legte auf, gründlich angewidert von Lloyds Spiegelfechterei, und murmelte ein paar Worte, die den Typen, wie sie fand, treffend beschrieben.

Sie verfasste eine SMS an Charlie: *Regierungsentscheidung könnte unmittelbar bevorstehen. Bin mir nicht sicher, wie es bei euch draußen läuft, aber ich hoffe, du kannst bald wegkommen.*

Beth drückte auf »Senden«, in der Hoffnung, der Handyempfang würde verstehen, wie wichtig die Nachricht war, und sie rasch und zuverlässig an Charlie schicken.

Einen Tag später kam eine SMS von Charlie, um ihr zu sagen, dass er mit Mary und den Mädchen wieder in der Stadt war. Beth hätte nicht erleichterter sein können – für sie selbst, aber auch für Madjinbarra. Charlies Flug nach Perth ging am nächsten Tag, aber er würde die Nacht bei Beth verbringen – er würde bei ihr zu Hause sein, wenn sie mit der Arbeit fertig war, schrieb er. Beths

Herz hämmerte wild, und der Vormittag schien sich länger hinzuziehen als jeder andere Vormittag, an dem sie je gearbeitet hatte.

Pam Twomey hatte in den letzten paar Tagen hartnäckig angerufen, aber Beth hatte es vermieden, den Anruf zu erwidern. Sie fühlte sich außerstande, sich mit Handelskammer-Angelegenheiten zu befassen, während in ihrem restlichen Leben alles drunter und drüber ging. Aber als ein abgesagter Termin ihr eine unerwartete Pause bescherte, nahm Beth an, sie könnte sich die quälend lange Wartezeit, bis sie Charlie wiedersah, ein bisschen verkürzen, indem sie Pam anrief.

»Hi, Pam, hier ist Beth. Tut mir leid, dass ich deine Anrufe verpasst habe.«

»Oh, hallo, Süße. Du liebe Güte, du bist wirklich nicht leicht zu erreichen. Ich habe dir in der letzten Woche ungefähr sechs E-Mails geschrieben. Hast du sie nicht gekriegt?«

Beth dachte mit einem schuldbewussten Zwicken an all die ungeöffneten E-Mails von der Handelskammer. »Es tut mir so leid, Pam. Ich hatte höllisch viel um die Ohren.«

»Schon gut, Liebes. Ich wollte nur nachfragen, ob du für heute Abend noch irgendetwas brauchst.«

Beth schwieg.

»Bist du noch dran, Beth?«

Ach du heilige Scheiße. Das Networking-Meeting. Sie war an der Reihe, es auszurichten.

Im ersten Moment dachte Beth, Pam müsse die Termine verwechselt haben. Ausgeschlossen, dass sie so etwas vermasseln würde. Aber nein – ein paar hastige Berechnungen sagten ihr, dass es der dritte Dienstag des Monats war und dass sie diejenige war, die es vermasselt hatte, nicht Pam.

»Ja, ich bin noch dran«, antwortete Beth. Ihr Mund war auf einmal wie ausgedörrt.

»Ist alles in Ordnung?«

»Ja. Wie viele kommen?« Beths Herz raste, und ihre Übelkeit nahm zu.

»Wir hatten diesen Monat eine tolle Rückmeldung. Du bist beliebt, Süße!«, kicherte Pam. »Dreiundvierzig Bestätigungen.«

Die Übelkeit schlug in voll ausgewachsene Panik um. »Das ist ja toll.« Irgendwie schaffte sie es, ruhig zu klingen. »Ich habe für fünfzig gecatert, nur für alle Fälle.«

»Gut gemacht, Süße. Also, soll ich mich um einen Tombolapreis kümmern? Oder hast du irgendetwas? Snowman Air hatte letzten Monat eine kostenlose Klimaanlagen-Wartung, aber etwas in der Richtung kannst du wohl kaum anbieten, oder? Einen kostenlosen Urintest vielleicht?« Pam lachte trällernd.

»Nein, schon gut. Ich habe alles im Griff«, hörte Beth sich sagen. *Was zum Teufel ist bloß los mit mir?* »Ich habe mir einen perfekten Tombolapreis einfallen lassen.« *Mein Gott, Beth!*

»Oh, was denn?«

»Das ist eine Überraschung.«

»Du bist ein solcher Schatz«, sagte Pam zu ihr. »Ich werde ein paar Minuten früher kommen, um meinen Begrüßungstisch aufzubauen, okay?«

»Toll.« Beth fühlte sich wie betäubt. »Bis dann.«

Sie beendete das Gespräch und starrte auf ihren Schreibtisch, während sie fieberhaft überlegte, wo sie anfangen sollte. Dani steckte den Kopf um die Tür, mit ungewöhnlich leuchtenden Augen.

»Ähm, Beth – ich meine, Dr. Paterson –, Sie haben Besuch.«

Keuchte Dani etwa? Neben der jungen Sprechstundenhilfe tauchte Charlie auf. Das erklärte das Keuchen. Mit leicht geöffnetem Mund sah Dani zu, wie er sich an ihr vorbei in Beths Büro schob. Eine Plastiktüte baumelte von seiner Hand. Dann machte Dani für noch jemanden Platz, der hinter Charlie folgte: Free.

Frees Miene verriet hämische Freude, als sie hinter Charlie eintrat und sich auf einen Stuhl fallen ließ. Dani zog sich widerstrebend zurück.

»Na!« Frees strahlende Augen forschten in Beths Gesicht. »Sieh mal, wen ich im Wartezimmer gefunden habe. *Charlie Campbell!*«, ergänzte sie, als sei Beth sich vielleicht nicht sicher.

»Ja, ich weiß, wer er ist.«

Mit einem Anflug von Belustigung stellte Charlie seine Plastiktüte auf Beths Schreibtisch.

»Ich habe mich schon vorgestellt«, sagte Free. »Und ich habe dir als Überraschung einen Lunch mitgebracht, Bethie.«

»Ich auch«, ergänzte Charlie.

»Ich Glückspilz«, erwiderte Beth matt. »Ich habe die Auswahl.«

Free konnte es offensichtlich kaum erwarten, die Wahrheit aus Beth herauszuquetschen, aber dann warf sie einen Blick auf Charlie und nahm ihre ganze Selbstbeherrschung zusammen.

»Ich habe Panini mitgebracht«, sagte sie.

»Und ich vietnamesische Frühlingsrollen«, ergänzte Charlie.

Beth sah Free entschuldigend an. »Tut mir leid, Free. Ich liebe vietnamesische Frühlingsrollen.«

»Aber ich liebe Panini«, sagte Charlie zu Free, und ihre Miene hellte sich auf.

»Cool! Wir können uns eine Platte teilen.«

Die Erwähnung einer Platte sorgte prompt dafür, dass der Gedanke an den Networking-Abend wieder in Beths Kopf schoss, und sie unterdrückte ein Stöhnen. Charlie packte seinen Behälter mit Frühlingsrollen aus, und Free wickelte ihre Panini aus und plapperte davon, wie sie sie aufschneiden könnte, und verließ dann Beths Büro, um sich auf die Suche nach einem Messer zu machen.

»Entschuldige«, sagte Charlie und beugte sich vor, um Beth einen raschen Kuss auf die Lippen zu drücken. »Das hätte ich nicht tun sollen. Mir war nicht klar, dass du ein Lunch-Date mit deiner Schwester hattest.«

»Das hatte ich auch nicht. Sie hat mich überrascht. Das habt ihr beide getan.«

Ein Lächeln huschte über seine Lippen. »Früher oder später musste sie es herausfinden.«

Was sollte das denn heißen? Hieß das, er hatte vor zu bleiben – bei ihr? In ihrem Leben?

Free tauchte wieder auf. »Ich konnte nur ein Buttermesser finden«, sagte sie und fuchtelte damit durch die Luft. »Aber ich nehme an, ich kann damit auf die Panini einhacken, und irgendwie werde ich sie schon kleinkriegen, ordentlich oder nicht. Magst du Huhn?«, vergewisserte sie sich bei Charlie, während sie ihn schamlos beäugte. *Typisch Free*, dachte Beth, außerstande, ein Lächeln zu unterdrücken. »Huhn, Avocado und Sprossen – oder lieber Salami und italienisches gegrilltes Gemüse?«

»Ich nehme, was du nicht willst«, antwortete er.

»Ich mag beides, aber das mit Huhn habe ich eigentlich für Beth besorgt, damit sie ihre Patienten nicht mit Salami-Atem anhaucht.« Free zerteilte das Panini unfachmännisch in zwei Hälften. »Wollen wir halbe-halbe machen? Kann ich eine deiner Frühlingsrollen kosten, Bethie?«

»Natürlich.« Sie musterte Charlies Gesicht. »Wie geht es Harvey?«

»Er ist ziemlich am Ende. Aber er schafft das schon.«

Free beäugte die beiden interessiert, stellte aber keine Fragen. Beth nahm sich eine Serviette und etwas von dem Essen, während ihre Gedanken zwischen Harvey, dem vergessenen Networking-Empfang und diesem bizarren Lunch jetzt hin- und herhuschten. Was hatte Charlie über sie und ihn zu Free gesagt?

»Geht's dir gut?«, fragte Charlie Beth, während sie mit ihrer Frühlingsrolle spielte.

Beth zögerte, dann berichtete sie – fast gegen ihren Willen – die Geschichte von ihrem Gedächtnisausfall und dem Empfang, den sie völlig unerwartet in ungefähr sechs Stunden ausrichten sollte.

»O mein Gott!«, hauchte Free. »Was wirst du jetzt tun?«

Beth schüttelte hilflos den Kopf. »Ich weiß nicht. Ich kann nicht absagen. Da kommen dreiundvierzig Leute. Ich werde lächerlich dastehen, wenn ich jetzt absage. Ich muss unbedingt einen Caterer finden.« Zu ihrer Verlegenheit traten ihr die Tränen in die Augen.

Charlie beugte sich vor. »Wir können einen Caterer finden, kein Problem. Hast du's schon bei einem versucht?«

»Nein, ich kann im Moment nicht klar denken.« Kopfschmerzen setzten schwindelerregend plötzlich ein, und Beth rieb sich die Stirn.

Charlie nahm ihre Hand in seine. »Überlass das einfach mir.«

Frees Miene erhellte sich vor staunendem Entzücken.

»Was?«, stieß Beth hervor.

»Ich werde mich darum kümmern. Catering, Getränke für dreiundvierzig? Kein Problem.« Er blickte völlig zuversichtlich.

»Nein, ich habe das schließlich vermasselt …«

»Wie sehen deine Termine für den Rest des Tages aus?«, unterbrach er sie.

Beth zögerte, dann warf sie auf dem Bildschirm einen Blick auf ihren Terminkalender. »Einer nach dem anderen«, gestand sie. »Bis fünf.«

»Okay – um fünf richtest du den Laden hier für Gäste her. Bis halb sechs lasse ich das Essen und die Getränke liefern.«

»Ich werde mithelfen«, bot Free eifrig an. »Brauchst du Dekorationen?«

»Nein«, antwortete Beth. »Oh – aber ich brauche einen Tombolapreis. Er soll irgendwie mit meinem Unternehmen zusammenhängen.«

»Ooh, das kann ich besorgen!« Free hüpfte ein bisschen auf und ab und nahm einen großen Bissen Salamipanini.

»Und ich werde bleiben und auch bei dem Event helfen«, ergänzte Charlie. »Ich werde Drinks servieren.«

Beth lachte hysterisch. »Charlie, es geht nicht, dass ein berühmter Musiker bei meinem Networking-Event Drinks serviert. Das ist doch verrückt.«

»Wär's dir dann vielleicht lieber, wenn ich ein paar Songs spiele?« Charlie grinste, und Free fiel vor Aufregung fast ihr Bissen aus dem Mund.

»Ich meine es ernst«, sagte Beth. »Und überhaupt, du musst dich um Jill und Pearl kümmern.«

»Jill kann vorbeikommen und Tabletts mit Essen herumreichen«, sagte er. »Und Pearl kann mit Tante Mary bei Colleen zu Hause sein.«

»Wow.« Free betrachtete Charlie voller Bewunderung. »Er ist ein echtes Organisationstalent. Noch mehr als du, Beth.« Sie schien durchaus zufrieden, dass Beths Künste übertroffen worden waren. »Oh, und ich werde auch kommen und beim Servieren helfen.«

Beth hätte vor Dankbarkeit schluchzen können. »Danke. Euch beiden.«

»Gern geschehen.« Free kippte ihren Kombucha. »Ich werde mich um diesen Tombolapreis kümmern. Charlie, du gibst mir einfach Bescheid, wie ich mit dem Essen und so helfen kann, okay?«

Sie wühlte in ihrer Tasche und fand eine Visitenkarte mit dem Aufdruck *Die Kunstfee* und ihrer Telefonnummer. Charlie nahm sie von ihr entgegen. Dani steckte noch einmal den Kopf um die Tür, um zu melden, dass Beths nächster Termin gekommen war, aber Beth war sich nicht sicher, ob sie es tat, weil der Patient wartete oder weil Dani unbedingt noch einen Blick auf Charlie werfen wollte. Free und Charlie überließen sie ihrer Arbeit, und Free plapperte auf dem ganzen Weg den Flur hinunter mit ihm, als wäre er ein alter Freund.

Beth fragte sich den ganzen Nachmittag, ob sie es wirklich den beiden überlassen sollte, ihr Event zu organisieren. Das hier war Beths Event – der Ruf ihrer Arztpraxis, Mount Clair Medical –, und sie hatte sein Management einem vagabundierenden Rockstar und einer Kunstfee anvertraut. Was, wenn die beiden das nicht hinkriegten? Was, wenn es niemanden in der Stadt gab, der das Essen liefern konnte? Oh, Scheiße – sie hätte ihnen sagen sollen, Einwegbecher und -teller mitzubringen. Vielleicht könnte sie nach der Arbeit kurz losfahren und welche besorgen – oder Dani darum bitten. Sie schrieb hektisch den anderen Angestellten. Ihr Praxismanager war noch immer im Urlaub, und Carolyn hatte dienstagabends ihr geliebtes Tennis, daher lehnte sie im Namen der »Zeit für mich« höflich ab. Paul sagte zu. Eine der Krankenschwestern rief nicht zurück, und Brianna, die Dienst hatte, war eine alleinerziehende Mum, daher würde sie vermutlich nicht bleiben können. Verdammt, warum hatte sie sich nicht schon früher an diese Networking-Geschichte erinnert?

Und, o Gott – was würde Free als Tombolapreis mitbringen?

Sobald ihr letzter Patient – lange nach fünf – gegangen war, stürzte Beth zum Empfang hinaus und flehte Dani und Brianna an, länger zu bleiben und ihr beim Aufräumen zu helfen. Dani war gern bereit, aber Brianna musste nach Hause zu ihren Kindern. Paul half ein paar Minuten, dann sagte er, er müsse seinen Hund füttern, würde aber spätestens um sechs für das Event zurück sein. Zusammen saugten Beth und Dani Staub, rückten Möbel zur Seite und öffneten die Schiebetüren zum Innenhof.

»Hmm, hier draußen haben wir aber viel Sand und Blätter«, bemerkte Dani. »Ich kehre das rasch zusammen.«

Sie ging zum Putzschrank. So viel also dazu, Dani loszuschicken, um Einweggeschirr zu besorgen. Dann kam Charlie, ein großes, mit Alufolie abgedecktes Tablett in einer Hand und eine Kühlbox mit Eis in der anderen. Jill trottete mit noch einem Tablett und einem breiten Lächeln hinter ihm her.

»Büfetttische?«, fragte Charlie.

Beth zeigte wortlos in die Richtung. Er und Jill stellten die Tabletts ab, und Charlie ging ins Freie, um die Kühlbox an die Wand des Innenhofs zu stellen. Jill folgte ihm.

»Ich finde, die Kühlbox sollte dort drüben stehen, Onkel, neben der kleinen Palme. Dann kannst du die Drinks an dem Tisch dort ausschenken.«

Beth äugte unter die Alufolie des Tabletts und entdeckte winzige Mürbeteig-Quiches. Sie nahm eine in die Hand und inspizierte sie. Sie war heiß und roch gut – nach kleinen Mozzarellakugeln und sonnengetrockneten Tomaten.

»Hat es den Schnuppertest der Weideprinzessin bestanden?«, hörte sie Charlies belustigte Stimme hinter sich.

»Was war das eben?«, fragte Free interessiert, die in diesem Moment mit noch einem Tablett und einer Plastiktüte ankam. »Ist das der Gebäckname – Weideprinzessin?«

Charlie lachend schallend auf. »Nicht wirklich. Hast du Beth schon gezeigt, was du als Tombolapreis besorgt hast?«, ergänzte er, während er wieder hinausging.

»Er hat haufenweise Essen besorgt«, sagte Free leise. »Wir haben deinen und meinen Ofen benutzt, um alles aufzuwärmen. Hähnchenspieße, Pasteten, Samosas, und es gibt jede Menge Dips und so. Und er hat kistenweise Limonade und Bier mitgebracht. Es ist alles hinten in seinem Wagen verstaut.«

»Was ist mit Bechern und Tellern? Servietten?«

»Ja, alles da.«

Eine Welle der Erleichterung durchflutete Beth. Er hatte Wort gehalten. Sie war im Begriff, ihr erstes Handelskammer-Event auszurichten, und sie würde es nicht vermasseln – weil Charlie es gerettet hatte.

»Was läuft denn eigentlich zwischen dir und Charlie Campbell?«, flüsterte Free.

»Das erzähle ich dir später«, antwortete Beth. Sie wandte sich zur Tür, um ihm dabei zu helfen, seinen Wagen auszuladen, aber Free hielt sie am Arm fest.

»Sieh mal«, sagte sie. »Ich habe dir einen *supertollen* Tombolapreis besorgt.«

Frees sanfte Augen, in genau dem gleichen sanften Grün wie die ihres Vaters, glänzten vor Hoffnung, als sie die Einkaufstüte öffnete, um Beth den Preis zu zeigen. Es war ein Arztkoffer für Kinder, mit einem roten Plastik-Stethoskop, einer gelben Spritze und sogar einer leuchtend grünen Blutdruckmanschette.

Beth prustete vor Lachen. »Das ist perfekt – und der ungewöhnlichste Tombolapreis, den die Handelskammer je gesehen hat, nehme ich an.« Free stieß einen kleinen Triumphschrei aus.

Sie bauten einen Barbereich auf, beluden den Büfetttisch und schalteten die Lichter in der Praxis ein, sodass alles einladend und hell aussah. Free benutzte die Rolle mit Papier, das Beth normalerweise auf ihrem Behandlungstisch auslegte, um den Tombolapreis einzuwickeln, und etwas Verbandsmaterial als Schleife, dann blies sie vorsichtig ein paar bunte Latexhandschuhe auf und arrangierte sie in kleinen Gruppen im Empfangsbereich und im Hof, sodass es aussah, als würden freundliche Hände ihren Gästen zur Begrüßung winken. Sie bot an, am Getränketisch auszuschenken, und Jill brachte ihre Tabletts in Ordnung, um mit dem Servieren anfangen zu können, als Pam mit ihrem kleinen Klapptisch und einer Blechdose mit Tombolalosen eintraf.

»Das sieht ja wundervoll aus!«, rief sie. »Oh, sieh dir das ganze Essen an! Wer hat dein Catering gemacht, Süße?«

»Weideprinzessin-Catering«, sagte Charlie und grinste Beth an.

»Ich glaube, wir sind uns noch nicht begegnet …« Pam beäugte Charlie, und dann zuckte ein Blitz des Erkennens in ihren Augen.

»Das ist Charlie Campbell«, sagte Beth.

Pam gab ihm die Hand. »Und Charlie ist dein …?«

Sie wartete, aber Beth hatte es die Sprache verschlagen. Frees Augenbrauen furchten sich verwirrt, während Jill voller Neugier den Hals reckte.

»Mein Bekannter«, sagte Beth schließlich, wobei sie an den Worten fast erstickte.

»Ihr Freund«, berichtigte Charlie, und Free starrte ihn mit offenem Mund an.

»Das ist ja entzückend!«, rief Pam. »Ich dachte, du gehst mit diesem …« Sie bremste sich. »Nur Kleinstadttratsch«, meinte sie kichernd. »Wie auch immer, er wird heute Abend auch hier sein.«

Beth bekam nicht die Gelegenheit, herauszufinden, wen Pam meinte, denn die ersten Gäste trafen bereits ein – gut zwanzig Minuten vor dem offiziellen Beginn um halb sieben. Charlie zog eine ganze Menge Fans unter den Mitgliedern der Handelskammer an, was ihn vom Servieren abhielt, aber Jill und Free hatten offenbar alles im Griff. Er mischte sich unter die Geschäftsinhaber, als seien solche Veranstaltungen für ihn nichts Neues, wie Beth mit einem gewissen Schock feststellte. Dann ärgerte sie sich über sich selbst, dass sie schockiert war. Natürlich verstand er es, Small Talk zu machen und neue Leute zu treffen. Er war ein berühmter Musiker, mein Gott – er hatte nicht unter einem Felsen gelebt, seit er Mount Clair vor siebzehn Jahren verlassen hatte.

Beth wurde ins Gespräch mit einem Physiotherapeuten aus der Stadt gezogen, und dann bemerkte sie zu ihrem Entsetzen, dass Harry Sterrick mit seiner Pathologie-Kollegin eingetroffen war. Pam heftete ihnen Namensschilder an die Brust und zeigte ihnen, wo das Essen und die Getränke waren. Harry lächelte, als er Beths Blick auffing, und sie winkte verlegen. Er kam auf sie zu und beugte sich vor, um ihr die Wange zu küssen.

»Hallo, Beth. Du siehst entzückend aus heute Abend. Deine Praxis ist toll!« Er zeigte auf seine Begleitung. »Kennst du Ginny?«

»Ja, natürlich.«

Beth gab auch Ginny einen Kuss, damit es nicht seltsam aussehen würde, dass Harry sie geküsst hatte. Sie sah sich nach Charlie um, aber er war mit dem Anzeigenchef der Lokalzeitung ins Gespräch vertieft. Sie konnte Harry auf halbwegs natürliche Weise entkommen, als Pam hinzutrat und sie holte, um ein paar neue

Mitglieder kennenzulernen. Beth machte mit den Neuankömmlingen Small Talk und erkundigte sich nach ihren Unternehmen – einem Geschäft für Swimmingpoolbedarf und einem Schilderservice.

»Wie haben Sie es geschafft, Charlie Campbell hierher zu kriegen?«, fragte der Schildermann mit gedämpfter Stimme. »Ist er ein Freund von Ihnen?«

»Ja, wir kennen uns schon lange«, antwortete sie, bemüht, sich nicht anmerken zu lassen, wie lächerlich glücklich sie allein schon der Gedanke an Charlie machte. »Und er hat mir geholfen, das Event heute Abend zu organisieren.«

»Das heißt, er ist kein Mitglied der Handelskammer? Irgendwie hätte ich auch nicht gedacht, dass er sein Unternehmen promoten muss.« Der Mann kicherte. »Diesen Typen, mit dem er redet, kenne ich auch. Er arbeitet im Krankenhaus. Er hat letzte Woche den Arm meiner Tochter geröntgt, als wir dachten, er könnte gebrochen sein.«

Beth wurde eiskalt, und sie schnellte herum. *Scheiße!* Na klar, Charlie und Harry waren ins Gespräch vertieft. Sie wandte sich wieder zu ihren Gesprächspartnern um, aber es war zwecklos: Beth konnte sich auf nichts mehr konzentrieren, was sie sagten. Und was noch schlimmer war, Lloyd Rendall war eben hereingekommen. Seine Miene hellte sich auf, als er Beth entdeckte, daher entschuldigte sie sich, tat, als hätte sie ihn nicht bemerkt, und bahnte sich einen Weg zum Büfett. Jetzt, wo sie viel näher bei Charlie und Harry stand, konnte Beth fast ein paar Dinge aufschnappen, die Harry zu ihm sagte.

»*Etwas etwas* Arbeit, aber als ich *etwas etwas etwas* Gemeinde. Natürlich, *etwas etwas* zu hart, aber *etwas etwas* Rikke, die *etwas* die Idee unterstützt. Das heißt, jetzt ist es eine Frage von *etwas etwas* und dann *etwas* nach Sydney.« Harry kicherte bescheiden.

Gott, *nein*. Er erzählte Charlie doch nicht etwa von ihrer kleinen romantischen Geschichte, oder? Oh, großer Gott, sie hätte

Harry sagen sollen, dass es hundertprozentig vorbei war, anstatt zu kneifen und ihm zu versprechen, sie würde darüber nachdenken, mit ihm nach Sydney zu fliegen. Was zum Teufel würde Charlie jetzt denken? Sie hob den Kopf und warf einen Blick hinüber, um festzustellen, ob Charlie aufgelöst aussah. Seine grünen Augen waren auf sie gerichtet, die Augenbrauen gefurcht. Beths Magen verkrampfte sich.

»Komm schon, Süße, Zeit für deine Ansprache«, durchbrach Pams Stimme den entsetzlichen Moment.

Sie packte Beth am Arm und führte sie an eine Seite des Raums. Dort ruderte Pam mit den Armen und bat mit lauter Stimme um ein bisschen Ruhe.

»Jetzt ist der Zeitpunkt des Abends, an dem unsere Gastgeberin die Gelegenheit bekommen wird, sich vorzustellen und uns alles über ihr Unternehmen – und was es für uns tun kann – zu erzählen. Wie Sie wissen, ermuntern wir unsere Mitglieder immer, sich bei ihren Unternehmen gegenseitig zu unterstützen, und ich hoffe, dass viele von Ihnen es einmal mit Beths Praxis versuchen oder sie zumindest Ihren Freunden und Kunden empfehlen werden. Nach Beths Ansprache werden wir unseren Tombolapreis ziehen, der, da bin ich mir ganz sicher, heute Abend sehr aufregend sein wird. Ich habe sogar selbst ein Los genommen, da Beth sich rundheraus geweigert hat, mir zu sagen, was der Preis ist. Daher übergebe ich das Wort jetzt ohne weitere Vorrede an Dr. Beth Paterson, Inhaberin und eine der Allgemeinärztinnen der Praxis Mount Clair Medical.«

Alle applaudierten. Beth, die keine Ansprache vorbereitet hatte, stand einen Moment lang sprachlos da und versuchte, ihre Fassung wiederzugewinnen. Sie konnte Charlie nicht in die Augen sehen. Nicht jetzt. Wenn sie sah, dass er verletzt oder irgendwie bekümmert blickte, würde sie womöglich völlig durchdrehen.

»Danke, Pam.«

Free war draußen im Innenhof, genau am Rand der Menge. Sie hob aufmunternd zwei Daumen, und Beth drückte die Schultern durch. Sie konnte das. Sie würde das verdammt noch mal schaukeln.

Sie erhob ihre Stimme so laut, dass auch die Leute ganz hinten sie hören konnten. »Nun, ich möchte Ihnen allen dafür danken, dass Sie heute Abend hierher zu unserer Praxis gekommen sind. Ich möchte insbesondere meine Mitarbeiter und Freunde erwähnen, die mir geholfen haben, das hier in die Tat umzusetzen. Zunächst ein paar Worte über mich selbst. Ich habe mein Leben lang in Mount Clair gelebt. Ich bin auf der Rinderfarm Paterson Downs aufgewachsen, südöstlich von hier, und auf die hiesige Schule gegangen. Ich habe die Stadt für längere Zeit nur verlassen, um auf die Universität zu gehen und Medizin zu studieren. Ich wollte nie lange fort von hier sein, da Kimberley mir im Blut liegt und ich es liebe. Ich wusste von Kindesbeinen an, dass ich Allgemeinärztin werden wollte, und ich konnte mir nicht vorstellen, irgendwo anders zu arbeiten. Ich entschied ziemlich bald nach meinem Abschluss, meine eigene Praxis zu eröffnen. Die Stadt war medizinisch unterversorgt, daher dachte ich, sie könnte eine zweite Praxis gebrauchen. Anfangs waren wir nur zu zweit, eine Krankenschwester und ich, aber nach etwa einem Jahr hatten wir bereits so viel zu tun, dass wir noch eine Ärztin einstellten. Dann eröffneten wir noch eine andere Praxis in Mount Clair, was etwas Druck von uns nahm. Ungefähr ein Jahr lang hatten wir mit nur zwei Ärztinnen hier alles gut im Griff, aber als Dr. McInerney von der Familienpraxis East Kimberley in den Ruhestand ging, fanden offenbar viele seiner Patienten den Weg zu uns. Dadurch wurde es bei uns wieder eng, daher habe ich eine Vertretung, Paul Lavigne, engagiert, der dort drüben in der Ecke steht und der uns in Stoßzeiten aushilft. Aber unsere schöne Stadt ist nicht jedermanns Sache, und ich habe meine ursprüngliche Kollegin, die sieben Jahre bei mir war, verloren, als sie in die Großstadt zurückkehrte. Aber wenn sich eine Tür schließt, geht eine andere auf. Paul hat seine Tätigkeit als Vertretungsarzt an den Nagel gehängt und unterstützt uns jetzt in Vollzeit, und bald darauf stieß außerdem Dr. Carolyn Shen zu uns. Und so sind wir jetzt eine glückliche ärztliche Familie, zusammen mit unserem Praxismanager, Ben, unseren beiden Krankenschwestern, Brianna und Kath, und unserer fantastischen Sprechstundenhilfe, Dani, die heute Abend beim Servieren von Essen und Getränken hilft. Wir haben einen sehr vollen Terminkalender, aber ich schätze mich extrem glücklich, ein solch engagiertes Team zu haben, sodass bei uns alles in guten Bahnen verläuft.«

»Erzähl ihnen von deinem Preis, Beth«, rief Pam.

»Ach ja.« Beth war es ein bisschen peinlich, ihn zu erwähnen, aber nach Pams Aufforderung konnte sie sich kaum weigern. »Vor zwei Jahren wurde uns die Ehre zuteil, den Preis der Handelskammer als sozial engagiertestes Unternehmen zu gewinnen.« Sie zeigte auf die Trophäe und das Zertifikat, die hinter Danis Schreibtisch auf einem Regal standen.

»Die Juroren waren sehr beeindruckt von Beths gemeinnütziger Arbeit«, warf Pam mit lauter Stimme ein. »Sie fährt jeden Monat zu einer Outback-Gemeinde und kümmert sich um die armen Aborigines dort draußen.«

Beth verschlug es für einen Moment die Sprache. Es war genau wie vor all den Jahren in Schulleiter Ogilvies Büro.

»Es ist eine bezahlte Position«, beeilte sie sich klarzustellen. »Ich hatte großes Glück, sie zu bekommen.«

Es war ein etwas seltsames Schlusswort für ihre Ansprache, daher lächelte Beth fröhlich in die Menge. »Vielen Dank nochmals, dass Sie gekommen sind, um sich die Praxis anzusehen. Wir hoffen, dass Sie den Abend genießen.«

»Oh, so leicht kommst du uns hier nicht davon, Beth!«, trällerte Pam. »Zuerst musst du den Tombolapreis ziehen!«

Beth tat es. Der Gewinner war Gino von Safe-Tee-Quip, der entzückt erklärte, der bunte Arztkoffer sei das ideale Spielzeug für seine Enkelkinder. Als sich die Augen der Öffentlichkeit endlich von Beth abgewandt hatten, gestattete sie sich einen ängstlichen Blick auf Charlie. Er stand allein in einer dunklen Ecke und starrte sie an. Sobald ihre Blicke sich trafen, ging er durch den Raum auf sie zu.

»Gute Ansprache, Beth«, hörte sie Lloyds Stimme.

Gott, nicht jetzt. Sie nahm ihre Kraft zusammen. »Danke, Lloyd.«

»Drink?« Er drückte ihr einen Plastikbecher mit Sekt in die Hand. »Stoß mit mir an.«

»Worauf stoßen wir an?«

Charlie trat an ihre Seite, und sie sah dankbar zu ihm hoch, froh, dass er trotzdem zu ihr gekommen war, nachdem er Lloyd gesehen hatte.

»Oh, du hast es noch gar nicht gehört?« Selbst Lloyds Stimme klang schleimig.

Beth richtete den Blick wieder auf sein Gesicht und furchte die Stirn. »Was gehört?«

»Das Ministerium hat die Gargantua-Mine genehmigt.« Lloyd nickte Charlie zu. »Das dürfte viel Arbeit und Geld in eure Gemeinde spülen.«

Beth erstarrte.

»Blödsinn«, spie Charlie.

»Absolut nicht. Ich habe heute Nachmittag die offizielle Benachrichtigung von Gargantua bekommen.«

»Wir werden Widerspruch einlegen.« Charlies Stimme blieb kalt und hart.

Lloyd legte den Kopf auf die Seite. »Ich denke, damit werdet ihr nicht weit kommen. Die Sache ist besiegelt, und der Minister scheint sehr zufrieden damit.«

»Zeig ein bisschen verdammten Anstand, Lloyd«, fauchte Beth.

»Was denn? Ich bin nicht schadenfroh«, erwiderte er, obwohl er es eindeutig war. »Ich verstehe nur nicht, warum du den Umsiedlungsdeal nie in Betracht gezogen hast, Charlie.«

»Was denn für einen Umsiedlungsdeal?«, fragte Charlie.

Lloyd sah Beth an. »Das Umsiedlungsangebot, von dem ich Beth bei unserem Dinner-Date vor ein paar Wochen erzählt habe. Ich habe sie gebeten, mit dir darüber zu reden. Hast du das etwa verschwitzt, Beth?«

Sie funkelte ihn wütend an. »Ich habe dich um mehr Informationen gebeten, und du hast mir nie irgendetwas geschickt. Wie kann das denn ein *Angebot* sein?«

Lloyd zuckte fast unmerklich die Schultern.

»Warum versuchst du nicht, *mir* ein Angebot vorzulegen?« Charlies Stimme war düster und wurde mit jeder Sekunde düsterer.

Lloyd nippte an seinem Drink, offenbar unbeirrt von Charlies Auftreten. »Ich werde mit meinen Freunden bei Gargantua reden und sehen, ob sie noch immer interessiert sind. Vielleicht haben sie es gar nicht mehr auf ihrer Agenda.«

Beth wurde immer ängstlicher. Nach außen hin schien Charlie relativ ruhig, aber sie kannte ihn, und sie sah, wie sich die Wut in ihm aufbaute. Sie zermarterte sich das Gehirn nach irgendetwas, um ihn abzulenken, aber ihr fiel nichts ein.

»Sag deinen Freunden bei Gargantua, sie werden es mit Demonstrationen, Widerspruchsklagen und einer ganzen Menge Ärger zu tun kriegen, wenn sie nicht in den nächsten Tagen etwas auf den Tisch legen, das es wert ist, von uns in Betracht gezogen zu werden«, sagte Charlie zu Lloyd.

Jill kam vorbei und bot ihnen ein Tablett mit Essen an. »Ich werde sehen, was ich für dich tun kann, Kumpel«, sagte Lloyd und nahm sich einen Hähnchenspieß von Jills Tablett. »Danke, Süße.«

»Nenn sie nicht so«, fauchte Beth, die vor lauter Abscheu ihre Ängstlichkeit vergaß.

»Nichts für ungut. Netter Empfang, den du heute Abend hier ausrichtest, Beth.« Lloyd zwinkerte – zwinkerte allen Ernstes – Beth zu. »Ich rufe dich demnächst mal an.«

Charlie war prompt einen Schritt auf Lloyd zugetreten – so nah, dass sich ihre Oberkörper fast berührten. Beth unterdrückte einen Aufschrei. Charlies Atem ging flach, und er starrte Lloyd ins Gesicht, bis der Mann den Blick senkte und die Hände hob.

»Das ist nicht nötig, Kumpel.«

Charlie rührte sich nicht von der Stelle, und Lloyd sah sich um, als würde er Hilfe suchen. Die anderen Partygäste plauderten und tranken, ohne irgendetwas mitzukriegen. Nach einem Moment wich Lloyd ein paar Schritte zurück und schlich dann ohne ein weiteres Wort davon.

Jill starrte Lloyd mit aufgerissenen Augen nach. »Was war das denn eben?« Sie wandte sich wieder zu Charlie und Beth um. »Was ist denn los, Onkel?«

Charlie wandte sich abrupt ab. Er entfernte sich und ließ Beth einfach stehen, die ihm hilflos nachstarrte. Sie sah zurück zu Jills besorgtem Gesicht, aber sie konnte kein Wort hervorbringen.

Kapitel 24

Der Rest des Abends war ein einziges Elend. Charlie ging nicht. Er stand in einer Ecke und machte höflich Small Talk, wenn ihn jemand ansprach, aber hauptsächlich schien er mit seinem Handy beschäftigt zu sein, während das gesellige Beisammensein um ihn herum weiterging. Beth gab die fröhliche Gastgeberin, aber sie konnte es kaum erwarten, dass alle gingen, damit sie Charlie alles erklären konnte. Free machte ihren Job so verdammt gut, dachte Beth säuerlich, während sie zusah, wie ihre Schwester Drinks servierte und angeregt mit den Gästen plauderte. Beth war fast in Versuchung, sie zu bitten, mit dem Servieren aufzuhören, damit sich alle endlich verkrümelten.

Schließlich verabschiedete sich einer nach dem anderen, und dann war sie allein bis auf Pam, die ihren Klapptisch zusammenpackte, und Free, die mit Jill Tabletts und Abfälle einsammelte, während Charlie leere Tabletts in sein Fahrzeug lud.

»Entzückender Abend«, bemerkte Pam. »Bist du zufrieden damit, wie alles gelaufen ist, Süße?«

»Ja«, antwortete Beth mechanisch. »Es war toll.«

»Vielleicht werde ich der Handelskammer auch beitreten«, warf Free ein. »Ich habe heute Abend so viele coole Leute getroffen. Die Dame vom ambulanten Pflegedienst will, dass ich mit ihren alten Leuten Kunstsessions abhalte.«

Pam hatte etliche Informationsblätter und Formulare, die sie Free geben wollte, daher hatte Beth alle Hände voll zu tun, um die Praxis möglichst rasch wieder in ihren gewohnten ordentlichen Zustand zu bringen. Charlie half ihr, die Möbel zurückzuschieben, und als sie eben den letzten Tisch an seinen Platz gestellt hatten, fing sie über das weiße Laminat hinweg seinen Blick auf und sah die ganze wütende Verwirrung, die er verborgen hatte. Er wandte sich ab, und Beth kämpfte darum, ihre Emotionen unter Kontrolle zu halten.

Das Aufräumen schien eine Ewigkeit zu dauern, aber schließlich brach Pam auf, daher gab Beth Free einen Abschiedskuss und bedankte sich bei ihr, bevor sie in der verdunkelten Praxis die Alarmanlage einschaltete. Charlie und Jill stiegen in seinen Wagen, und Beth kletterte ins »Biest« und machte sich auf den Heimweg.

Sobald sie zu Hause waren, mussten sie und Charlie warten, bis Jill sich bettfertig gemacht hatte. Als sie schließlich allein waren, standen sie in der Küche und starrten sich über den Küchentisch hinweg an.

Beth ergriff als Erste das Wort. »Bitte verurteile mich nicht aufgrund dessen, was du heute Abend vielleicht über mich gehört hast. Tu *das* nicht wieder.«

Das überrumpelte ihn. Charlie fuhr sich mit einer Hand durchs Haar, die Augenbrauen tief gefurcht. Dann hielt er inne und sah Beth tief in die Augen. »Hat Lloyd Rendall dir von einem Umsiedlungsangebot für Madjinbarra erzählt?«

Beth suchte nach irgendeiner Möglichkeit, Nein zu sagen. Es gab keine. »Ja.«

Alle Farbe schien aus Charlies Gesicht zu weichen. Er ließ sich auf einen Küchenstuhl fallen. »Du hast mir nichts davon gesagt. *Warum* nicht?«

Sie kämpfte gegen das flaue Gefühl an, das in ihrem Magen hochstieg. »Das ist Wochen her – es war nicht lange nach dem ersten Meeting der Interessenvertreter. Lloyd sagte, er hätte etwas, worüber er diskutieren wollte – eine mögliche Lösung –, und bestand darauf, mich zum Dinner zu treffen. Er hat mir von der Umsiedlungsidee erzählt und mich gebeten, mit dir darüber zu reden. Hat mir eine Stelle auf einer Landkarte gezeigt. Ich habe ihm gesagt, du und ich seien nicht befreundet, und vorgeschlagen, Gargantua solle sich direkt an dich wenden, aber er war der Meinung, ich sollte die Idee gegenüber Mary und Harvey zur Sprache bringen. Ich habe ihn gebeten, mir etwas Schriftliches zu schicken. Ich wollte es an dich weiterleiten oder es vielleicht ausdrucken und mit Mary darüber reden, aber er hat nie irgendetwas geschickt. Ich habe ihn sogar ein paarmal daran erinnert, aber er hat mir trotzdem nichts geschickt.«

Sie wartete mit hämmerndem Herzen.

»Ist das der Grund, weshalb du vorgeschlagen hast, die Gemeinde umzusiedeln?«

Sie nickte, und Charlie fluchte. Laut.

»Warum hast du mir nicht gesagt, dass die Idee von *Rendall* kam?«

»Weil ich dachte, wenn du wüsstest, woher sie kam, würdest du die Idee einfach ignorieren, und ich fand, sie hätte eine ehrliche Betrachtung verdient.« Beth war jetzt ebenfalls laut geworden. »Du hast keine Geduld mit Lloyd, und ich war besorgt, du würdest die Gelegenheit abtun, ohne auch nur darüber nachzudenken.«

Seine Augenbrauen schossen hoch. »Vielleicht hättest du ein bisschen Vertrauen in mich haben sollen! Ich würde doch nicht wegen meiner persönlichen Probleme mit diesem Idioten Madjinbarra den Wölfen zum Fraß vorwerfen.«

Sie holte einmal tief Luft. »Okay. Ja, Charlie, du hast recht – ich hätte es dir sofort sagen sollen. Ich habe es nicht getan, weil ich mir nicht sicher war, was ich tun sollte. Ich wollte dir von der Idee erzählen, deine Reaktion abschätzen und dir dann ihr Angebot zeigen.«

Ihre Entschuldigung schien nicht zu ihm durchzudringen. Charlie kochte vor Wut. »Du hast eine Grenze überschritten, Beth. Das ist *meine* Gemeinde. Du enthältst mir keine Informationen vor, die *irgendetwas* mit Madjinbarra zu tun haben.«

»Charlie, du reagierst über. Ich habe es lediglich versäumt zu erwähnen, woher die Idee kam. Es ist nie irgendein Angebot gekommen. Es gab nichts, was ich weiterleiten oder vorenthalten konnte.«

»Ich reagiere über?«, zischte er. »Ich erfahre, dass du dich zu einem gemütlichen Dinner-Date mit Lloyd Rendall getroffen, über die Zukunft des Zuhauses meiner Familie diskutiert und das alles vor mir verheimlicht hast – und jetzt *reagiere ich über?*«

Beth schnitt ihm das Wort ab. »Augenblick! Geht es jetzt darum, dass du denkst, ich würde dir irgendetwas verheimlichen, was mit der Gemeinde zu tun hat? Oder darum, dass ich ein ›Date‹ mit Lloyd Rendall hatte?«

Seine Augen funkelten vor Wut. »Bei beiden Gedanken wird mir schlecht.«

»Vergiss das mit dem Date, das ist …«

»Es *vergessen?*«, stieß Charlie mit erstickter Stimme hervor. »Gottverdammt noch mal, Beth!«

»Sprich nicht so mit ihr.« Jill stand im Pyjama in dem düsteren Flur, ihre Augen dunkel und entschlossen.

»Geh wieder ins Bett«, sagte er kurz angebunden.

»Nein. Du kannst nicht so mit ihr reden, Onkel. Du kannst sie nicht so herumkommandieren. Sie ist eine erwachsene Dame, und wenn du ihr Freund bist, dann solltest du sie besser anständig behandeln.«

»Das hier hat nichts mit dir zu tun, Jill«, knurrte er. »Geh wieder ins Bett.«

Jill rührte sich nicht von der Stelle. »Warum vertraust du Beth nicht? Sie würde niemals irgendetwas tun, was der Gemeinde schadet.«

Inzwischen sah Charlie so wütend aus, dass es für einen Moment wirkte, als hätte es ihm die Sprache verschlagen. Dann stand er auf. »Jill, hol deine Sachen. Wir gehen.«

Ein Schmerz traf Beth wie ein Schlag in die Magengrube, aber Jill stand im nächsten Moment neben ihr und umklammerte ihren Arm.

»Nein.«

»Hol deine Sachen«, wiederholte er tonlos.

Jill brach in Schluchzen aus. »Nein! Ich gehe nicht. Ich bleibe hier bei Beth. Ich bin es leid, dass du mein Leben kontrollierst. Beth will, dass ich in der Stadt lebe, hier zur Schule gehe – sie *versteht*, was ich tun will. Dir geht es doch nur darum, was du willst! Ich will nicht mit dir mitgehen oder zurück nach Madjinbarra. Ich will bei Beth leben und auf die Mount Clair High School gehen! Beth kann sich viel besser um mich kümmern als *du*.«

Charlies Miene schwankte zwischen Wut und Bestürzung, dann machte er auf dem Absatz kehrt und marschierte den Flur hinunter. Beth hielt sich an Jill fest; sie zitterte, während das Mädchen an sie gedrückt schluchzte. Sie hörte ein Rascheln, als Dinge in Charlies Tasche gestopft wurden, und dann, wie der Reißverschluss zugezogen wurde. Charlie tauchte wieder auf, verharrte einen Moment im Türrahmen der Küche und sah Jill lange an.

»Ich komme nicht mit«, erklärte das Mädchen und klammerte sich noch fester an Beth. Beth verstärkte instinktiv ihren Griff um sie.

Charlie sah ihr nicht einmal in die Augen. Im nächsten Moment war er verschwunden, und die Haustür knallte hinter ihm zu.

Beth machte Jill eine heiße Schokolade, und sie setzten sich zusammen aufs Sofa, um ein bisschen Trash-TV zu gucken und zu versuchen, sich zu beruhigen. Ein paarmal war sie den Tränen so nahe, dass Beth glaubte, vor Jill zusammenzubrechen. *Trockenblumen-Arrangement, Couchtisch, leichter Rotweinfleck auf dem Teppich, wo der Wein durch den Läufer gesickert ist, Pearls Barbiesofa.* Gott, das klappte nicht. Wie konnte sie sich ablenken, wenn alles in diesem Zimmer sie an Charlie und die Mädchen erinnerte? *Jill.* Sie musste sich auf Jill konzentrieren.

»Dein Onkel braucht Zeit, um sich zu beruhigen«, sagte sie und drückte die Schultern des Mädchens.

»Ich habe ihn noch nie so wütend gesehen.« Jill blinzelte, wischte sich die Augen und zog die Füße unter sich an. »Warum war er so sauer auf dich? Ich habe alles gehört. Du hast doch nichts Falsches getan.«

»Es ist die Rede davon, eure Gemeinde umzusiedeln, um die Probleme zu vermeiden, die Gargantua mit sich bringen könnte. Ich hätte Charlie offen sagen sollen, dass es Lloyd Rendall war, der die Umsiedlung vorgeschlagen hat.« Beth atmete zitternd aus. »Ich war einfach besorgt, er würde ausflippen.«

»Und du hattest recht. Er ist ausgeflippt.« Jill sah mit ihren großen dunklen Augen zu Beth hoch. »Das sieht Onkel Charlie einfach nicht ähnlich.«

»In der Vergangenheit sind ein paar Dinge vorgefallen«, begann Beth zögernd. Kannte Jill die Geschichte mit ihren Pflegeeltern? »Zwischen ihm und Lloyd – und zwischen ihm und mir. Es ist ein bisschen kompliziert.«

»Ist er eifersüchtig? Weil du mit einem anderen Typen ausgegangen bist?«

»Ich weiß nicht. Vielleicht spielt das auch eine Rolle.«

»Aber du bist doch nicht fremdgegangen, oder?« Offensichtlich hatte Jill absolutes Vertrauen in Beths Treue. »Das war doch nur ein Geschäftsessen.«

»Na ja, ich war nicht einmal mit Charlie *zusammen*, als ich mit Lloyd ausgegangen bin. Aber ja, es war nur ein Geschäftsessen. Ehrlich gesagt, kann ich Lloyd nicht ausstehen. Ich … Ich hätte das Umsiedlungsangebot vermutlich früher erwähnen sollen, das ist alles.«

»Du solltest dich nicht entschuldigen, Doc«, erklärte Jill. »Onkel Charlie hat Mist gebaut, nicht du. Du hast sofort gesagt, dass es dir leidtut, dass du es ihm nicht gesagt hast, und er war trotzdem noch sauer auf dich. Es muss Eifersucht sein. Er ist derjenige, der sich entschuldigen sollte.«

»Ich glaube, das ist nicht sehr wahrscheinlich«, erwiderte Beth. »Ich bezweifle, dass Charlie denkt, dass er irgendetwas falsch gemacht hat.«

»Er muss sich entschuldigen«, beharrte Jill. »Und wenn er das nicht tut, solltest du ihm sagen, er soll sich verpissen.«

»Er ist dein Onkel, Jill«, schalt Beth sie. »Wo ist deine Loyalität?«

»Ich bin loyal, aber er muss es auch verdient haben.«

Beth war insgeheim beeindruckt. Jill hatte viel von Marys Stärke. Vielleicht hatte das Mädchen recht: Beth hatte schließlich immer nur mit den richtigen Absichten gehandelt. Sie hatte zugegeben, dass es ein Fehler gewesen war, nicht offen zu sagen, woher die Umsiedlungsidee gekommen war, und Charlie war trotzdem noch wütend. Und er war gegangen. Anstatt zu bleiben, um die Sache zu klären, war er gegangen – wieder einmal. *Du wusstest doch, dass er genau das tun würde*, flüsterte ihr Gehirn.

Sie versuchte, die Erinnerungen an die vergangenen paar Tage auszublenden – diese magische Wiedervereinigung mit Charlie und ihr rascher Sinkflug zu Missverständnis und Konflikt. Ihre Gedanken kehrten zurück dorthin, wo vor siebzehn Jahren alles angefangen und geendet hatte. Sie hätten es niemals hingekriegt. Charlie war zu abwehrend und impulsiv, Beth zu bemüht gewesen, ihre Liebe zu beschützen – so sehr, dass sie versucht hatte, alles an dieser Liebe zu kontrollieren, sogar, wer von ihr wissen durfte. Sie waren eine Katastrophe mit Ansage, und natürlich war sie eingetreten.

Und jetzt war es wieder passiert. Siebzehn Jahre, und sie waren keinen Schritt weiter.

Die Tränen drohten wieder hochzukommen. *Becher auf dem Tisch, kupferne Bodenvase, dämliches Fernsehprogramm, ein Paar meerglasgrüne Augen …*

»Weinst du, Doc?« Jill setzte sich auf und legte ihre schlanken Arme um Beth. »Komm her. Es ist ja gut. Willst du ein Taschentuch?«

»Warum willst du Ärztin werden?«, fragte Charlie.

»Weil ich gut in Naturwissenschaften bin und weil ich Leute heilen will.«

»Wovon?«

»Krankheiten, die sie töten könnten.«

Charlie ließ das Kinn auf einem Arm ruhen, den er über sein Knie gelegt hatte, und sah auf die Stadt hinaus. Sie hatten eine schattige Bank oben auf dem roten, knubbeligen Mount Clair gefunden – der nicht wirklich hoch genug war, um als Berg zu gelten.

»Wie den Krebs deiner Mum?«

Beth scharrte mit einem Schuh in dem Kies unter ihrer Bank. »Ja.«

Er schwieg ein paar Augenblicke. »Manchmal wirst du sie vielleicht nicht heilen können.«

»Ich weiß.«

»Manchmal werden sie sterben, egal was du tust.«

»Meinst du nicht, dass ich das weiß?«

Er nickte. »Und was ist mit anderen Dingen? Was willst du sonst noch tun?«

Beth furchte die Stirn. »Was meinst du damit? Wenn ich meine guten Noten beibehalte, werde ich Medizin studieren können.«

Er lachte. »Das weiß ich. Aber was willst du sonst noch tun – du weißt schon, im Leben? Zum Beispiel reisen, heiraten, Kinder kriegen? Einen Maserati besitzen? Auf einen Berg steigen?«

»Reisen – ja, ich will ein paar Orte auf der Welt sehen. Einen Maserati zu besitzen, interessiert mich nicht. Ich bin mir nicht einmal sicher, wie sie aussehen, ehrlich gesagt. Aber ich hätte nichts gegen einen großen Geländewagen, um in die Schluchten hinauszufahren. Und was das Bergsteigen angeht, genügt mir dieser hier.«

Er wandte sich um und sah ihr in die Augen. »Und heiraten? Kinder kriegen? Sind sie ein Teil des großen Plans?«

»Eines Tages will ich Kinder haben. Auf jeden Fall.«

»Wie sollen wir sie nennen?«

Sie lachte. »Hast du etwa vor, der Vater zu sein?«

Er sah sie gespielt böse an. »Wer denn sonst?«

Sie betrachtete ihn. »Ehrlich gesagt, wärst du ein guter Dad.«

»Jede Wette. Ich bin aus richtig gutem Ehemann-Holz geschnitzt.«

»Was willst du damit sagen, Charlie?«

Er zuckte die Schultern. »Ich stelle es nur fest.«

»Wir sind achtzehn.«

»Ich meine ja nicht morgen. Aber eines Tages.«

Auf einmal war Beth schüchtern und wusste nicht, was sie sagen sollte. Charlie stützte das Kinn wieder auf seinen Arm und betrachtete die rote, von Boabbäumen gesprenkelte Landschaft, mit Telefon- und Funkmasten und einer rosigen Felsformation hier und da.

»Zuerst musst du ein berühmter Sänger werden«, sagte sie.

»Und Anwalt. Oder Ingenieur. Oder Geschäftsmann.«

»Aber auf jeden Fall ein berühmter Sänger, denn ich habe dich singen und spielen hören, und die Welt wird ein traurigerer Ort sein, wenn Charlie Campbell kein Sänger wird.«

Charlie zog sie an sich, vergrub sein Gesicht an ihrem Nacken und küsste sie. »Und du kannst mich heiraten und die Ehefrau eines berühmten Sängers sein«, sagte er in ihre Haare.

Sie wand sich lachend. »Und Ärztin.«

Er ließ sie los, und seine Augen glänzten. »Ja, okay. Du kannst auch Ärztin sein.«

»Aber wirst du nicht noch andere Freundinnen brauchen – du weißt schon, um Songs zu schreiben?«, neckte sie ihn. »Soweit ich weiß, haben alle berühmten Sänger einem Mädchen das Herz gebrochen – oder sich das Herz brechen lassen. Vielleicht hatten sie sogar eine Freundin, die gestorben ist.«

»Du solltest besser nicht sterben oder mir das Herz brechen.«

»Ich nehme an, dann wirst du mir meines brechen.«

»Niemals.«

»Charlie, wie willst du denn dann gute Liebeslieder schreiben? Über wen in aller Welt wirst du schreiben?«

»Jedes Liebeslied, das ich je schreibe, wird ein Lied über dich sein.«

Der Traum raubte ihr den Schlaf, und Beth lag von vier Uhr morgens an wach. Um sieben wünschte sie, sie könnte einfach wieder ins Bett gehen, während Jill, die ihr gegenüber am Tisch saß, ihren Toast mit Marmelade bestrich.

Jill richtete den Blick auf Beth. »Ich habe eine Idee. Wie wär's damit?«

Beth steckte sich ein Stück Apfel in den Mund und wartete.

Jill sprach überstürzt. »Du nimmst mich und Pearl in Pflege.«

Beth starrte sie an. Sie schluckte mühsam ihren Apfelbissen.

»Ähm …«

»Ich meine, wenn du willst. Dann könnte ich hier bei dir leben anstatt im Durack, mich um Pearl kümmern und zur Schule gehen, und sie könnte das ganze Zeug, das sie braucht, von Therapeuten hier in Mount Clair bekommen.«

»Ich könnte nicht …«

Beth brach ab. Zu ihrer Verblüffung war Jills Idee in ihre Seele eingedrungen und prompt gekeimt, wuchs jetzt rasch und breitete sich in jeden Teil von ihr aus und erfüllte sie mit Licht und Wärme, von denen sie gar nicht gewusst hatte, dass sie sie vermisste. Beth stellte sich vor, wie Pearl in ihrem Garten spielte und mit einer Krücke nach einem Fußball schlug, während Jill am Küchentisch ihre Hausaufgaben machte. Sie sah sich selbst, wie sie für andere Münder Mahlzeiten kochte – köstliche, gesunde Mahlzeiten, für die sich die Mühe des Kochens lohnen würde. Sie sah ein hübsches fliederfarbenes Schlafzimmer mit der Silhouette eines Zebras auf einer gestreiften Tapete, Regalen mit Büchern und einem kleinen weißen Bett. Barbienachthemden, Fußballtrikots und Teenager-BHs, die auf der Wäscheleine hingen.

Es war alles genau vor ihr, in atemberaubenden, wundervollen Details. Etwas, wofür es sich lohnte, jeden Abend nach Hause zu kommen. Etwas, das sogar anfangen würde, den entsetzlichen, klaffenden Verlust von Charlie und die kalte Angst, dass der Krebs in ihren Genen angelegt sein könnte, zu lindern. Beths Herz galoppierte mit diesen warmen Gedanken zum Horizont davon und weigerte sich, sie loszulassen.

Was ist hier los?

Jill sah sie noch immer mit erwartungsvoller Miene an und hatte ihren Toast vergessen.

»Ähm, ich arbeite Vollzeit«, war alles, was Beth zu sagen einfiel.

»Ja, ich weiß. Aber es gibt Tagesbetreuung. Pearl kommt nächstes Jahr in den Kindergarten, und ich werde mich nach der Schule um sie kümmern können. Ich werde helfen. Zu Hause mache ich auch jede Menge. Kochen, waschen. Und ich glaube, Pflegeeltern kriegen ein bisschen Geld vom Staat, um sie bei den Kosten zu unterstützen, oder? Das heißt, das könnte unser Essen und unsere Kleidung abdecken. Wir brauchen nicht viel.« Sie erinnerte sich an ihren Toast, nahm einen Bissen und kaute, ihre braunen Augen auf Beth gerichtet.

»Ich würde die Einwilligung deiner Familie benötigen«, zertrümmerte Beth den schönen Gedanken.

Jills Miene trübte sich ein. »Ich nehme an, Tante Mary würde Ja sagen.«

»Aber Charlie ist auch dein gesetzlicher Vormund.«

Jill starrte geistesabwesend auf den Tisch. »Ja«, sagte sie schließlich und hatte dann nichts mehr hinzuzufügen.

Sie aßen ein paar Augenblicke schweigend.

»Wirst du den Tag über hier klarkommen?«, fragte Beth. »Du könntest auch mit zur Praxis kommen, wenn du willst.«

»Kann ich ins Internet gehen, wenn ich hierbleibe?«, fragte Jill.

»Was willst du denn im Internet tun?«

»Kurse recherchieren. Universitäten. Musik hören. Spiele spielen. Katzenvideos ansehen.«

Beth lächelte. »Sieh dich einer an. Du hast seit einer Woche anständiges Internet und bist schon jetzt ein Profi.«

Sie ließ Jill zufrieden an ihrem Desktopcomputer sitzen und fuhr zur Arbeit. Beth war froh über ihren vollen Terminkalender.

Jedes Mal, wenn sie einen Moment Zeit hatte, um über Charlie nachzugrübeln, versank sie in Elend. Sie versuchte, sich eine Zeit vorzustellen, zu der sie sich vielleicht geheilt und bereit für eine Beziehung fühlen würde. Eine funktionale Beziehung.

Es war hart. Sie war schon beim ersten Mal nie über Charlie hinweggekommen, und sein Wiederauftauchen in ihrem Leben hatte ihr Herz nur wieder aufs Neue aufgerissen und es verwundbar und empfindlich gemacht, genau wie damals, als sie ein Teenager war. *Zum Teufel mit ihm.* Zum Teufel mit ihm dafür, dass er ihr Herz besaß, wenn er es verdammt noch mal nicht verdient hatte.

Und zum Teufel mit mir *dafür, dass ich mir vorgemacht habe, ich hätte meine Kontrollsucht im Griff.* Beth hatte gedacht, sie hätte aufgehört, anderer Leute Leben kontrollieren zu wollen, nachdem Free sie letztes Jahr konfrontiert hatte, aber das hatte sie überhaupt nicht getan; sie verstand es nur besser, es zu verbergen.

Sie überstand den Tag und fuhr nach Hause. Halb rechnete sie damit, das Haus leer vorzufinden. Vielleicht war Charlie gekommen, um Jill abzuholen? Aber als sie hineinging, war Jill noch immer da, lächelnd, die Hände in einer Schüssel mit Hackfleisch und gewürfelten Zwiebeln.

»Ich mache uns einen Hackbraten.«

»Wow, danke.« Beth legte ihre Tasche ab. »War dein Onkel heute hier?«

Jill schüttelte den Kopf.

»Wollen wir vielleicht zu Tante Mary und Pearl fahren, wenn wir gegessen haben?«

»Ja. Ich schiebe das hier rasch in den Ofen und schäle ein paar Kartoffeln.« Jill nahm eine große Handvoll Hackfleisch und klatschte sie in eine Auflaufform.

»Lass uns auch ein bisschen Gemüse machen«, schlug Beth vor.

»Okay.« Jills Stimme verriet wenig Begeisterung.

»Mit Sauce natürlich.«

Jills Miene hellte sich auf.

Sie kochten und aßen zusammen, dann stiegen sie ins »Biest« und fuhren zu Mary, die noch immer bei ihrer alten Freundin Colleen wohnte. Sie trafen Mary am Tisch an, wo sie versuchte, Pearl zu überreden, ihr Abendessen zu essen. Pearl kletterte immer wieder von ihrem Stuhl und beklagte sich laut, sie wolle mit ihren Tieren spielen.

»Hey, Pearl.« Jill hob sie hoch und setzte sie entschieden wieder auf den Stuhl. »Du musst dein Essen essen, sonst gibt es keine Tiere.«

Mit mürrischer Miene nahm sich Pearl ein Stück Karotte. »Tiere«, verlangte sie mit vollem Mund.

»Noch nicht«, sagte Jill. »Du musst ein Stück Huhn, ein Stück Brokkoli und zehn Maiskörner essen. Dann kriegst du deine Tiere.«

Pearl versuchte, sich so viel wie möglich von der Liste in den Mund zu stopfen. Mary lächelte Beth an.

»Sie weiß wirklich mit Pearl umzugehen, stimmt's?«

»Na klar«, gab Beth ihr recht. »Sollen wir Pearl für heute Nacht mit zu mir nehmen? Damit du eine Pause hast?«

»Charlie hat gesagt, ich soll sie hierbehalten. Er nimmt an, er wird in den nächsten Tagen kommen und sie abholen. Hat gesagt, Jill soll auch hier auf ihn warten.«

Jill warf einen raschen Blick auf Beth, der Mary nicht entging.

»Was ist los?«, fragte sie scharf.

Jill zögerte einen Moment, aber sie wusste, dass sie sich ihrer Tante besser nicht widersetzen sollte. »Ich will bei Beth leben. Onkel Charlie ist sauer auf mich. Auf uns beide.«

Mary betrachtete die beiden verblüfft. »Du willst bei der Ärztin leben?« Sie sah Beth stirnrunzelnd an. »Und was sagst *du* dazu?«

Beth versuchte, ihre Antwort vorsichtig zu formulieren. »Es gibt da ein paar Punkte zu berücksichtigen.« Sie wies mit einem Nicken auf Pearl, um anzudeuten, was sie meinte. »Aber ich bin offen für die Idee.«

Mary dachte schweigend darüber nach. »Hmm«, sagte sie schließlich – und sonst nichts.

»Aber Onkel Charlie ist richtig sauer auf sie«, warf Jill ein.

»Warum?«

Jill und Beth tauschten noch einen Blick.

»Wie wär's, wenn ich uns ein Tässchen mache?«, sagte Beth und flüchtete in die Küche.

Sie ließ sich Zeit mit dem Teekochen, zögerte es hinaus, wieder zurückzugehen, während Jills Stimme Mary sanft erklärte, was los war. Beth konnte es nicht ertragen, über das Debakel des vergangenen Abends zu reden. Sie war sich nicht sicher, ob sie es tun könnte, ohne in Tränen auszubrechen – und das durfte sie vor Pearl nicht tun.

Schließlich nahm Beth ihre Kraft zusammen und trug die Teetassen zurück ins andere Zimmer. Marys Miene verriet Beth, dass Jill ihr alles erzählt hatte. Beth reichte Mary eine Tasse Tee, dann setzte sie sich mit ihrer eigenen Tasse und sah zu, wie Pearl mit ihren Tieren spielte. Sie versuchte, ihr Arztgehirn einzuschalten, um Pearls Augenbewegungen und Muskelkrämpfe zu untersuchen, aber allein schon der Anblick des kleinen Plastikzebras in der Hand des Mädchens löste eine Welle von Schmerz in ihr aus. Wie hatte sie so dumm sein können, Charlie wieder in ihr Leben zu lassen, wenn sie die ganze Zeit gewusst hatte, dass er sie im Stich lassen würde, sobald es schwierig wurde? Diesmal war sie nicht einmal sauer auf ihn – nicht annähernd so sauer, wie sie auf sich selbst war.

Als es Zeit zum Aufbruch war, brachte Mary Beth und Jill zur Tür. »Ich wüsste nicht, was dagegenspricht, dass Jill noch ein paar Nächte bei dir bleibt«, sagte sie, während sie ins Freie traten. »Ich werde mit Charlie über diese Pflegegeschichte reden, sehen, was er davon hält.«

Beth dachte bei sich, dass sie nach gestern Abend vermutlich null Chance hatten, Charlies Zustimmung dafür zu kriegen, dass Jill bei ihr lebte. Sie umarmte Mary, und dann fuhren sie nach Hause.

Kapitel 25

Am nächsten Tag wollte Jill zu Hause bleiben und wieder ins Internet gehen. Sie versprach, auch Wäsche zu waschen. Beth sagte ihr, das sei nicht nötig, aber Jill bestand darauf.

»Muss sonst noch irgendetwas erledigt werden, Doc?«, fragte sie. »Soll ich irgendetwas putzen?«

»Nein, ich habe alles im Griff.«

»Was ist mit dem Garten?«

Beth zögerte. »Ehrlich gesagt, wenn du die Topfpflanzen auf der Veranda gießen könntest, wäre das toll. Ich bin in den letzten Tagen nicht dazu gekommen.«

»Ja, kein Problem.« Jill schenkte ihr ein strahlendes Lächeln.

Beth war gerührt davon, wie unbedingt Jill bleiben wollte – wie viel Mühe sie sich gab, nur um zu beweisen, dass sie eine Hilfe und kein Hindernis sein würde. Die Vorstellung eines warmen, belebten Hauses voller Kinder – oder zumindest eines Kindes – drang immer wieder in ihre Gedanken ein und sorgte dafür, dass sich ihr Herz nach etwas sehnte, was unmöglich schien. Charlie würde sich niemals damit einverstanden erklären. Er war so entschlossen, die Mädchen zu beschützen und so großzuziehen, wie er es geplant hatte.

Beth verdrängte diese Überlegungen und fuhr zur Arbeit. Sie wurde allmählich gut darin, Gedanken an Charlie zu vermeiden. Schließlich hatte sie jahrelange Übung, auf die sie zurückgreifen konnte. Gegen Ende ihres Arbeitstages wurde Beth zum Krankenhaus gerufen, um für kurze Zeit auszuhelfen. Der reguläre Notarzt war wegen einer Magen-Darm-Grippe nach Hause gefahren, und sie brauchten jemanden, der seine Schicht übernahm, bis um sechs der nächste Arzt kam.

Zum Glück war es in der Notaufnahme ruhig – so ruhig, dass Beth ihre E-Mails und Nachrichten in den sozialen Medien lesen konnte. Sie sah, dass Harry ihr ein paar Stunden zuvor geschrieben hatte.

Hey, du. Es war schön, dich bei dem Empfang am Dienstagabend zu sehen. Wie geht's dir? Hast du Zeit für einen Kaffee?

Verdammt, sie musste diese Sache mit Harry wirklich klären. Aber nicht jetzt.

Beth schrieb zurück. *Danke, aber ich habe im Moment einen Hausgast, und in der Arbeit ist die Hölle los. Ich springe gerade wieder in der Notaufnahme ein! Können wir es auf nächste Woche verschieben?*

Fünf Minuten später kam Harry ins Zimmer.

»Erwischt«, sagte er. »Ich arbeite auch spät.«

»Klingt, als ob ein Kaffee doch drin sein könnte«, meinte Beth mit einem nervösen Lächeln. »Ich hoffe, Nescafé ist okay.« Sie machte ihnen beiden Kaffee, vergewisserte sich, ob die Schwestern irgendetwas brauchten, und ging dann mit ihm zum Pausenraum.

»Wer ist denn dein Hausgast?«, erkundigte sich Harry, als sie in dem hell erleuchteten Raum an einem großen Tisch saßen, umgeben von an die Wand gehefteten Dienstplänen und ironisch demotivierenden Postern.

»Die Tochter einer Freundin«, sagte sie und wechselte dann rasch das Thema. »Was arbeitest du denn so spät noch, Harry?«

»Ich hole nur Papierkram nach.« Er betrachtete sie einen Moment nachdenklich mit seinen sanften blauen Augen. »Alles okay bei dir?«

Sie zuckte die Schultern. »Es war eine anstrengende Woche, aber es geht mir gut.« Charlie drohte wieder in ihr Bewusstsein einzudringen. *Wasserspender, Kaffeedose, herrenlose Lunchbox-Sammlung …*

»Ich habe mich gefragt, ob du schon Gelegenheit hattest, über meine Idee nachzudenken«, fragte Harry sanft. »Den Kurztrip nach Sydney, meine ich.«

Beth legte die Hände um ihren warmen Becher und versuchte, es freundlich zu formulieren. »Das habe ich getan. Es tut mir leid, Harry, aber ich kann nicht. Ich … Ich kann mir die Zeit nicht von der Arbeit freinehmen.«

»Der Boss genehmigt dir keinen Urlaub?« Seine Augen funkelten, aber sein Ton verriet Enttäuschung.

Sie lachte matt. »Äh, ja. So ähnlich.«

Er schwieg einen Moment, und sie schlürfte ihren Kaffee, beschwor ihn im Stillen, Mitleid mit ihr zu haben und das Thema zu wechseln.

»Kann ich dich nach dem wirklichen Grund fragen?«

Scheiße. »Es ist, was ich dir schon früher gesagt habe. Ich bin in keiner guten Verfassung. Für eine Beziehung. Für … egal was.«

»Wirklich?«

»Wirklich.« Diesmal war es die Wahrheit.

»Nicht, weil es jemand anders gibt?«

Sie war völlig überrumpelt. »W-woher wusstest du …« Beth machte den Mund rasch wieder zu.

Harrys Mundwinkel wanderten nach unten, aber er sagte nichts. Sie holte einmal tief Luft.

»Okay. Es gibt jemanden. Wir haben keine Beziehung, aber da sind ein paar Dinge am Laufen, und ich kann dich da nicht hineinziehen, Harry. Du bist zu nett.«

Er spielte mit seinem Kaffeebecher. »Danke, dass du so aufrichtig bist.«

»Es tut mir leid – wirklich. Ich hatte nie vor, dich hinzuhalten.«

Harry nickte und verlagerte seine Haltung, sah auf den Tisch. »Das heißt, du bist nicht wirklich mit Charlie Campbell *zusammen?*«

»Nein.«

»Alle denken, dass du es bist.«

Beth richtete sich kerzengerade auf. »Wer sind denn *alle?*«

»Alle hier, im Krankenhaus. Die ganzen Angestellten. Ich glaube, die ganze Stadt weiß es.«

»Das bezweifle ich«, sagte Beth, aber dann erinnerte sie sich, wie die beiden Schwestern von der Notaufnahme vorhin zusammen getuschelt hatten. Sie waren verstummt, als sie den Raum betrat. Sie hatte angenommen, dass sie über irgendetwas Privates redeten – nicht über Beths Liebesleben.

Harry legte den Kopf auf die Seite. »Ich habe in den letzten zwei Tagen mehrmals gehört, wie es erwähnt wurde.«

Pam, begriff Beth auf einmal, und ihr wurde flau im Magen. Die Frau musste nach dem Empfang am Dienstag durch die ganze Stadt gelaufen sein und die frohe Kunde herumerzählt haben. Wenn Pam nur wüsste, dass Charlie nur noch ungefähr zwei Stunden ihr »Freund« gewesen war, nachdem er sich so bezeichnet hatte. Es war so demütigend! In der Stadt als Charlie Campbells Freundin bekannt zu sein, nur um wenig später als seine abservierte Eroberung bekannt zu sein …

»Na toll«, murmelte sie.

»Klingt kompliziert«, bemerkte Harry.

Beth nahm bedrückt noch einen Schluck von ihrem Kaffee. Harry verstand den Wink und redete zu ihrer Erleichterung von Personalveränderungen im Bildlabor.

Um kurz nach sechs machte Beth Schluss und ging hinaus zum Parkplatz des Krankenhauses. Sie hatte ihren Wagen noch nicht einmal angelassen, als ihr Handy klingelte. Rikkes Name leuchtete auf dem Display auf.

»Hi, Rikke«, antwortete Beth, um einen fröhlichen Ton bemüht. »Wie geht's?«

»Was hast du getan?«, wimmerte Rikke. »Ich sage dir, was du getan hast! Du hast Harry abserviert! Warum?«

Hm. Harry hatte offensichtlich keine Zeit verschwendet, Rikke Bericht zu erstatten. »Weil alles andere ihm gegenüber unfair gewesen wäre. Ich stehe nicht auf ihn, und mein Gefühlsleben ist im Moment ein einziges Riesenchaos.«

»Warum? Wegen Charlie Campbell?«

Beth gab den Versuch auf, es zu verheimlichen. »Ja. Ich bin noch immer in ihn verliebt.« Sie holte einmal tief Luft und erklärte Rikke, wie sie und Charlie wieder zusammengekommen waren. Mit übergroßer Anstrengung gelang es ihr, ruhig zu bleiben. Dann wartete sie auf Rikkes Flut von Vorwürfen.

Rikke schwieg ein paar Augenblicke. »Oh, Beth«, seufzte sie schließlich. »Warum musstest du ihn auch einladen, bei dir zu wohnen?«

»Es ist viel mehr als das. Ich bin nie wirklich über ihn hinweggekommen, und ich bin mir ziemlich sicher, das werde ich auch nie.«

»Das heißt, ihr seid jetzt zusammen? Ihr zwei?«

»Nein. Es ist alles wieder schiefgegangen.« Beth musste ihre ganze Kraft aufbringen, um nicht zusammenzubrechen, als sie fortfuhr: »Ich war nicht aufrichtig zu Charlie, und außerdem denkt er, dass ich ein Date mit Lloyd Rendall hatte, den er bis aufs Blut hasst.«

»Hmm«, meinte Rikke. »Er weiß nicht, wie er dir vertrauen soll?«

»Es ist nicht nur das.« Beth rieb sich die Stirn und schloss die Augen. »Ich vertraue auch niemandem. Ich habe Charlie nicht vertraut, dass er für seine Gemeinde das Richtige tun würde. Ich habe versucht, die Informationen, die er bekommt, unter Kontrolle zu halten, damit er eine bestimmte Entscheidung trifft, und das ist völlig nach hinten losgegangen. Ich glaube, Charlie und ich wissen nicht, wie wir zusammen sein sollen. Keiner von uns ist gut darin.«

»Das tut mir so leid, Süße.« Rikkes Ton war etwas sanfter geworden. »Ich kann mir vorstellen, wie weh das tut.«

»Danke.« Beth hörte die Anspannung in ihrer eigenen Stimme. »Ich habe ihm nicht einmal gesagt …« Sie brach ab.

»Was?«

Beth zwang sich, es zu gestehen, obwohl es sich anfühlte, als würde ihr das Leben aus den Händen gerissen werden und in die Ferne davontrudeln. »Ich habe ihm nicht einmal gesagt, dass ich einen Krebsverdacht habe.«

Rikke holte scharf Luft. »Was?«

»Mein Gebärmutterhalskrebs-Screening war verdächtig. Es ist alles okay«, ergänzte sie rasch, als Rikkes Schweigen schwer wurde. »Wir haben noch eine Untersuchung gemacht, und die war in Ordnung. Aber ich lasse wegen Mums Brustkrebs einen Gentest machen. Ich … Ich habe Todesangst, Rikke.«

Rikke atmete mit einem lauten Zischen aus. »Ach du heilige Scheiße. Du armes Ding. Warum hast du mir nichts davon gesagt?«

»Weil ich diese verrückte Angewohnheit habe, zu versuchen, Dinge zu kontrollieren, indem ich sie unter den Teppich kehre.«

Rikke schwieg wieder. »Geht es dir gut?«, fragte sie schließlich.

Beth holte ein paarmal tief Luft, um sich zu beruhigen. »Das wird es bald.«

»Kann ich irgendetwas tun? Soll ich meine Fachkollegen irgendetwas fragen?«

»Nein«, erwiderte Beth. »Ich muss einfach meine Ergebnisse abwarten und aufhören, alles und jeden kontrollieren zu wollen.«

Rikke seufzte. »Beth, lass uns zusammen irgendwo einen Urlaub buchen. Ich brauche auch eine Auszeit.«

Beth zwang sich zu einem Lachen. »Ich kann im Moment nicht weg – aber ich glaube, Harry sucht jemanden, der mit ihm nach Sydney fliegt …«

»Oh-oh, als seine zweite Wahl? Nicht mit mir, schönen Dank auch.«

»Er spricht in den höchsten Tönen von dir«, entgegnete Beth. »Ich glaube, wenn er in Perth leben würde, könntest du seine erste Wahl sein.«

Rikke schnaubte spöttisch, dann hielt sie einen Moment inne. »Was genau hat er über mich gesagt?«

Beth lachte schallend auf – diesmal aufrichtig. »Rikke! Warum hast du mir nicht gesagt, dass du ihn magst? Du verrücktes Huhn! Gott, stell dir vor, ich hätte den Typen irgendwann geheiratet. Du und Harry, ihr wärt eine vorprogrammierte leidenschaftliche außereheliche Affäre!«

»Hör auf damit«, knurrte Rikke, aber sie hatte offensichtlich alle Mühe, sich selbst das Lachen zu verbeißen. »Das würde ich dir niemals antun.«

»Hör zu, wie wär's, wenn du es dir ein paar Tage durch den Kopf gehen lässt und Harry dann sagst, dass du selbst über einen Kurztrip nach Sydney nachdenkst, und ihn fragst, ob er dort gern ein bisschen Gesellschaft hätte? Man kann nie wissen, was sich daraus ergeben könnte.«

»Würdest du bitte aufhören?!«

Rikke gab sich ganz empört, aber Beth würde sich überhaupt nicht wundern, wenn ihr Vorschlag Wirklichkeit werden sollte. Sie verabschiedete sich von Rikke und fuhr nach Hause, halb lächelnd über das Telefonat und halb schmerzerfüllt von ihrem Verlust. *Gott.* Jetzt hatte sie noch mehr einsame Jahre vor sich, in denen sie wieder von vorn versuchen würde, über Charlie hinwegzukommen. Sie verscheuchte den Gedanken und fragte sich stattdessen, ob Jill schon angefangen hatte, das Abendessen zu kochen. Sie stellte sich vor, mehr Zeit mit dem Mädchen zu haben – sie könnte Jill beibringen, köstliche, gesunde Mahlzeiten zu kochen – Ricotta-Gemüse-Aufläufe und Thai-Currygerichte. Und Muffins – richtig gute Muffins –, der Teig nur ganz locker verrührt, sodass sie schön aufgingen und feucht und fluffig blieben.

Beth bog in ihre Straße ein. Ihr Haus war dunkel.

Sie parkte, und dann starrte sie auf die düsteren Fenster, während sie aus dem »Biest« stieg. Sie ging ängstlich die Verandastufen hoch. Die Haustür war abgeschlossen, daher sperrte sie mit dem Schlüssel auf, ging hinein und schaltete die Lichter ein. Das Haus war eindeutig leer. Als Beth in die Küche ging, entdeckte sie eine Nachricht von Jill: *Onkel Charlie hat mich abgeholt. Deine Topfpflanzen habe ich gegossen. Tut mir leid, Doc. Alles Liebe, Jill xxx*

Beth sackte auf einem Stuhl zusammen. Das war's dann wohl. Jetzt war sie allein – völlig allein. Und so würde es vermutlich für immer sein, denn der einzige Mann, den sie je geliebt hatte, hasste sie jetzt, und die Kinder, um die sie sich so gern kümmern wollte, waren gegangen.

Beth zwang sich, vom Stuhl aufzustehen, aber es gab für sie nichts zu tun. Es hatte keinen Sinn, ein Abendessen zu kochen, wenn sie Singleportionen im Gefrierfach hatte. Keine Kleider zu waschen oder Spielsachen aufzuräumen. Sie schlenderte ins Gästezimmer und schaltete das Licht ein. Das Bett war ordentlich gemacht, und das Zimmer sah aus, als hätte dort nie irgendjemand gewohnt. Beth ging weiter zum Nebenzimmer und schaltete auch dort das Licht ein, um das Kinderzimmer zu betrachten, das sie vor ein paar Wochen für Pearl hergerichtet hatte. Das Bett war gemacht, und das Tiermobile und die Wimpel waren aufgehängt, bereit für das kleine Mädchen, das nicht wiederkommen würde. Charlies grüne Augen, voller wütender Verletztheit, schossen ihr in den Kopf, und Beth biss sich auf die Lippe, um nicht zusammenzubrechen.

Ihr Blick fiel auf die geschlossene Kleiderschranktür, und sie ging hinüber, um sie zu öffnen. Sie holte den Stapel Kartons hervor, die sie darin aufbewahrte. Sie fand, was sie suchte, in dem ersten Karton, den sie öffnete. Eine hochwertige Dokumentenmappe enthielt ihre kostbarsten Schriftstücke: Karten von ihrem einundzwanzigsten Geburtstag, ihr Original-Zulassungsschreiben von der Universität und ein herzliches Dankschreiben von einem Patienten.

Und den Brief ihrer Mutter.

Beth nahm den Brief aus der Mappe und ließ sich auf Pearls Matratzenbett sinken. Sie zog das Papier behutsam aus dem alten, vertrockneten Umschlag und lehnte sich gegen Pearls Kissen. Sie hielt sich den Brief vors Gesicht, um ihn noch einmal zu lesen. Er war siebzehn Jahre zuvor datiert – fast auf den Tag genau –, geschrieben nur Wochen bevor ihre Mutter starb. Robin Patersons vertraute, geschwungene Handschrift verlief in schwarzer Tinte über Briefpapier, auf dem der Mond und die Sterne vor einem bläulich violett wogenden Himmel zu sehen waren. Beth hatte den Brief im Laufe der Jahre so oft gelesen, dass sie ihn fast Wort für Wort auswendig wusste.

An meine Beth
Ich weiß, alle sind voller Hoffnung, dass ich diesen Krebs noch immer besiegen könnte, aber ich habe meine Zweifel. Ich habe das Gesicht deines Dads und die Gesichter der Ärzte gesehen, wenn sie darüber reden, und ich weiß, was das bedeutet. Gestern habe ich Cathy Forrest gebeten, ganz aufrichtig zu mir zu sein, und sie hatte Tränen in den Augen, als sie mir sagte, sie glaube nicht, dass ich noch sehr viel länger zu leben hätte.
Es ist gut, Gewissheit zu haben. Jetzt kann ich einen Plan fassen. Ich weiß, du wirst das nachvollziehen können, Bethany, denn du verstehst das Bedürfnis nach Planung und Gewissheit sehr genau.
In den vergangenen paar Jahren habe ich zugesehen, wie du dich auf deine Laufbahn als Ärztin vorbereitet hast, und deine Hingabe an deine Berufung hat mich mit Respekt erfüllt. Die Stunden am Küchentisch, in denen du gelernt und deine Hausaufgaben gemacht hast, ohne auf die Faxen deiner Schwestern und das Muhen der Rinder zu achten. Deine farblich markierten Studienpläne. Deine methodische Herangehensweise an deine Ziele – das ist einfach atemberaubend! Ich erinnere mich noch, wie du beschlossen hast, in den Sommerferien jeden

Tag eine Stunde zu lernen, und selbst an Weihnachten hast du deine neuen Romane, CDs und Spiele beiseitegelegt und dich von dem Lärm und den Feierlichkeiten zurückgezogen, um zu lernen. Free war so empört – sie wollte dich aus deinem Zimmer zerren und darauf bestehen, dass du dir einen Tag freinimmst, aber ich wusste, dass du es aus deinen eigenen Gründen tun musstest, daher habe ich ihr nicht gestattet, dich zu stören.
Ich liebe dich über alles, mein kluges Mädchen, mein erstes Baby. Du verstehst es so gut, dich um andere Leute zu kümmern. Ich habe so etwas noch nie gesehen. Ich wünschte, ich wäre so selbstlos! Du wirst eine wundervolle Ärztin sein, und falls du es dir doch noch anders überlegst, dränge ich dich, deinen Instinkten zu folgen und dir eine Aufgabe zu suchen, bei der du anderen Leuten helfen kannst, denn das ist mit Sicherheit das, wozu du geschaffen bist.
Ich danke dir, Beth, dass du mein Leben perfekt und vollkommen gemacht hast. Es tut mir so leid, dass mein Körper entschieden hat, diese Welt so früh zu verlassen. Ich weiß, dass es dir und den Mädchen großen Kummer bereiten wird, und ich würde alles geben, um das zu verhindern. Aber ich weiß auch, dass ihr wieder Freude an Dingen finden werdet – an Menschen und an der Liebe und dem Leben. Und ihr sollt wissen, dass ich immer bei euch sein werde, irgendwo zwischen den Sternen, wo ich mit den Drachen fliegen werde.
Ich will dir diese beiden Listen hinterlassen. Die erste Liste enthält Dinge, die ich von dir gelernt habe. Natürlich gibt es noch mehr, aber hier sind die drei, die mir spontan einfallen.

1. *Die Ankunft eines Kindes in der Welt bringt übergroße Liebe mit sich – ein Ausmaß an Liebe, von dem ich mir nie auch nur vorstellen konnte, dass sie existieren könnte.*
2. *Wenn man meine Kapillaren aneinanderlegen würde, würden sie die Erde viermal umrunden.*
3. *Wenn dich irgendjemand, selbst deine jüngste Schwester, mehr*

nervt als alles andere auf der Welt, kannst du immer noch eine Geduldsreserve finden.

Die zweite Liste enthält Dinge, die ich selbst gelernt habe und die du, wie ich hoffe, nützlich finden wirst.

1. *Leute werden Dinge sagen und tun, die du nicht erwartest oder die keinen Sinn ergeben, und daran kannst du nichts ändern. Vertrau anderen Leuten, ihre eigenen Entscheidungen zu treffen. Ob richtig oder falsch, du musst ihnen gestatten, ihr Schicksal selbst in die Hand zu nehmen.*
2. *Verrühre deinen Muffinteig immer nur ganz locker, mit einer leichten Hand, sonst werden sie klein und hart.*
3. *Wenn du nicht weißt, was du sagen sollst, um jemandem, der leidet, zu helfen, kannst du ihm zumindest eine Kasserolle machen oder ihm die Wäsche zusammenlegen.*

Und jetzt kommt etwas Wichtiges. Ich will nicht, dass du denkst, dass du dich an meiner Stelle um deine Schwestern kümmern musst. Das ist nicht deine Aufgabe, Bethany, auch wenn ich weiß, dass du sie wie selbstverständlich erfüllen wirst. Mein Herz fühlt sich am wärmsten an, wenn du geduldig zuhörst, wie Willow von ihrem neuesten Lieblings-Ökoprojekt schwärmt, oder wenn du Frees wehmütige Miene siehst und sie fragst, ob sie eine Umarmung braucht. Aber dich um sie zu kümmern, ist nicht deine Pflicht oder Last. Dein Vater ist durchaus imstande dazu, und ich vertraue ihm vollkommen. Heute Abend werde ich ihm sagen, dass ich die Wahrheit über meinen Krebs weiß, und ihn um seine Hilfe bitten, um mich darauf vorzubereiten. Er kann diesen Brief an dich aufbewahren, bis ich nicht mehr bin, sodass du ihn behalten und meine Stimme immer wieder hören kannst, wenn du das Bedürfnis verspürst.

Beth, nur um eines bitte ich dich, und zwar, mehr an dich selbst zu denken. Bitte vergiss nicht, dass du nicht dafür verantwortlich bist, alles zu regeln oder die Lektionen anderer Leute für sie

zu lernen. Du kannst nur kontrollieren, was du selbst tust, nicht was irgendjemand anders tut. Konzentriere dich auf die Dinge, die du selbst tun kannst – anderen Leuten einfach deine Unterstützung, Freundlichkeit und Liebe zu schenken.
Und vergiss nicht, dass du selbst diese Dinge auch verdient hast.
Alles Liebe
Mum

Beth wischte sich die Augen und drückte sich das Blatt Papier an die Brust. Sie zitterte vom Weinen. Der Brief hatte noch nie so viel Sinn ergeben.

Kapitel 26

Am nächsten Tag schickte Beth Mary nach der Arbeit eine Nachricht, um sich nach den Mädchen zu erkundigen. Mary rief an, während Beth nach Hause fuhr, und sie hielt am Straßenrand an, um den Anruf entgegenzunehmen.

»Pearl und Jill sind noch immer mit mir bei Colleen«, berichtete Mary. »Es geht beiden gut. Hast du die Neuigkeit schon gehört?«

»Was denn für eine Neuigkeit?«

»Charlie hat sich gestern mit ein paar Gargantua-Typen getroffen Er hat einen Deal abgeschlossen, um die ganze Gemeinde von der Mine wegzuverlegen. Die Papiere werden in diesem Moment aufgesetzt.«

Beth saß in verblüfftem Schweigen da. »Ihr zieht um?«, stieß sie schließlich hervor.

»Ja. Gargantua wird den Umzug bezahlen, die transportablen Häuser zusammenpacken und uns neue Häuser für jeden kaufen, dessen Haus nicht versetzt werden kann. Sie werden uns eine Schule, ein Gemeindezentrum und ein Schwimmbad bauen.«

Beth schwirrte der Kopf. »Was … Wie …?«

»Charlies Idee. Er hat mich und Harvey dazu überredet, als wir letzte Woche alle in Madji waren. Wir sind nicht begeistert wegen des Umzugs, aber es klingt, als ob es unterm Strich für alle ganz okay sein wird.«

»Und was ist mit Gurrungah?«, fragte Beth.

»Na ja, sie wird nicht umziehen«, räumte Mary seufzend ein. »Aber ein paar der jüngeren Leute haben ohnehin schon gesagt, dass sie in Madji bleiben wollen, um bei der Mine zu arbeiten, und sie sagen, dass sie auf sie aufpassen werden.«

Beth starrte mit leerem Blick auf das Armaturenbrett. Charlie hatte den Deal angenommen. Er hatte seinen persönlichen Abscheu gegen Lloyd Rendall hinuntergeschluckt und mit diesem … *Arschgesicht* verhandelt, um seine Gemeinde zu beschützen. Beth war sich nicht sicher gewesen, ob er dazu imstande sein würde, aber er hatte es getan.

Reue überwältigte sie. *Warum habe ich ihm nicht vertraut?* Sie hätte ihm sofort von Lloyds Deal erzählen sollen. Natürlich würde Charlie sich von seinen persönlichen Vorurteilen nicht davon abhalten lassen, seine Liebsten zu beschützen. Natürlich würde er dem, was wichtig war, den Vorrang einräumen. Und doch hatte Beth geschwiegen, hatte die Dinge manipulieren wollen, damit Charlie die »richtige« Entscheidung treffen würde.

Wenn ich es ihm einfach offen gesagt hätte, dann wären wir jetzt vielleicht noch immer zusammen.

»Ich freue mich für euch, Mary«, sagte sie mit fester Stimme. »Das klingt doch nach einer guten Lösung, in Anbetracht der Umstände. Ich muss jetzt nach Hause, aber vielleicht können wir morgen oder so noch einmal sprechen und über Jill und Pearl reden. Ich würde wirklich gern eine Rolle in ihrem Leben spielen, selbst wenn Jill nur an manchen Wochenenden hierbleibt, während sie im Durack wohnt.«

»Ja, wir sollten noch einmal reden, Liebes. Ich rufe dich morgen an.«

Beth blieb noch ein paar Minuten sitzen, löste ihren Pferdeschwanz und rieb sich den Nacken, um die Anspannung zu lindern. Sie wollte nicht nach Hause fahren und allein sein. Vielleicht könnte sie zu Free fahren? Aber Beth war im Moment keine besonders angenehme Gesellschaft, und überhaupt hatten Free und Finn ihr eigenes glückliches, von Liebe erfülltes Leben. Beth lenkte den Wagen wieder auf die Straße und fuhr weiter nach Hause. Sie würde joggen gehen. Sie würde die Scherben einsammeln und verdammt noch mal nach vorn blicken.

Als sie in ihre Straße einbog, hatte Beth nicht damit gerechnet, dass Charlies Wagen vor ihrem Haus parkte. *Oh, Gott, was jetzt?* War er zurückgekommen, um sich noch einmal mit ihr zu streiten? Von ihm war keine Spur zu sehen, aber es brannte Licht – er musste sich selbst ins Haus gelassen haben, begriff sie schockiert. Das war eigentlich nicht akzeptabel, in Anbetracht der Umstände. Beths Magen verkrampfte sich.

Sie beschwor sich, einen gefassten Eindruck zu machen, schlüpfte aus dem »Biest« und stieg die Verandastufen hoch. Ihre Gießkanne stand ordentlich neben ihrer Topfpflanzensammlung. Sie zögerte, versuchte, Zeit zu gewinnen, indem sie die Erde betastete, und stellte fest, dass sie noch immer feucht von Jills Bemühungen am Tag zuvor war. Tränen traten Beth in die Augen, und sie wischte sie wütend fort. Warum musste sie jeden, den sie liebte, verlieren? Es war, als wäre sie verflucht.

Sie atmete ein paarmal tief durch und wartete, bis ihre Augen wieder trocken waren, dann ging sie entschlossen ins Haus. Sie konnte Essen riechen – irgendetwas mit italienischen Kräutern. *Was zum Teufel?* Er benutzte ihr Haus, um zu *kochen?* Sie ging zögernd in Richtung Küche – und zuckte erschrocken zusammen, als Charlie mit einem Holzlöffel in der Hand im Türrahmen auftauchte. Sie starrte ihn mit offenem Mund an und ließ ihre Tasche fast fallen, dann legte sie sie aufs Sofa, um sich ihre Reaktion nicht anmerken zu lassen.

»Hallo, Charlie«, sagte sie. »Was …«

Charlie warf den Holzlöffel hin, sodass er klappernd auf dem Küchentisch landete, und stand mit drei großen Schritten genau vor Beth, ein ängstliches Stirnrunzeln über seinen grünen Augen. Er zog sie nah an sich, suchte mit seinen Lippen die ihren und vergrub eine Hand in ihren Haaren. Verwirrung überwältigte Beth.

Charlie unterbrach den Kuss und forschte in ihren Augen. »Bitte. Ich kann dich nicht noch einmal verlieren.«

Die Verwirrung verwandelte sich in übermächtige Freude. Beths Gehirn versuchte zu protestieren, aber sie schob ihre Zweifel entschlossen beiseite und suchte wieder seine Lippen.

Charlie zog sie näher und hielt sie fest an sich gedrückt. Fragen schossen ihr durch den Kopf, aber Beth wusste nicht, wo sie anfangen sollte. Er ersparte ihr die Mühe, indem er zu einer Rede ausholte, sobald ihr Kuss geendet hatte.

»Ich hätte an dem Abend neulich nicht gehen sollen. Ich war wütend und verdammt verängstigt davon, was mit Madjinbarra passieren würde. Aber je mehr ich darüber nachdachte, desto klarer wurde mir, dass du mich nicht verarscht hast.«

Beth unterbrach ihn. »Nein, ich hätte dir von Lloyds Deal erzählen sollen, sobald er ihn erwähnt hatte.«

»Ich habe es dir nicht leicht gemacht, es zu erklären«, entgegnete Charlie kopfschüttelnd.

Beth schwieg. Konnte das hier wirklich wahr sein – waren sie wirklich dabei, sich zu entschuldigen, einander zu verzeihen, einander zu *verstehen?*

»Scheiße!«, rief er und löste sich von ihr. »Das Huhn!«

Sie folgte ihm benommen, während er in die Küche stürzte und sich den Holzlöffel schnappte, um im Topf umzurühren.

»Schalt das aus«, sagte sie. »Ich muss mit dir reden.«

Er schaltete die Herdplatte aus und wandte sich zu ihr um.

»Du weißt, dass ich dich und Madjinbarra und Jill und Pearl liebe, okay?«, begann Beth. »Du weißt, dass ich niemals irgendetwas tun würde, um einem von euch zu schaden?«

»Ich weiß. Das habe ich die ganze Zeit gewusst, aber ich habe rotgesehen, als ich an dem Abend neulich Rendalls widerliches Gesicht genau vor deinem gesehen habe. Was er darüber gesagt hat, dass die Mine genehmigt wurde, was er zu Jill gesagt hat, und der Gedanke, dass du mit ihm *ausgegangen* bist …«

»Ich bin nie mit Lloyd ausgegangen«, beeilte sie sich zu sagen. »Nicht *so*.«

»Ja, ich weiß. Und selbst wenn du es getan hättest, steht es mir nicht zu, auch nur ein verdammtes Wort dagegen zu sagen, denn ich habe dich vor all den Jahren aufgegeben. Und das nur wegen meiner eigenen Dummheit.«

»Nein, wenn ich *wirklich* mit Lloyd Rendall ausgegangen wäre, hättest du mich auf jeden Fall dafür verurteilen sollen.«

Er lachte. »Ich hätte wissen sollen, dass du einen besseren Geschmack hast.«

Beth verschränkte die Arme über dem Bauch und überlegte, wo sie anfangen könnte, es zu erklären. »Dieser Abend war eine einzige Katastrophe, Charlie. Die Sache mit Lloyd … Aber ich bin auch in Panik ausgebrochen, als ich gesehen habe, wie Harry mit dir geredet hat. Ich wusste nicht, was er zu dir sagte. Ich habe ihm letzte Woche gesagt, dass ich keine Beziehung will, aber er hat mich gebeten, über diesen Kurztrip nachzudenken …«

»Ja, ich glaube, der arme Kerl hofft noch immer, dass du mit ihm nach Sydney fliegst.« Charlies Lippen zuckten belustigt.

»Nicht mehr«, sagte sie. »Ich habe die Sache inzwischen deutlich klargestellt.«

Charlie betrachtete sie. »Harry hat mir etwas über dich erzählt, was ich noch nicht wusste.« Beth wartete, während die Angst wieder in ihr aufstieg. »Dass du draußen in Madjinbarra unbezahlte Arbeit leistest.«

»Nein«, erwiderte sie entnervt. »Sie wird *bezahlt*, Herrgott noch mal. Ich habe nie vor irgendjemandem so getan, als ob es irgendetwas anderes als bezahlte Arbeit wäre.«

»Du wirst dafür bezahlt, dass du an einem Tag im Monat hin- und zurückfliegst. Aber du verbringst zwei Tage mit Autofahren und arbeitest dann für drei«, entgegnete er. »Weil du dich kümmerst.«

Beth wusste nicht, was sie sagen sollte. Charlie sah ihre Verlegenheit und fuhr fort: »Jedenfalls, es ist alles geregelt. Wir ziehen um.«

»Mary hat mir schon erzählt, dass ihr Lloyds Umsiedlungsdeal angenommen habt«, sagte Beth.

Er schüttelte den Kopf. »Nein, nicht *seinen* Deal. Ich habe es letzte Woche gegenüber Harvey und Tante Mary zur Sprache gebracht, und sie haben einen guten Standort für ein neues Zuhause gefunden. Harvey ist mit seinem Sohn und uns anderen Jungen früher oft zum Zelten dorthin gefahren. Es unterliegt dem Aborigine-Gebietsanspruch, ist schön nah an der Küste gelegen, mit einer guten Zugangsstraße. Dreieinhalb Stunden von Mount Clair. Besserer Handy- und Internetempfang. Wir haben schon die Zustimmung von der Landverwaltung bekommen. Sie werden einen Pachtvertrag über hundert Jahre für uns unterschreiben. Ich bin damit sofort zu Gargantua gegangen und habe sie gewarnt, Rendall ja nicht einzuschalten.«

Beth starrte ihn an. »Und sie bezahlen alles?«

Charlie lächelte schief. »Ich kann sehr überzeugend verhandeln, wenn ich muss.«

»Ach du heilige Scheiße, Charlie.«

»Es gibt immer noch ein paar Hürden zu nehmen. Wir werden den Vertrag Punkt für Punkt durchgehen müssen. Ich will Zeitrahmen, Eventualitäten, jede Kleinigkeit genau festgezurrt haben. Es ist schließlich unser Verlust – wir verlieren das Zuhause, das wir seit vierzig Jahren hatten, daher müssen wir sicher sein, dass alles besser wird für uns.«

Sie nickte. »Und in Madjinbarra sind alle mit an Bord?«

»Das werden sie sein, denke ich. Harvey war ein bisschen zögerlich, aber Tante Mary hat ihn überzeugt. Und heute hat sie mich dafür zusammengestaucht, dass ich dich respektlos behandelt habe. Sie hat die ganze Geschichte von Jill erfahren. Tante Mary hat gesagt, ich hätte dir vertrauen sollen, und mir erklärt, dass ich ein sturer Idiot bin.« Charlie hielt einen Moment inne und fing Beths Blick auf. »Ich habe ihr gesagt, dass ich darauf schon selbst gekommen bin.«

Beth, die glaubte, dass es nichts zu verzeihen gab, streckte nur die Arme nach ihm aus. Sie hielten einander wortlos, und etwas Unausgesprochenes fand zwischen ihnen statt, etwas, das versprach, dass alles gut werden würde. Einander zu vertrauen und es richtig hinzukriegen.

»Tante Mary hat mir außerdem gesagt, wenn ich wirklich wüsste, was gut für meine Nichten ist, würde ich sie bei dir wohnen lassen.« Charlie lehnte sich zurück, um Beths Gesicht zu mustern. »Stimmt das? Du willst, dass die Mädchen bei dir leben?«

Sie nickte zögernd.

»Warum?«

»Weil ich sie liebe. Und mir war nicht bewusst, wie einsam ich war, bis jemand hier bei mir lebte. Ich könnte meine Stunden in der Praxis vielleicht reduzieren und eine Familien-Tagesbetreuung für Pearl finden, während Jill in der Schule ist und ich arbeite …«

»Ich bin mir nicht sicher, was die Tagesbetreuung angeht«, meinte Charlie. »Aber wenn es vielleicht noch einen anderen Erwachsenen gibt, der sich um sie kümmert, während du in der Arbeit bist …« Er wartete und beobachtete sie.

Beth stockte der Atem. »Du?«

»Na ja, ich rede hier nicht von Lloyd Rendall, oder?«

Beth verschlug es für einen Moment die Sprache. »Du willst *hier* leben und dich um Pearl kümmern?«

Charlie hielt den Blick auf ihr Gesicht geheftet. »Ich will mit dir zusammen sein. Und natürlich werde ich mich um Pearl kümmern. Und für die Zeiten, zu denen ich bei Aufnahmen oder auf Tournee bin, können wir irgendeine andere Lösung finden.«

Beth räusperte sich, und als sie ihre Stimme noch immer nicht wiederfand, räusperte sie sich noch einmal. »Das würde mir gefallen. Sehr sogar.«

»Ich werde hier im Haus tun, so viel ich kann, und ich werde für alle Kosten aufkommen.«

»Ich nehme an, dein Stolz würde es dir niemals gestatten, dich durchzuschnorren, Charlie. Wir werden uns die Rechnungen und die Hausarbeit teilen.«

»Abgemacht.«

Sie sah zu ihm hoch, hatte fast Angst davor zu atmen, und suchte nach irgendeiner Möglichkeit, sicher zu sein, dass es kein Traum war.

»Könntest du bitte nur eine Sache für mich tun?«, sagte er.

Alles, dachte sie. »Was denn?«, fragte sie.

»Ich weiß, ich flippe manchmal aus, aber ich bin schon besser als früher. Ich verspreche dir, ich werde nicht wieder einfach auf und davon laufen, wenn ich irgendetwas höre, was mir nicht gefällt. Aber, Beth, du musst mir alles erzählen. Verheimliche nichts vor mir. Ich werde vielleicht nicht immer so reagieren, wie du es dir wünschst, aber ich werde versuchen, die richtigen Entscheidungen zu treffen.«

Sie hatte sich bereits vorgenommen, genau das zu tun – schon bevor er sie darum gebeten hatte –, aber sie nickte trotzdem, um ihm zu zeigen, dass sie einverstanden war. Dann kaute Beth ein paar Augenblicke auf ihrer Lippe, bevor sie herausplatzte: »Da ist noch etwas, was ich dir hätte sagen sollen. Ich … Ich habe vielleicht das Brustkrebsgen.«

Charlie taumelte allen Ernstes, und er setzte den Fuß einen Schritt nach hinten, damit er sein Gleichgewicht wiederfinden konnte. Er starrte Beth entsetzt an. »*Was?*«

»Ich bin familiär vorbelastet. Meine Kollegin hat mich überzeugt, den Test machen zu lassen. Ich warte noch auf die Ergebnisse. Wenn er positiv ist, werde ich ein extrem hohes Risiko haben, an Brustkrebs zu erkranken.« Jetzt, wo sie es ihm gesagt hatte, sprudelten die Worte in einer wilden Flut aus ihr hervor. Sie hätte sie nicht aufhalten können, selbst wenn sie es versucht hätte. »Ich hatte kürzlich ein verdächtiges Ergebnis bei einem Gebärmutterhalskrebs-Screening. Letztendlich war alles okay, aber es hat mir vor Augen geführt, dass ich ständig unter dieser Wolke der Angst gelebt habe und etwas dagegen unternehmen musste. Etwas Gewissheit bekommen.« Beth stellte fest, dass sie weinte, und Tränen liefen ihr über die Wangen.

Charlie fuhr sich mit einer Hand durchs Haar, und sein Blick verriet seine Bestürzung. Er nahm ihre Hand in seine. »Gott, Beth. Wann ist das alles denn passiert?«

»Kurz nachdem wir aus Madjinbarra zurückgekommen sind.«

Er zog sie nah an sich,umarmte sie lange Zeit und ließ Beth an seine Brust schluchzen. Als sie sich allmählich beruhigte, lehnte er sich ein Stück zurück, nur so weit, dass sie sein Gesicht sehen konnte. Charlie sah noch immer erschüttert aus, aber sie sah auch Entschlossenheit in seinem Gesicht.

»Ich wünschte, ich hätte es gewusst«, sagte er. »Du hast mich gebraucht.«

»Es war noch etwas, bei dem ich nicht wusste, wie ich es sagen sollte«, gestand sie und wischte sich die Augen.

Charlie hob ihre Haare im Nacken an und glitt mit den Fingern zu einem Punkt genau unter ihrem Ohr. Er neigte den Kopf, legte die Lippen auf die Stelle und küsste sie sanft.

»Ich bin für dich da. Immer. Egal was passiert.«

Ihre Augen wurden wieder feucht. »Aber, Charlie, vielleicht müssen mir die Brüste amputiert werden.«

»Dann ist das so.«

»Ich werde vielleicht Krebs bekommen.«

»Dann wirst du behandelt werden, und ich werde mich um dich kümmern.«

»Charlie. Ich könnte *sterben*.«

»Nein. Du wirst tun, was immer erforderlich ist, um hierzubleiben, denn ich kann nicht für den Rest meines Lebens einsam sein und um dich trauern. Das habe ich lange genug getan. Du *darfst* nicht sterben, Beth.« Seine lebhaften Augen bohrten sich in ihre. »Versprich mir, dass du das nicht tun wirst.«

Beth hörte sich Charlie versprechen, dass sie nicht sterben würde. Es war verrückt, dumm und völlig irrational, aber Charlie hatte sie schon immer dazu bringen können, irrationale Dinge zu tun.

Er nickte zufrieden. »Ich werde dich so verdammt glücklich machen. An jedem einzelnen Tag wirst du wissen, dass ich von dem Moment an, in dem wir uns begegnet sind, nie irgendetwas anderes getan habe, als dich zu lieben.«

Ein Jahr später

Die neunzigminütige Fahrt nach Paterson Downs war erst der Anfang, versicherte Charlie Beth. »Du solltest es dir besser bequem machen«, sagte er. »Es ist eine ziemlich lange Reise.«

»Pearl wird sich langweilen«, warnte Jill. »Ihr solltet euch besser überlegen, wie ihr sie unterhalten wollt.«

»Sie mag ›Ich sehe was, was du nicht siehst‹«, rief Beth Charlie lächelnd in Erinnerung.

»Oh, Gott, ja.« Er rieb sich die Stirn. »Vielleicht können wir ein paar Lieder singen.«

»Ich kenne den Lieblingssong eures Onkels«, sagte Beth über ihre Schulter zu Jill und Pearl und stellte das Radio leiser.

»Welcher ist das?«, fragte Jill.

»Sing mit, wenn du ihn kennst.« Beth begann, »Häschen in der Grube« zu singen, und Jill lachte schallend auf, während Charlie stöhnte. Pearl fiel begeistert mit ein, vor allem an den Stellen, an denen auf- und abgehüpft wurde. Offensichtlich hatte sie dieses Lied im Kindergarten gelernt.

»Schönen Dank dafür«, murmelte Charlie, als das Lied mehrere Runden später endlich zu Ende war.

»Vielleicht wirst du mir das nächste Mal verraten, wohin wir in Urlaub fahren, anstatt mich auf die Folter zu spannen«, gab Beth zurück.

Er grinste schadenfroh, den Blick auf die Straße vor ihnen geheftet. Beth studierte für einen Moment sein Profil und aalte sich in ihrem Glück. Es war erstaunlich. Noch vor zehn Monaten hatte sie in Angst vor ihrem eigenen Leben gelebt. Dann waren die

Ergebnisse vom Genlabor gekommen, und Carolyn hatte sie in ihr Büro gebeten und ihr das Schreiben mit einem Glas teuren Champagner überreicht. Beth hatte so heftig geschluchzt, dass sie nicht einmal einen Schluck trinken konnte. Auf eine seltsame Weise fühlte sich das negative Ergebnis wie ein Geschenk von ihrer Mutter an – als ob ihre Mum dort oben wäre und dieses Ergebnis beeinflusst hätte, während sie auf einem Drachen zwischen den Sternen flog und Beth mit dieser freudigen Nachricht beglückte. Beth konnte nicht an Charlies Gesicht denken, als sie es ihm gesagt hatte – nicht ohne direkt wieder in Tränen auszubrechen.

»Onkel Charlie, dein Song läuft im Radio!«, rief Jill.

Beth drehte die Lautstärke auf. Charlies neueste Single, »Always You«, wurde oft im Radio gespielt. Es sah aus, als könnte es sein bislang größter Hit werden. Sie sangen alle mit, sogar Pearl, und Charlie tat so, als hörten sie sich gut an. Pearl fing eben an zu plappern, sie sei hungrig, als sie bei dem Paterson-Downs-Schild aus Stein und Holz einbogen.

»Mittagspause«, sagte Beth zu Pearl, während Charlie vor dem Farmhaus parkte.

Jill schnallte Pearl von ihrem Kindersitz auf der Rückbank des Winnebago los, trug das zappelnde Kind zur Veranda und setzte sie auf den Brettern ab. Pearl stand auf und ging schwankend zur Tür.

»Grandad!«, rief sie.

Beth lächelte. Sie hatten Barry Pearl vor vielen Monaten namentlich vorgestellt, aber sie hatte den »Grandad« aufgeschnappt, als Scarlet geboren wurde. Patersons war fast Pearls Lieblingsort auf der Welt, übertroffen nur von der neuen Gemeinde, wo Tante Mary und Onkel Harvey mit Pearls ganzen ältesten Freunden lebten.

Tom tauchte an der Tür auf, das Baby Scarlet in seinen Armen. »Hallo, Pearl!«

»Baby!«, rief Pearl. »Ich will halten.«

»Ja, du kannst das Baby halten«, sagte er und öffnete die Tür für Pearl, die prompt ins Haus stapfte.

»Komm her, du schönes Baby.« Beth nahm Tom die kleine dunkelhaarige Scarlet ab und küsste ihre samtige Wange.

Pearl hatte Barry gefunden und redete energisch auf ihn ein, hauptsächlich über Pferde. Zweifellos würde es für sie einen Ponyritt auf dem alten Tuffie geben, bevor die Mittagspause vorbei war. Charlie und Tom gaben sich die Hand, und Jill ging in die Küche, um zu sehen, ob sie Free helfen könnte – und vermutlich auch, um über das Projekt zu diskutieren, an dem sie in Frees wöchentlichem Künstlerkreis für Jugendliche arbeiteten.

»Wo ist denn Willow?«, fragte Beth.

»Draußen bei den Rindern«, antwortete Tom. »Sie müsste bald zurückkommen. Mum und Dad werden auch bald hier sein.«

»Schön, dass sie kommen können«, meinte Beth.

»Weißt du schon, wohin Charlie mit dir fährt?«, fragte Tom.

Beth verdrehte die Augen. »Man hat mir gesagt, dass es dort einen Pool, Meerblick und Angelmöglichkeiten geben wird.«

Tom wirkte belustigt. »Das grenzt es immerhin auf fast die gesamte australische Küste ein.«

Beth ging hinüber zu ihrem Vater und gab ihm einen Kuss. Finn, der mit Barry an einem Puzzle arbeitete, stand auf und begrüßte sie mit einer Umarmung. Dann knallte die Hintertür, und Willow kam herein, staubig und verschwitzt.

»Hi allerseits«, rief sie. »Ich gehe nur rasch duschen.« Scarlet kreischte, als sie die Stimme ihrer Mutter hörte.

»Sie hat Hunger«, rief Tom.

»Die Milchbar öffnet in fünf Minuten, Scarlet«, rief Willow zurück.

»Wir werden sie ablenken, solange sie wartet«, sagte Beth und hockte sich auf die Sofakante. Sie glitt mit einem Finger über die weiche Wange und das Kinn des Babys, und Scarlet gähnte.

»Ich halten?«, sagte Pearl hoffnungsvoll und kletterte neben Beth auf die Couch.

Charlie wusste, was jetzt zu tun war. Er arrangierte auf beiden Seiten ein paar Kissen und positionierte sich auf der Sofalehne, bereit, Scarlet aufzufangen, falls sie aus Pearls Armen purzeln sollte. Aber Pearl machte das auch nicht zum ersten Mal. Sie streckte die Arme aus, und Beth lehnte sich hinüber und legte das Baby sanft auf Pearls Schoß.

»Baby.« Pearls Ton war ehrfürchtig, während sie auf Scarlets Gesicht hinunterstarrte.

»Ohhh, das ist ja so süß.« Free war jetzt aufgetaucht und zückte ihr Handy, um ein Foto von Pearl mit Scarlet zu schießen. »Beth, kannst du kommen und dein spezielles Caesar-Dressing machen? Ich habe Avocados mitgebracht, in der verzweifelten Hoffnung, dass ihr es schafft zu kommen.«

»Geht klar.«

Free ging zurück zur Küche. »Kannst du auf sie aufpassen?«, vergewisserte sich Beth bei Charlie. Sie zeigte auf Pearl, die das Baby noch immer hielt.

»Natürlich.«

Beth stand auf, aber Charlie hielt ihre Hand fest, als sie Free folgen wollte.

»Hey.« Er zog sie zu sich herunter, damit sie ihn flüstern hören konnte. »Ich warte jetzt schon seit fast einem Jahr. Wann werden wir üben, so etwas machen?« Er wies mit einem Nicken auf Scarlet.

Beth stockte der Atem. »Du willst das?«

»Absolut.«

»Bald?«

Charlie legte den Kopf auf die Seite. »Wir haben einen dreiwöchigen Urlaub an einem geheimnisvollen Ort vor uns. Scheint doch ein guter Zeitpunkt, um damit loszulegen.«

Beth kämpfte gegen das wundervolle Glücksgefühl an, um nicht vor allen anderen wie ein grinsender Idiot dazustehen. Sie drückte Charlie einen raschen Kuss auf die Lippen. »Abgemacht.«

Danksagung

Indem ich dieses Buch der Welt präsentiere, möchte ich zuallererst die traditionellen Hüter dieses Landes respektvoll würdigen. Ich würdige die Nationen des östlichen Kimberley – die Völker der Miriuwung, der Gajerrong und der Gwini, die in diesem Buch auftreten – und auch das Volk der Wadjuk, die die rechtmäßigen Besitzer des Landes sind, auf dem ich in Perth lebe. Ich zolle meinen Respekt den Ältesten – einstigen, jetzigen und künftigen – und bekunde meinen Schmerz über das Unrecht, das allen Aborigine-Nationen angetan wurde, meine Bewunderung für die Weisheit und Widerstandsfähigkeit der Aborigine-Kultur und meine Hoffnung auf eine positivere Zukunft.

Die Outback-Gemeinde Madjinbarra ist rein fiktiv, und ich hoffe, man kann mir verzeihen, dass ich einen Ortsnamen erfunden habe, der dem Stil anderer Aborigine-Ortsnamen in Westaustralien entspricht. Ich habe es getan, weil ich nicht den Eindruck erwecken wollte, einen realen Ort in Westaustralien darzustellen. Außerdem wollte ich aufzeigen, dass diese fiktive Gemeinde den Besitz an einem Ort zurückerlangt hatte, der einst eine von Weißen geleitete Mission war – ähnlich der Umbenennung der Drysdale River Mission in Kalumburu im Jahr 1950. Das Wort Madjinbarra ist, soweit ich feststellen konnte, in keiner Aborigine-Sprache in aktivem Gebrauch. Falls ich mit meiner Verwendung des Namens ein Individuum oder eine Gemeinde unbeabsichtigt verletzt habe, bitte ich demütig um Verzeihung.

Ich möchte meine Dankbarkeit gegenüber meiner Familie bekunden, die mein regelmäßiges Verschwinden in die Schreibzone meines Gehirns akzeptiert, toleriert und überhaupt erst ermöglicht. Ihr wart so geduldig in den endlosen Stunden, in denen ich geschrieben und überarbeitet und, selbst wenn ich nicht am Computer gesessen habe, darüber nachgedacht habe. Danke für euer Verständnis für meine abwesende Anwesenheit.

Ein Riesendankeschön an all die Leute, die mir die Gelegenheit gegeben haben, letztes Jahr einen Mehrzweck-Trip nach East Kimberley zu unternehmen. Dabei war ich als Charity-Botschafterin tätig, habe ehrenamtlich bei einem Schriftstellerfestival mitgearbeitet und für *Outback Love. Wo der Horizont beginnt* recherchiert. Ich danke Peter Large und Julie Ditrich von Books in Homes Australia, die die Reise unterstützt haben, sodass ich mit Schulleitern über das fantastische Books-in-Homes-Programm sprechen konnte, das Bücher zu Kindern nach Hause bringt, die andernfalls vielleicht nicht viele (falls überhaupt) eigene Bücher haben. Danke, dass ihr so hart arbeitet, um benachteiligte Kinder durchs Lesen zu stärken. Ich danke Jo Roach und Emma Day und ihrem Team, die jedes Jahr fantastische Arbeit dabei leisten, das Kimberley Writers Festival auf die Beine zu stellen, die mir erlaubt haben, ehrenamtlich bei dem Event mitzuarbeiten, und mir sogar einen Wagen geliehen und einen Schlafplatz für mich organisiert haben. Ich danke insbesondere Jo, die Ja gesagt hat, als ich fragte, ob ich sie bei ihren Besuchen an Schulen in Kununurra, Wyndham, Doon Doon, Warmun und Kalumburu anlässlich der Children's Book Week begleiten könne, und die mich ihren Nissan Patrol durch einen Fluss steuern ließ, was für etliche aufgeregte Kreischer gesorgt hat. Ich danke den Schulleitern und Mitarbeitern an diesen Schulen, die offen für meine Fragen und meine Neugier waren – auch für die fantastische Arbeit, die sie mit den wundervollen Kindern in ihrer Obhut leisten.

Ein riesiger, ewiger Dank an Steve Kinnane, Miriuwung-Mann und Autor, und Kathryn Trees, Wissenschaftlerin und meine ehemalige PhD-Betreuerin, beide von der Murdoch-Universität. Steve und Kathryn haben sich bereit erklärt, das Manuskript dieses

Buchs zu lesen, und mir dann ihr Feedback und detaillierte Hinweise zu Leben und Kultur der Aborigines in East Kimberley und der Erzählung im Allgemeinen geliefert. Ihr habt mir nicht nur eure Hilfe gegeben, sondern auch das nötige Selbstvertrauen für die weitere Ausgestaltung der Handlung und der Figuren des Romans.

Ich danke vielmals Dr. Sue Jackson und Georgia Bolden für ihre medizinischen und pharmazeutischen Ratschläge zu den entsprechenden Elementen des Romans. Sue hat mich bereits bei den medizinischen Elementen in *Outback Dreams. So weit die Liebe reicht* unterstützt. Ohne euch beide wären mir möglicherweise ein paar peinliche Fehler unterlaufen (und falls noch immer Fehler vorhanden sind, geben Sie bitte nicht Sue oder Georgia die Schuld, denn sie haben es nie zu lesen bekommen, bevor es in Druck ging).

Etliche meiner Freunde, Schriftsteller und andere, haben mich während des Schreibens und der Überarbeitung dieses Buchs ebenfalls mit Rat und Ermutigung unterstützt. Tess Woods' Ratschlag zu der Szene mit dem geraubten Kuss war brillant! Ich danke außerdem den Schriftstellern, die E-Mails oder Fragen bei Autorengesprächen über das Schreiben über Kulturen hinweg, die »own voices«-Debatte und andere vertrackte Themen beantwortet haben.

Ich danke vielmals meiner Agentin, Alex Adsett, und dem Team bei Penguin Random House: Ali Watts, Amanda Martin, Louisa Maggio, Penelope Goodes und den Verkaufs-, Publicity- und Marketingteams, die alle so hart gearbeitet haben, um dieses Buch in die Welt zu bringen.

Und zuletzt ein Riesendankeschön an all diejenigen, die die Outback-Sisters-Serie unterstützt haben, indem sie meine Bücher gelesen, besprochen, gekauft oder anderen Leuten davon erzählt haben. Eure Begeisterung für »das nächste Buch« ist keine kleine Quelle der Inspiration.

Als Au-pair in den USA –
und verliebt in einen amerikanischen Bad Boy!

LILLY LUCAS

New Beginnings

Roman

Ihr Jahr als Au-pair in den USA hatte sich Lena aus Berlin definitiv anders vorgestellt. Statt in einer angesagten Metropole landet sie in der Kleinstadt Green Valley in den Rocky Mountains, wo ihre Gastfamilie ein kleines Bed & Breakfast führt. Doch obwohl Lena als echtes Großstadtmädchen wenig mit Bergen anfangen kann, fühlt sie sich schnell wohl im Haushalt von Jack und Amy Cooper und deren kleinem Sohn Liam. Wäre da nicht Jacks jüngerer Bruder Ryan, der »gefallene Held« von Green Valley! Er musste nach einem schweren Ski-Unfall seine Profikarriere beenden und wohnt nun eher unfreiwillig bei den Coopers, wo er seinen geballten Frust an Lena auslässt. Eines Tages liest ihm Lena ganz schön die Leviten. Von da an ist zwischen ihr und dem gut aussehenden Bad Boy irgendwie alles anders …

Traust du deinen Augen – oder deinem Herzen?

KATHARINA MITTMANN

Campus Love

Kayla & Jason

Kayla lebt ihren großen Traum, nach einer harten Zeit hat sie endlich eines der begehrten Stipendien an der Brown University in Providence erhalten. Doch ihre Freude darüber verpufft, als sie gleich am ersten Tag Jason auf ihrem Bett herumlümmelnd vorfindet, den besten Freund ihrer Mitbewohnerin Rachel. Jason, der selbstbewusst, sorglos und einfach arrogant wirkt. Jason, der genau der Typ Mann ist, mit dem sie nichts mehr zu tun haben will. Jason, den sie auf Anhieb anziehend und attraktiv findet.
Dass er Kayla auf dem Campus ständig über den Weg läuft, macht die Sache auch nicht besser. Als Jason schließlich auch noch in der Buchhandlung auftaucht, in der Kayla jobbt, um sich mit ihr über Bücher zu unterhalten, kommen ihr langsam Zweifel: Ist er vielleicht doch nicht so oberflächlich, wie sie dachte? Doch gerade als Kayla beschließt, Jason endlich zu vertrauen, geschieht etwas, das all ihre Befürchtungen zu bestätigen scheint.

Die große Liebe an einer amerikanischen Elite-Universität: atmosphärisch, gefühlvoll, sexy

KNAUR